KB115182

青紅

청홍 2

초판 1쇄 찍은 날 | 2011년 9월 26일
초판 3쇄 펴낸 날 | 2012년 2월 8일

지은이 | 정은숙
펴낸이 | 서경석

편집장 | 권태완
편집 | 이수민

펴낸곳 | 도서출판 청어람
등록번호 | 제1081-1-89호
등록일자 | 1999. 5. 31
어람번호 | 제5-0291호

주소 | 경기도 부천시 원미구 심곡2동 163-2 서경B/D 3F (우) 420-822
전화 | 032-656-4452 팩스 | 032-656-4453
http://www.chungeoram.com
E-mail | chungeoram@chungeoram.com

ⓒ 정은숙, 2011

ISBN 978-89-251-2631-9 04810
ISBN 978-89-251-2629-6 (SET)

Chungeoram romance novel

정은숙 장편 소설

2 · 청홍

青鸞

청어람

···目次···

제5장

폭풍 같은 기세로 휘몰아친 덕분에 마침내 무결 일행은 그날 밤 늦은 시각에 운하 초입에 있는 여각에 도착할 수 있었다. 가장 가까운 수역이 반나절 거리를 더 올라가야 하는 곳에 있었기에 무결은 일단 하룻밤을 여각에서 머물기로 결정했다.

겨우 반나절 말을 달려 온 것뿐이지만 워낙 급박하게 몰아쳐 달린 것이기에 모두들 말에서 내릴 때는 짙은 피로감에 크게 한숨을 내쉴 정도였다. 장정들이 그 정도이니 율비야 말할 것도 없었다. 말 위에서 정신없이 흔들리다 보니 속은 메스꺼웠고 엉덩이와 사타구니가 불에 덴 것처럼 쓰렸다. 마침내 일행이 여각 앞에 도착해 모두가 말에서 내렸을 때도 율비는 다리가 후들거리고 몸이 떨려 말 목을 붙들고 딱지처럼 찰싹 달라붙어 있을 뿐, 움직이지를 못했다.

"뭐하느냐. 내리라는 말 못 들었느냐?"

자하가 퉁명스럽게 말하자 그제야 율비가 마지못해 붙잡은 말 목에서 몸을 뗐는데, 그와 동시에 그대로 팔에 힘이 풀려 말 위에서 굴러 떨어지고 말았다.

"아이코야!"

율비가 먼지를 내며 말 옆에 자빠지자, 자하가 하늘을 바라보며 고개를 도리도리 저었고, 먼저 말에서 내려서 있던 일행들도 껄껄 웃었다. 오직 무결만 아무 말 하지 않고 율비를 향해 저벅저벅 걸어오더니 팔을 뻗어 그녀를 일으켜 세워주었다. 그의 행동에 낄낄거리고 웃던 무사들이 일제히 입을 꾹 다물어 버렸다.

"곤란하게 됐습니다, 전하. 지금 손님이 붐벼 여각에 방이 두 개밖에 없다고 합니다."

여각 안으로 들어갔다 나온 자하가 곤혹스런 표정으로 말했다. 두 개 남은 방 중 하나는 침상이 두 개 있는 넓은 방으로 침상을 포함해 예닐곱 명은 잘 수 있는데, 나머지 방은 침상이 하나밖에 없는 2인용 객실이라고 했다.

"하는 수 없군. 부사와 서기관 일행은 넓은 방에서 머물도록 하고, 나머지 일행은 여각의 안마당에서 유숙하라고 해라. 그리고 자하 너와 나는 2인용 객실에 들도록 하자."

'그럼 송율목은요?'

라고 묻는 눈으로 자하가 무결을 빤히 쳐다보는데 바로 그때 털썩 하는 소리가 들렸다. 그때까지 간신히 후들후들 떨리는 몸을 여각으로 올라오는 목조 계단 난간에 기대고 있던 율비가 더 이상 버티지 못하고 그대로 기절해 버린 것이다.

"도대체 도움이 되는 거라고는 하나도 없는 녀석이구나."

혀를 찬 자하가 율비를 흔들어 깨울까 아니면 차라리 발로 찰까 잠시 고민했다.

"내가 데리고 갈 테니 내버려 두거라. 너는 부사와 나머지 일행을 방으로 안내해라."

"전하! 전하께 그런 수고를 하게 할 수는 없습니다. 굴리든 밀든 제가 데리고 가겠습니다."

무결에 대한 율비의 마음이 진심이라는 것을 인정하긴 했지만, 공과 사는 별개였다. 율비가 무결에게는 물론 일행 모두에게 도움이 안 된다는 자하의 의견에는 여전히 변함이 없었고, 그래서 율비에 대한 거부감이 어느 정도 희석된 지금에도 여전히 자하는 할 수만 있다면 두 사람을 떼어놓고 싶었다. 하지만 한 번 마음을 정한 무결은 단호했다.

"그냥 내가 하겠다. 나 때문에 하는 고생이니, 군주가 이 정도쯤 해줘도 흠될 것 없다."

라며 자하를 제지한 무결이 남의 손이 닿는 것은 용서할 수 없다는 것처럼 재빨리 율비를 안아 들고는 여각 계단을 올라갔다.

방은 정말로 작았다. 문을 열자마자 세 걸음도 되지 않는 곳에 작은 침상이 하나 놓여 있을 뿐 그 밖의 가구는 아무것도 없어 단출하다 못해 썰렁할 정도였다. 하지만 율비를 안고 방 안으로 들어선 무결은 그는 신경 쓰지 않고 저벅저벅 걸어 들어와 마침내 그녀를 침상 위에 내려놓았다.

"끄응."

깨어난 건가? 율비의 작은 신음성에 무결이 그녀의 얼굴을 들여다봤지만 율비는 식은땀만 뻘뻘 흘리고 있을 뿐 여전히 혼몽 중이었다.

어지간히 피곤한가 보다. 무결은 쓴웃음을 짓고 말았다. 문득이 아이의 몸이 떠난 두 팔이 허전하다는 기분이 드는 것은 왜일까. 마치 두 팔에 이 아이의 체향이 배어 있어 내려놨는데도 여전히 그의 몸에 녀석의 체향이 맴돌고 있는 듯하다.

왜 자하에게 맡기지 않고 굳이 그가 안고 왔을까. 돌연 떠올린 생각에 잠시 가만히 스스로를 돌아본 무결이 한숨을 내쉬었다.

결국 무결의 본심은 다른 사내에게 율비를 맡기기가 싫었던 것이다. 자기 때문에 하는 고생이라느니 하는 것도 다 핑계고, 심지어 황궁이 위험하다는 이유를 대가며 데리고 온 것 역시 반분은 율비를 떼어놓기 싫었던 것이었다.

"네놈이 점점 나를 옹졸한 사내로 만드는구나."

혼잣말로 속삭이던 무결이 가만히 율비의 이마를 매만졌다. 식은땀이 솟아난 작은 이마가 애달플 정도로 여인의 것을 닮았다. 정말로 이 아이가 여인이면 얼마나 좋을까. 그러면 망설이지 않고 안아버리면 그만이련만…….

그러나 눈앞에 보이는 이 아이는 엄연한 사내. 남색 취향은 없는 무결은, 율비를 거두기로 결심했으면서도 막상 같은 사내인 그녀를 어찌해야 할지 도무지 알 수 없었다.

"전하, 송율목을 침상에 재우시려는 겁니까?"

"그럼 안 되느냐?"

"아무리 전하께서 아끼신다 해도 그 아이는 천한 환관입니다. 아랫것을 어찌 침상에 재울 수 있습니까?"

융통성이라고는 눈을 씻고 찾아봐도 없는 놈. 무결은 저절로 얼굴을 찌푸리며 세게 혀를 찼다. 어째 이 아이에 대해 무슨 생각일랑 해보려면 꼭꼭 자하가 끼어들어 모든 상념을 흩뜨려 놓고 만다. 충정에서 발로한 것이겠지만 요즘은 그런 자하가 조금은 마뜩치가 않다.

"그럼 네가 나랑 한 침상에 들겠느냐? 바닥에는 한 사람만 누울 수 있으니 둘 중 하나는 나와 한 침상을 써야 한다. 어쩌겠느냐? 아니면 내가 바닥에 눕고 너희 둘이 침상을 쓰겠느냐?"

자하의 말문이 딱 막혀 버렸다. 고지식한 자하로서는 언감생심 무결과 한 침상을 쓰는 것은 생각 못할 일, 그렇다고 그를 바닥에 눕게 하는 것은 더더욱 상상도 못할 일이었다. 그렇게 자하의 입을 틀어막아 버린 무결은 표의를 벗자마자 그대로 율비 옆에 몸을 눕혔다. 너무나 피곤한 나머지 저녁을 들 생각도 들지 않았던 것이다.

"아무 생각 하지 말고 일찍 자두거라. 내일 아침은 생각보다 일찍 떠나야 할 것이다."

침상에 누운 무결이 얼핏 의미심장한 어투로 말했다. 자하가 그쪽을 쳐다봤지만 무결은 더 이상의 설명 없이 등을 돌려 누워버렸다.

무슨 뜻일까?

자하는 마지못해 문간 쪽에 기다란 몸을 드러눕히고 잠시간 눈을 감고 무결의 말을 머릿속으로 곱씹었다. 하지만 그에 대한 답을 얻기 전에 곧 피로가 무쇠처럼 그의 눈꺼풀을 무겁게 내리눌렀고, 곧 자하는 잠이 들고 말았다. 물론 행여 있을지 모를 침입에 대비해 그 신경의 반은 온전히 깨어 있어서, 문 쪽을 향해 곤두세워져 있긴 했지만 말이다.

번쩍. 누가 세게 흔들어 깨운 것처럼 저절로 눈이 떠졌다. 율비는 누운 채로 잠시간 눈을 껌벅거리며 여기가 어디인지를 추측해 봤다.

'도성을 빠져나온 뒤로 정신없이 말을 달려 여각에 도착했었지.'

말에서 굴러 떨어진 것을 무결이 일으켜 세워줬었다. 그리고 여각 입구에 서 있었던 것 같은데 그 뒤로는 기억이 깜깜하다. 그대로 기절해 버린 걸까?

율비는 얼마 남지 않은 기억의 조각들을 모아 이곳이 여각의 방이라는 것을 추리해 낸 뒤 곧 고개만 빼꼼 들어 주변을 확인했다. 방 안의 불은 모두 꺼져 있었지만, 여각의 2층 복도 쪽에 불을 켜놔서 창호 바른 문을 통해 스며들어 온 불빛 덕에 방 안의 광경이 어슴푸레 눈에 들어왔다. 고개를 돌려 자신이 누운 옆자리를 확인한 율비는 천장에 닿을 정도로 펄쩍 뛰어올랐다. 무결이 그녀 옆에 바짝 몸을 붙이고 누워 있었던 것이다. 그를 깨달은 율비는 온

몸을 고슴도치처럼 웅크리며 벽 쪽으로 달라붙었다.

기절한 자신을 무결이 안고 올라온 걸까? 벽을 뚫고 나갈 것처럼 착 몸을 붙이고 있던 율비의 머릿속에 곧 그런 생각이 떠올랐다. 자세한 것은 기억이 나지 않았지만 아주 단단한 팔 안에 안겨 어딘가로 옮겨진 듯한 느낌이 혼몽 중에도 남아 있었는데, 그 단단한 팔의 감촉은 분명히 익숙한 것이었다.

겁먹은 토끼처럼 잔뜩 몸을 도사리고 앉아 있던 율비의 몸이 조금씩 풀어지기 시작했다. 그리고 애틋한 시선이 희붐한 불빛을 받아 희미하게 윤곽을 드러내고 있는 길고도 곧은 무결의 몸에 가 닿았다.

참 이상도 하지. 저번서 한 침상에 누웠을 때는 두렵고 무서워 피하고만 싶더니 오늘은 옆에 누운 그를 보는 눈이 또 다르다. 한참 동안 어둠 속에 앉아 대나무처럼 곧게 솟은 그의 콧날을 바라보던 율비가 문득 아주 작게 한숨을 몰아쉬었다. 그러더니 조심조심 손을 뻗어 그의 콧날을, 아니, 그의 콧날 바로 위 허공을 더듬어봤다. 혹시라도 닿았다간 그 즉시로 무결이 깰까 봐 차마 만지지는 못하고, 무결의 얼굴 윤곽 언저리만 매끄러운 비단을 매만지듯 조심조심 훑어 내려갔다.

이렇게 잘난 사내도 있구나.

세상에서 오라버니 율민만 제일 잘난 줄 알더니 조용하고 곱기만 하던 율민과 달리 무결은 너무나 짙은 사내의 매력을 뿜어내고 있다. 그것이 자꾸만 율비를 끌어당기고 숨을 막히게 한다.

'이분 옆에 있고 싶어.'

가질 수 없다는 것을 잘 알고 있지만, 언감생심 꿈에라도 꿀 수 없는 것이지만 그럴 수만 있다면 죽을 때까지 궁을 나가지 않고 평생 남자로 살아도 좋을 것 같다. 아니, 아니야. 사실은 그 반대. 단 한 번이라도 이분 앞에 여자일 수 있다면. 여자로서 안길 수 있다면……. 그러면 목숨이라도 바칠 수 있을 것 같다. 갑자기 그런 생각이 치밀어 올라 율비의 눈시울이 시큰하게 달아올랐다.

사람의 마음이란 참 간사한 것이다. 오라버니를 위해서 황궁에 들어올 적엔 그를 위해 모든 것을 참을 수 있다 생각했는데, 이제 와서는 도저히 사내로는 살 수 없을 것 같다. 무결을 그 속에 품어 버린 이상, 이제는 여자인 자신을 버릴 수가 없다.

지금서 생각해 보니 떠나지 못하겠노라고 눈물을 뚝뚝 흘리며 버티던 때의 그 막막하기만 했던 심정이 오기만이 아니었던 게다. 정말로 이 남자 곁이 아니면 살 수가 없게 돼버린 게다.

그들이 누운 방 안은 조용했고 주변은 어두웠다. 문틈으로 새어 들어오는 희미한 빛줄기 사이로 어디선가 뚱땅거리는 비파 선율이 들려왔고, 호호거리는 여인의 웃음과 호탕한 사내들의 고함이 한데로 녹아 먼 데서 들려오는 자장가인 양 희미하게 들려왔다.

밤과 어둠이 그녀에게 용기를 주었나 보다. 알 수 없는 안도감에 휩싸여 율비는 평소라면 감히 엄두도 내지 못할 일들을 연이어 저질렀다. 무결의 반듯한 이마와 콧날 언저리를 쓰다듬어 내려오던 율비가 이번엔 가만히 무결의 옆에 엎드리더니 그의 뺨 언저리에 살짝 입술을 가져갔다. 차마 닿으려 했던 것은 아니었다. 언제나 일방적으로 그에게 당하기만 했을 뿐, 제정신일 때 그녀 쪽에서 다가간 적은 없지 않던가. 어째서 두 사람만 이 방에 남겨졌는지는 모르겠지만, 이럴 때만이라도 마음 놓고 그를 느껴보고 싶었다.

그저 시늉이나 해봤으면 싶어서, 그런 간절한 바람만 담아 율비는 조심조심 그 입술을 가져갔다. 그러다가 곧 다가가던 입술을 그의 뺨 지척에서 멈추고 규칙적으로 내뱉고 있는 무결의 부드러운 숨결을 가만히 느껴봤다.

남자의 체취. 성정은 그 숨결만큼이나 너그러운데 뿜어져 나오는 그것은 분명히 강렬한 남자의 내음이다. 한없이 강하고 넓은 이 품에 안겨 있으면 모든 근심 걱정이 다 녹아 없어질 것만 같다.

'조금만. 살짝 입술만 닿으면 모를 거야. 이렇게 정신없이 곯아떨어져 있는데. 잠깐 입술만 대면…….'

어디서 솟아오른 용기일까. 살짝 시늉만 하자던 결심은 어느새 사라지고 율비의 입술은 조금씩 무결에게로 다가갔다.

그런데 바로 그때, 율비의 입술이 마침내 무결의 뺨에 닿기 직전 돌연 불편한 자세로 바닥에 누워 있던 자하가 기침을 하며 몸을 뒤챘다. 헉. 어둠에 가려져 있었던지라 자하가 바닥 쪽에 누워 있다는 것을 몰랐던 율비가 그에 깜짝 놀랐다. 불시에 몸을 일으킨 율비가 창문틀에 머리를 꿍 찧고 말았고, 그 충격에 되튕겨 나온 그녀의 몸은 침상에 누운 무결을 향해 낙하하기 시작했다.

으악! 저절로 나오는 속비명을 삼키며 율비는 팔을 쫙 뻗었다. 여기서 무결을 깨워선 안 된다. 율비는 필사적으로 막 무결 위로 떨어지기 직전, 아슬아슬하게 그가 누운 옆자리를 짚었다. 무결의 몸 위로, 손바닥 하나만큼의 공간을 사이에 두고 떨어지던 그녀의 몸이 멈췄다. 무결 위로 사다리꼴을 그리며 버티어 선 꼴이 된 것이다.

'이게 무슨 웃기는 상황이야. 진짜 울고 싶다.'

얼마나 깊이 잠들었는지 그 난리 와중에도 무결은 눈을 뜨지 않았다. 오히려 이상한 소리가 나자 자하가 번쩍 눈을 뜨며 몸을 일으켜 세웠다. 기습인가? 신경을 곤두세운 채 반쯤만 잠들어 있던 자하가 칼집을 움켜쥐며 벌떡 일어났을 때, 율비가 무결의 몸을 아슬아슬하게 뛰어넘으며 침상 아래 누워 있던 자하 위로 굴러 떨어졌다.

"헉!"

정확히 그의 것과 포개진 그녀의 작은 몸에 자하는 곧 그를 덮친 자가 율비라는 것을 깨달았다.

"뭐하는 거냐. 지금 어느 안전이라고 수선을 떠는 게야!"

목소리를 죽여 속삭이자 율비는 더욱더 당황해 버둥거렸다.

"죄, 죄, 죄송합니다. 나, 나가게 해주세요. 나가서 자겠습니다!"

율비가 자하에게서 벗어나기 위해 필사적으로 몸을 비틀었지만 오히려 그런 노력이 그녀의 몸을 자하에게 밀어붙이는 꼴이 되고 말았다. 반쯤 몸을 일으킨 자하의 중심과 율비의 둔부가 정확히 만나 버렸고, 달덩이처럼 둥근 율비의 엉덩이가 자하의 그곳에 비비적 문질러졌다. 그리고 그와 동시에 자하의 몸속에 생경한 불꽃이 관통했다.

'뭐지, 이건?'

자하는 지금 이때껏 여자를 안아본 경험이 전혀 없었다. 그의
나이는 무결보다 다섯 살 아래인 스물하나. 젊고 잘생긴 그였지
만, 여색은 수행에 방해가 된다는 이유로 외면한 채 열여섯 어린
나이에 무과에 합격할 때까지 오로지 무예에만 정진했다. 무결의
번국인 건국 출신인 까닭에 관직에 출사하자마자 무결을 섬기게
됐는데, 워낙 임무 수행에만 열심인 그였던지라 여자를 안을 기회
가 와도 외면하기 일쑤였다.

그럼에도 불구하고 그의 중심에 맞닿은 율비의 몸이 남자의 것
과는 뭔가 다르다는 것만은 자하도 정확히 알 수 있었다. 그와 동
시에 자하는 그동안 수태 무결을 괴롭혔던 것과 똑같은 고민을 해
야만 했다.

'환관의 몸이라 그런 걸까? 그래서 온전한 남자의 몸과는 다른
건가?'

"자, 자하님, 저 좀 놓아주세요. 제발 부탁드립니다!"

도대체 언제부터 녀석의 팔목을 붙잡고 있었던 걸까? 불현듯
들려온 목소리에 자하는 정신을 차렸다.

율비의 억눌린 외침에 비로소 자신이 무슨 짓을 하고 있는지를
깨달은 자하가 벌게진 얼굴로 그녀를 놓아줬다.

"미, 미안하다."

자하에게서 풀려난 율비는 한 바퀴 몸을 굴리더니 엉금엉금 기
어 재빨리 방문을 열고 뛰어나갔다. 그 바람에 그녀의 몸이 한 번
더 자하의 것에 부딪쳤고, 자하는 불에 덴 것처럼 화들짝 놀랐다.

그러나 방을 빠져나가는 데만 정신이 팔린 율비는 그 사실을 알아
채지 못했다.

도대체 왜 갑자기 그리 당황한 걸까?

율비가 방을 나간 뒤, 버긋이 벌어진 문틈으로 들어온 불빛에
얼굴을 드러낸 채 자하는 가만히 돌이켜 봤다. 아무리 생각해도
알 수 없었다. 무결을 지키는 데만 온 정신을 쏟아야 할 그가 잠시
나마 미혹되다니, 그것도 여자도 아닌 남자의 몸에. 생각하면 할
수록 당황스럽고 스스로에게 모멸감이 들었다.

그나마 무결이 이 소동 와중에도 깨어나지 않는 게 다행이랄까.
마음을 다스리기 위해 호흡을 가다듬으며 그쪽을 돌아본 순간 자
하는 흠칫 놀랐다. 언제 깨어난 건지 무결이 침상 위에 일어나 앉
아 빤히 그를 바라보고 있었던 것이다. 새어 들어온 불빛에 그의
눈이 무거운 빛을 감춘 채 빛나고 있는 것을 발견한 자하의 가슴
이 내려앉았다.

'왜……? 왜 저런 눈으로 바라보시는 걸까? 뭔가 마음에 안 드
시는 일이라도? 혹시나 잠결에 수선스런 기척이 들려오는 바람에
불쾌해지신 걸까?'

그런데 자하를 빤히 바라보다 툭 내뱉은 무결의 말은 그의 예상
을 깬 것이었다.

"자하야, 너는 나의 가장 믿음직한 부하이자 동료다."

"전하, 어찌 그런 황공한 말씀을 하십니까."

"……그런데 지금만큼은 네가 좀 밉구나."

"네……? 그게 도대체 무슨 말씀이신지?"

"아니다, 잊어라. 내가 생각해도 지금의 나는 무척이나 한심하구나."

말을 마친 무결이 등을 돌려 누워버렸다. 돌아선 그의 등에서 느껴지는 것은 아쉬움 같기도 하고 질투 같기도 한 무척이나 복잡한 감정. 사람의 감정에는 영 무딘 자하였지만 이상하게도 무결이 지금 그에게 썩 유쾌하지 않은 기분을 느끼고 있다는 것만은 알 수 있었다. 어느새 아까 율비의 몸에 부딪치며 느꼈던 선뜻한 충격은 사라지고, 자하의 머릿속은 온통 무결의 갑작스런 감정 변화에 대한 의문과 걱정으로 채워졌다.

같은 시각, 율비는 온통 장정들로 가득 찬 여각 안 어디에도 몸을 누일 데가 없어, 여각의 바깥쪽을 두른 복도 난간에 기대 둥실하게 떠오른 달을 바라보며 심란해하고 있었다. 자하는 자하대로 무결의 심중을 걱정하느라 잠을 못 이루고, 무결은 눈을 감긴 했으나 번민으로 그 마음 복잡하니, 각자의 고민에 빠진 세 사람은 그렇게 뜬눈으로 밤을 새웠다.

"예서 뭐하는 게냐."

어라라? 언젠가 들은 말인데?

귓가를 슬슬 간질이는 익숙한 목소리에 율비는 잠결에도 그런 생각을 떠올렸다. 그와 함께 설핏 눈을 뜨자 무결이 그녀의 머리 위에 서서 여각의 바깥계단 밑에 구겨져 있는 자신을 내려다보고 있는 게 눈에 들어왔다.

차가운 밤공기에 노출된 채 잠든 탓에 온몸이 뻣뻣하고 아팠다.

율비는 팔다리를 문지르며 주변을 돌아봤다. 떠들던 자들도 모두 잠이 들었는지 난간 아래서 들려오던 시끄러운 음악 소리며 소음들도 사라지고 사위가 쥐 죽은 듯 조용한데, 하늘을 쳐다보니 달도 이미 서쪽으로 기운 것이 이미 자정을 넘어 새벽으로 다가가는 시각인 듯하다.

정신을 차린 율비는 후닥닥 무결의 앞에 엎드렸다. 어젯밤 그에게 저지를 뻔했던 일이 생각나서 도저히 무결의 얼굴을 바로 볼수가 없어졌던 것이다. 그런 율비를 보던 무결이 피식 웃으며 말했다.

"일어나거라. 머뭇거릴 여유가 없으니, 지금 당장 길을 돋워 떠나야 한다."

"네? 이 신새벽에 말입니까?"

"달리다 보면 날이 밝을 게고, 운하에 첫 배를 띄울 시간이 될게다. 그나저나 세수는 안 해도 상관없지만 거 입가에 흐른 침은 좀 닦거라. 보기 흉하구나."

"엑!"

비명을 지르며 입가를 만져 봤지만 침 같은 건 없었다. 율비가 토라져서 무결을 째려보는 동안 그는 껄껄 웃으며 계단참을 돌아내려갔다.

이미 여각 입구에 자하와 그 수하들이 서서 두 사람을 기다리고 있었다. 율비가 얼른 자하에게 인사를 하는데, 이상하게도 평소 같으면 무결이 직접 율비를 챙겨온 게 못마땅해서 불편한 기색을 보였을 자하가 눈길이 부딪치자 선뜩 당황한 기색을 보이며 휙 고개를 돌려 버린다.

'왜 저러지? 혹시 내가 또 뭔가 잘못이라도 했나? 그러고 보니 어제 자하님 위로 굴러 떨어졌었지. 그것 때문에 아직까지 삐쳐 있는 건가?'

율비가 괜히 기가 죽어 당분간 자하 옆에는 얼씬하지 않는 게 좋겠다 생각하며 기다리고 있는 자들을 슥 훑어보니 뭔가 이상한 점이 눈에 들어왔다. 부사와 그 휘하의 부하들이 전혀 보이지 않았던 것이다.

"이건…… 설마 저희만 먼저 출발하는 겁니까?"

율비가 놀라 묻자 무결이 피식 웃더니 고개를 끄덕였다.

"노파심에 미리 안전을 기해두려는 것이다. 지금 이 자리에 선 자들 말고는 모두 형님의 사람들이니, 비록 형님이 지시하지 않았다 하더라도 그들이 여행 중에 다른 마음을 먹을 수도 있지 않느냐."

"하지만 부사 일행은 우리가 하원국에 갈 걸 알고 있는데 곧 따라오지 않을까요?"

"그거야 다 방법이 있지. 때가 되면 자연히 알게 될 테니 지금은 서두르거라."

그 말과 함께 무결이 율비의 허리를 잡더니 번쩍 들어 말 위에 앉혔다. 어마, 뜨거라. 양 옆구리에 무결의 손이 와 닿자 불이라도 닿은 듯 율비의 몸이 화들짝 떨렸다. 그럼에도 불구하고 한편으로 노골노골 녹을 듯 기분이 좋은 것은 무슨 까닭일까? 담이 커진 건지, 경계심이 조금씩 모자라지는 건지 예전처럼 여자인 게 들킬까 무섭기는커녕, 조금이라도 더 닿을 수 있으면 좋을 것 같다.

'나 미쳤나 봐. 무작정 마음이 돌아가고 뵈는 것도 없어져.'

그런 자신의 심중이 무서워져 율비는 벌게진 얼굴을 재빨리 숙여 버렸다.

"출발하자. 해가 뜨기 전에 운하에 도착해야 한다!"

무결의 일갈과 함께 율비와 그를 태운 말이 가장 먼저 출발했고 그 뒤로 수하들이 뒤따라 말을 달렸다. 항상 무결의 곁에서 떨어지는 법이 없는 자하가 어째선지 가장 뒤에 처졌지만, 급한 마음에 아무도 그가 일행의 꽁무니에 달리고 있다는 것을 눈치채지 못했다. 앞만 보며 묵묵히 달려가는 그의 시선이 가끔 가장 앞서 달려가는 율비와 무결의 뒷모습에 꽂힐 때면 고요하던 그의 표정에 불현듯 잔물결이 인다는 것도.

율비가 대운하를 본 것은 태어나서 이번이 처음이었다. 마침내 도착한 용강(龍江) 수역. 여행허가증을 비롯해 무결의 신분과 임무를 증명하는 서류를 확인한 수역의 관리들은 그들에게 관선을 배당해 줬다.

긴급을 요하는 임무이므로 관선들 중에서도 몸체가 날렵하고 더 길어서 다른 배들보다 속도가 더 빠른 과선(課船)이 주어졌는데, 폭풍에도 견딜 수 있도록 돛은 더 작지만 속도를 높일 수 있도록 노는 더 많았다. 부두에 정박한 과선에 오른 율비는 눈앞에 펼쳐진 너른 대운하의 풍경에 새삼 놀랐다.

한눈에 봐도 그 너비가 족히 1리는 될 정도로 넓은 누런 강물 위로 많은 배들이 부지런히 오가고 있었다. 황도 화하로 들어가는 가장 가까운 수역인지라 많은 교역물자를 실은 배들이 드나들고 있었는데, 돛대가 여섯 개가 넘는 거대한 배부터 돛대는 한 개밖에 안 되지만 날렵하고 속도가 빠른 소선선(小鮮船)까지, 크고 작은 배들이 울긋불긋한 색깔과 아름다운 모습들을 자랑하며 물살을 가르고 나아가고 있었다.

뱃전과 뱃전에서는 안부를 묻거나 물자를 바꿔 실으며 질러대는 수부들의 고함 소리가 오고 갔고, 거기에 귀족의 유람선인지 뱃전에 악사들을 싣고 있는 아름다운 배들에서 들려오는 음악 소리를 비롯한 온갖 소음들이 섞여 하나의 거대한 화음을 만들어냈다. 율비는 난생처음 보는 대운하의 위용에 진심으로 감탄했다.

"놀랐느냐. 이 운하가 창천국의 젖줄이고 힘이다. 대운하를 판 건 선대 왕조의 폭군이었지만 그를 제대로 활용할 수 있게 된 건 현 황제가 등극하면서부터지. 폐하께서 예전에 폐쇄됐던 오래된 운하를 개방하고 대운하와 연결하시면서 비로소 대운하가 물자와 사람의 교역로로써 활기를 띠게 된 거다."

언제 올라탔는지 무결이 뱃전에 기대어 입을 벌리고 있는 율비 뒤로 성큼 다가서더니 몰랐던 사실을 설명해 줬다. 운하의 효용이나 역사야 사실 율비의 관심 밖, 그녀의 호기심을 자극하는 것은 그보다는 온통 울긋불긋한 깃발을 달고 이쪽을 향해 천천히 다가오는 배였다. 그 뱃전에는 추운 강바람에도 불구하고 야들야들한 비단옷을 입은 꽃 같은 아가씨들이 서서 비파를 뜯고 이쪽을 향해 꽃잎을 던지며 생글생글 웃고 있었던 것이다.

"화선(花船)이구나. 날도 추운데 고생이군."

"화선이라고요? 그게 뭡니까?"

"네 처지엔 몰라도 된다."

하며 빙긋 웃는 무결의 말속에 뼈가 들어 있다는 것을 율비는 몰랐다.

마침내 선체가 움직이고 배가 출발했다. 높이 세운 돛대가 마침 불어온 순풍을 받으며 화라락 펼쳐지니 배는 순조롭게 빽빽한 배들의 숲을 요리조리 뚫고 강심(江心)으로 나섰다.

'부사 일행도 이런 배들을 젓게 되는 건가?'

문득 든 생각에 율비의 입술에 쓴 미소가 번졌다. 수역으로 오는 동안 무결이 여각 주인에게 손을 써서 부사 일행을 납치해 먼 안남 땅의 노꾼으로 팔아넘기라 사주했다는 사실을 말해줬다. 원래 여각의 주인은 어둠의 조직과 연결돼 있는 경우가 많다. 돈이 되는 일이니 그냥도 반색할 일이었는데, 무결이 돈까지 얹어줘 가며 그를 부탁하자 여각 주인이야 당연히 희색을 하고 반겼음이다.

"나쁜 마음먹은 천웅의 수하들이니 그런 꼴을 당해도 자업자득이라 할 수 있을 거야. 그렇지 않니, 소앙?"

소매에 넣어둔 대우리를 꺼내 뱃전에 얹은 율비가 마치 친구라도 되는 양 그 안에 들은 귀뚜라미에게 말을 걸었다. 시원한 강바람을 맞자 저도 신이 난 건지 소앙이 질문에 대답하는 것처럼 찌르르 날개를 비볐다.

"바람이 찹니다, 전하. 하원국까지 꽤 긴 여행이 될 테니 이만 선실로 들어가시지요."

자하가 다가와 그리 말하자 무결이 고개를 저으며 뜻밖의 말을 했다.

"하원국으로 가지 않을 거다."

"네에?"

율비와 자하의 고개가 동시에 무결에게로 향했다. 국서를 가지고 출발한 무결이 하원국으로 가지 않겠다니. 그는 무엇을 뜻하는가.

"전하, 어찌 그런 결정을 내리시는 겁니까. 하원국으로 가지 않으면 외교적으로 문제가 될 수 있습니다."

"그거야 천웅 형님이나 가 황후가 알아서 할 일이지. 내가 왜 그 오랜 시간 나를 가둬놓은 자들의 일까지 걱정해 줘야 한다더냐. 내가 바보냐?"

재밌다는 듯 껄껄 웃어대는 무결의 눈에 장난기가 가득 서렸다. 하지만 얼이 빠진 두 사람에게 제대로 설명을 해줘야겠다는 생각에 무결이 곧 정색을 하고 입을 열었다.

"조문단은 화하를 빠져나오기 위한 핑계였을 뿐이니, 화하를 탈출한 지금은 군이 하원국으로 갈 필요가 없다. 우리는 곡룡포에서 내려 그대로 육지를 거슬러 북쪽으로 올라갈 것이니 그런 줄 알고 있거라."

곡룡포. 율비는 무슨 소리인지 알아듣지 못했지만 그 말을 들은 자하는 낯색이 변했다.

"그곳은······! 전하, 설마!"

"강바람이 좋구나, 자하야. 이게 얼마 만이냐. 곡룡포에서 내리고 나면 당분간 강물은 구경도 못할 테니 너도 조금쯤은 이 경치를 즐겨두거라."

의미심장한 말을 남기고 무결이 강바람을 쐬자며 율비를 뱃전으로 끌고 갔다. 걱정에 휩싸여 있던 자하의 눈빛이 순간 달라졌다는 것을 등을 돌린 무결이나 율비는 알지 못했다. 우연히 율비의 엉덩이에 눈길이 닿은 자하의 얼굴이 순간 벌게졌다는 것을 그들은 알 수 없었고, 심지어 자하 자신도 어째서 그녀를 보는 심중이 예전과 달리 복잡하기만 한지 몰랐다.

뒤숭숭하게 엉킨 세 마음을 싣고 과선은 대하를 미끄러져 가기 시작했다.

✳

"후아, 바닥이 흔들리지 않으니 이제는 오히려 그게 더 이상합니다. 이러다 오히려 땅 멀미를 하는 게 아니에요?"

뱃전과 부두 사이에 걸쳐 놓은 다리를 걸어 간신히 땅에 내려선 율비가 반가운 나머지 두어 번 땅에 대고 발을 구르더니 활짝 웃으며 그리 말했다.

무결이야 번국과 화하를 오갈 때 배를 자주 탔기 때문에 별로 영향이 없었지만 그의 수하들은 율비를 포함하여 대부분 심한 뱃멀미에 시달렸다. 덕분에 무결 일행은 원래 뱃길을 더 타고 가 곡롱포에서 내리려던 계획을 수정해 그보다 하루 거리 정도를 덜 가서 소흥이란 작은 수역에 내렸다. 잠시 체력을 보강한 뒤 다시 배를 갈아타고 곡룡포로 가려는 것이었다.

마을은 수역 주변에 있는 까닭에, 규모가 작은 것치고는 오가는 사람들로 붐비고 있었다. 곳곳에 널린 것이 여관과 음식점이요, 짐 보따리를 든 여행객들과 그들을 상대로 음식을 팔거나 갖가지 잡화를 파는 노점상들의 호객 소리가 거리를 가득 채우고 있었다.

"묵을 곳을 찾고 있습니까요? 만소점으로 가십시오. 넓고 깨끗하고, 음식도 아주 맛있습니다!"

배에서 내렸을 때는 이미 땅거미가 진 늦은 무렵이었는데 내리자마자 당장 객점의 여리꾼들이 여행객들을 붙잡느라 난리였다. 그들을 뚫고 저자로 나오자 이번엔 또 다른 구경거리가 나타났다. 둥둥둥, 북소리와 떠들썩한 바람잡이의 목청이 들리더니 그 뒤로 짙게 화장을 하고 옛적 의상을 입은 한 무리의 사람들이 나타났다.

"산 남자와 죽은 여자의 애절한 사랑 이야기 목단정(牧丹亭)! 오늘 밤, 장원각 1층에서 마지막 공연을 합니다! 꼭 보러 오세요! 오늘이 아니면 못 봅니다!"

대로 한가운데로 유랑극단의 단원들이 북과 징을 울리며 그들이 벌일 공연의 제목과 내용을 소리치며 지나가는데, 그 중심에는 극단의 주연배우인 여배우가 무대 의상을 걸치고 짙은 화장을 한 채 지붕 없는 가마 위에 앉은 채 손을 흔들고 있었다.

"극단의 배우들을 처음 보느냐?"

"아아, 저 사람들이 배우입니까? 말로만 들었는데 진짜로 보는 건 처음이에요. 와아…… 저기 가마에 타고 가는 여자 좀 보세요.

정말 선녀처럼 예뻐요."

율비야 거의 집 안에만 갇혀 살았으니 저잣거리 외출도 드물었거니와 곤극(昆劇)* 구경은 더더욱이나 해본 적이 없었다.

"곤극을 보고 싶으냐? 기왕 배에서 내려 1박을 하기로 했으니, 잠시 밤놀이를 하는 것도 괜찮겠구나."

"전하, 이곳은 타국에 가까운 곳입니다. 사람이 많이 오가는 만큼 말썽도 많은 곳이라, 경호에 어려움이 있습니다. 송구합니다만 단지 아랫것의 소망을 들어주겠다고 옥체를 움직이시는 것은 불필요한 일이라 사료됩니다."

율비에게 신경 쓰지 말라 대놓고 만류하는 것이었다. 안 그래도 자하를 어려워하는 율비가 그 말에 더욱 당황해 고개를 푹 수그리자 무결이 혀를 끌끌 찼다.

"이제 보니 네 정체는 여자였던 게로구나."

"네? 그게 무슨 말씀이십니까?"

"내 수하인 줄 알았더니 이제 보니 시어머니 노릇을 하고 있어. 아들이 며느리랑 재밌게 노는 꼴은 죽어도 보기 싫은 게로구나."

졸지에 자하는 시어머니가, 율비는 며느리가 됐다. 무결은 정곡을 찔린 기분에 입을 쩍 벌리고 선 두 사람을 내버려 둔 채 돌아서서 하늘하늘 부채를 부치며 호객꾼을 따라 객점으로 향했다. 뒤에 남은 자하와 율비는 저도 모르게 서로를 돌아보았다가 곧 몸서리를 치며 반대쪽으로 얼굴을 돌려 버렸다.

*곤극(昆劇):경극보다 앞서 발달한 전통극. 피리, 생황, 비파 등의 악기가 반주로 사용된다

그런데 그때, 율비의 곁을 스쳐 지나가던 인파 속에서 누군가 그녀의 어깨에 세게 부딪쳐 왔다. 충격이 어찌나 컸는지 율비가 휘청거리며 주저앉았고, 그러자 그녀에게 부딪쳐 온 소년이 미안하다며 율비를 부축해 일으켜 줬다.

그러나 거듭 사과하는 소년에게 괜찮다는 말을 남기고 돌아선 직후 율비는 소맷부리가 허전하다는 것을 깨달았다. 손을 넣어보니 거기 넣어뒀던 물건이 사라졌다. 소매치기다!

"도둑이야! 거기 서라!"

화들짝 놀란 율비가 인파 속으로 사라지는 소년을 향해 소리를 질렀지만 모두들 그녀를 흘깃 쳐다만 봤을 뿐 저 갈 길을 가기에 바빴다. 그 와중에 소년이 걸음을 빨리하여 사라지려 하자, 흥분한 율비가 앞뒤 가리지 않고 그를 쫓아가기 시작했다.

"거기 서! 서란 말이야! 안 서면, 안 서면 헉……! 욕할 테야!"

급한 마당에 생각나는 말은 모조리 쏟아내며 쫓아갔더니 어느새 사람들이 드물어지면서 호젓한 골목길이 나타났다. 이리 끈질기게 쫓아올 줄은 몰랐던지 소년이 갑자기 돌아서더니 소맷부리에서 길이가 손바닥만 한 단도를 꺼냈다.

"이게 어딜 감히 쫓아와! 죽기 싫으면 그냥 가!"

"모, 못 가! 훔친 거 돌려줘! 나한테는 소중한 거란 말이야!"

"소중해 봤자, 목숨보다 더 중해? 이 멍청아! 어디 칼 맛 좀 봐라!"

히익! 비명을 지르며 율비가 뒤로 자빠진 순간 그녀를 향해 내리꽂히는 단도를 막아내는 손이 있었다. 챙 하고 쇠 부딪치는 소리와 함께 칼을 놓친 소년이 비명을 지르며 물러날 적에 율비가 끼어든 자를 보았다. 혹시 무결인가? 반가운 마음에 허겁지겁 일 어났더니 뜻밖에 나타난 자는 그가 아니었다.

"훔친 것을 내놔라. 그러면 베지는 않겠다."

자하가 안 그래도 날카로운 눈으로 으르렁대자 겁을 먹은 소년 이 쭈뼛거리며 품 안에서 돈주머니를 꺼내 던졌다. 자하도 무섭지 만 소년의 단도를 막아낸 장검이 더 무서웠던지라, 훔친 돈을 집 어 던진 소년이 곧바로 뒤돌아 도망을 쳤다.

"감사…… 합니다, 자하님."

무결이 와줬으면 얼마나 좋을까? 율비는 경황이 없는 중에도 은근히 섭섭했다.

"겁이 없어도 너무 없구나. 요즘 소매치기들이 그냥 돈만 훔쳐 가는 줄 아느냐. 어찌 그리 앞뒤 분간을 못해?"

"하지만 제게는 소중한 거라서……. 죄송해요, 자하님."

율비가 주춤거리며 그가 내민 주머니를 받아 들자 자하는 돌연 짜증이 났다. 왜 이 아이는 항상 그를 무서워만 한단 말인가. 왜 또 자신은 이 아이를 닦달하는 역할밖에 못하는 건가. 갑자기 심 중에 불 일 듯 일어난 분노에 자하는 흠칫 놀랐다.

"살아 있다. 다행이에요, 멀쩡하게 살아 있습니다. 고맙습니다, 자하님. 큰 신세를 입었습니다."

문득 정신이 든 자하가 율비를 돌아보니, 율비는 주머니 안에서 꺼낸 귀뚜라미 우리를 들여다보며 좋아하고 있었다.

"훔쳐 간 것이 이 귀뚜라미였느냐? 겨우 그걸 찾겠다고 예까지 쫓아온 게야?"

자하가 기가 막혀 묻자 율비가 주눅이 들어 대답했다.

"그래도 정 붙여 키운 것인지라……. 죄송합니다, 자하님."

"그놈의 죄송! 넌 그 말밖에 못하느냐!"

"네?"

저도 모르게 튀어나온 말에 자하가 더 놀랐다. 왜 이럴까. 무결의 소유인 아이다. 바로 며칠 전까지만 해도 율비가 자하를 무서워하든 말든, 좋아하든 싫어하든 그것은 자하가 저어할 바가 아니었다. 변했다. 율비와 문제의 접촉을 일으킨 이래로 자하의 안에서 뭔가가 변했다.

접촉! 그 밤, 그의 중요한 부위에 닿았다 사라져 간 감촉을 기억해 낸 자하의 온몸이 숯덩이처럼 달궈졌다. 동시에 그의 시선이 향한 곳은 율비의 아랫도리 쪽이었다. 그날, 그의 하초에 맞닿던 그 말랑한 엉덩이……!

"크, 흐흠! 그, 형님 대신에 환관이 됐다고 들, 들었다. 저, 정말이냐?"

이미 알고 있는 사실을 처음 듣는 양 물어보자 율비가 쭈뼛거리며 고개를 끄덕이더니 물었다.

"저에 대해 조사를 하셨습니까?"

"그 정도야 기본이다. 출신이 불분명한 자를 어찌 전하 옆에 둘 수 있겠느냐."

"그렇군요……. 서성에 지금 단풍이 잘 들었겠군요. 제가 자란 서성은 단풍이 유명해서 가을이면 유락객들도 많이 온답니다."

"단풍이라면 건국도 좋은 곳이 많다. 나중에 혹시 가게 되면……."

문득 자하는 묘한 기분이 들어 말을 끊었다. 생각해 보니 이 녀석과 개인적인 대화를 나눈 것은 이번이 처음이었다. 별스럽지 않은 평범한 대화였지만, 이미 율비를 의식하게 된 자하에게는 여인과 나누는 것인 양 내밀하였고 그것이 은근히 그의 가슴을 두근거리게 만들었다.

몸만 커졌지 정애라고는 전혀 몰랐던 사내에게 그것은 몹시도 낯선 경험. 몰랐기에 밀어낼 생각도 못하였고, 자하는 밀려오는 감정을 그냥 무방비로 맞아들이고 말았다.

"형님이 잘 지내시나 모르겠네요. 가족들에게 연락을 안 한 지 너무 오래됐는데, 황도로 돌아가면 소식이라도 한 자 전해야 할 것 같아요."

"아마 못 돌아갈 거다. 당분간은 그런 꿈은 접어두는 게 좋을 거야."

"네?"

율비가 놀라 되물었지만 자하는 그녀의 시선을 피해 버렸다. 지금 율비와 얼굴을 마주쳤다간 무슨 헛소리를 할지 모른다는 강한 위기감이 닥쳐왔다. 피하자. 피하는 것만이 살길이다.

그런데 다짐도 소용없이 잠시 망설이던 율비가 꺼낸 말에 자하는 저도 모르게 그녀를 돌아봤다.

"자하님……. 제가 싫어서 대답을 안 하시는 거지요?"

"뭐라?"

돌아보니 율비가 낙망한 얼굴로 그의 소매를 잡고 있었다. 어린 아이처럼 울상이 된 표정. 그 모습에 자하의 심중이 사정없이 흔들렸다. 칼로도 창으로도 뚫지 못하는 철벽같은 심장이 그 순간 뚫렸으나 찌른 자도, 찔린 자도 그 사실을 깨닫지 못하고 멍하니 서로를 보고만 있었다.

"자하님이 무결님께 추문을 입히는 저를 싫어하시는 건 알아요. 그래도 저를 너무 미워하지는 말아주세요. 그냥 옆에만 있을 겁니다. 욕심 부리지 않을 거예요. 그냥 무결님 옆에 놓인 조약돌인 양 그렇게 살 테니, 예전처럼 떠나라 다그치지만 말아주세요."

아니다. 미워하지 않는다. 이제는 미워할 수가 없게 됐……

'내가 무슨 생각을 하는 거지?'

자하가 흠칫 놀라 호흡을 멈춘 그 순간, 느닷없이 '딱' 소리와 함께 눈부신 빛이 하늘로 솟구쳐 올라갔다. 율비와 자하가 동시에 하늘을 올려다보자 어두운 밤하늘에서 눈부신 불꽃이 터졌다. 어딘가 가까운 곳에서 불꽃놀이를 하나 보다. 규모가 꽤 큰 불꽃이 하늘에서 터지면서 눈부신 광륜이 그들 위로 빛을 던졌다.

"우와아! 봉황 불꽃이다!"

아, 그때 자하는 보았다. 넋이 나가 비상하는 봉황을 그리다 흩어지는 불꽃을 쳐다보는 율비의 얼굴이 기쁨에 물들어 활짝 피어나는 것을. 소년이 아니라 여인의 것으로, 그렇게 만개한 것을.

시간이 멎어버린 것 같다. 자하는 불꽃의 불길에 주홍빛으로 빛나는 율비의 얼굴에서 시선을 떼지 못했다. 잡아보고 싶었다. 그 얼굴을 그에게로 돌려서 언제까지고 들여다보고 싶었다.

이제야 무결의 마음을 알 것 같다. 남자든, 여자든 그는 상관없었던 것이다. 그냥 이 아이기에, 그래서 그대로 빠져 버린 거다.

"전하!"

갑작스레 들려온 율비의 고함에 자하는 번뜩 정신을 차렸다. 돌아보니 길 저편에 무결이 서 있고 율비가 조르르 그에게 달려가는 게 보였다. 소매치기를 쫓아 뛰어갔다는 말을 뒤늦게 듣고 찾으러 왔다는 무결의 타박에 율비가 죄송하다 사죄했고, 그녀는 자하를 내버려 둔 채 그대로 무결을 따라 길 너머로 사라졌다.

갑자기 혼자 남겨진 듯한 고독감에 자하는 심장 한 켠이 뻐근해졌다.

'어째서……? 내가 왜 이러는 거지?'

자하는 알 수 없었다.

사람의 영혼이 어느 한쪽으로 기울어 넘어지는 것은 순식간, 자하는 깨닫지 못했으나 그의 영혼 역시 이미 중심을 잃었다. 이 시간, 자신이 정애라는 한없는 미로 속으로 발을 들이밀었다는 것을 자하는 알지 못했다.

무결이 이미 묵을 곳을 잡아났다 하여 따라간 곳은 여리꾼들이 그리 목을 놓아 불러대던 만소점이었다. 무결과 함께 온 수하들은 이미 자리를 잡고 앉았는데, 율비와 자하가 막 점소이(店小二)*가 가져온 요리로 허기진 배를 채울 무렵 느닷없이 객점의 두 짝짜리 문이 부서져라 열리며 그리로 한 떼거리의 사람들이 나타났다.

---

*점소이(店小二):가게에서 일하는 젊은이

"유몽매(柳夢梅) 들어가오!"

"두여랑(杜麗娘)도 들어가오!"

외침과 함께 짙은 분장을 하고 화려한 옷을 걸친 사람들이 기다란 깃발을 휘두르며 쏟아져 들어왔다. 자세히 보니 그들은 오늘 객점에 오던 길에 만난 극단원들이었다. 분명 저녁에 다른 곳에서 공연이 있다고 들었는데 어째서 이 시간에 여기에 있는 거지?

갑자기 든 직감에 율비가 무결 쪽을 바라봤다. 그러자 무결은 싱긋 웃더니 2층을 손가락으로 가리키는 것이었다.

"자리가 좁을 듯하니 2층으로 옮기는 게 나을 것 같구나."

"설마…… 전하께서 저 사람들을 이리로 부르신 것입니까?"

"남는 게 돈이라서 말이다. 가 황후가 하원국에 서너 번 갔다 와도 남을 정도로 여비를 넉넉히 넣어줬더구나. 내 돈도 아니니 펑펑 썼다."

그의 말에 율비의 입이 더 이상 벌어질 수 없을 정도로 크게 벌어졌다. 당장 펄쩍 뛰고는 싶은데 자하가 신경 쓰여 차마 좋아라 환호성은 못 지르고 입을 꽉 막아버린다. 그러고는 2층을 향해 후닥닥 뛰어올라 가는 것이 말은 못하지만, 마치 오뉴월 꽃바람이 잔뜩 든 토끼 같다.

말은 남의 돈이라 펑펑 썼다 했지만 그 역시 한 나라의 번왕이었다. 번국에 가 있지 못한 까닭에 나라에서 황족에게 지급하는 연금을 받고 있긴 했지만, 그 연금의 액수는 평민들이 상상하지 못하는 거금이다. 그러나 그 많은 금은 재산들이 결국은 자신을 옭아매는 족쇄의 일부일 뿐이라, 무결에게는 그리 달가운 게 아니었다. 천금 재산이 있으면 뭐하랴. 그것이 저승 가는 노잣돈이라 생각하면 황궁은 그저 금칠한 무덤일 뿐, 구걸을 하는 한이 있더라도 꿈에도 그리운 자유를 손에 넣은 지금이 더 낫다.

'그래도 저리 좋아하니 기분이 나쁘지만은 않군.'

2층 층루에 자리를 잡자마자 나무 난간에 찰싹 달라붙어 눈을 빛내고 있는 율비를 바라보던 무결이 속웃음을 흘리며 화주잔을 들었다. 그러는 가운데 객점 한 켠이 치워지고 단원들이 대나무를 조립해 삽시간에 무대를 설치하자, 곧 분장을 한 배우들이 무대를 향해 향불을 올리면서 극이 시작됐다.

곤극 목단정은 유몽매라는 서생(書生)이 죽은 두여랑이라는 여인의 혼백과 사랑을 나누다 진짜로 그녀가 되살아나면서 두 사람이 맺어지게 된다는 내용이었다. 다소 현실감이 없지만, 노래가 아름답고 가사 또한 유려해서 당대에 유행하는 곤극 중에선 가장 유명한 것이었다. 배우들의 몸놀림이 어찌나 유연한지 발을 빨리 놀리면서 걸어도 상체는 마치 미끄러지듯 우아하게 움직였고, 연기는 과장되긴 해도 극적이었다. 곤극을 처음 보는 율비는 무결이 바로 앞에 있다는 것도 잊고 빨려 들어갈 것처럼 집중했다.

'곤극 구경은 처음이라더니 과연 좋긴 좋은가 보군. 하여간 반응이 재미있다니까.'

싱긋 웃던 무결의 시선이 문득 1층의 무대 앞쪽에 앉아 있는 자하 쪽으로 향했다. 그를 발견한 무결의 눈빛이 돌연 이채를 띠었다. 도대체 언제부터 보고 있었던 건지 자하의 눈은 이쪽을 보고 있었다. 아니, 무결이 아니다. 정확히는 율비 쪽을 향하고 있다.

그런데 그러던 자하가 얼핏 무결이 그를 내려다보고 있다는 것을 발견하고는 얼른 아닌 척 고개를 돌려 버린다.

"……?"

무감동, 무표정, 무감각 3무(無)를 골고루 갖춘 자하가 아니었던 가. 그런데 율비를 바라보는 그의 시선엔 뭔가 묘한 빛이 깃들어 있었다. 절대로 그에게선 볼 수 없을 거라 생각했던 깊은 고민과 의문의 빛. 도대체 왜……?

"혼자 앉아 계신 걸 보니 몹시 적적해 보이는군요. 잠시 합석해도 될까요, 공자님?"

홀연히 들려온 목소리에 무결의 상념은 깨졌다. 그들이 앉은 자리 옆으로 복도가 지나가고 있었는데 고개를 돌려보니 거기에 웬 아리따운 여인 하나가 서 있었다.

몸매가 늘씬하고 키가 꽤 큰데 마치 고양이처럼 눈이 크고 그 눈꼬리가 위로 올라갔다. 화장이 상당히 진하긴 했지만 이목구비가 또렷한 것이 꽤 아름다운 여인이다. 비록 낯모르는 남자에게 자리를 함께하자며 천연덕스럽게 수작을 거는 걸 보면 보통내기가 아닌 것 같지만 말이다.

"뉘신지 모르지만 나는 일행이 있소. 미안하지만 합석은 사양하겠소."

"그 일행이 저기 곤극에 정신이 팔려 있는 꼬마를 말하는 겁니까? 하지만 공자를 이리 쓸쓸하게 놔두는 것을 보니 그리 좋은 술벗이 아니군요."

"그러면 소저는 좋은 술벗이 될 수 있다?"

"호호, 소개드립니다. 공자께서 불러주신 유랑극단의 단주입니다. 소녀의 이름은……."

"됐소. 별로 알고 싶지 않소."

맵찬 거절에 단주의 얼굴이 새빨갛게 달아올랐다. 그러나 그녀는 유랑극단을 운영하며 전국을 떠돌아다닐 만큼 당찬 여인인지라 웬만한 수치엔 끄떡도 않는 배짱을 갖고 있었다. 단주는 곧 아무렇지 않게 생글생글 웃으며 자연스럽게 비어 있는 무결의 앞자리에 앉더니 술병을 들어 무결의 잔에 술을 채웠다.

"모름지기 술이란 미인과 함께 마셔야 더욱 맛이 나는 법이랍니다. 이리 준걸하신 분이 혼자 술을 자셨다가는 술잔이 부끄러워 담은 술을 흘려 버릴 겁니다."

"재치가 있는 분이군. 그런데 이리 아름다운 꽃이 어찌 사내가 없어 아무에게나 꽃잎을 벌릴까."

"저는 꽃이 아니라 아직 덜 핀 꽃씨입니다. 꽃씨는 때로 주인을 찾아 바람에 날려 날아다니기도 하지요. 제 주인을 만나 자리를 찾아 안착하면 화려한 꽃으로 피어나지 않겠습니까?"

적당히 대거리하며 술을 들이켜던 무결의 시선이 여인의 말에 저절로 그녀에게로 쏠렸다. 꽃씨라. 솔직히 여인은 짙은 화장으로 가렸음에도 불구하고 도저히 속일 수 없을 정도로 꽤 나이를 먹어 보였다. 이미 만개가 지난 나이. 발아 전의 꽃씨라기보다는 이 남자, 저 남자에게서 여러 번 피었다 졌을 나이다.

그런데 흘끗 단주를 보던 무결의 눈이 크게 떠졌다. 소매가 없는 아름다운 자화조포 비갑에 그 아래로 분홍빛 치마와 저고리를 걸친 단주의 모습은 미인도에 나오는 여인의 그것처럼 아름다웠다. 그러나 무결이 새삼 놀란 것은 단주의 미모 때문이 아니었다.

단주가 앉아 있는 뒤로 율비가 홀린 듯한 표정으로 난간에 기대앉아 무대를 구경하고 있었다. 그런데 우연인지 율비의 얼굴이 단주의 어깨 위로 튀어나와, 마치 얼핏 보면 율비가 여자의 옷을 걸치고 있는 것처럼 보였던 것이다.

'이건…… 뭐지? 내가 잘못 본 건가?'

무결은 눈을 비볐다. 그리고 눈에 힘을 주어 다시 한 번 율비의 모습을 확인했다.

잘못 본 게 맞았다. 앉은 자세를 돋워 고개를 빼고 내려다보니 단주의 뒤에 앉은 녀석은 분명히 남복을 입고 있다. 그런데 이상하다. 다시 허리를 내려 앞에 앉은 단주와 그 뒤의 녀석을 겹쳐 보니 녀석은 그대로 여인의 모습이 돼버린다. 분홍빛 치마저고리를 걸친 귀여운 여인.

무결의 가슴이 급박하게 뛰기 시작했다.

"미친 게다."

"네? 지금 뭐라고 하셨나요?"

단주가 눈을 치뜨며 물었지만 무결은 이마를 짚으며 괴로운 표정을 지을 뿐 아무런 말도 하지 않았다. 그러더니 곧 머리를 절레절레 흔들며 일어나는 것이었다.

"아무래도 내가 너무 취해서 헛것을 보고 있는 것 같소. 아니면 술을 핑계로 내가 원하는 모습만 보고 있든가. 안 되겠구려. 미안하지만 나는 이만 일어나야 될 것 같소."

말을 마친 무결이 단주의 대답을 기다리지 않고 벌떡 일어나더니 2층 구석에 있는 자신의 방으로 가버렸고, 단주는 얼빠진 얼굴로 한동안 무결이 가버린 방향을 바라봐야 했다. 자신이 거절당했다는 것을 깨닫고 분김에 사로잡힌 것은 그로부터도 한참 뒤였다.

자정이 넘은 시각, 그 시각까지 곤극이 끝나는 것을 내내 지켜보고 배우들과 어울려 술까지 한잔 마신 율비는 기분이 한껏 좋아져 자기 방으로 돌아왔다. 난생처음 보는 곤극도 재밌었거니와, 일부러 극단을 부르고 신경을 써준 무결의 배려가 더욱 기쁘고 고마워 율비는 잔뜩 신이 나 있었다.

일부러 그런 건지는 몰라도 무결이 따로 방을 쓸 수 있도록 방을 잡아준 덕분에 모처럼 남의 눈 신경 쓰지 않고 잠도 잘 수 있게 됐다. 무결이 무슨 마음으로 그리해 줬는지 몰라도 오늘은 사방에 기쁜 일들뿐이었다.

"아차, 소앙 밥 주는 걸 잊어버렸네."

저녁 먹고 소앙의 밥도 챙겨주려 했는데 극단이 들이닥친 바람에 완전히 까맣게 잊어버렸다. 율비는 소앙이 성질을 내고 있는 건 아닌가 살펴보려 침상 머리맡에 놓아둔 우리를 집어 들었다. 그런데 문 입구에 걸린 작은 등불에 우리를 비춰 본 율비는 깜짝 놀랐다. 아까 소매치기에게 돌려받았을 때만 해도 멀쩡하게 살아 있던 소앙이 배를 내놓고 뒤집혀 있는 것이 아닌가.

"소앙, 소앙! 왜 이러니? 왜 정신을 못 차리는 거야?"

이미 늦었다. 작은 벌레를 꺼내 손끝으로 만져 본 율비는 곧 소앙이 죽은 지 한참 됐다는 것을 깨달았다.

왜……? 어째서 이렇게 갑자기……?

귀뚜라미를 키운 게 여러 해. 작은 벌레를 키우는 데는 어느 정도 이력이 난 율비였는데 이렇게 아무런 징조도 없이 죽어버린 것은 처음이었다. 죽은 애완벌레에 대한 안타까움과 슬픔 한 켠으로 불길한 예감이 스멀스멀 기어올라 왔다.

그때 마치 율비의 직감이 맞았다는 것을 증명하는 것처럼 1층의 객점 입구에서 소란한 소리가 들려왔다. 무슨 일일까? 서둘러 아래층으로 내려가 보니 이미 객점 앞마당에 자하와 수하 무사들이 기겁한 얼굴로 서 있는 게 보였다. 얼핏 봐도 마흔 명은 넘어 보이는 중무장을 한 사내들이 말에서 내려 앞마당으로 들어오고 있었는데, 그들 중에 우두머리인 듯한 사내가 자하를 보더니 손을 들어 수인사를 했다.

"어떻게……!"

어떻게 우리를 쫓아왔냐는 말을 차마 하지 못하고 있자 사내가 날름 그를 받았다.

"다행입니다. 놓친 줄 알았는데 이렇게 따라잡았군요. 수역에서 일하는 공두(工頭)*에게 물었더니 다행히 소흥에서 건왕 전하일행이 내리셨다 하여 저희도 따라 내린 참입니다. 국사를 맡은 사절단의 일행이 겨우 20여 명도 안 된다는 것은 외교적으로도 결례가 되며, 또한 여행 중의 안전에도 문제가 될 것이다 하여 화린 마마께서 급히 저희를 보내셨습니다. 하원국까지의 호위는 저희

---

*공두(工頭):지역 노동자들의 우두머리

가 책임질 터이니, 이제 안심하셔도 좋습니다."

사내가 싱글싱글 웃으며 덧붙였지만 객점 1층에 모인 자들 중에 그 말을 믿는 자는 없었다. 격식을 따지자면 서장관(書狀官)을 비롯한 문신들과 학자들, 그리고 많은 외교관들이 따라와야 옳은 것이지 이와 같이 무사들만 골라 보내는 것은 어느모로 보나 무결 일행을 감시하기 위한 것이지, 외교적 결례를 막기 위함은 아니다.

"그것참 고마운 일이군. 벌써부터 국사를 그리 챙기다니, 누가 보면 번왕비가 아니라 황후인 줄 알겠소."

툭 들려온 목소리에 뒤를 돌아보니 언제 내려왔는지 무결이 계단참에 서 있었다. 사내를 내려다보던 무결이 싸늘하게 웃으며 쫓아오느라 수고 많았다 치하했으나, 그 표정은 하나도 고마운 표정이 아니었다.

꼼짝없이 하원국으로 갈 수밖에 없게 됐다. 세상으로 날아가려던 창룡의 발에 또다시 족쇄가 걸린 것이다. 이 족쇄는 또 어찌 부술까. 그를 묶은 이 대지를 어찌 박차고 비상할 수 있을까.

모든 답은 하원에 있었다. 그곳에서 감시자들을 어떻게 뿌리치고 나오느냐에 따라 그의 비상과 추락이 달려 있다. 무결이 열린 문 사이로 하원을 향해 뻗어 있는 어둠을 바라보았다. 그 어둠 너머에 그가 걸어가야 할 길이 있다. 실낱처럼 가늘어 빛 속에서도 보이지 않는 길이. 그 길을 더듬어 찾아내기 위해 무결은 한참 동안 그 어둠을 뚫어져라 바라보았다.

*

하원국은 산과 강의 나라다. 북서부에는 크고 작은 산이 많고 그 산에서 발원하는 골짜기 물과 작은 내가 강을 이뤄 그 이름처럼 큰 강의 수원(水原)이 된다. 창천국을 관통하는 대운하의 물 갈래 중 하나도 바로 그 하원국으로부터 발원한 것이었고, 소흥에서 1박을 한 후 다시 물길을 탄 무결 일행은 그로부터 다시 이틀을 더 지나 마침내 하원국의 수도 하경에 입성했다.

하경(河京) 역시 그 이름에 걸맞게 수도 전체가 정확히 격자 구조로 나뉘어져 있고 그 구획 사이마다 물길이 흐르고 있어서, 그 물 위로 좁고 길쭉한 모양의 배들이 짐과 사람을 싣고 분주하게 오가고 있었다.

원래는 오지 말았어야 할 곳. 그래서인지 화하와 다른 이색적인 도시의 풍경에 가슴이 뛰었어야 마땅하련만, 마치 사지에 들어온 것처럼 위화감이 들었다. 수로를 오가는 수부들도, 귀인들의 일행이 출현하자 목을 빼며 구경하는 저자의 백성들도 모조리 그들을 감시하거나 위해하려는 자들로 보여서, 율비나 무결의 호위대들은 저도 모르게 검집에 손을 대며 바짝 긴장했다.

사실 진짜 위험은 하원국 사람들이 아니라, 호위를 핑계로 그들을 감시하고 있는 화린이 보낸 호위병들이었다. 일행이랍시고 함께 섞여 하원국의 왕성으로 향하고 있기는 했지만 무결 측근의 사람들은 마치 가시덤불을 걸친 것처럼 불편하기 짝이 없었다.

하원국 왕성에 도착하자 그들을 맞은 것은 하원국의 왕세자로 그 이름은 주세윤이라고 했다. 왕위를 비워둘 수 없는 까닭에 선왕이 죽은 직후 바로 왕위에 올랐으니, 이제는 왕세자가 아니라 국왕이라고 부르는 게 맞을 것이다. 그러나 그것은 세윤 쪽의 입장이었고, 창천 쪽에선 그에게 정식으로 책봉 교지를 내리지 않았기 때문에 상국인 자신들의 위신을 세우기 위해서도 아직은 그를 국왕이라 인정할 수 없었다. 그래서 무결이 그를 부르는 호칭은 세자일 수밖에 없었다.

"누추한 곳에 친림하여 주셔서 감사합니다. 조문단이 올 때까지는 꽤 시간이 걸릴 거라 예상했는데 생각보다 빨리 오셨군요. 창천은 번왕이나 태자 전하나 모두 행동이 빠르십니다."

국사를 맞는 빈관에서 무결을 맞은 세윤은 극히 드물게 보는 미남이었다. 유난히 흰 얼굴에 입술은 붉은 것이 여자라고 해도 이상하지 않을 정도. 상국의 사신을 맞은 태도 역시 교양있고 우아해 흠잡을 데가 없는데, 묘하게도 그 한구석에 가시가 느껴졌다.

"그런데 먼저 온 소식통에 의하면 부사가 함께 오시기로 했다 들었는데 어째 일행 중에 그분은 보이지 않는지요? 게다가 교지만 갖고 오셨을 뿐, 일행 중에 사자관도 문사도 보이지 않으니 참으로 이상합니다."

"결례가 됐다면 유감이오. 출발할 적엔 부사를 비롯해 문사 일행이 있었는데, 오는 길에 그만 수적을 만나는 통에 따로이 흩어지고 말았소. 다행히 나와 함께한 일행들은 배를 몰아 도망쳐 나올 수 있었지만 부사 일행은 생사를 알 수 없게 됐다오. 마땅히 그들의 생사를 수소문해야 될 일이나, 하원국에 오는 것이 먼저다 생각하여 열일을 제치고 이리로 달려온 것이니 세자는 부디 이해해 주길 바라오."

"그러시겠지요. 충분히 이해합니다. 본국을 위하여 열과 성을 다하여주신 왕야의 정성에 그저 감읍할 따름입니다. 제가 과연 그와 같은 왕야의 성의에 제대로 보답할 수 있을지 두려울 정도입니다. 모쪼록 하원에 계시는 동안 불편함이 없도록 최선을 다해 섬기도록 할 터이니, 왕야께서도 기대해 주십시오."

"……!"

불편하다. 뭐라 딱 바르집어 말할 순 없었지만 무결을 대하는 세윤의 태도엔 미묘하게 꺼림칙한 바가 있다. 속을 감추는 데 능한 무결인 까닭에, 남의 속을 들여다보는 데에도 일가견이 있었다. 그런데 세윤은 마치 안개와 같이 그 안에 뭔가 있다는 것이 아슴아슴 드러날 뿐, 품고 있는 것이 무엇인지는 확연하게 보이지가 않는다. 그것이 더욱 무결을 불안하게 만들었다.

"장례식이 끝나는 대로 황자를 비롯해 조문단 여러분들의 여독을 풀기 위해 큰 축연을 베풀려 합니다. 우리 하원국에서는 발인 전 3일 동안은 아무것도 먹지 않는 관습이 있습니다. 그 대신 반우(返虞)*가 끝나면 잔치를 베풀어 그동안의 굶주림을 채우고 수고를 위로하지요. 물론 타국에서 오신 왕야께서는 우리의 풍습을 따를 필요가 없습니다만, 부디 그날 잔치에 참석하시어 두 나라 간의 교의를 더욱 공고히 다질 수 있기를 바랍니다."

그 말을 끝으로 무결과 세자 세윤과의 회담은 끝이 났다.

---

*반우(返虞): 신주를 궁궐로 가져옴

"예감이 좋지 않다."

"그게 무슨 말씀이십니까? 부사 일행이 오지 않은 것 때문에 세윤 세자가 뭔가 외람된 말이라도 하던가요?"

무결이 나타나자 빈관(賓館) 앞 접객실에 들어 있던 자하와 율비, 그리고 수하들이 곧 그 앞에 모였다. 왕성에 들어올 때 많은 인원이 다 들어올 필요는 없다는 핑계로 화린이 보낸 후발대는 뒤에 남겨놓고 왔기에 지금 무결과 함께 있는 것은 원래 그의 수하였던 자들뿐이었다.

좀처럼 약한 소리를 하지 않는 무결이 불안을 토로하자 그들의 얼굴에 당장 동요가 떠올랐다. 웃전으로서 일행의 사기를 저하시키는 것은 피해야 할 일이나, 지금은 주의를 환기시켜 놓아야 했다. 무결은 굳은 낯빛으로 자하를 향해 혼잣말처럼 되뇌었다.

"아니, 그 정도는 예상한 항의라 할 수 있다. 하지만…… 뭔가 이상해. 세윤 세자를 본 것은 처음이지만 그자가 나를 대하는 태도에 뭔가 모호한 면이 있다. 영민한 자라고 들었는데, 오늘의 그는 영민함을 넘어 위태로운 면이 있었어. 마치 칼끝에 외발로 서 있는 것처럼 보인다고 할까. 그것이 어쩐지 불안하다."

설명할 말을 찾기 힘들어 무결이 잠시 입을 다물었다. 딱히 연유를 설명할 수는 없지만 어쨌든 조심해서 나쁠 건 없다. 숙고하던 무결이 계속해서 말을 이었다.

"어쩌면 세윤 세자가 뭔가 다른 마음을 품었을지도 모른다."

"네에? 어찌 감히 속국의 세자가 창천국의 번왕을 해할 마음을 품는단 말입니까? 만약 손가락 하나라도 댔다간 당장 창천의 군세가 몰아쳐 하원을 도륙 낼 것입니다. 전하, 외람되오나 그것은 감히 있을 수 없는 일이라 사료됩니다."

"나도 감히 단언할 수는 없다. 하지만 만에 하나 그 창천과 모종의 제휴가 돼 있다면?"

"……!"

"애초에 화린이 후발대까지 보내 하원으로 몰아넣은 게 수상했다. 거슬러 올라가면, 이제까지 나를 강제로 화하에 묶어놓았던가 황후가 굳이 나를 하원으로 보낸 것부터가 앞뒤가 맞지 않는 일이었어."

"그럼 설마 하원국에서 전하의 신변에 모종의 위해를 가할지도 모른다는 겁니까?"

"확실한 것은 아무것도 없다. 하지만 만에 하나를 모르는 것, 조심해 둬서 나쁠 것은 없다. 가능한 한 일행들끼리 따로 떨어져 있지 말고, 또한 확실한 경로를 통해 전달되는 게 아니면 다른 사람이 주는 음식은 절대 먹지 말아라. 할 수 있는 한 만전을 기해야 한다. 그래야 이 하원국에서 무사히 살아나갈 수 있어."

무결이 신중한 어조로 그리 일렀으나 자하와 그 수하들 모두 이미 심중에 번지기 시작한 불안을 지울 수 없었다. 정말로 무결의 말대로 하원국 조정과 천웅이 모종의 거래를 했다면, 그렇다면 하원국 전체가 적이란 뜻이다.

적진에 완전히 고립된 상황. 하원국의 신민들 모두가 그들을 죽이려 하는데 그런 사지에서 그들이 과연 살아서 나갈 수 있을까?

감히 입 밖에 내어 말하지 않았지만 모두가 그런 암담한 의문을 가슴속에 떠올리기 시작했다.

"후발대의 대장은 어찌 궁에 들지 않았다던가?"

무결이 궁을 나간 뒤 세윤이 무결 일행에게 붙여둔 사빈관(司賓官)을 불러들여 묻자 그가 대답했다.

"건왕야가 핑계를 대어 궁궐 밖 영빈관에 남겨두고 왔다 합니다. 아무래도 건왕이 낌새를 눈치챈 것 같습니다."

"직접 만나보니 두려울 정도로 위압적이고 날카로운 자였다. 창천에 퍼진 평가로는 술에 찌들어 비굴하게 산다 하더니 그 반대더군. 그런 자이니 아마도 다는 몰라도, 그를 둘러싸고 모종의 음모가 진행되고 있다는 것을 어느 정도 눈치챘을 것이다. 하지만 그런다고 해서 이미 사지로 들어와 버린 것을 뚫고 나갈 도리가 있겠는가. 하하, 불쌍한 건왕. 불쌍하도다. 불쌍하도다, 하원이여."

소매로 입가를 가리고 웃는 세윤의 웃음이 무척이나 서글펐다. 예민하고 섬세한 성정인 세윤은 왕가의 일원이라기보다는 예인(藝人)에 가까웠다. 속국의 세자로 태어난 죄, 그리하여 일국의 운명을 볼모로 어리석은 음모에 놀아나야 함이 어찌 슬프다 하지 않을 것인가. 잘못된 시대, 잘못된 나라에 태어난 설움. 그 설움이 보이지 않는 눈물이 되고 폭포가 되어 세윤의 입을 통해 흘러나옴에 사빈관이 통절한 슬픔을 느끼며 눈가를 가렸다.

"건왕을 영빈관으로 모시고 할 수 있는 한 최고의 대접을 해주시게나. 처소에 금과 은을 처바르고 술로 목욕을 시키게. 여자보다는 남자를 좋아한다 하니 원하는 대로 애동을 들이도록 하고. 이 세상에서 마지막 즐기는 향락이니, 저승 가는 길에 여한이 없도록 해줘야지."

서글프게 웃으며 덧붙이는 말에 사빈관이 조심스럽게 대답했다.

"저, 그것이…… 건왕야께서 영빈관에 들지를 않으셨다 합니다."

"뭐라?"

"사빈시(司賓寺) 관헌들이 전하와 그 일행을 영빈관으로 모시려 했지만, 왕야께서 영빈관이 몹시 초라하고 지저분하다 화를 내셨다 합니다. 그러더니 도저히 있을 데가 못 된다며 들어가기를 거부하셔서……."

세윤이나 천웅이 한 가지 간과한 점이 있었으니, 그것은 창천에서는 몰라도 적어도 이 하원에선 무결이 가장 지위가 높은 사람이라는 것이었다. 사절단 우두머리로 온 무결은 창천을 대표하는 상징성으로 보나, 창천에서의 신분으로 보나 그가 어떤 횡포를 부린다 해도 하원에서는 감히 그를 제지할 수가 없었다.

"그래서 지금 건왕이 어디에 머물고 있다는 것이냐?"

"아뢰옵기 황송하오나, 하경에서 가장 큰 기루가 어디냐 묻더니 수하들을 싹 몰아서 그리로 들어가 버리셨다 합니다. 허고, 역시 장소 좁음을 핑계대어 건왕야의 수하가 아닌 호위병들은 모두 영빈관으로 몰아넣어 왕야께 접근하지 못하게 했다 합니다."

"기루란 것이 개방된 곳이니만큼 남몰래 움직여야 할 우리들이 함부로 쳐들어오지는 못할 거라 생각한 게로군. 하아, 아무래도 그는 내 생각을 훨씬 더 뛰어넘는 인물인 것 같다. 그래서? 지금은 그곳에서 탈출할 모의라도 하고 있다더냐?"

기루의 특성상 오가는 빈객이 많으니 그만큼 보안을 유지하기도 어렵다. 당연히 밀정이 무결 일행의 동향을 탐지하고 있을 거라는 생각에 세윤이 그리 물었지만 돌아오는 대답은 예상 밖의 것이었다.

"송구합니다만 그것이…… 호위들이 겹겹이 기루를 둘러싸고 출입을 통제하고 있어 기루 안의 사정을 탐지할 수가 없게 됐습니다."

기함하여 입을 딱 벌린 세윤을 향해 사빈관이 늘어놓은 해명은 다음과 같았다. 기루에 자리를 잡은 무결은 그 길로 창천과의 무역권을 주겠다는 구실을 내세워 하원국 최대 상단인 호금단의 단주를 기루로 불러들였다고 했다. 세윤과 천웅 사이에 오간 거래의 사정을 모르는 단주로서야 하원의 질 좋은 차를 창천에 독점 공급하도록 알선해 주겠다는 미끼에 혹할 수밖에 없었고, 안전을 위해 호위를 붙여달라는 무결의 요청에 넙죽 특급 표사 50여 명을 붙여 기루 전체를 물샐틈없이 방비하게 했다는 것이다.

"영악하군. 이토록 쉽게 손도 안 대고 코를 풀다니 실로 영악해. 그렇다면 호금단 단주를 겁박해 우리 쪽에 가담하도록 할 수는 없나?"

"그것도 힘들 것 같습니다. 건왕야께서 무역 상담을 핑계로 상

단주를 기루에 아주 끼고 살면서 매일 부어라 마셔라 질탕한 잔치를 벌이고 있어, 감히 단주에게 사람을 접근시키기 어렵다 합니다. 게다가 호금단뿐만 아니라 여러 상인들을 매일 번갈아 불러들여 서로 견제하게 하고 있어서, 덕분에 지금 하원국 수도 상인들이 건왕야가 머무는 기루에 모여 살다시피 하고 있답니다."

"양음(涼陰)*이라 계령(戒令)이 내려진 상태인데도 그러고 있다 이거지? 참으로 안하무인이구나. 하하하. 이거 완전히 크게 한 방 먹었도다. 내 나라에서 임금인 내가 이렇게 손발이 묶일 줄은 정말로 몰랐다."

세윤이 기가 막혀 허허 웃고 있는 그 시각, 무결은 사빈관이 보고한 바대로 기루에서 거나한 술잔치를 벌이고 있었다. 언제나와 마찬가지로 호금단 단주와 무결이 상석을 차지하고 있었고, 가희와 기녀들이 금을 뜯고 춤을 추는 가운데 무결은 연신 여러 가지 꾐수로 단주를 홀리며 술을 권하고 있었다.

그 꾐수란 게 대충 이런 것이었다.

"무역이란 것이 본디 오는 게 있으면 가는 게 있는 게 아니겠는가. 하원에 차가 유명하다면 창천은 그 넓은 땅 덕분에 특산물이 한두 개가 아니지. 창천의 아름다운 비단이나 남양 만(灣)에서 나는 고운 진주를 들여올 수 있다면 호금단 단주의 부가 배는 더 늘어나지 않겠나? 그것도 독점으로 들여온다면 말이야."

"참말이십니까? 그리되도록 힘을 써주신다면 제 뼈가 가루가

*양음(涼陰):국상 기간

되도록 왕야를 위해 분골쇄신(粉骨碎身) 노력할 것입니다!"

"그 말 고맙군. 자자, 그런 의미에서 우리의 우정과 신뢰를 위해 축배를 드세."

무결이 비어 있던 단주의 잔에 철철 넘치도록 술을 붓자 단주가 좋아라 단숨에 술을 들이켰다. 그러나 한껏 기분이 들떠 있던 까닭에, 단주는 무결이 잔을 부딪친 다음에도 술을 마시는 척만 할 뿐, 실제로는 입만 축이다 도로 뱉어내고 있다는 것을 몰랐다. 그리고 이것저것 종류별로 들라며 친히 젓가락으로 안주를 집어주며 권하긴 해도, 정작 무결은 단주가 먹는 것을 눈여겨보기만 할 뿐 자신은 절대로 먹지 않는다는 것도.

"이곳의 음식은 어째 내 입에는 통 맞지가 않는 것 같군. 다분히 기름져서 그런가, 어제는 배탈이 나서 밤새 혼이 났다네. 단주는 지난밤 괜찮았는가?"

"아니, 그런 변이 있었단 말입니까? 저는 숙취가 있었던 것을 빼고는 밤새 아주 달게 잤답니다. 말씀대로 하경의 음식이 화하와 달라 그런가 봅니다. 제가 화하 출신의 숙수가 있나 알아보도록 하겠습니다. 귀하신 옥체에 탈이라도 나면 큰일 날 일이지요!"

"후의에 감사하네. 그런 의미에서 또 한 잔 들까? 아, 내 입이 좀 짧아서 그러니 이번엔 술을 좀 달리해서 들어보세."

입이 짧다는 말이 진짜인지 무결은 절대 같은 종류의 술을 두 번 이상 마시지 않았다. 겨우 한 모금 목만 축이고는 다른 술을 가져오라 명했고, 심지어 술안주까지 대부분 바꿔 버렸다. 덕분에 기루의 요리사가 하루 종일 질고 마른 요리를 새로 만들어 대령하느라 허리가 휠 지경이었다.

호금단 단주나 기루의 요리사는 무결이 창천의 황족이라 입이 짧아 그런 것으로 알고 불평을 하면서도 그러려니 여겼지만, 그렇게 호금단 단주가 한입 맛보고 치워 버린 술과 요리들이 모조리 율비와 그 수하들에게 날라지고 있다는 것은 몰랐다. 그러니까 말하자면 무결은 호금단 단주를 이용해 공짜로 호위를 받는 것도 모자라, 기미상궁 노릇까지 시키고 있었던 것이다. 하지만 사정을 모르는 호금단 단주는 그저 무결이 그에게 큰 호감을 품은 탓으로 알고 기뻐서 사방에 자랑을 하고 다녔으니, 나중에라도 이 사실을 알면 길길이 날뛰었을 일이다.

"요기는 제대로 하였느냐? 너무 기름진 음식이라 먹는 것도 고역이긴 하다만, 그래도 먹지 않으면 체력이 달리게 된다."

자정이 넘어 단주를 보낸 뒤 무결은 기루 후당에 따로 마련된 자신의 처소로 돌아왔다. 기루 전체에 단주가 붙여준 표사들이 가득 차 있었지만 이곳만은 그와 함께 온 수하 무사들이 지키고 있었다.

"전하의 배려로 모두 무사하니 염려하지 않으셔도 됩니다. 먹고 마시는 것도 비교적 안전하고, 밖으로는 상단의 표사들이 저희를 지켜주니 이대로 하원을 빠져나갈 수도 있는 게 아닌가 하고 수하들이 수군거릴 정도입니다."

"그건 무리다. 만약 내 생각대로 세윤이 다른 마음을 먹고 있다면 막판에는 어떤 수를 쓸지 몰라. 우리를 보호하고 있는 표사들역시 하원의 주민들이니, 그들의 왕이 명하면 적으로 돌변할 게

다. 게다가 당장은 이 기루에 웅크리고 있을 수 있지만, 선왕의 상
여가 나가는 발인 날만큼은 입궁을 하지 않을 수 없어. 그날은 세
윤을 만날 수밖에 없다."

"하지만 설마 국왕의 발인 날 저희를 치겠습니까? 아무리 천웅
태자가 겁박을 했다 해도 제 아버지의 장례식을 피로 얼룩지게 할
까요?"

"네 말이 맞다. 아무리 내 목을 취하는 게 급하다 해도 자식
된 도리로 그런 짓까지 벌이지야 않겠지. 하지만 정작 위험한
것은 반우가 돌아온 다음이다. 하원국의 풍습대로라면 장례가
끝나고 큰 잔치를 벌인다 했으니, 세윤이 공개적으로 나를 죽일
작정이 아니라면, 분명 내가 입궁하게 될 그날 나를 해치울 거
다."

　　모두가 두려워하는 반우의 날이 기어코 돌아왔다. 국왕의 장
례는 보통 한 달에 걸쳐 진행되는데, 국왕이 붕어한 직후 국장도
감이 차려지고 곧 국왕의 묘혈을 조성하는 사업이 진행된다. 묘
역이 모두 정돈된 다음에야 가매장한 국왕의 시신을 대여(大輿)에
싣고 장지로 출발하게 되는데, 임시로 만든 선왕의 가신주(假神主)
가 궁궐 안 혼전(魂殿)*에 안치되면서 공식적인 국상은 끝나게 된
다.

---

*혼전(魂殿): 사망한 국왕이나 왕비의 신주를 모셔놓는 곳

하원국에서는 장례가 있는 날 초저녁에 초우(初虞)*를 지낸 뒤 큰 잔치를 벌였다. 발인과 초우 모두 조문단의 정사로 온 무결이 반드시 참석해야 하는 행사. 피할 수 없는 위험을 향해 스스로 걸어 들어갈 수밖에 없었다. 마침내 닥친 발인 날, 무결은 입궁하기 전에 율비와 수하 무사들을 불러들였다.

"지금까지도 그러했지만, 특히나 오늘만큼은 절대로 방심해선 안 된다."

모인 자들 사이에 그 어느 때보다 숨 막히는 긴장이 흘렀다.

무결과 자하를 포함하여 검을 쓸 수 있는 자는 모두 아홉. 율비는 검술 근처에도 가 본 적이 없으니 굳이 말하면 짐 덩어리다. 따라서 그녀의 불안은 그 누구보다 짙었다.

"이 기루를 나가는 순간부터 아무것도 먹지 말고 마시지도 말아야 한다. 또한 후발대로 온 창천의 호위들과도 되도록 떨어져 있도록 하되, 절대로 무리에서 뒤처져 개인적으로 행동해서는 안 된다."

"하원에서 노리고 있는 것은 전하가 아닙니까. 지금 저희를 걱정하실 때가 아닌 듯한데요."

무사 중 하나가 쓴웃음을 지으며 받아치자 무리 중에 가벼운 잔웃음이 일었다. 어색함과 날선 긴장을 감춘 고소(苦笑).

굳어진 몸을 감춘 채 무결이 왕궁에서 보내온 가마에 올랐고, 나머지 일행이 그 뒤를 따라 출발했다. 그렇게, 그들의 운명을 가를 하루가 시작됐다.

---

*초우(初虞):시체를 매장한 후 혼백을 달래기 위해 지내는 첫 번째 제사

"유세차! 갑자년 갑자일. 감소고우(敢紹告于) 현고선왕(顯考先王)이라!"

제관의 축문을 시작으로 우제(虞祭)가 시작됐다. 하원의 왕묘는 하경에서 그리 멀지 않은 산역에 조성돼 있어서 장례 절차가 모두 끝나고 상주와 조문객들이 그날로 왕궁으로 돌아올 수 있었고, 따라서 우제는 장례가 끝난 그날 초저녁으로 바로 진행됐다. 절차에 따라 모든 제례가 끝난 뒤 마침내 빈객들이 국빈을 접대하는 전각으로 안내되면서 본격적인 연회가 시작됐다.

무결이 연회장으로 향하기 직전, 자하가 호금단 단주를 통해 어렵게 입수한 것을 무결과 일행들에게 내밀었다.

"연화(煙火)인가."

"만약의 사태가 일어나면 이것에 불을 붙여 신호를 하면 됩니다. 위치를 확인할 수 있다면 그쪽으로 합류하기 쉬울 것입니다."

종이를 몇 겹으로 붙여 만든 막대 모양의 종이통 안에 할약(割藥)*을 넣어 만든 그것은 종이통 밖으로 도화선이 튀어나와 있어서 불을 붙이면 하늘 높이 발사되고, 적당한 높이에서 폭발을 일으킨다. 살상력은 거의 없지만 신호용으로는 적당하다. 넓이가 좁고 가늘어 용케 자하가 걸친 갑주 안에 숨겨 가지고 들어온 것이다.

"그 짧은 시간 안에 잘도 구했구나. 기왕이면 적이포(赤夷砲)를 입수해 보지 그랬느냐. 적이포 한 문(門)이면 왕성을 쓸어버리는

---

*할약(割藥):불꽃놀이용 포에 넣는 화약. 면실이나 왕겨에 흑색 화약을 입혀 만든다

것도 어렵지 않을 텐데 말이다."

"연화탄도 어렵게 구한 것입니다. 적이포를 구하려면 밀수입상을 통해도 거의 1년은……."

"되었다, 되었어. 농담과 진담을 구분하지 못하는 건 아주 고질병이구나. 네 몸 걱정이나 하거라. 다른 자들도 문제지만 너는 나와 함께 연회장으로 들어가야 한다. 그것도 칼도 없는 맨손으로 말이야."

연회장에는 당연히 무기를 지참하지 못한다. 가뜩이나 적이 우글거리는 와중에 벌거벗고 들어가는 거나 마찬가지. 긴장한 자하가 어깨를 잔뜩 굳혔고, 율비는 울 듯한 표정으로 무결을 바라보았다.

과연, 살아남을 수 있을까?

"돌아…… 오실 거죠?"

막 연회장을 향해 자하와 나머지 수하 한 명을 대동하고 발걸음을 옮기는 무결을 향해 율비가 간절하게 물었고, 무결은 그녀를 돌아보았다. 따지고 보면 율비는 그가 억지로 데려와 함께 사경에 놓이게 된 것이다. 그 사실에 무결은 미안함을 느꼈다.

'이렇게 될 줄 알았다면 위험하더라도 궁에 두고 오는 게 좋았을 것을.'

무결이 씁쓸히 웃다 대답했다.

"노력해 보마."

할 수 있는 말은 그것뿐이었다. 한마디를 남기고 무결은 그대로 돌아서서 연회장으로 들어갔다. 등 뒤로 들려오는 가냘픈 울음소리는 아마도 환청이리라. 환청이 아니라는 것을 확인하는 길은 율비의 바람대로 돌아오는 것뿐이다. 그때에 가서 사내놈이 무슨 눈물 바람이냐고 혼을 내주면 될 것이다.

"어서 오십시오, 왕야. 발인까지 지루한 날을 참으시느라 얼마나 힘드셨습니까. 변변치 않은 소연(小宴)이지만 오늘은 모쪼록 노고를 푸십시오."

그동안 기루에 틀어박혀 질탕한 잔치를 벌여온 것을 은근히 비꼬자 무결이 껄껄 웃고는 세윤이 권하는 자리로 앉았다. 세윤이 앉은 상석의 옆자리, 위치로 보자면 세윤과 동격임을 강조하는 자리다. 대국인 창천에서 온 사자라 왕인 세윤과 같은 격으로 존중해 주는 것이지만, 무결로서는 세윤의 등 뒤에 선 시위부(侍衛府) 무사들을 눈여겨볼 수밖에 없었다. 연회의 규칙에 따라 무기는 들고 있지 않았지만, 이미 짜고 치는 판이니 갑주 안에 무엇을 숨겼을지 모른다. 게다가 비록 맨손이라 하더라도 단련된 무사들이 한꺼번에 달려들면 아무리 무결이래도 상대하기가 힘들다.

'하긴 그렇게 치자면 연회장의 모든 귀빈들이 다 적이 아닌가. 하나둘이 더해진다고 뭐가 달라질까.'

"어찌 그리 어찬을 마다하시고 구경만 하고 계십니까. 차린 정성이 무색합니다."

"호의에 감사드리오. 하지만 이 몸이 예전과 같지 않아서 며칠 전부터 물갈이를 심하게 하고 있다오. 욕심껏 상찬을 즐겼다간 연회장 한가운데서 구토를 할지도 모르니, 이 점 양해해 주길 바라오."

넉살 좋게 받아치자 세윤이 더 이상 권하지를 않았다. 어째서일까? 분명 술이나 음식을 억지로 강권하며 먹고 마시지 않을 수 없는 분위기로 몰아갈 거라 생각했는데.

'예감이 좋지 않다. 모든 것이 너무나 자연스럽게 흘러가. 마치 아무런 음모도 없다는 듯이……. 그런데 그게 더 거슬린다. 아무 일도 일어나지 않으니 더욱 불안해.'

가희들은 우아하게 한삼 자락을 휘날리며 춤을 췄고, 초대받은 공경대부(公卿大夫)들은 이미 반쯤 취해 연회장을 빙 둘러놓은 좌탁 뒤에서 격의없이 환담을 나누거나, 크고 작은 국사와 시정의 현안을 놓고 논박을 즐기고 있었다. 연회장 어느 한구석에도 죽고 죽이고자 하는 살기는 보이지 않는다. 그런데 어째서 점점 더 불안해지는 걸까?

"아참, 소개가 늦었습니다, 건왕야. 창천으로 돌아가시기 전에 꼭 보여 드리고 싶은 이가 있었답니다."

한동안 무결을 외면한 채 금을 타는 가희와 진진한 수작을 주고받는 듯하던 세윤이 문득 그를 불렀다. 그와 함께 세윤의 손짓에 다가온 이는 상석 바로 아래 앉아 계속 우거지상을 하고 있었던 자로, 알고 보니 세윤의 동생인 진양대군이라 하였다. 말하자면 왕위 계승전에서 밀려난 자, 인상을 쓰고 있는 이유를 알 만도 했다.

"비록 책봉 교지는 저에게 내려졌지만 이 아이도 저 못지않은 왕재(王才)이옵니다. 제가 비록 혼사를 치르긴 했지만 아직 후사를 보지 못한 까닭에, 진양대군이 왕위 계승 후보라고 할 수 있지요."

"전하, 그와 같은 말은……."

진양대군이 거의 울 것 같은 얼굴로 말을 흐렸다. 어쩐지 형제 간에 흐르는 공기가 미묘하다는 생각이 들어 무결은 두 사람을 유심히 주시했다. 왕위를 놓고 겨룬 상대니 서로를 견제하거나 날선 예기가 흐를 것이라 생각했는데, 묘하게도 왕제(王弟)라는 진양대군에게서 보이는 것은 아무리 봐도 패배감이 아니다. 그보다 더 짙은…… 슬픔?

'어째서?'

불안감이 더욱 배가됐다. 그가 보이지 않는 다른 곳에서 분명 음모가 진행되고 있다. 어디? 어느 쪽? 어디로 살수가 날아들 것인가? 무결의 오감이 팽팽하니 조여왔다. 연회장 한가득한 빈객들 사이로 미친 듯이 기를 날리고 다시 거둬들이며 무결은 보이지 않는 틈을 찾았다.

그때였다. 돌연 연회장 한구석에서 '쨍!' 하는 소음이 들리며 그의 날 선 신경줄을 끊었다.

"으…… 흐흐! 흐르르릇!"

연회장 입구에 배치된 좌탁 뒤에서 귀인 중 하나로 보이는 사내가 주안상을 뒤집으며 일어났다. 술에 취한 듯 이미 그 얼굴이 붉어졌고 눈은 휘꺼덕 뒤집혀 흰자위를 드러냈다. 아니다, 술에 취한 게 아니다. 술이 아니라 약에 취한 게다!

본능적으로 직감한 무결이 세윤 쪽을 돌아보았다. 세윤은 미소 짓고 있었다. 보는 사람이 섬뜩해질 정도로 무척이나 서글픈 미소를.

"이거였나? 내가 아니라 다른 자에게 독약을?"

"차도지계(借刀之計)라는 것이요. 굳이 위험을 무릅쓰고 왕야께 독을 먹일 필요가 없지요. 미친놈의 소행으로 보이게 하면 그만이니 말입니다."

귀인이 광포한 웃음을 터뜨리더니 술과 음식물이 묻은 황포 자락을 휘날리며 비척비척 걸어나왔다. 그 손에 깨진 병이 들린 것을 무결은 보았다. 사내는 이어서 그 깨진 병을 사방을 향해 휘둘렀고 가희 몇 명이 비명을 지르며 도망을 갔지만, 운이 나쁜 몇몇은 병 끝에 베이고 찔리며 연회장 바닥에 쓰러졌다.

그러나 그와 같은 광태에도 연회장을 지키고 선 경비병들은 멀거니 지켜만 볼 뿐 아무런 조치를 취하지 않더니 가희 한 명이 기어코 병 끝에 목을 찔려 피를 토하자 그제야 재빨리 달려들어 수도로 사내의 뒷덜미를 찍어 기절시켰다.

처음부터 예정된 수순. 별 가치 없는 몇 명을 희생시켜 개연성을 확보한 다음, 무결 역시 불운한 희생자 중 하나에 포함시키면 되는 것이다.

무결과 자하가 주안상을 뒤엎으며 벌떡 일어났다. 지독하게 낮아진 목소리로 무결은 태평하게 미소 짓고 있는 세윤을 향해 외쳤다.

"이건 무리수라고 생각하지 않는가, 하원왕? 누가 이런 뻔한 음모에 넘어갈 거라 생각하나?"

"어째서 그렇게 생각하십니까?"

넘어갈 리 없지만 지금은 그를 도발해야 한다. 조금이라도 시간을 끌고 주의를 흐트러뜨린 뒤 적도들 사이로 활로를 뚫어야 한다.

"그렇지 않은가? 어째서 하필 연회장 한가운데서 광인이 나오나? 그 광인이 어찌 또 하필 딱 창천의 황족을 골라 죽일 수 있단 말인가? 누가 그런 주장을 믿겠나?"

"그야 뭐 구구한 억측들이 나오겠지요. 하지만 죽은 자들 중에 창천 황족에 필적한 자가 끼어 있다면 그런 의심이 사그라들 겁니다."

"뭐…… 라?"

미처 목구멍에서 말이 튀어나오지를 않고 굳어버렸다. 설마…… 설마?

"방금 가희를 죽이고 제압당한 자는 귀족들 사이에서도 주사가 심하기로 유명한 자입니다. 술을 먹고 발광한 자에 의해 하원국 국왕과 창천의 칙사가 살해당했다, 그 외 수 명의 사상자가 났다. 이런 극본이지요. 군더더기는 필요없습니다. 뭐든 간단한 것이 최고입니다."

어느새 준비한 것인지 경호병 중 하나가 단검을 세윤에게 바치고 있었다. 잘 벼려진 비수 끝을 문지르며 세윤은 웃었다. 그러나 그에게 검을 바친 경호병과 그의 동생인 진양대군을 비롯한 하원의 귀족들은 모두 무릎을 꿇고 엎드려 통곡을 하고 있었다. 약한 나라의 왕으로 태어난 세윤, 그들의 불쌍한 주군을 위하여.

"선왕께서는 항상 왕은 군림하는 자가 아니라고 말씀하셨습니다. 옛날에는 나라에 우환이 있을 때는 가장 먼저 왕을 죽여 그를 제물로 바쳐 하늘을 달랬다고 하더군요. 선왕께서 이르시기를 왕이란, 천우외환(千憂外患)에 맞서 가장 먼저 희생돼야 하는 존재라 하셨습니다."

"……그러지 말게, 하원왕. 자네가 왜!"

그가 편들어야 하는 상대가 아니었다. 그를 죽이려 하는 자, 하지만 무결은 그렇게 외칠 수밖에 없었다.

"하원의 왕 된 자로서, 제가 희생해서 나라를 구할 수 있다면 이렇게 할 수밖에 없습니다. 뒷일은 제 동생에게 부탁했으니 그 아이가 알아서 처리해 줄 겁니다. 천웅 태자도 제가 목숨까지 버려 가며 약속을 지켰으니, 차마 건왕야를 죽게 했다는 명목으로 제 나라를 치지는 않겠지요."

"하원왕!"

"먼저 가겠습니다, 건왕야. 저승에서 다시 만납시다."

그 말과 함께 세윤이 그의 목에 비수를 찔러 넣었다. 그리고 있는 힘껏 아래로 내리그었다.

"형님!"

비명과 같은 통곡성은 누구의 것인가. 세윤의 동생 진양대군? 애통해 눈물을 흘리는 신하들. 아니면…… 무결, 그 자신의 것?

순간 눈앞이 새하얗게 변했다가 다시 붉게 물들었다. 피, 세윤의 피. 비열한 겁박에 희생당한 불행한 왕의 피. 그것이 연회장 바닥에, 지척에서 그 모습을 모두 지켜본 무결의 옷자락과 얼굴에도 튀었다.

왜…… 왜? 어째서?

자하가 뭐라 뭐라 외치며 무결의 옷자락을 잡아끌었다. 그리고 기다리고 있던 것처럼 연회장 밖에 있던 검병들이 안으로 뛰어들어 왔다. 세윤의 유조(遺詔)*를 지키기 위해, 무결을 없애 이 각본을 마무리 짓기 위해 그들이 피눈물을 흘리며 검을 빼들었다. 그 모든 장면이 희뿌연 물속에서 바라보는 것처럼 느리면서도, 딴 세상의 일처럼 무연하게 흘러갔다.

어째서, 어째서 이런 비극이 일어나야 하는 건가.

차라리 세윤이 천웅에게 붙어 노골적인 욕심을 드러내며 무결을 공격해 왔으면 좋았을 것이다. 타인의 목숨 같은 건 그의 일신을 위해서, 자신의 나라를 위해 아무렇지 않게 짓밟을 수 있는 자였다면. 그렇다면 이렇게 절박한 위기 속에서 차라리 세윤이 아니라 자신이 죽었다면 좋았을 것 같다는 말도 안 되는 미안함을 느끼지 않았을 것이다.

차라리…… 그러면 좋을까? 무결이 순순히 잡혀준다면 천웅은 더 이상 그를 쫓아 무고한 희생자를 내지 않을까? 그럴까? 정말로?

"아니야. 아니야, 세윤! 자네가 틀렸네!"

무결이 비명처럼 느닷없이 소리를 질렀다. 아니다. 이것은 아니다. 이 말도 안 되는 비정한 법칙이 이 세상을 지배하게 내버려 둬선 안 됐다. 무결 자신까지 무너뜨리고 산산이 조각내게 할 수 없었다. 그것은 죽어버린 세윤에 대한 무례, 나아가 그에게 창룡이 되라 이끌어준 풍 귀비 대한 무례다. 무례, 무례, 무례! 온 천하에

---

*유조(遺詔):임금의 유언

대한 비열한 도피!

"세윤, 나는 살아야 하네! 천웅 같은 자가 천하를 지배하게 하지 않기 위해서, 더 이상 자네처럼 비참한 희생자가 나오지 않기 위해서 나는 살아야 해!"

피를 토하듯 무결이 소리를 질렀다. 그리고 그와 동시에 막 그를 향해 검을 날리려는 병사를 향해 격공장(隔空掌)*을 날렸다.

무공을 할 수 있었던가? 놀란 병사들이 일시에 멈추는 틈을 타 무결이 날아올라 그들 한가운데로 뛰어내렸고, 그들 중 한 명이 들고 있던 검을 빼앗았다.

혈투다. 목숨과 목숨, 천웅의 세계와 그가 만들어갈 세계의 혈투. 무결은 뺏은 검을 몇 걸음 격하여 떨어진 자하를 향해 던졌다. 그리고 등 뒤로 짓쳐 오는 적의 팔 안으로 파고들며 그의 팔을 엇잡아 꺾었다. 억! 소리와 함께 적병이 떨어뜨린 칼이 무결의 손안으로 들어왔고, 그로부터 혈전이 시작됐다.

✱

"연회가 끝나려면 아직 멀었을까요?"

"3일을 굶었다 벌이는 잔치라 하지 않았느냐. 본디 연회란 게 시작했다 하면 좀처럼 끝나지 않는 법인데, 굶주림 끝에 벌이는 잔치니 아마 내일 새벽까지는 족히 이어질 거다."

몇 번째 계속된 율비의 조바심 어린 질문인지 모른다. 초조한

---

*격공장(隔空掌):장법의 하나. 임의의 한 점에서 힘을 터뜨리는 발경법의 한 가지

것은 모두 마찬가지였기에 율비와 함께 뒤에 남겨진 무사들은 슬슬 짜증을 내기 시작했다.

율비와 함께 남은 무사는 모두 여섯. 후발대로 온 화린의 병사들은 어디로 갔는지 보이지를 않았고, 그들만 따로이 별채로 안내됐다. 그리고 거기에는 꽤 푸짐한 상찬이 마련돼 있었다. 하지만 진년주가 몇 병이고 날라지고, 군침이 돌 정도로 기름기가 좔좔 흐르는 산해진미가 눈앞에 있어도 거기에 손을 대는 자는 아무도 없었다. 소환들이 몇 번이고 음식을 권해도 아무도 손대는 자가 없자 그들을 지휘하는 늙은 태감이 웃는 낯으로 물었다.

"왜 드시지들 않습니까? 혹시 음식에 독이라도 탄 거라고 생각들 하시는 건가요?"

순간 안 그래도 차디찬 방 안 공기에 살얼음이 쫙 꼈다.

"하하하! 아니, 왜 그렇게들 정색을 하십니까? 소인이 농담 좀 하였기로소니, 설마 그걸 진담으로 알아들으신 건 아니겠지요? 어라? 아니, 이제 보니 농이 아니시군요. 설마 정말로 독살당할까 봐 걱정하셨던 젭니까?"

"아니라면 먼저 드셔보시지요."

툭 내뱉은 건 무결의 수하들 중에서 자하 바로 밑의 위치를 차지하고 있는 자였다. 무결이 건국에서 황도로 올 때 자하와 함께 사별위(司別衛)라는 개인 호위대를 데리고 왔는데, 그는 그 사별위의 별위장으로 이번에도 특별히 자하가 차출해 함께 왔다. 별위장의 대답에 태감이 고개를 갸웃하더니 이내 껄껄 웃었다.

"정말로 이상합니다. 우리가 감히 어찌 상국인 창천의 칙사들에게 위해를 가한단 말입니까? 무슨 이유로요? 주군을 걱정하는 노파심이 너무 깊은 나머지, 의심도 깊어지신 게로군요."

"노야(老爺)의 말이 맞습니다. 우리 건왕 전하께서는 여러 가지 이유로 신변을 걱정해야 하는 처지입니다. 그래서 저희도 본의 아니게 위험에 민감해지게 됐답니다. 무례했다면 부디 용서해 주십시오."

"좋습니다. 성심이 깊어 그러신다니 어쩔 수 없지요. 하지만 상찬을 놔두고 그리 굶으신다면 그것도 차린 사람에게는 예의가 아니지요. 원하신다면 이 노인이 직접 본을 보이지요. 제가 이 술과 진찬을 먹고도 멀쩡하다면 의심이 사라지시겠지요?"

하며 태감이 상 앞에 앉으며 젓가락을 드는데 율비가 불쑥 끼어들었다.

"기왕이면 노야뿐만 아니라 저 밖에 계신 분들도 드시라 하세요."

"뭐라고요?"

"의심을 풀어주시려면 완전히 풀어주셔야지요. 노야께서 미리 해독제를 드셨으면 이 음식들에 독이 들어 있다 해도 멀쩡할 게 아닙니까? 저희를 호위한답시고 붙여주신 병사님들도 들어와 이 찬과 술들을 나눠 들도록 하세요. 그러고도 모두 멀쩡하시다면 저희가 의심을 풀겠습니다."

"허허, 이건 신중하다고 할까, 걱정이 지나치다고 할까……. 뭐, 좋습니다. 저희야 한 점 거슬릴 게 없으니 청하신 대로 하지요. 군이 그래야 저희의 호의를 받아주시겠다면 도리없지요. 밖에 누구 없느냐. 별채 밖에 있는 호위병들을 이리로 들라고 해라!"

명이 내려진 지 얼마 안 돼 별채 출입구를 막고 있던 호위병들이 들어왔다. 정말 확신을 주고 싶었던 듯, 별채를 에워싼 20여 명의 호위병들 중 반이 넘는 인원이 들어왔고, 그들 모두 태감의 명에 오히려 좋다 하며 차려진 요리와 술을 기꺼이 먹어치웠다.

"보십시오. 일각이 지났는데도 아무렇지 않잖습니까. 뭐, 먹은지 하루 이틀은 지나야 효험이 나타나는 독도 있긴 하지만, 그 정도로 의심이 간다면 기껏 보인 성의를 무시하고 쫄쫄 굶든 말든 마음대로 하십시오. 내 원 참, 아무리 상국의 칙사들이라 해도 모처럼 보인 정성을 이리 무시할 수가 있나."

짐짓 화가 난 듯 성질을 내던 태감이 불현듯 표정을 바꾸었다. 그러더니 인자한 웃음을 보이며 가만히 속삭이는 것이다.

"생각들 해보세요. 우리가 무슨 이유로 여러분들을 해치겠습니까? 목표는 건왕야인데 별로 중요하지도 않은 수하들을 해치우는데 뭐하러 공을 들이겠어요?"

"뭐라고!"

놀란 나머지 별위장이 상탁을 걷어차면서 벌떡 일어났다. 그러나 호위병들을 상대할 만한 무기는 입궁할 적에 모조리 압수된 뒤였다. 거의 동시에 하원 측의 병사들이 자리를 박차고 일어나며 일제히 검을 빼들었다. 뒤집어진 상탁을 마주하고 양쪽이 팽팽하게 맞섰으나 무기가 없는 율비 일행 쪽이 확연히 불리한 상태였다.

그 위로 노태감이 빙긋 웃으며 태연하게 말을 이었다.

"이미 늦었습니다. 건왕야는 이미 이 세상 사람이 아닐 겝니다. 더불어…… 우리의 왕도 이미 그리됐겠지요."

"무슨 소리요? 건왕 전하를 두고 무슨 음모를 꾸미는 거요!"

"건왕야는 돌아가셨겠지만 여러분을 당장 죽이지는 않겠다는 뜻이지요. 여러분들은 억류될 겁니다. 굳이 건왕야가 돌아가신 뒤 여러분들까지 바로 죽여서 의심을 살 필요는 없다고 국왕 전하께서 어지를 내리셨지요. 건왕야가 술자리에서 일어난 칼부림에 휘말려 비명횡사하고, 여러분들은 그 뒤 주군을 제대로 보필하지 못한 죄로 문책을 당할까 두려워 도망친 것으로 할 겁니다."

"개소리! 지금 무슨 수작을 하는 게냐!"

"당장 죽이지는 않겠다는 뜻이지요. 가둬놓고 시일을 기다렸다가 없애…… 어?"

무릎을 짚으며 자리에서 일어나려던 태감의 몸이 문득 기우뚱 흔들렸다. 태감뿐만이 아니었다. 함께 음식과 술을 나눠 먹었던 소환들과 호위병들 모두 갑작스런 현기증과 구토감에 머리를 짚었다. 더디다 싶었던 약효가 이제야 효과를 보이기 시작했나 보다.

"설…… 마…… 안 먹겠다더니……. 그 음식에……?"

채 말을 맺지 못한 태감이 그대로 쓰러졌다. 그리고 안간힘을 쓰며 버티려던 나머지 경호병들과 소환들 역시 픽픽 나가떨어졌다.

"후우, 일각이면 약효가 날 거라더니 왜 이리 약효가 늦게 돈 거냐!"

"죄송해요. 아무래도 양 배합이 잘못됐었나 봐요."

"됐다. 그보다 어서 움직여야 한다. 호위병들의 반은 아직 별채 밖에 있으니 그 녀석들을 해치우고 건왕 전하가 있는 연회장 쪽에 합류해야 돼. 서둘러라!"

그 말과 함께 별위장이 쓰러진 호위병들의 검을 뺏어 들더니 먼저 문을 밀치고 나갔다. 뒤이어 무결의 수하들이 달려나갔고, 곧이어 별채 출입문 근처에서 왁, 하는 비명과 쇠끼리 부딪치는 소리가 연달아 들려왔다. 율비는 그 모든 장면을 보고 있을 재간이 없어 문 안쪽에서 조금 더 기다리다가 주위가 좀 잠잠해지자 비로소 뒤따라 나갔는데 그때는 이미 별채를 에워싼 호위병들이 모조리 처리된 뒤였다. 설마 율비들이 검을 뺏어 급습해 올 거라고는 생각도 못했던지라, 속절없이 당하고 만 것이다.

"꼬맹이, 너도 네 몸을 지킬 무기 하나쯤은 가지고 있거라. 네가 이걸 쓸 수 있을 거라고는 생각지 않는다만."

호위병들의 허리춤에 걸린 단검을 집어든 별위장이 그것을 율비에게 던져 줬다. 들고 있는 것만도 몸서리가 처져서 벌벌 떨 정도이니 그의 말마따나 그걸로 벌레 한 마리 죽일 수 있을지 걱정이다. 짐 덩어리. 비록 별위장과 그 수하들을 따라 달려가기는 했지만, 그런 자책감이 머리에서 떠나지를 않아서 율비는 견딜 수가 없었다.

"어딜 가시는 겁니까. 우, 와아악!"

별채 마당을 나와 왕궁 중정을 가로지르는 길, 그 앞을 막아선 소태감 하나를 붙잡은 별위장이 놈의 목덜미에 칼을 들이댔다.

"연회가 열리는 곳이 어디냐! 우리를 당장 그리로 안내해!"

"저, 저, 저, 저쪽……!"

"장난하느냐! 사람들이 나다니는 큰길 말고, 너희 환관들이 다니는 뒷길로 안내해!"

죽기는 싫었는지 소태감이 결국은 그들을 왕궁 구석진 곳에 있는 좁은 소로로 이끌었다. 왕궁 외조 곁으로 흐르는 좁은 소로는 환관들이나 다니는 아주 외진 길이었다. 하원이나 창천이나 귀인들이 다니는 길과 아랫것들이 다니는 길은 구분돼 있었다. 후자를 택한 것이 주효해서, 당장 율비 일행이 그 길로 질주했지만 소환들만 몇 명 만났을 뿐 군사는 마주치지 않았다. 그러나 운없이 마주친 하원의 소환들은 그 자리에서 죽임당할 수밖에 없었다.

"우우욱!"

목에서 피를 뿜으며 나가떨어지는 소환들을 본 율비가 구역질을 했다. 소환들의 시체를 길 옆 후미진 곳으로 굴려 넣던 병사들이 그 모습을 보고 인상을 썼지만 도저히 어쩔 수가 없었다. 그때였다. 짙은 어둠 속을 달리고 있는 긴 담벼락 어딘가에서 소란한 소리가 들리더니 길 한가운데로 일단의 하원 병사들이 쏟아져 들어왔다.

"여기다!"

"젠장, 들켰다!"

어차피 들키지 않고 연회장까지 돌파하는 건 어려운 일이었다. 육박전을 예감한 별위장이 인질로 잡고 있던 소태감을 집어 던지고 뒤로 물러났다.

"뒤로 돌아가라! 이러다 좁은 길에서 앞뒤로 포위당하면 개죽음이다!"

별위장의 외침에 일행이 일제히 뒤로 물러나며 산개(散開)했다. 마침 오던 길 중간에 옆길로 빠지는 작은 갈림길이 있었다. 일행은 뒤돌아 그 길로 달렸고, 작은 일각대문을 빠져나오니 그곳은 어떤 전각의 후원이었다. 그때 돌연 궁전 지붕 위로 '딱!' 하는 소성이 들리더니 어둠을 뚫고 눈부신 연화탄이 하늘로 날아올랐다.

"전하가 쏜 거다! 분명 아직도 살아 계신 게야!"

무결이 죽지 않았다. 갑자기 나타난 희망에 기뻐 날뛰며 당장 율비와 병사들이 신호탄이 날아오른 방향으로 달렸다. 그러나 신호탄은 율비 일행 말고도 다른 이들도 불러들였다. 궁중 여기저기서 함성이 솟았고, 하원의 왕궁을 지키는 병사들이 쏟아져 나오기 시작했다.

아수라장. 일거에 전각 뒷마당에서 부딪친 창천과 하원의 병사들이 피 튀기는 싸움을 벌이기 시작했다. 전각 안으로 쏟아져 들어온 병사들의 수는 대략 열두어 명. 다행인 것은 율비 일행은 자하가 고르고 골라 온 고수라 하원의 병사들보다는 수준이 훨씬 더 높았던 점이다. 일진 함성과 피바람이 몰아닥친 끝에 마침내 창천 쪽에서 하원의 방어벽을 뚫었고, 그들은 전각을 빠져나와 대전으로 향하는 대로로 나왔다.

여기서부터는 더 큰 문제였다. 왕궁의 중심으로 나왔으니 이제 더 많은 병사들에게 노출이 된 셈, 그러나 지체할 때가 아니었다. 별위장이 주변을 돌아보며 소리를 질렀다.

"신호탄이 어디서쯤 터졌지?"

"전각 두어 개쯤 더 지나 뒤쪽입니다!"

"달리세! 무리에서 떨어지지 말게. 흩어지면 각개격파당하네!"

함성과 함께 모두가 정해진 방향을 향해 달렸다. 율비는 그런 그들을 도저히 따라갈 걸음이, 체력이 안 된다. 허우적거리며 일행 맨 끝을 따라 달리던 율비가 무릎에 힘이 빠지며 그만 엎어지고 말았다.

모두에게 방해가 되니 차라리 이대로 뒤처지는 게 낫지 않을까? 율비의 머릿속에 찰나간 그런 생각이 스쳤다. 그래서 차마 같이 가자는 말을 못하고 입만 벌린 채 멀어져 가는 별위장 일행의 뒤꽁무니를 바라볼 때, 뒤에서 '컥!' 하는 비명이 들려왔다.

"꺄악!"

뒤를 돌아보는 것과 동시에 막 율비를 등 뒤에서 베려 하던 하원국 병사가 그 목에서 피를 뿜으며 뒤로 넘어갔다. 그리고 그에게 단도를 집어 던져 단숨에 절명시킨 장본인이 그 뒤로 날 듯이 뛰어내려 왔다. 무결이었다. 무결의 용포 자락 여기저기에 피가 튀었는데, 그것은 그의 뒤를 따라 뛰어내려 온 자하 쪽도 마찬가지였다. 예까지 오는 동안 벌어진 혈투를 증명하듯 자하의 온 얼굴에 핏방울이 튀었고 어깨를 들먹이며 가쁜 숨을 몰아쉬고 있었다.

"전하!"

율비의 고함을 들었는지 앞서 달려가던 별위장 일행이 비로소 뒤를 돌아봤다.

"전하! 무사하셨습니까!"

"아직까지는 그럭저럭 무사한 쪽에 속하지. 같이 들어간 사별위 병사가 죽기로 길을 뚫어준 덕분에 다행히 지붕 위로 뛰어오를 수 있었다네. 그 위를 달려 예까지 온 것이네."

그 말과 함께 무결이 그들이 달려온 쪽을 참담한 표정으로 쳐다보았다. 그의 눈앞에서 목이 날아간 부하를 떠올린 것이다. 그나마 벌 떼처럼 에워싼 하원의 병사들을 단 한 명의 희생으로 뚫고 나올 수 있었던 것은 무결의 무공이 고강했기 때문이다. 이것은 하원 측에서나 천웅이나 전혀 예상하지 못했던 점. 술병 말고 다른 것은 쥐어보지 못했을 거라 생각했던 무결이 검공을 연마했다는 것은, 그것도 창천에서도 손꼽히는 고수인 자하를 능가할 정도로 강하다는 것은 그들이 전혀 예상하지 못했던 허점이었다.

"하원의 시위부는 수만 많았을 뿐 생각보다 대단한 고수는 없었네. 시위부 부장은 훌륭했지만……. 운이 좋았어."

팔뚝을 따라 길게 찢어진 옷자락, 그 위로 배어 나온 핏줄기를 보며 무결이 중얼거렸다. 그와 같은 부상을 입힌 상대가 시위부 부장이라는 것을 일행은 단숨에 짐작했다.

"이럴 때가 아닙니다. 전하가 무사하신 것을 확인했으니 서둘러 왕궁을 빠져나가야 합니다!"

"왕성 정문으로는 못 가네. 이미 봉쇄됐을 거야."

"하원의 왕궁은 뒤쪽으로 산을 끼고 있습니다. 후대전을 넘어 산 쪽으로 달아나는 건 어떨까요?"

"그 방법밖에 없군. 달리세!"

사방에서 횃불들이 무리를 지어 몰려오기 시작했다. 이대로 왕궁 중로를 따라 달리면 그들을 겨냥하고 달려오는 적들에게 금방 포위될 것이다. 예상을 증명하듯 대로 측면에서 일단의 창병들이 나타났고 곧 일전이 시작됐다. 그들 중 앞에 선 두 명의 적병의 목을 일검에 날려 버린 무결이 그들의 손에 쥐어진 창을 빼앗아 들었다.

"연화탄을 더 갖고 있나?"

무결이 외치자 별위장이 간직하고 있던 연화탄을 꺼냈다. 그를 받은 무결이 기합성과 함께 마치 새처럼 가뿐하게 전각 지붕 위로 날아올랐다. 뭘 하려는 걸까?

지붕으로 뛰어오르기 전 전각 입구에 세워놓은 횃불을 들고 올라간 무결이 그를 연화탄 도화선에 붙였고, 이어서 연화탄을 창병에게서 뺏은 창에 묶었다.

"이 방법이 통하기를……!"

기원의 말을 중얼거린 무결이 내공을 실어 있는 힘껏 창을 집어 던졌다. 격공장으로 3장(丈)* 거리나 떨어진 상대를 강타할 수 있을 정도로 강한 무결이었다. 그의 내공이 실린 창은 보통 날아갈 수 있는 거리보다 훨씬 더 멀리 날아가 어둠 속으로 사라졌고, 곧 얼마간 떨어진 곳에서 펑 소리를 내며 연화탄이 터졌다.

"저쪽이다! 적들이 주화전 쪽에 있다!"

근처에 있던 것으로 보이는 적병들의 목소리가 연화탄이 터진 장소를 외치자, 곧 횃불들의 행렬이 그리로 몰려가기 시작했다.

*장(丈):1장은 약 3미터

언제 들킬지 모르지만 어쨌든 이로써 당분간은 적들이 엉뚱한 곳을 헤매게 될 것이다.

"가세!"

전각 앞으로 뛰어내린 무결의 일갈에 다시 뜀박질이 시작됐다.

궁전이란 왕궁이나 황궁이나 보통 남쪽으로부터 일직선상으로 정문, 중문, 정전, 편전, 침전을 배치하는 것이 원칙이다. 따라서 북쪽으로 달리다 보면 결국 왕궁의 후문과 그에 면한 산이 나올 것이라 판단한 무결 일행은 무작정 북으로 달렸다.

후궁전으로 뛰어들자 문을 지키는 소환들의 저항이 있었지만 그들은 무장을 한 무결들에게는 적이 못 됐다. 왕성이란 본디 바깥쪽은 수백 명에 달하는 병사들로 둘러싸여 있지만 정작 그 안은 환관들과 궁녀들이나 있을 뿐 방어에 취약하다. 무결 일행을 해치우는 데 몇십 명만 있으면 된다고 생각한 것이 오산이어서 결국 외성을 지키는 병사들을 불러들이는 것이 지체됐고, 그것이 무결 일행이 달아나는 데 시간을 벌어주고 있었다.

숨 가쁘게 달리기를 얼마나 했을까, 마침내 작은 쪽문을 빠져나가자 갑자기 넓은 후문 광장이 나타나면서 시야가 확 트였다. 그러나 그 순간 달려가던 무결 일행이 멈춰 섰다. 후문에 군사가 있을 거라는 생각은 당연히 했다. 그러나 광장과 대궐의 후문 사이를 가로막은 것은 그들이 익히 알던 얼굴들이었다. 광장을 가로지르는 길에 일렬로 세워둔 석등 불빛에 그들을 호위해 온 후발대원들의 얼굴이 일렁이는 윤곽을 드러낸 것이다.

"같이 가려고 예서 기다리고 있었던 것은 아니겠지?"

"유감입니다, 전하. 하필 저희가 지키는 동북문 쪽으로 오시다니, 기왕이면 다른 쪽으로 가시지 그랬습니까. 그랬다면 적어도 동족의 손에 죽음을 맞는 비극은 면할 수 있지 않았습니까."

그 말이면 됐다는 듯 후발대 대장이 검을 뽑았고, 나머지 일행들 역시 행동을 같이했다. 이쪽은 무결을 포함해서 검을 쓸 수 있는 자가 아홉. 저쪽은 후발대 인원 마흔 명에, 거기에 더해 하원의 병사들까지 있어 그 차이가 여섯 배에 달한다. 게다가 문제는 후발대 역시 화린이 추려서 보낸 자들인만큼 상당한 고수라는 것이다.

'지금 눈앞에 보이는 것은 이들뿐이지만 시간을 끌면 하원의 추격병들이 당도하겠지. 난감하군.'

최대한 빨리 싸움을 끝내는 것밖에는 방법이 없었다. 일단은 해보는 수밖에. 어찌 주군이 최일선에 나서는가. 자하가 그를 말리려 뭐라 벙싯 입을 여는 걸 느꼈지만 그전에 무결의 검끝에 검기가 실렸다. 이기어검(以氣馭劍)* 같은 헛소문 정도는 아니지만 무결이 검에 실을 수 있는 검기는 이미 무사가 이룩할 수 있는 경지 중 최고봉에 달한 것이었다.

"가장 먼저 희생당하겠다는 겁니까? 주군으로서는 훌륭한 모습이군요. 하지만 어차피 이 자리에서 살아나갈 수 있는 사람은 없으니, 괜히 죽음만 앞당길 뿐……."

말을 이으려던 후발대장의 눈이 별안간 커다랗게 변했다. 무결의 검끝에서 푸른 검기가 일직선으로 뻗더니 그대로 한 길 남짓

---

*이기어검(以氣馭劍):기를 이용하여 손을 대지 않고 검을 움직이는 경지

격해 떨어져 있는 그에게로 날아온 것이다.

"크억!"

검기에 베일 수 있다는 것은 이론으로만 들었을 뿐 실제로 본 것은 처음이었다. 그나마 일행 중에 무공 수준이 높은 편에 속했던 후발대장이기에 재빨리 몸을 날려 무결이 날린 검기를 피했지만 그 뒤에 선 자들은 그 검기에 그대로 목을 꿰뚫렸다.

"이런, 기습을 노렸는데 실패로군. 머리를 잃고 나면 그대가 끌고 온 일행들이 혼란에 빠지지 않을까 했는데."

"무, 무공을 할 수 있었습니까?"

그래서 무결이 이곳까지 살아올 수 있었던 것인가? 대장의 머리에 그런 생각이 떠올랐을 때 무결이 씨익 웃더니 허리춤에 차고 있던 뭔가를 끌러 보였다. 옥구슬 수십 개를 이어서 만든 요대(腰帶)였다. 호금단 단주 말고도 무결에게 접근해 상권을 얻어내려는 포호(鋪戶)*들은 많았다. 그들 중 하나를 꾀어 뇌물로 받아둔 이것은 다른 이들의 눈에는 그저 진귀한 장식품에 지나지 않았지만 무결의 손에 있으면 가공할 무기가 되는 것이었다.

천마행공(天馬行空)의 경공술을 시전한 무결의 몸이 마치 새처럼 허공을 밟아 순식간에 후발대 머리 위로 날아왔다. 후발대원들이 머리를 들어 무결을 보는 것과 동시에 그가 요대를 끊으며 외쳤다.

"발(發)!"

그와 함께 놀라운 일이 벌어졌다. 무결의 격공이 실린 옥구슬들

---

*포호(鋪戶):지방에 터를 잡은 상인

이 일제히 탄환보다 더 강력한 기세로 사방으로 날아갔고, 후발대원 10여 명의 눈과 머리를 그대로 꿰뚫어 버렸다.

무결이 공격을 가한 것이 머리 위쪽이었기에 대부분의 구슬들은 급소인 머리 부위를 관통하면서 그에 맞은 적들을 삽시간에 전투 불능 상태로 만들었다. 그것이 시작이었다. 당황한 적들이 소란에 빠지는 것과 동시에 기세를 올린 자하와 그 수하들이 적병들을 향해 달려나왔다.

전투에 낄 수 없는 율비는 뒤에 처져 그냥 바라만 볼 수밖에 없었지만, 차마 그도 제대로 볼 수 없어 눈을 가려 버린 율비가 손가락 사이로 보이는 장면에 놀라 가린 손을 치워 버리고 말았다.

현란했다. 가진 무공을 남김없이 발산하기 시작한 무결의 움직임은 마치 흐르는 물길처럼 막힘이 없었다. 적병들의 머리 위를 마치 한 마리 학처럼 훨훨 날아다니며 베고 찌르는데, 마치 새의 날개처럼 화려하게 펼쳐진 검기가 한 번 펄럭일 때마다 어김없이 그 자락에 베인 적병들이 쓰러졌다. 일기당천(一騎當千). 비록 정말로 혼자서 천을 대적하는 건 아니었지만 거침없이 적을 베어나가는 무결의 모습은 이미 살상의 참혹함을 넘어섰다. 율비는 마치 춤을 추듯 현란하게 펼쳐지는 무결의 검초를 넋을 잃고 바라보았다.

무결의 활약에 힘입은 자하와 수하들도 기세를 올리니 결국 수적으로 훨씬 우위에 있던 후발대원들 대부분이 베이고 찍혀 나갔다. 몇 안 남은 자들이 모조리 겁에 질려 검을 버리고 달아나 버리면서 마침내 포위망이 뚫렸다.

아, 그러나 간신히 숨을 돌리고 후문을 빠져나가는 그들의 눈에 이쪽을 향해 몰려오는 횃불들의 행렬들이 보였다. 사방에서 들려오는 고함 소리들과 함께 길게 뻗은 왕궁의 뒷담장 저편에서 군사들이 나타났다. 지원군이 도착한 것이다. 무결이 전력을 다하기는 했지만, 적의 수는 너무나 많았고 그들 모두를 해치우고 나가기엔 역부족이었다.

그때, 별위장이 무결 앞으로 나서며 말했다.

"가십시오. 이곳은 저희가 맡겠습니다."

"무슨 소리를 하는 건가. 자네들로는 무리네. 여기서 힘을 합하지 않으면 모두 몰살되고 말아!"

"전하 없이는 아마도 그렇게 되겠지요. 하지만 시간을 지체하면 적들이 더 몰려올 테고, 그러면 전하까지 당하게 됩니다! 이러고 있을 때가 아닙니다. 저희가 전력을 다해 저들을 막을 테니 이대로 산을 통과해 하경 시내로 빠져나가십시오! 자하님이라면 전하를 보필하기에 무리가 없을 터, 어서 가십시오. 저희가 조금이라도 시간을 벌 때 달아나셔야 합니다!"

"……!"

무결의 앞에 두 가지 길이 놓였다. 오연한 이성은 별위장의 말이 맞다고 어서 피하라고 외치고 있었지만, 번연한 현실 앞에서도 무결은 결단을 내릴 수가 없었다. 별위장을 향한 채 말을 잇지 못하는 그의 소매를 자하가 잡아채었다.

"가셔야 합니다."

"자하야……!"

"저들의 희생을 헛되이 하지 마십시오. 저들의 피를 밟고 더 많은 사람을 구해야 합니다. 그게 창룡의 길이 아닙니까!"

"……!"

그의 결심을 재촉하는 것처럼 나머지 일행들이 무결을 제치고 일제히 앞으로 나섰다. 일촉즉발. 누구 하나가 덤벼들면 그대로 살육전이 벌어질 것이다. 살육당하는 쪽이 어느 쪽일런가. 그게 어느 쪽이든 무결은 이 자리를 벗어나야 할 터, 그러나 그는 여전히 결론을 내리지 못했다.

그때였다. 무결의 눈에 율비가 그리 길지 못한 팔에 그 못지않게 짧은 단도를 쥐고서 움찔움찔 병사들을 따라가고 있는 게 보였다.

"……어디를 가려는 게냐!"

"저, 저는 여기 남겠습니다."

"뭐라고! 어째서? 어째서 남겠다는 거냐!"

"가세요. 저는 따라가도 하나도 도움이 되지를 않아요. 하원을 빠져나가시는데 짐만 될 뿐입니다. 여기 남아서 조금이라도 싸워보겠습니다. 그러니 어서 가세요."

그렇게 말하며 율비가 슬픈 얼굴로 고개를 숙였다. 그것이 무결의 정신을 공백 상태로 만들었다.

보낼 것인가, 말 것인가. 누구를 죽이고 누구를 살릴 것인가. 목숨에 경중이 있는 걸까? 만약 있다면 그것을 결정하는 것은 과연 누구인가.

알 수 없다. 그러나 혼란한 그의 심중 속에 한 가지 생각만은 순식간에 들어차 버렸다.

율비를 보낼 수 없었다. 잔혹한 주군이라고, 심지어 치졸하다 손가락질당해도 무결은 그럴 수가 없었다. 그 순간 무결은 결단을 내렸다.

"나는 너를 포기할 수 없다."

뒷줄에 서 있던 호위대들이 무결을 돌아보았다. 무결은 그들을 향해 한 자 한 자 피를 토하는 심정으로 사죄했다.

"미안하네……! 자네들에게 내 뒤를 부탁하겠네!"

그 말과 함께 무결이 율비의 허리를 휙 낚아채 어깨에 걸쳐 멨다. 그리고 그대로 자리를 박차면서 일행들 옆쪽으로 달려나갔다.

말이 부탁한다지 결국 대신 죽으라는 것이었다. 그런 주제에 이 녀석만은 포기할 수 없어 데리고 나올 수밖에 없었다. 졸렬한 주군, 나약한 주군! 그럼에도 담을 넘어 달아나는 행보를 멈출 수가 없다.

"미안하다, 미안해……! 내가 약하기 때문이다. 내게 힘이 있었더라면…… 못난 왕이 아니었다면!"

무결이 텅 비어버린 눈으로 쉴 새 없이 중얼거렸다. 눈물이 흐르지 않는 메마른 눈으로 피눈물을 흘렸다. 자하가 그의 뒤로 달리며 그들을 쫓아오는 화린의 부대원들을 맞아 쟁쟁 격검을 했다. 율비가 내려달라고 어깨 위에서 발버둥을 쳤지만 발버둥도 점점 사라지더니 이내 그의 목덜미를 꼭 끌어안고 흐느껴 울기 시작했다. 그 누구보다 괴로운 것은 바로 무결이었기에. 그는 천웅처럼 왕이라는 이유로 밟고 가야 할 많은 피들에 무감할 수 없는 사람이었기에, 율비는 미칠 것 같은 심경에도 불구하고 울지도 못하는 무결을 대신해 울었다.

달려가는 무결의 등 뒤쪽에서 펑! 하는 폭발음이 들렸다. 무결을 추격하려는 화린의 병사들을 향해 누군가 연화탄을 집어 던진 것 같다. 연화탄은 폭발력이 약하지만 눈을 직격하면 그 피해가 적지 않다. 폭발로 인한 섬광으로 인해 잠깐이나마 추격을 늦췄겠지만 그것도 잠시일 뿐, 결국 그의 수하들은 모두 도륙당할 것이다. 암울한 깨달음을 마치 남의 일처럼 머리 뒤쪽으로 치워 버리며 무결은 기계적으로 어둠 속을 달려갔다.

왕성 뒤로 펼쳐진 산 쪽으로는 다행히 소수의 수비대원들 말고는 지키는 병사가 그리 많지 않았다. 아마도 무결이 궁정 안쪽으로 발사해 놓은 연화탄 덕분에 병력이 그쪽으로 집중됐기 때문일 것이다. 비교적 손쉽게 수비병들을 해치운 무결은 그대로 산을 달려 내려와 산자락 쪽에 면한 저잣거리로 숨어들었다.

"도성을 빠져나갈 방법이 있느냐?"

물의 도시인 하경은 수로를 밝히는 횃불들 때문에 마치 대낮처럼 환했다. 인가의 담벼락 밑에서 잠시 걸음을 멈춘 무결이 그제야 율비를 내려놓고 자하에게 물었다.

"어렵습니다. 성문에서 검문할 겁니다."

"물길은 어떨까요? 하경에서 출발하는 배에 숨어들면 운하로 빠져나갈 수 있지 않을까요?"

"그쪽도 수문(水門)에서 검색을 한다. 하지만 일단은 그 방법밖에 없겠구나. 차고 온 검을 주면 배 주인이 배에 숨겨줄지도 모르니 일단 가장 가까운 나루터로 가자."

무결의 말이 끝나는 것과 동시에 세 사람은 어둠 속을 달리기 시작했다. 그러나 바둑판 모양으로 엉킨 골목길을 달려 가장 가까운 물길로 향하던 그들의 일행 뒤로 곧 불길한 불빛과 말 울음소리가 들려오기 시작했다. 뒤를 돌아보니 어둠 속에서 반딧불처럼 빛나는 횃불들이 떼를 이뤄 쫓아오고 있는 게 보였다. 뒤쪽뿐만이 아니었다. 자하가 '저기!'라고 소리를 지르는 서슬에 앞쪽을 보니 그들이 달려가는 방향 쪽으로도 횃불들이 무리를 이뤄 움직이고 있는 게 보였다.

"우리가 궁을 빠져나왔다는 걸 알아챈 것 같습니다. 불빛의 방향을 보아하니 이미 운하 쪽의 물길은 막혀 있는 것 같군요."

"그렇다면 다른 길을 찾는 수밖에. 지금은 일단 포위망을 뚫어야 한다."

이를 악문 대답이 무결 쪽에서 흘러나왔다. 율비가 두려움에 온몸을 굳힐 때, 돌연 어둠 속에서 쉿! 하는 소리와 함께 뭔가가 날아오더니 자하의 검이 앞으로 홱 당겨졌다. 고개를 들어보니 추가 달린 기다란 사슬이 맨 앞에 선 자하의 검에 감겨 있었다. 시선을 위로 올리자 곧 사슬 끝을 붙잡은 자가 골목길 오른편으로 솟은 집 지붕에 서 있는 것이 보였다.

"이런, 위쪽에서 추격해 오다니. 이렇게 쫓아올 줄은 몰랐군."

하경의 주택들은 다닥다닥 붙어 있는 까닭에 지붕과 지붕 사이를 뛰어넘는 것도 어렵지 않다. 추격자들 중 한 무리가 그 지붕을 타고 골목길을 훑던 중 그들을 발견한 것이다.

무결이 중얼거리는 사이 추격자는 붙잡은 사슬을 있는 힘껏 잡아당겼다. 하마터면 검을 놓칠 뻔했지만 자하 역시 만만치 않았다. 자하는 검을 뺏기지 않으려 버티는 대신 그 검을 쥔 상태로 상대의 힘을 쫓아 골목길의 벽을 타고 달려 올라갔다.

아, 율비는 자하가 그처럼 놀라운 경공술을 보이는 것은 처음 봤다. 비호 같은 몸놀림으로 담벼락 위로 솟아오른 자하가 담을 박차고 뛰어오르며 그 반동으로 지붕 위로 날아올랐다. 일순 어둠을 뚫고 솟구쳐 올라온 자하의 모습에 지붕 위의 병사가 두 눈을 휘둥그렇게 떴다.

퍽! 자하의 칼이 횡으로 그어진 것과 함께 파육음이 들려왔다. 그리고 이어지는 피비린내. 자하의 일검에 병사가 그 생을 마감한 것이다.

단말마의 비명 소리를 날리며 병사가 추락하자 지붕에 올라선 자하는 재빨리 검에 엉킨 사슬을 풀어냈다. 그런데 그때 또 다른 소음이 뒤를 이었다. 펑! 하는 폭발음과 함께 눈부신 불꽃이 그들의 머리 위로 솟구쳐 오른 것이다. 세 사람이 깜짝 놀라 폭음이 들려온 쪽을 쳐다보니, 건너편 지붕 위에 또 한 명의 사내가 서 있는 게 보였다. 그의 머리 위에서 터진 눈부신 광륜(光輪)에 비춰진 모습을 보니 그는 손에 기다란 막대 같은 것을 들고 있었다.

"신호탄인가?"

"여기다! 건왕야와 국왕 전하를 시해한 시해범들이 여기에 있다!"

"뭐라고!"

자하가 놀라 소리를 지르는 것과 동시에 사방에서 함성들이 한 점으로 모여들기 시작했다. 하경 구석구석 천라지망(天羅地網)을 펼 치고 있던 병사들이 신호를 좇아 달려오는 것이리라.

"우리를 시해범으로 몰아 쫓게 한 건가? 허, 내가 나를 죽인 범 인으로 몰려 버렸군."

하원의 병사들이야 무결의 얼굴을 알 턱이 없으니 그가 바로 건 왕이라 주장해도 들어먹힐 리가 없었다. 무엇보다 이미 무결을 죽 은 사람으로 만들어놓은 작태가 소름 끼치기 짝이 없었다. 하원의 병사들이야 자신들의 국왕까지 죽인 중죄인을 악에 받쳐 추적할 터이니 무결 일행은 이래저래 점점 더 궁지에 몰리게 됐다.

"넋을 놓고 있을 때가 아니다. 서둘러라!"

이리 떼들의 소통 같은 수선스런 고함들이 불일 듯 일어나는 속 에서 율비와 두 사람은 정신없이 달리고 또 달렸다.

여기다. 이쪽이다!

왕의 시해범을 죽여라!

사방에서 고함과 비명이 폭죽처럼 터졌다. 달리고 있는 곳이 하 경의 골목길인지 지옥인지 알 수 없다. 마치 악몽 속을 한없이 헤 매고 있는 것만 같다.

얼마를 더 달렸을까. 골목길에서 골목길로, 그늘에서 그늘로 이 리 돌고 저리 달리다 보니 체력이 부친 율비의 다리가 휘청휘청 떨리기 시작했다. 그런데 바로 그때 그들이 달려가는 앞쪽에서 함 성이 터져 나왔다. 보니 골목길 앞쪽을 가로막은 채, 이쪽을 향해 달려나오는 병사들이 보였다.

도무지 베고 또 베어도 나타나는 적들을 뚫고 나갈 길이 보이지 않는다. 과연 이 하경을 빠져나갈 수 있을까? 아니, 그전에 이 악몽 같은 미로 속을 빠져나갈 수 있을까?

"엎드려라!"

무결이 고함을 지르자 엉겁결에 율비가 휙 주저앉았다. 그 위로 누군가 내지른 창끝이 날아왔지만 무결이 검을 휘둘러 그 끝을 뎅겅 잘라냈다. 잘라진 창끝이 그녀의 머리 위로 콩 떨어지는 바람에 율비가 비명을 질렀다.

"차라리 눈을 감아라. 소리를 지르느니 그쪽이 더 나을 것 같구나."

이 급박한 와중에도 차분한 그 목소리는 무결의 것이었다. 무결이 율비를 뒤로 밀쳐 주저앉히며 앞으로 그녀를 감싸고 나선 것이다. 그 말이 채 끝나기도 전에 나머지 병사들이 함성을 지르며 덤벼들었다. 조를 나눠서 골목골목을 뒤지고 있었던 까닭에 다행히 병사들의 수는 그리 많지 않았다. 골목이 워낙 그물처럼 여러 갈래로 엉켜 있었기 때문에 인원을 소수로 나눈 것인데 그 점이 이 상황에서는 도움이 됐다.

무결이 기합성과 함께 또 한 명의 적을 베어 넘겼고, 자하는 무결과 등을 맞대고 선 상태에서 그와 마찬가지로 종횡으로 검을 휘둘렀다. 도움이 안 되는 것은 오직 율비뿐이었다. 율비는 눈을 질끈 감고 쭈그려 앉은 채로 괴로워했다.

나서고 싶었다. 그녀도 무결과 자하와 함께 싸우고 싶었다. 그러나 아무리 힘을 주려 애써도 저절로 팔다리에 힘이 풀렸고, 그녀의 눈앞에서 목이 날아가던 병사와 죽어간 사람들이 생각나 자꾸만 구역질이 올라왔다.

'아, 이러고 있어선 안 돼. 뭔가 도움이 되지 않으면……!'

율비의 몸 안에서 점점 그런 소리가 커져 가고 있었다. 뭔가 하지 않으면 안 된다. 하지 않으면…… 그렇지 않으면 모두가 죽게 된다. 그녀도, 자하도, 그리고 무결도! 그렇게 생각한 율비는 온 힘을 다해 질끈 감긴 눈꺼풀을 들어 올렸다. 그와 함께 눈에 들어온 것은 어느새 그녀와 자하 사이로 비집고 들어온 적병이 막 자하의 등 뒤로 도끼를 내려치는 모습이었다.

"안 돼!"

율비가 자기도 모르게 벌떡 일어나며 몸을 날렸고, 그녀가 발치에 매달리는 바람에 적병의 도끼는 허공을 가르고 말았다. 그제야 뒤에 적이 있다는 것을 눈치챈 자하가 몸을 돌리며 자빠진 적병의 가슴팍을 검끝으로 내리찍었다. 그러고 나서야 자하는 의외라는 눈빛으로 율비를 향해 고개를 끄덕였다. 아마도 고맙다는 뜻이리라.

그러나 감격할 시간이 없었다. 자하가 마지막 남은 적병을 쓰러뜨렸지만 곧 또 다른 자들이 몰려드는 것은 시간문제였다. 무결이 뒤로 돌아서 율비의 손목을 잡고 다시 달리기 시작했다. 도망, 앞길이 보이지 않는 도주다. 무결에게 손목을 잡힌 채로 정신없이 뛰면서 율비는 이 상황이 악몽 같다고 생각했다. 사방에서 달려드는 적들, 마치 점점 더 복잡해지는 나쁜 꿈속으로 뛰어든 것 같다.

그 안에서 길을 잃고 영원히 헤맬 것 같다.

그 악몽에 갑자기 종막이 찾아왔다. 추적을 피해 뛰어든 골목길, 그 끝이 담벼락으로 막혀 있었던 것이다.

더 이상 앞으로 나아갈 수 없는 궁지에 무결과 자하가 서로의 얼굴을 바라봤다. 여전히 사방에서 토끼를 모는 사냥꾼처럼 조여오는 고함 소리가 들려오고 있었다. 왔던 길을 되짚어 나갈까? 하지만 그러다가 수색자들에게 들키면? 다른 방법이 없다.

"전하, 송율목을 안고 담을 넘는 것은 무리입니다!"

"내가 먼저 담을 넘겠다. 네가 이쪽에서 이 아이를 넘기거라."

말이 채 끝나기도 전에 무결이 땅을 박차며 단숨에 담을 넘어갔다. 쫓기는 와중에 율비는 눈에 띄는 망포를 벗어버렸고 무결 역시 용포를 벗어버린 까닭에 그는 흰 창의(氅衣)만 걸친 상태였다. 흰 옷깃이 어둠 속에서도 새의 깃털처럼 펄럭이는 모습에 율비의 눈에 경탄을 넘은 부러움이 깃들었다.

'나도 저렇게 날아다닐 수 있다면 얼마나 좋을까?'

자그마한 그녀가 검초를 펼치고 허공답보로 날아다닐 모습은 상상만 해도 우습기 짝이 없는 것이지만, 어쨌든 지금만큼은 율비가 가장 원하는 모습은 바로 그것이었다.

"끼야앗!"

바로 그때 더 이상 부러워할 틈도 없이 자하가 그녀의 허리를 붙잡더니 그대로 기합성과 함께 하늘 높이 집어 던졌다. 하늘이 빙글 하고 돌았다고 생각된 찰나, 그녀의 시선 아래로 담장 위로 올려진 기왓장이 보였고 율비의 몸은 그대로 담 위를 날아 그 아래 대기하고 있던 무결의 팔 안으로 안전하게 착지했다. 그리고 이어서 그들 앞으로 자하가 뛰어내려 왔다.

그들이 내려선 골목길은 오늘 밤 거쳐 온 여러 골목길에 비하면 비교적 넓은 편이었다. 마차 한 대가 충분히 지나갈 수 있을 정도로 넓은 길 한쪽으로는 개울을 사이에 두고 버드나무가 머리 푼 여인처럼 긴 가지를 늘어뜨린 채 점점이 서 있었다.

마치 이곳만 혼자 잠들어 있는 것처럼 조용한데다가 불빛 하나 없이 어둠에 잠겨 있어서 율비는 마치 별세계에 떨어진 것 같은 기분이 들었다. 골목길 하나 차이인데 어떻게 이리 다를 수 있는 걸까? 세 사람은 잠시 담벼락을 등진 채로 주위를 살폈다.

그때였다. 다그닥, 말발굽 소리가 들리기에 옆쪽을 돌아보니 골목길 왼쪽에서 어둠보다 더 어두운 거대한 형체가 천천히 이쪽을 향해 다가오고 있는 게 보였다. 설마 또 적병인가? 무결과 자하가 일제히 칼을 앞으로 곧추세웠다.

두터운 어둑발을 뚫고 나타난 것은 양 옆에 등불을 매단 커다란 마차였다. 두 마리 조랑말이 끌고 있고 그 조수석에는 두 사람이 앉아 말고삐를 잡고 있었다. 남자인 듯 덩치가 큰 자가 한 명, 그 오른쪽에 또 한 명이 앉아 있는데 오른쪽에 있던 사람이 문득 자신들의 머리 위에 걸려 있던 등불을 집어들더니 무결 쪽을 향해 비췄다.

놀람과 가벼운 흥분이 담긴 목소리가 그 입에서 흘러나왔다.

"공자……? 소흥에서 우리 극단을 사주신 그 공자님이 아니십니까?"

낭랑한 그 목소리가 귀에 익다는 것을 무결은 깨달았다. 아니나 다를까, 고개를 들어 등불에 드러난 여자의 얼굴을 바라본 무결은 곧 그녀가 누구인지를 알아챘다. 소흥에서 무결이 객점으로 불러들였던 유랑극단의 단주였다.

짙은 화장을 지워 얼핏 알아보기 힘들었지만, 그 목소리를 떠올리자 곧 같은 사람이라는 것을 알아볼 수 있었다. 단주 옆에 앉은 것은 유몽매, 남주인공 역을 맡은 배우였다. 그들이 하필 절체절명의 순간에 극단원과 짐을 실은 마차를 몰고 무결 앞에 나타난 것이다.

그러고 보니 소흥에서 곤극을 본 다음날, 얼핏 극단이 하원국으로 간다는 말을 들은 것도 같다. 그때는 여유가 되면 하경에서 또 불러주마 하고 가볍게 말했었는데, 하필 그들을 바로 지금 만나게 될 줄이야.

"잘나신 공자께서 왜 이 시각, 이런 곳에 있는 거죠? 그 많던 수하들은 다 어디에 두시고?"

거절당했던 분김을 아직 잊지 않은 단주였지만, 곧 무결 일행의 분위기가 뭔가 심상치 않다는 것을 깨달았다. 그들이 등지고 선 벽 너머로 당장 병사들이 쫓아오는 소리가 들렸고, 곧 수선스런 외침이 뒤를 이었기 때문이다.

"분명히 이쪽으로 도망가지 않았냐? 어디로 간 거지? 우리가 잘못 본 건가?"

"아니야, 이 바보 자식아. 여기 담벼락 중간에 발자국이 있잖아. 이 담을 타고 넘어간 게 틀림없다고! 서둘러! 놈들을 놓치면 안 돼!"

그 말인즉, 또다시 위기가 담 하나를 사이에 두고 쫓아왔다는 뜻이다. 저들이 담을 넘어와 그들을 발견하는 것은 시간문제였다. 무결은 초조함과 간절함이 담긴 시선으로 단주를 바라봤다.

"……쫓기고 있는 겁니까?"

"그렇소. 이유를 말하고 있을 시간이 없소만, 지금 그대의 도움이 절실하게 필요하오. 도와주시오, 단주."

"어머나, 제가 왜요? 저를 그리도 매몰차게 거절한 사내를 제가 왜 구해줘야 한답니까? 내 극단원들까지 위험에 처하게 될지도 모르는데?"

그리 쌀쌀맞게 대답하긴 했지만 그녀의 눈이 잠깐이나마 흔들렸다는 것을 무결은 놓치지 않았다.

"단주, 그대를 거절한 건 사과하겠소. 그러나 내가 그대를 받아주지 못한 것은 그대의 매력이 모자랐기 때문이 아니오. 달리 이유가 있단 말이오."

어찌해야 할까? 단주는 잠시간 고민에 빠졌다. 비록 그녀를 차버리긴 했지만 아사 직전의 단원들을 높은 값에 사준 건 고마운 일이었다. 게다가 무슨 일인지 몰라도 한때나마 인연이 닿은 사람이 하원병들에게 잡혀 고초를 당하게 된다는 것도 조금 꺼림칙한 일. 그러나…….

"호호, 그 정도로는 안 돼요! 흥, 잘난 공자님이시니 이 정도쯤이야 자력으로 벗어나 보시죠. 흥흥!"

요란하게 코웃음을 친 단주가 유몽매에게 말을 몰아 출발할 것을 지시했다. 차라리 칼로 위협해서 마차를 뺏을까? 잠시간 무결이 격렬하게 갈등했다. 하지만 그랬다가 단주가 소리를 지르거나 저항을 하면 당장 적병들이 눈치채고 몰려들 것이다.

결국 빠져나갈 방도가 없는 것인가?

무정하게도 다그닥 말발굽 소리를 울리며 자리를 벗어나는 마차를 바라보던 무결이 느닷없이 율비의 손목을 붙잡고 마부석을 향해 달려갔다.

"단주, 징히 안 되겠다면 이 아이라도 빼주시오!"

"뭐라고요?"

자하가 말도 안 된다는 표정으로 쩌억 입을 벌렸고, 율비도 열심히 고개를 저었지만 무결은 결심을 굽히지 않았다.

"내가 하경을 빠져나가는 것은 무리다. 하지만 이 아이라면 나처럼 집요하게 추적하지는 않을 거야. 극단원에 섞여 있으면 무리 없이 나갈 수 있을지도 모른다."

"그게 무슨 소리입니까? 안 갑니다! 전하와 자하님을 두고 혼자선 못 가요!"

전하? 생각지도 않은 호칭에 단주가 혼란에 빠져 있는 사이 무결과 자하, 그리고 율비 사이에선 실랑이가 벌어졌다.

"아니 됩니다! 가시려면 전하가 가셔야 합니다! 어찌 일개 소환 하나를 살리려 전하가 희생될 수가 있습니까!"

"살 사람은 살아야 한다! 단주, 부탁하겠소. 나를 살려달라고는 안 할 테니, 이 아이만이라도 빼돌려 주시오."

울며불며 안 간다고 떼를 쓰는 율비의 손목을 무결이 억지로 잡아끌어 단주에게로 떠미는데 갑자기 그녀가 입을 열었다.

"……남색가셨습니까? 그래서 특별히 그 아이를 살리려 하는 건가요?"

"그렇소. 내가 누차 말하였잖소. 그대의 매력이 모자랐던 게 아니라고 말이오."

이제 와서 수치를 산들 뭐 어떠랴. 그래서 율비를 살릴 수만 있다면 상관없다. 무결이 얼굴도 붉히지 않고 긍정하자 돌연 단주가 웃음을 터뜨렸다.

"호호호홋! 과연 그렇군요. 여인을 향해서는 마음이 움직이지 않는다. 그런 거였습니까?"

단주는 여러모로 재밌는 여자였다. 나쁘게 말하면 단순하고 좋게 말하면 화통하다. 상처난 자존심이 급속도로 회복됨에 무결을 미워했던 마음은 순식간에 먹으로 지운 것처럼 사라졌다. 게다가 같은 남자를 대상으로 한 것이긴 해도, 감수성 예민한 단주는 자신보다 사랑하는 연인 쪽을 살리려 한 무결의 행동을 외면할 수 없었다.

"좋습니다. 모두 마차에 타세요. 극에 쓰는 대도구들 사이에 숨으면, 잘하면 하경을 빠져나갈 수 있을 겁니다."

"뭐? 정말로 저들을 숨겨주겠다는 거냐? 그랬다가 병사들에게 들키면 어쩌려고 그래! 자칫하다간 우리까지 몰살당한다고!"

"걱정 마. 안 들키면 될 거 아냐? 우리야 늘상 떠돌아다니는 게 일이라 하경 도성의 수문병들과도 친하잖아. 늘 그랬듯 그냥 대충 훑어보고 통과시켜 줄 거라고!"

유몽매가 펄쩍펄쩍 뛰었지만 단주의 고집을 이길 수는 없었다. 그녀의 마음이 바뀔까 봐 얼른 무결이 율비, 자하와 함께 마차 뒤로 뛰어올랐다. 마부석의 뒤는 포장을 씌워놓았고, 마차 옆으로 걸어놓은 등불이 기름 먹인 포장 천을 뚫고 들어와 마차 안을 희미하게 비추고 있었다. 그 불빛에 공연에 쓰는 대나무 막대기와 판자, 대도구며 소도구와 무대의상이 들어 있는 커다란 상자들이 잔뜩 쌓여 있는 마차 안이 희미하게 윤곽을 드러냈다.

무결과 자하가 세로로 세워진 대나무 묶음 뒤로 숨자 율비는 무대 의상을 담은 상자 안으로 뛰어들었다. 상자 속은 가벼운 옷들이 대부분이어서 들어오려고 하면 한 사람은 더 들어올 수 있을 것 같다. 율비는 잠깐 동안 그런 생각을 하면서 상자 뚜껑을 빠끔 열어 밖의 상황을 내다봤다.

그러는 동안 마차 바깥에서는 단주가 유몽매를 재촉해 말을 달렸다. 병사들이 낑낑거리며 담벼락을 넘어오는 동안 마차는 다리를 건너 시내 건너편 쪽의 골목길로 들어가 버렸고, 병사들이 간신히 담을 넘어 뛰어내렸을 때는 마차는 이미 골목길의 어둠 속으로 사라진 뒤였다.

"어라, 없잖아? 도대체 어디로 간 거지?"

"에잇, 애초에 이쪽이 아니었던 것 같다고 했잖아! 이제 이놈들을 어디서 찾는단 말이야~!"

그들이 수선을 벌이고 서로에게 욕질을 하는 동안 마차는 하경의 동쪽 뒷골목을 크게 가로지르는 대로로 접어들었고 곧이어 도성 문이 나타났다. 하경을 들고 나가는 문은 서와 동, 두 군데밖에 없는데 그중에 동쪽 입구에 도착한 것이다.

성문 입구에는 50여 명의 병사가 서서 그 앞을 지키고 있었는데, 입구 옆으로는 복색은 다르지만 역시 군관인 듯한 자들이 역시 비슷한 수를 이뤄 성문을 오가는 자들을 향해 날카로운 눈빛을 던지고 있었다. 보통 성문을 지키는 수비병은 많아야 스물을 넘지 않았지만, 때가 때인지라 그 수를 배 이상 늘린 것이다.

병사들은 수배지인 것처럼 보이는 그림 하나를 들고 거기 그려진 용모파기와 성문을 나가는 사람들의 얼굴 하나하나를 비교하고 있었다. 거기 그려진 것이 무결과 자하, 그리고 율비임은 보지 않아도 훤했다. 과연 무사히 빠져나갈 수 있을 것인가. 단주도, 마부석에 앉아 있는 유몽매도 이 순간만큼은 솟구치는 긴장에 꿀꺽 침을 삼켰다.

유랑극단의 마차는 전부 두 대. 한 대는 그들이 몰고 있는 짐마차고 나머지 한 대엔 극단원들 여남은 명이 들어 있다. 잠깐 동안 그들에게 사정을 이야기할까 생각했던 단주는 곧 생각을 바꿨다. 만에 하나 무결 일행이 숨어 있는 게 들킨다면 그들은 아무것도 몰랐고 모든 일은 단주 혼자서 저지른 것으로 하는 게 나았다. 유몽매는 단주의 뜻을 거스를 수 없었다고 주장하는 걸로 하고.

"어허, 이게 누구야. 하경에 들어와 공연을 하고 있다는 소식을 들었는데, 이번에는 왜 이리 일찍 떠나는 거유?"

마차를 몰아 도성 문 앞에 세우자 몇 번 봐서 이미 낯이 익은 경비병이 단주를 보고 아는 척을 했다. 단주는 그런 그에게 생글생글 웃으며 태연하게 거짓말을 했다.

"고향에 계신 아버님이 중한 병에 걸리셨다고 전갈이 왔지 뭡니까. 그래서 서둘러 공연을 접고 고향인 곤산으로 가는 중이랍니다. 시집도 못 가고 떠돌아다니는 불효막심한 딸이니 이럴 때 얼굴이라도 보여 드려야지요."

오고 가는 대화를 보아하니 단주와는 꽤 친한 듯하다. 그런데 선선히 보내줄 줄 알았던 병사가 옆에 선 동료에게 턱짓을 하자 곧 두어 명의 병사가 단원들이 탄 마차에 올라탔다.

"뭐하는 거예요? 왜 우리 마차를 뒤지는 겁니까?"

"지금 국왕 전하와 창천의 사신을 시해한 중대한 범죄자가 왕궁을 빠져나와 도망 중이라우. 그자가 필시 도성 문으로 빠져나가려 할 터라, 그를 잡기 위해 일일이 검문을 하는 거유."

"구, 국왕 시해라고요? 그런 자가 우리 마차에 타고 있을 리 없잖아요. 우리 같은 평범한 단원들이 그런 일에 연루돼 있겠어요?"

"거야 모르지. 어쨌든 우린 위에서 명령한 대로 하는 거니까 여러 말 마쇼."

그 말에 이어 단원들이 들어 있는 마차 쪽에서 들어갔던 병사가 고개를 빠꼼 내밀더니 소리를 질렀다.

"여기엔 수상한 자는 없습니다!"

"그럼 우리는 이만 가도 되는 거지요?"

"기다리쇼. 아직 짐마차가 남아 있지 않소. 거기도 뒤져 봐야겠수다."

"아니, 거길 왜 뒤진다는 거예요? 우리가 뭐 거기에 누굴 숨기기라도 했을까 봐 그래요?"

"어라? 놀라는 걸 보니 더 수상하오. 아님 마는 거지 왜 그리 흥분하는 거유? 혹시 정말로 짐짝 속에 도망친 그자들을 숨긴 거 아니오?"

이를 어쩐다. 생각 외로 깐깐하게 나오는 병사의 행동에 단주와 유몽매는 당황했다. 결국 들키는 건가? 짐마차로 향하는 병사 두 명의 등짝을 바라보는 두 사람의 심장이 바짝 조여들었다.

한편으로 짐마차 뒤, 일부러 마구 흩뜨려 놓아 더욱 갈피를 잡을 수 없게 만들어놓은 궤짝과 대도구들 사이에 숨은 세 사람은 짐마차를 향해 다가오는 병사들의 동정을 깨닫고 숨을 죽이고 있었다. 단주의 낯을 보아 그냥 선선히 보내주기로 했다면 아무 문제 없을 일이나, 병사들이 작정을 하고 짐마차를 뒤진다면 아무리 난장판 와중이라 해도 그들을 발견하는 것은 시간문제다.

문득 자하가 살기 어린 표정을 지었다. 어차피 들킬 거라면 차라리 싸우다 죽겠다. 그리 결심을 다진 자하가, 숨어 있던 대나무 막대들 뒤에서 뛰쳐나왔다.

"자, 잠깐 기다려요! 뭘 어쩌시려는 겁니까!"

"왜 붙잡는 거냐. 이대로 짐 속에 숨어 있다 맥없이 죽을 수는 없다. 내가 싸우겠다! 목숨을 걸고 출로를 뚫을 테니 너는 전하를 모셔라."

"누가 누구를 모신다는 거냐. 혼자 싸우게 내버려 두지는 않겠다."

"안 됩니다. 도성 문을 지키는 병사의 수가 적지 않아요. 게다가 여기서 뛰어나가면 애꿎은 단원들까지 휘말려 들게 되잖아요!"

"그럼 뭐 다른 방법이라도 있다는 거냐?"

말문이 막혔다. 다른 방법. 다른 방법이 있을까? 무결과 자하를 구하고 단원들 역시 무사할 수 있는 방법이? 율비의 머리가 정신없이 휘돌아갔다.

그때 불현듯 그녀의 눈동자가 방금 그녀가 튀어나왔던 의상 상자에 가 닿았다. 빠끔히 열린 상자 밖으로 드러나 있는 것은 두여랑 역할의 배우가 입었던 얇은 치마저고리. 생각의 켜가 양파 껍질처럼 투두둑 벗겨져 나갔다. 이미 썩어서 문드러진 거추장스런 겉껍질들이 벗겨져 나가자 순식간에 사고의 맥이 가장 중요한 알맹이에 가 닿았다.

그것뿐이다. 먹힐지 안 먹힐지 모르지만 지금은 그 방법밖에 없다!

그렇게 결론을 내리자 율비는 언제나처럼 앞뒤 가리지 않고 행동에 나섰다.

"지금 뭐하려는 거냐?"

막 자하 앞으로 나서며 그 역시 칼을 빼들려던 무결이 율비가 의상 상자 쪽으로 그를 힘껏 밀어붙이자 깜짝 놀라며 물었다. 하지만 율비는 그에는 대답하지 않고 상자를 활짝 열어 그 안에서 두여랑의 의상을 끄집어내더니 자하의 허리끈을 잡아채며 그 역시 상자 쪽으로 밀어 넣었다.

"제게 생각이 있습니다. 일단 이 안에 숨어 계세요!"

율비의 서슬이 하도 시퍼래서 무결과 자하는 뭐라 대답할 틈도 없이 얼떨결에 상자 안으로 밀어 넣어지고 말았다. 아니, 사실은 떠밀리는 바람에 상자 안쪽으로 넘어져 저절로 그 안에 굴러 떨어졌다고 봐야 할 것이다. 엉겁결에 상자 안에 갇힌 모양이 된 자하가 상자 뚜껑을 밀어 올리려 했지만 순간 눈에 들어온 광경에 할 말을 잃고 그 자리에 멈추고 말았다.

율비가 갑자기 옷을 벗기 시작한 것이다. 그때까지 입고 있던 짧은 겉저고리와 바지를 벗어버린 율비가 그에 이어 저고리 안에 입고 있던 단의(短衣)까지 벗기 시작했다.

도대체 뭘 하려는 걸까? 자하와 무결이 열린 상자 문틈으로 그런 모습을 바라보고 있는 동안 마차 밖에서 떠들썩한 인기척이 들리더니 짐마차의 입구를 가리고 있던 방수포가 확 젖혀졌다.

놀란 자하가 본능적으로 상자 뚜껑을 닫았지만, 바로 그때 무결은 보았다. 마침내 단의를 머리 위로 휙 벗어 올린 율비의 등, 그 한복판에 가로로 걸쳐진 가슴띠를.

'왜 저런 걸 두른 거지?'

하는 의문과 함께 돌연 섬광과 같은 직감이 그의 뇌리 한복판을 갈랐다. 설마…… 설마?

"꺄아악!"

상자 뚜껑이 닫히는 것과 동시에 율비는 지극히 여성스러운 본래의 목소리로 돌아와 있는 힘껏 소리를 질렀다.

"어, 어라? 이건 또 뭐야?"

막 마차 안으로 몸을 밀어 넣던 병사들이 율비의 비명에 깜짝 놀라 들어오려던 발길을 멈췄다. 그들이 들고 온 등불 빛에 율비의 몸이 드러났다. 웃옷을 다 벗어버리고 바지마저 반쯤 벗어버린 몸. 윗도리를 벗으며 그와 함께 가슴띠까지 찢어버리는 바람에 그녀의 젖가슴은 불빛에 온통 다 드러나 있었다.

살짝 내려간 허리춤까지 그들의 시선에 잡힐 찰나, 율비가 비명을 지르며 바닥에 떨어져 있던 두여랑의 무대 의상을 집어 젖가슴을 가려 버렸다.

"어딜 들어오는 거예요! 나가요!"

"허헛!"

대충 옷으로 가리긴 했지만 달덩이 같은 젖가슴은 다 들킨 뒤였다. 생각지도 않았던 뜻밖의 눈요기에 마차 안으로 들어선 병사들의 입가에 저절로 침이 고였다. 찰나간에 본 것이긴 했지만 아직도 잔상을 남기고 있는 모양 좋은 젖가슴에 병사들의 머릿속엔 오로지 한 가지 생각밖에 떠오르지 않았다.

여자다, 여자. 그것도 엄청 예쁜.

주르륵, 입가에 고인 침 줄기가 그대로 흘러내렸다.

"나가요! 나가란 말이에요! 아악, 어딜 보는 거야!"

외침과 동시에 율비는 순전히 드러난 자신의 몸을 숨기려는 것처럼, 치마저고리를 머리 위로 뒤집어쓰며 무결과 자하가 숨어 있는 상자 위로 몸을 날렸다. 쾅, 그녀의 엉덩이가 두 사람이 들어있는 상자를 내리눌렀고, 율비는 그 위로 납작 엎드렸다.

'옷을 갈아입고 있던 중인가?'

그 와중에 그들이 들어서자 저리 놀란 것일까? 병사들이 그런 생각을 하지 않을 수 없을 정도로 율비의 행동은 자연스러웠다.

마차 안으로 들어선 병사들이 수선을 피우며 꺅꺅 비명을 지르는 그녀의 모습에 일제히 짓궂은 웃음을 터뜨렸지만, 대충 궤짝을 열어보고 무대 도구 뒤를 살폈을 뿐, 차마 율비가 납짝 엎드린 상자까지 뒤지지는 않았다. 벌거벗은 그녀를 채근하기엔 아무래도 꽤나 멋쩍은 상황이었던 것이다.

한 명이 그녀를 비키라 하고 의상 상자를 뒤지려 했지만, 율비가 대뜸 '저리 가지 못해요? 꺄악, 어딜 만지려는 거야?' 라고 고함을 지르며 치한 취급을 하자 결국 얼굴을 붉히며 물러났고, 따라 들어온 병사들은 그 모습에 요란한 웃음을 터뜨렸다.

"성질머리 한번 암팡지구먼. 우리가 뭘 어쨌다고 그래?"

"고것 참 젖가슴이 딱 먹음직스럽게 예쁘네. 여기서 한번 맛 좀 볼까?"

"아서라, 아서. 국왕 전하가 돌아가신 마당에 그런 생각이 나냐?"

그 말에야 잠깐 정신이 해이해졌던 병사들도 다시 분위기가 숙연해졌다. 오늘 안에 기필코 시해범을 잡고야 말리라. 그리 마음먹은 병사들이 곧 마차에서 나갔고, 마차 뒤로 대기하고 있는 다른 출입자들을 향해 걸어갔다.

서류에 신고된 인원보다 한 명이 더 많다는 것은 창졸간에 맞닥뜨린 흰 젖가슴에 묻혀 완전히 잊었음이다. 물론 알았다고 해도, 수배지에 기록된 것은 남자 세 명이었으니 율비를 의심할 까닭이 없었다.

"가도 좋다!"

우두머리의 허락이 떨어지자 이내 마차가 움직였다. 덜컹덜컹,

흔들림이 점점 잦아들고 성문의 수선스러운 소란이 저 멀리 아스라이 사라져 가자 그제야 비로소 율비가 덮고 있던 치마저고리 너머로 빼꼼 고개를 들었다.

"빠져나온 건가……?"

믿을 수 없게도 정말로 그런 것 같다. 사방이 막힌 사자굴 속에서 빠져나온 것이다! 그런데 그때 그녀가 엎드린 상자 안에서 쿵쿵 뚜껑을 두드리는 소리가 들렸다. 아차차, 율비가 서둘러 상자 위에서 내려와 뚜껑을 들어 올리자 그 안에서 무결과 자하가 튀어나왔다. 그리고 이어진 경악의 시선. 무결과 자하가 동시에 얼어붙었다.

두 사람에게 환하게 웃어주려다가 문득 그들의 눈길이 꽂힌 끝을 따라 자신의 모습을 내려다본 율비 역시 그대로 굳어버렸다. 등불에 비치어 드러난 것은 아담한 젖가슴. 도저히 가릴 수도, 닿을 수도 없이 온전히 드러난 그것이 두 사람의 시선을 받아 더욱 희게 빛나고 있었다.

당황한 율비가 서둘러 치마저고리를 들어 그를 가렸지만 이미 그녀의 정체는 백일하에 드러난 뒤였다.

"여인…… 이었느냐?"

제6장

무결이 믿을 수 없다는 목소리로 중얼거렸다. 뭐라 대답할 수 있으랴. 율비는 고개를 끄덕일 수도, 그렇다고 가로저을 수도 없어 잔뜩 겁을 먹은 표정으로 뒤쪽으로 물러나 앉을 수밖에 없었다.

　두꺼운 목함 뚜껑을 뚫고 두런두런 들려온 목소리. 그를 들은 무결과 자하가 두려움 속에서도 얼마나 놀랐던가. 이제까지와는 다른, 사내라고는 도저히 믿을 수 없는 높고 가녀린 율비의 목소리. 병사들의 대화 속에 들어 있는 젖가슴이란 단어. 그리고⋯⋯ 여자.

　눈앞에 드러난 그녀의 모습은 두 사람이 상자 안에서 느꼈던 폭풍 같은 의문에 확연한 답을 던져 주고 있었다. 송율목은 여인이었던 것이다. 그것도 몰랐으면 모르되, 알고 나서 바라보니 너무나 어여쁜.

왜 못 알아봤던가. 이제껏 몇 번이나 그에 혹하였으면서도 머릿속 한구석에 사내라는 집요한 편견이 있어, 알아보지 못했던 것이다. 하기는 국부를 검사받고 나서야 환관이 될 수 있으니, 그 절차를 아는 두 사람이 의심을 하지 못한 게 무리도 아니었다. 그러나 이제 눈앞에 모습을 드러낸 진실은 그동안 무결과 자하가 해왔던 그 많은 번민과 의문을 한꺼번에 날려 버렸다. 그리고 그와 함께 깨끗이 씻겨 나간 그 자리에 이루 말할 수 없는 허탈함이 가득 차 버렸다.

무결도, 자하도 감히 아무 말도 할 수 없었다. 마침내 하경을, 마굴을 빠져나왔다는 기쁨을 느끼기도 전에 새로운 충격이 그들의 뇌리를 완전히 뒤덮어 버렸고, 마차가 쉬지 않고 내달려 마침내 다음날 하원국의 국경을 완전히 빠져나올 때까지도 세 사람은 그렇게 아무런 대화도 나누지 않은 채 침묵을 지키고 있었다.

✻

"여기서부터는 걸어서 염궁을 통과하시면 될 것입니다. 염궁은 하원국과 별로 사이가 좋지 않으니 하원국 병사들이 염궁까지 넘어오는 일은 없을 터, 안심해도 될 거예요."

무사히 하원국을 빠져나온 일행이 다음날 저녁 마침내 마차를 멈춘 곳은 하원국과 국경을 나란히 맞대고 있는 염궁이라는 작은 나라였다. 물의 나라인 하원과 달리 염궁은 습지가 뒤섞인 약간의 평야 지대를 지나면 바로 소금기 가득한 황야가 나오는 메마른 나라였다.

"고맙소, 단주. 목숨을 살려준 이 은혜는 내 잊지 않을 거요. 기회가 올지 모르겠지만, 언젠가 내 봉토에 찾아오시오. 그때 큰 상을 내려 오늘의 은공에 보답을 하겠소."

국경으로 향하면서 대충 무결의 신분과 사연을 들은 터라, 무결의 치사에 단주는 빙긋 웃더니 물었다.

"그래요? 그럼 그때 가서 혼인해 달라고 청하면 그리해 주실 겁니까?"

"흐음, 그대의 남자들을 나와 공유해도 괜찮다면 그래도 좋소."

무결이 웃으며 되받아치자 단주가 깔깔 웃더니 그대로 작별을 고하였다.

"그놈의 미남 밝힘증은 영 고쳐지질 않는구나. 왜? 언젠가 만나면 그 잘생긴 얼굴을 콱 뭉개주겠다더니? 남색가라도 미남이면 봐주는 거냐?"

"닥쳐! 네가 내 청혼을 거절하지만 않았어도 내가 이렇게 남자 얼굴을 밝히게 되지는 않았어!"

"아아, 기필코 나보다 잘난 남자를 구해서 내게 시위하겠다 이거지. 그런 남자를 만나는 게 그렇게 쉬운 줄 아냐?"

유몽매와 단주가 아웅다웅 싸우는 동안 단원들을 태운 마차는 점점 무결 일행에게서 멀어졌다. 그리고 해가 저물어가는 빈 들판엔 세 사람만 남았다.

집으로 돌아가는 길인가 어디서 까악까악 까마귀 소리만 요란했다. 잠시 동안 벌판 한복판에 서서 서로의 얼굴을 바라보던 세 사람이 이윽고 고개를 떨어뜨리고 묵묵히 길을 걷기 시작했다.

아무도 감히 먼저 입을 여는 사람이 없었다. 무결은 앞만 바라보고, 자하는 바닥만 보고, 율비는 그 어느 곳에도 시선을 두지 못해 이리저리 두리번거리며 조심스럽게 걸음을 옮길 뿐이었다. 그러다 마침내 조그마한 마을이 나타나자 일행은 마을 어귀에 있는 작은 객점에 방을 얻었다.

무결은 하원국을 탈출한 직후 국경 근처 마을에서 그의 검을 팔고 대신 평범한 검 한 자루를 샀다. 율비가 무결이 그녀에게 준 진주 팔찌를 팔겠다 나섰지만 두 사람에게는 의미가 깊은 것이었기에 무결이 그를 말렸고, 그 대신 가지고 있으면 눈에 띄기만 할 그의 애검을 팔아버린 것이다.

검병(劍柄)*에 매단 금추를 판 값이 상당하기도 했지만 무결의 검 자체도 명장이 제작한 것으로 값을 매기기 힘들 정도로 귀한 것이었던지라, 검을 팔고 나니 당분간 부족하지 않을 정도로 꽤 큰 노잣돈이 생겼다.

점소이가 방으로 가져다준 소금에 절인 생선과 두부 몇 점만 띄운 허여멀건한 국으로 대충 저녁을 때운 세 사람은 방 한가운데 놓인 다탁을 중심으로 마주 앉았고, 한동안 이어진 침묵 끝에 무결이 문득 입을 열었다.

"네 진짜 이름은 무엇이냐."

---

*검병(劍柄):검의 손잡이

"소, 송율비라 합니다."

"율비, 송율비. 그런 이름이었군."

한동안 그 이름을 되뇌어보던 자하를 돌아보더니 말했다.

"자하야, 잠시 자리를 비켜다오."

"……!"

내치는 것인가? 불현듯 자하의 심중에 깃든 것은 배제당했다는 씁쓸함. 아니, 그보다 훨씬 더 복잡한 그 무엇. 왜, 왜 이런 기분이 드는 걸까? 방문을 닫고 복도로 나선 자하는 자신의 모습에 당황했다.

화가 났다. 아니, 마치 율비를 뺏긴 듯한 기분이 들었다. 어째서, 도대체 어째서?

송율목은 사실은 송율비라는 이름의 여자였다. 기가 막히게도 그랬다. 그 사실이 밝혀졌으니 이제 그녀는 자연스럽게 무결의 여자가 되리라. 그게 당연하리라.

그런데 그 사실에 자하는 참담한 기분을 느꼈다. 그가 그녀의 무엇이관데. 그녀가 그의 무엇이관데. 심중 속에서 갑자기 뭔가가 끓어올랐다. 참을 수 없을 정도로 답답한 기분에 자하는 복도를 달려 1층으로 뛰어내려 갔다. 제정신으로는 도저히 깨어 있을 수 없을 것 같았기에, 자하는 주인장에게 객점에 있는 술 중에서 가장 센 것을 달라 청해 그를 목구멍으로 쏟아붓기 시작했다.

나무처럼, 돌처럼 강한 사내. 움직임이라고는 도통 없이 항상 고요하고 단단하기만 한 그의 마음속에 시커먼 구멍 하나가 뚫렸다. 그 속으로 솔솔 기어들어 오는 어둡고 축축한 감정. 그것의 정체를 자하는 아직 몰랐다. 무결도, 그리고 율비도.

　한편 방 안에 남은 두 사람은 여전히 침묵을 지키고 있었다. 한
참이나 이어진 침묵 속에 마침내 무결이 운을 떼었다.
　"황궁에는 어떻게 들어온 거냐."
　밑도 끝도 없이 던진 말의 뜻은 결국 어떻게 여자인 그녀가 사
람들을 속이고 환관이 될 수 있었냐는 질문일 게다. 주춤주춤 좀
처럼 말을 꺼내지 못하던 율비가 결국 찌르는 듯한 무결의 시선을
견디지 못하고 더듬거리며 입을 열었다. 도자소에서 남의 보물을
들고 달아나다가 무결을 만난 것. 강왕부에서 용케 조사를 피하고
환관이 될 수 있었던 것. 저간의 사정을 모두 숨김없이 털어놓자
긴 이야기 끝에 무결이 '끙' 하는 신음 소리를 냈다.
　화가 난 걸까? 그를 이토록 기만한 죄를 생각하면 당장 쫓겨나
도, 아니, 법에 따라 죽임을 당해도 할 말이 없음이다. 율비가 더
이상 말을 잇지 못하고 죄스러운 표정으로 고개를 숙이자 무결이
망연한 얼굴로 천장을 바라봤다.
　"그랬더냐. 여자였던 거냐."
　그가 꽉 막힌 병마개를 따는 것처럼 침묵을 깨며 툭 내뱉자 율
비가 흠칫 놀라 몸을 떨었다.
　"전하, 죽을죄를 지었사옵니다. 부, 부디 용서해 주십시오."
　"용서라. 네가 중죄를 지었다는 걸 알긴 아는 모양이구나. 감히
나라를 속이고 가짜 환관이 되어 입궁하다니. 유폐형을 당하기에
충분한 일이다."

"유폐형이라고요? 평생 가둬놓는단 말입니까?"

"유폐형이란 건 그런 단순한 형벌이 아니다. 사내에게 가장 가혹한 형이 궁형이라면 여자에게 가장 혹독한 벌은 유폐형이다. 음부의 구석 깊은 곳에 있는 수비골이라는 뼈를 두들겨 떨어뜨려 음부를 막아버리는데, 이것이 바로 밑이 빠지는 것이다. 그리되면 소피는 볼 수 있어도 운우의 정은 나누지 못하게 되지. 그 정도면 차라리 낫다. 심하면 음부를 아예 꿰매 버리는 경우도 있다."

"허억……! 꿰, 꿰맨다고요?"

아픈 건 너무나 싫은 율비였다. 상상도 못할 혹독한 설명에 그녀의 얼굴이 새파랗게 질렸다.

"저, 전하, 일부러 황궁의 법을 기만하려 그런 것이 아닙니다. 가문의 대를 이어야 하는 오…… 오라버님을 위하여. 흐, 흐흑! 용서해 주세요, 전하. 제발 유폐만은……!"

그런데 그때 돌연 무결이 크게 웃었다. 율비가 당황 중에도 어리둥절해하는데, 무결이 율비의 손목을 잡아끌더니 그녀의 몸을 한 아름에 끌어안아 버렸다. 그러고는 단숨에 그녀의 입술을 집어삼켰다. 한 번, 두 번, 세 번. 영원히 이어질 것처럼 계속해서 무결의 젖은 혀가 그녀의 입술을 가르고 침입해 들어왔다. 입천장을 문지르고 혀 밑과 위를 골고루 건드리고 핥으며 그녀의 타액을 모조리 맛보았다.

율비가 숨이 막힌 나머지 꽉 눌린 신음성을 질렀지만 무결의 귀에는 아무것도 들리지 않는 것 같다. 무결은 계속해서 고개를 비틀며 그녀의 안으로 계속해서 침입해 들어갔다. 율비의 모든 숨결을 빼앗고, 그녀의 젖은 살을 쉼없이 탐닉했다.

여자와 남자로서는 처음으로 나누는 입맞춤이었다. 비로소 제대로 몸과 몸으로 부딪치는 것이다. 율비가 괴로워서 그의 팔 안에서 몸을 비트는 게 느껴졌지만, 이제야 그녀를 차지하는 데 아무런 망설임을 느끼지 않게 된 무결의 몸짓은 거의 강압적일 정도로 거칠기만 했다.

마침내 율비에게서 입술을 뗀 무결이 이번엔 그녀의 몸을 번쩍 들어 올렸다. 꺄악! 새된 비명을 지르는 율비를 끌어안은 무결이 그녀를 방 한 켠에 놓인 침상으로 데리고 가 그 가장자리에 앉혔다.

"여자란 말이지. 안아도 아무 문제 될 게 없는 몸이라, 이거지."

허억, 저절로 오그라드는 몸을 무결이 억지로 막더니 곧바로 율비가 걸친 남복의 저고리 앞섶을 확 풀어 젖혔다. 속에 받쳐 입은 단의를 밀어 올리고, 가슴띠까지 풀어버리자 마침내 아담한 젖가슴이 드러났다. 동산 위로 떠오른 보름달처럼 동그랗게 솟아오른 그것을 무결은 홀린 듯한 눈으로 들여다봤다.

아아, 이대로 침상 속으로 꺼져 버렸으면 좋겠다.

율비가 부끄러워 고개를 돌려 버렸지만 무결은 타는 듯한 시선을 그녀의 가슴 위에 못 박았다. 새삼스러울 것도 없는 그것. 여자라면 당연히 있어야 할 그것이 율비의 몸에 있는 걸 보니 생경함을 지나 신기했다. 한편으로 그것이 너무나 너무나…… 소중했다.

"하…… 악!"

저고리와 단의를 완전히 벗겨 버린 무결이 율비의 가슴 끝을 물었다. 생경한 감각이 전신을 관통하자 당장 그녀의 몸이 뻣뻣해졌지만 무결은 아랑곳하지 않고 율비의 몸을 한 팔로 지탱해 받치며 계속해서 자근자근 젖꼭지를 물고 희롱했다. 이렇게 그녀를 만질 수 있기를 얼마나 바랐던가. 온전히 그런 기회가 오자 정신이 아득해질 지경이었다. 이것이 과연 율비의 몸이 맞는 건가, 혹시나 사실은 모두가 꿈이고 눈을 뜨면 남자의 몸으로 바뀌어 있는 건 아닌가 자꾸만 의심이 가니, 그를 확인하기 위해서라도 그토록 열망하던 그곳에서 좀처럼 입술을 뗄 수가 없었다.

"아, 아…… 아!"

팔에 안긴 율비의 몸이 어쩔 줄을 몰라 버르적거리는 걸 몸으로 누른 채 무결은 계속해서 그 손을 아래로 내렸다. 바지허리에 손을 밀어 넣어 바지를 다리 아래로 벗겨 내리자 율비가 놀라 몸을 옴츠렸지만 더 이상 저항하지는 않았다.

그녀에게서 몸을 뗀 무결이 이제 온전히 드러난 율비의 나신을 감상하는 것처럼 위아래로 훑었다. 수줍게 드러난 수풀. 사랑스러운 가슴. 잘록한 허리와 평범한 여인의 것보다 짧긴 하지만 탐스럽고 새까만 머리채까지, 그 어느 곳 하나 여인이 아닌 곳이 없었다. 어떻게 이런 몸을 숨길 수 있었단 말인가. 기가 막힌 나머지 무결은 말을 이을 수가 없었다.

"너는…… 고약한 아이로구나."

"네……? 왜, 왜……? 제가 뭘 또 잘못했나요?"

그의 시선 앞에 고양이 앞의 쥐처럼 발발 떨고 있던 율비가 흠칫 놀라 물었다.

"이토록 여자다운 몸을 어떻게 감출 생각을 했느냐. 하원을 빠져나오면서 들키지 않았다면 평생 남자로 살려고 했겠지. 내 속을 그리 끓여놓으면서 남자인 척 잘도 살아가려 했느냐?"

"저를…… 저를 원하셨어요? 전하께서도 저를……?"

더 말해 무엇하리. 순식간에 눈물이 차오르는 율비의 눈을 감긴 무결이 그 위에 뜨겁게 입을 맞췄다. 그리고 눈가에 괸 눈물을 남김없이 혀로 핥아 없애 버렸다.

다시는 울게 하고 싶지 않았다. 이 아이를 원하면서도 어떻게 해야 할지를 몰라서 그 스스로도 괴로웠고 율비도 괴로웠다. 그러나 이제는 더 이상 망설일 필요가 없다. 욕망도 정애도 아낌없이 퍼부을 수 있다. 그 사실에 무결은 가슴이 벅찼고, 한편으로 타버릴 것처럼 조급함을 느꼈다.

"아……!"

사타구니 사이 어딘가를 문지른 손길에 율비의 몸이 흠칫 뒤로 휘었다. 이를 어찌해야 할까, 난생처음 느껴보는 감각에 율비는 어찌할 바를 몰라 당황했다. 그것이 또한 무결을 더욱 흥분하게 했다. 하기는 율비의 몸 구석구석, 그녀의 행동 하나하나 무결을 흥분하게 하지 않는 것이 어디 있을까.

"율비야, 몸을 풀어다오. 너를 아프게 하려는 게 아니다."

무결이 가만가만 달래자 그제야 율비가 바들바들 떨며 꽉 잠긴 두 다리를 살짝 벌렸다. 그만큼도 상당한 용기가 필요한 일이었다. 율비가 또다시 옴츠려들까 두려워 무결이 얼른 그녀의 다리를 활짝 벌리고 그 사이에 자리 잡아버렸다.

"히익……!"

날카로운 비명과 함께 율비가 제 입을 막은 것은 제 아래에서 벌어진 일 때문이었다. 무결이 율비의 엉덩이를 붙잡아 들어 올리더니 그 사이에 얼굴을 묻은 것이다. 그리고 은밀한 그 부위에 이어지는 촉촉한 감촉……. 미치겠다!

"아…… 아, 아! 하지 마세요! 제발……! 으, 읏! 아유, 아유우!"

펄떡펄떡 요동을 치던 율비가 허리를 틀며 부끄러운 짓을 벌이는 무결을 밀어내려 했지만 그는 꿈쩍도 하지 않았다.

"나를 말릴 생각은 하지 마라. 그동안 마음고생 시킨 걸 생각하면 이보다 더한 짓도 할 수 있어. 이제는 더 이상 참지 않을 테니 각오하는 게 좋을 거다."

각오하라니, 뭘? 율비가 이제는 무서움증까지 돋는다. 꼼짝 못하고 발발 떠는 율비를 눕혀놓은 채로 무결이 재빨리 옷을 벗어버렸다. 윗도리를 던지고 단숨에 바지까지 벗어버리자 탄탄한 몸은 물론이고 하늘 높이 들린 장대한 욕망까지도 온전히 다 드러나 버렸다.

"히이익!"

그런 물건은 생전 들도 보도 못했다. 들은 풍월이 있어 남녀 간의 운우가 뭔지는 알고 있었지만 아는 것과 직접 접하는 것은 다르다. 징그럽기도 하고 무섭기도 해서 율비가 몸을 모로 돌리며 얼굴을 가려 버리자 무결이 무섭게 속삭였다.

"그러고 있으면 뒤에서 안아버릴 거다."

어마, 뜨거라. 율비가 얼른 몸을 돌리자 무결이 기다리고 있던 것처럼 그녀를 덮쳤다. 뜨거운 입술이 율비의 보드라운 입술을 짓이겼다. 두텁고 단단한 몸이 율비의 나신을 파고들 것처럼 짓누르고 들어왔다.

하아아, 닿은 몸이 그대로 피부에 불길로 새겨진다. 서로의 존재가 몸속으로 스며들어 완전히 섞여 버린다. 어떻게 예전에는 보고만 있어도 만족할 수 있을 거라 생각했을까. 이렇게 서로에게 닿아버린 지금, 다시 옛날로 돌아갈 수 있을 거라고는 상상도 할 수 없다.

"아…… 아웃!"

무결의 입술이 분홍색 봉우리 끝을 물었다. 아프지 않게 살살이 끝으로 물고 세게 빨아들이다가 말랑한 젖무덤 살까지 한꺼번에 덥석 물어버렸다. 율비가 아프다고 몸부림을 쳤지만 그 속에 희열도 섞여 있음을 무결은 확인했다. 그러는 동안 남은 한 손으로는 수풀을 살살 헤치고 아프지 않게 그 안을 애무하니, 곧 굳게 잠긴 허리가 서서히 풀리고 숨겨진 동굴 입구가 촉촉해지는 것이 손끝으로 느껴졌다.

더 이상은 못 참는다. 무결이 허리를 세우고 율비의 엉덩이를 들었다. 무엇이 오려나, 겁을 먹은 율비가 몸을 굳히며 다리를 오므리려 했지만 무결이 번개처럼 몸 끝을 그녀 안으로 밀어 넣어버렸다.

"아…… 아아악!"

쇠뭉치가 밀고 들어오는 것 같았다. 아니면 타는 불꽃. 몸 안으로 들어온 불꽃 뭉치가 몸 전체를 가로지르며 온몸을 갈래갈래 찢는 것만 같다. 싫다, 싫다!

아픈 걸 끔찍하게 싫어하는 율비였다. 그저 달아나고 싶은 생각에 율비는 저를 안은 상대가 누구라는 것도 잊어버리고 몸부림을 치며 밀어내려 떼를 썼다. 그녀를 아프게 하는 무결이 미워서 어깨를 마구 때리며 앙탈을 부렸다. 하지만 그 반대로 무결은 율비가 몸을 비틀고 흔들 때마다 그녀의 속살이 한없이 그를 조여서 미칠 지경이었다. 잘못하다간 그대로 숨도 못 쉬고 넘어갈 것 같아서 무결은 참다못해 율비에게 사정을 했다.

"제발…… 제발 움직이지 마라. 네가 그럴 때마다 내가 아주 미칠 것…… 헉!"

"아, 아흑! 미워……. 미워! 아프지 않다고 했잖아요! 거짓말만하고……. 아…… 아야야! 아…… 아파! 아파 죽겠어!"

너무나 괴로워하는 율비를 보면 몸짓을 멈춰야 할 텐데 그게 마음대로 되지를 않았다. 마음과는 반대로 느슨하게 멈춰 있어야 할 허리는 저절로 앞뒤로 움직이고, 그럴 때마다 숨 막히는 희열이 전신을 조였다. 어쩌랴. 그저 미안하다고 할 수밖에. 하지만 멈추지는 못하겠다고 할 수밖에.

에라, 모르겠다. 이대로 달리자. 차라리 빨리 끝내는 편이 율비에게도 고통이 덜하리니. 결심한 무결이 율비의 엉덩이를 들어 올리더니 아예 퍽퍽 힘을 줘 밀어붙이기 시작했다. 빡빡한 속살을 가르고 뜨거운 샘 속으로 전신을 담가 버렸다. 그럴수록 아찔한 쾌락에 전율이 일어나니, 빨리 끝내겠다는 생각은 어느새 사라지고 무결은 다가올 한계의 선을 자꾸만 뒤로 미뤘다.

가엾은 율비. 무결은 그녀를 안으며 한없는 극락을 맛보았지만 그럴수록 율비의 울음소리는 점점 커졌다. 이런 게 운우라는 거라면, 여자라는 걸 들키는 순간 겪을 수밖에 없는 과정이라는 걸 알았다면 차라리 평생 남자 행세를 할 걸 그랬다고, 그 밤 율비는 후회하고 또 후회했다.

다음날 아침, 자하는 밤새 퍼마신 술이 깨지를 않아 고생을 했다. 점소이가 아침을 들라고 권했지만 뭐라도 먹었다간 그대로 토해 버릴 지경. 숙취로 인해 납덩어리처럼 무거운 머리를 괴고 객점 마당에 놓인 의자에 앉아 있는데 문이 열리며 율비와 무결이 나타났다.

다리에 힘이 풀린 나머지 율비는 제대로 걷지도 못했다. 무결이 미안한 얼굴로 비틀거리며 계단 난간을 잡고 간신히 걸어 내려오는 그녀의 손을 잡아주려 했지만 율비는 흠칫 놀라며 몸을 사렸다. 밤사이 그녀를 무던히도 괴롭힌 걸로도 모자라, 새벽에도 또 한 차례 깨워 기어코 욕심을 채웠으니 지치고 힘든 것을 지나 이젠 무결이 무서울 정도였다.

미안하긴 하지만 어쩌나, 그동안 참고 쌓아놓기만 했던지라 주체가 안 되는 것을.

즈끈. 그 모습에 자하의 가슴은 굉음을 내며 갈라졌다. 왜 이리 아프고 힘든 걸까. 이미 주군의 여인이 돼버린 율비를 향해 솟아나는 이 안타까움은 무엇일까.

모르겠다. 마치 자신이 둘로 갈라져 버린 것 같다. 한쪽의 자하는 호위의 임무를 저버리고 밤새 술에 취해 버린 자신을 욕하고 손가락질하는데, 또 다른 자하는 내가 이렇게 괴로운데 안 될 게 뭐냐는 반항심에 사로잡혀 있다. 자하는 잠시 동안 두 쪽으로 갈라져 버린 자신의 마음을 들여다보며 어이없는 기분을 느꼈다.

지난밤, 객점 주인에게 웃돈을 얹어주며 말을 수배해 달라고 부탁했더니 그 짧은 시간 동안에 용케 말 두 필을 구해 대령했다. 이제 이 말을 타고 염궁을 가로질러야 할 터, 무결이 그중 한 필을 골라잡더니 율비더러 오라고 손짓을 했다. 당연하다는 것처럼, 함께 타자는 것이다.

"꼬, 꼭 타야 하나요? 제가 지금 말을 탈 만한 상황이 아닌데……."

밤새 혹사당해 안 그래도 쓰리고 아픈 그곳이었다. 말 잔등에 닿았다가는 견디지 못할 것이다.

"그런다고 걸어가랴? 지금 네 몸 상태로는 걷는 건 더욱 무리다."

"하지만……."

잠시 불안하게 눈을 굴리던 율비가 주춤거리며 무결 대신 자하에게 다가오더니 속삭였다.

"자하님, 오늘은 자하님 뒤에 타고 가면 안 될까요? 불편하시겠지만 조금만 참아주세요."

율비가 다가오자 자하는 흠칫 놀랐다. 어제까지만 해도 불편하기는 할지언정 그녀의 체향이 가까이 다가온 것만으로 이리 놀라지는 않았다.

그녀, 그녀. 새삼스럽게 '그녀'라는 호칭이 가슴에 차가운 옥돌처럼 박힌다. 그녀, 여인. 그의 눈으로도 확인했던 달덩이처럼 둥그런 가슴이 남복을 걸친 그녀의 위로 그림자처럼 서리는 것 같아, 자하는 당황한 나머지 눈을 깜박였다.

하지만 그런 두 사람의 모습에 무결은 벌컥 화를 냈다.

"타긴 누구의 말에 탄단 말이냐! 이리 오거라!"

율비의 뒷덜미를 잡아챈 무결이 냉큼 그녀를 그가 탈 말 앞자리에 앉혔다. 무결이 그 뒤에 올라타자 율비가 눈에 띄게 흠칫 놀라는 것이 지난밤 겪은 고초가 심하긴 심했던가 보다. 미안한 마음이 없지 않아 결국 무결이 한숨을 쉬며 그녀의 귓가에 속삭였다.

"당분간 안 건드리겠다. 약속하마."

"정말요?"

반색을 하는 모습이 왜 이리 얄미운 걸까. 하지만 지금은 이렇게라도 안심을 시켜둬야 나중을 기약할 수 있으리라. 속으로 한숨을 끙, 내쉬며 무결은 두 사람이 탄 말을 출발시켰다.

한편 자신의 소유라는 것을 확인시키려는 것처럼 율비의 허리춤을 잡아 자신 쪽으로 바싹 끌어당기는 무결의 모습에 자하의 심장에는 시커먼 불길이 파르르 일렁거렸다.

질투. 이것은 질투다.

자하는 그제야 자신의 감정의 정체를 비로소 깨달았다. 믿을 수 없게도 그는 자신의 주인인 무결을 질투하고 있는 것이다. 그 질투의 원인은 당연히 율비.

그 순간 자하는 지독한 혐오감에 사로잡혔다.

'잊어야 한다!'

그리해야만 한다. 목숨을 바쳐 섬기기로 맹세한 무결, 주군의 것을 탐내고 질투한다는 것은 무사인 그에게 있을 수 없는 일이다. 자하는 어금니를 부서져라 앙다물며 자신에게 다짐했다.

이후로부터 다시는 율비의 곁에 얼씬거리지 않으리라. 그녀의 모습을 보며 삿된 욕망에 사로잡히는 일도 없으리라.

자하는 보이지 않는 비수로 자신의 가슴에 그와 같은 다짐을 새기고 또 새기며 말에 올랐다.

"이제 어디로 가시렵니까? 일단 하원국을 빠져나왔으니 봉토인 건국 땅으로 돌아가시겠습니까? 봉토의 백성들은 건왕 전하께서 돌아오시면 두 팔을 벌려 환영할 것입니다. 또한 건국에는 충분한 군사가 조련을 끝마치고 기다리고 있으니, 돌아가기만 하면 천웅 태자도 섣불리 우리를 건드리지 못할 겁니다."

"아니, 그쪽으로는 가지 않는다."

무결이 잠시 고개를 돌려 구름장이 몰려오는 하늘을 바라보다 입을 열었다.

"북쪽으로 가자. 강왕의 봉토로 가는 거다."

"전하!"

"왜 놀라는 거냐? 곡룡포에서 내리겠다 했을 때 이미 짐작하고 있었던 것이 아니냐? 건국으로는 가지 않는다. 이대로 강국으로 가서 숙부님에게 힘을 빌릴 것이다."

"전하! 아니 될 말씀입니다! 강왕 전하 역시 황위를 노리는 분입니다. 태자와 가 황후가 어째서 강왕을 그토록 견제하고 두려워하고 있는지 아시지 않습니까. 강왕은 창천제 폐하에 못지않은 전략과 전투의 달인이고, 또한 황위를 노릴 만한 전력까지 갖추고 있습니다. 그분이 만약 황위에 오를 야심을 갖고 있다면, 건왕 전하는 제거해야 할 대상 중 하나일 뿐입니다. 전하, 재고해 주십시오!"

"내 생각엔 그렇지 않다. 봉토로 가자고 했느냐? 지금쯤 내가 하원에서 도망쳤다는 게 창천국에 있는 천웅과 가 황후에게도 알려졌을 터, 따라서 내 봉토인 건국 땅으로 들어가는 길은 모조리 봉쇄됐을 거다. 그들은 그렇게 녹록한 위인들이 아니야."

"……!"

"지금은 도박을 걸어야 할 때다. 내가 아는 숙부님은 사람들의 판단과 조금 달라. 그분은 반드시 내게 힘을 빌려주실 거다."

도대체 어디서 나오는 자신감인가. 율비도, 자하도 너무나 당당한 무결의 태도에 뭐라 반박을 할 수가 없었다.

"힘을 얻느냐, 도망쳐 숨느냐. 둘 중 하나를 선택해야 할 때다. 물론 내 번왕의 직위마저 버리고 심심산천의 필부로 숨어 산다면 목숨을 유지할 수도 있겠지. 하나 자하야, 나는 그렇게 살고 싶지는 않다. 게다가 천웅과 같은 자가 세상을 망치게 내버려 두고 싶지도 않아. 그건 나에 대한 모욕이요, 또한 무책임한 방기이다."

무결의 야망은 이해가 가고도 남았다. 하지만 강왕이 뭐가 아쉬워서 무결을 도와준단 말인가. 차라리 저가 황위에 오르면 올랐지 그에겐 무결을 도와줄 이유가 전혀 없었다. 자하는 물론이고 품 안의 율비 역시 두려움에 젖은 시선으로 그를 바라보자, 무결이 싱긋 웃으며 대답했다.

"될지 안 될지는 나도 모른다. 하지만 적어도 아무것도 하지 않고 도망만 치다 생을 마감하는 것보다는 낫지 않으냐. 왜? 두려우냐? 두렵다면 여기서 나를 버리고 가도 좋다."

말은 그렇게 했지만 절대로 그런 일은 용납하지 않겠다는 듯, 무결은 율비가 감히 빠져나가지 못하도록 두 팔로 단단히 감싸고 있었다. 자하를 바라보는 두 눈에 깃든 것은 그의 내면에 굵게 심어진 단단한 뿌리. 처음 수하로서 그를 만났을 때부터 본능적으로 느끼고 있었던 흔들리지 않는 심지다. 어떤 상황에서도 좀처럼 자신을 놓지 않는 건왕 금무결. 지금은 가장 낮은 곳에 있지만, 그라면 분명히 날개를 펴고 일어날 것이다. 불가능한 상황 속에서도 그는 늘 앞을 보고 움직였고 희망을 놓지 않았다. 그가 가능성이 있다고 한다면 그것은 정말로 희망이 있기 때문이다.

자하는 제 가슴에 무결에 대한 존경과 충성심이 다시 불일 듯 일어나는 것을 느꼈다.

"아무도 움직이지 않는 것은 나를 따르겠다는 뜻이겠지. 내 그리 알도록 하겠다."

짓궂은 웃음을 머금은 무결이 곧 말 배를 걷어차며 말을 출발시켰다. 그들이 향한 곳은 북쪽. 하원과 염궁 두 나라를 지나쳐 더 먼 북쪽 끝에 있는 옛 강족의 땅, 지금은 북방의 호랑이 강왕이 터를 잡고 있는 그곳이었다.

✳

염궁과 강왕의 번국인 강국이 국경선을 맞대고 있는 것은 실로 다행이었다. 관료들의 기강이 창천보다 더 엉망인 염궁은 지방 관리에게 뇌물을 주는 것만으로 여행허가증을 발급해 줬고, 무결 일행은 그를 가지고 염궁의 땅을 북으로 거슬러 올라가 마침내 강왕의 땅으로 들어섰다.

강국은 넓은 창천의 땅 중에서도 가장 큰 번국이었다. 그 초입에 들어선 뒤에도 강국의 수도인 강성까지는 다시 사흘을 더 달려야 한다. 무결과 율비, 그리고 자하는 그 사흘의 여정을 거의 끝마치고, 강성을 눈앞에 둔 어귀에 있는 작은 마을에 들었다.

"으…… 응, 답답해."

명치께를 누르는 답답함에 자던 율비가 눈을 떴다.

방이다. 침상도 없이 그냥 맨 바닥에 돗자리만 깐 남루한 방. 오밤중에 성에 들어가는 것은 무리라, 어제저녁 강성을 눈앞에 둔 이 마을에 들어왔고 객점이 없는 작은 곳이라 민가에 돈을 주고 유숙을 청했다. 그나마 남는 방도 하나밖에 없어 자하와 무결, 그리고 율비 셋이 모두 한방에 들었는데 그 무결은 지금 율비의 바로 곁에 그녀를 꼭 끌어안고 누워 있었다.

"아……."

눈을 뜨자마자 바로 보이는 무결의 사내다운 너른 품에 율비는 잠시 눈을 깜박였다. 가만히 그 안온함을 느끼고 있으려니 문득 한숨이 나왔다. 이렇게 남의 눈치 보지 않고 그의 품에 안겨 잠들 수 있다니, 곁에 누운 지금도 실감이 나지를 않는다. 물론 그녀는 여행의 편의를 위해 아직 남복을 하고 있어서 남들 눈에 띄는 곳에서는 조심해야 하지만, 그래도……

빼꼼, 살짝 고개를 들어보니 자하는 어디를 갔는지 보이지 않는다. 소피라도 보러 갔나? 하는 생각에 문 쪽으로 고개를 돌리는데 돌연 마당 쪽에서 낮게 눌린 기합성이 들려왔다. 그리고 검으로 공기를 가르는 날카로운 소리.

'이 밤중에 검술 수련을 하나?'

아마 자리를 피해주려는 것이리라. 율비가 여자라는 것이 밝혀진 이래로 자하는 되도록 그녀와 함께 있는 자리를 피했다. 오늘처럼 어쩔 수 없이 한방에 머물러야 할 때는 어딘가로 사라져 보이지 않을 때도 많았다. 아마도 무결과 그녀가 눈치 보지 않고 마음껏 정을 나눌 수 있게 하려는 배려이리라. 율비는 새삼 자하에게 미안함을 느꼈다.

하지만 자하가 배려한 보람도 없이 여행 내내 무결은 약속대로 그녀를 건드리지 않았다. 자하와 자주 한방을 써야 하는 이유도 있었지만 율비의 몸이 별로 좋지 않은 까닭도 컸다. 처음 밤을 보낸 이후로 운우라면 몸서리가 쳐지게 무서워진 율비로서는 그런 상황이 차라리 다행이다 싶기도 했다.

누가 열어났는지 지창이 살짝 열려 있다. 대낮처럼 환한 보름달 빛이 그리로 새어 들어와 그녀의 눈앞에 누운 무결을 비추고 있었다. 넓은 어깨. 우아한 선을 그리고 있는 얼굴 윤곽……. 힘있는 팔뚝. 문득 율비의 시선이 무결의 목덜미에 가 닿았다. 율비를 품던 날, 그녀 위에서 쉴 새 없이 움직이던 그의 울대뼈. 공연히 얄밉기도 하고 저에게는 없는 것에 호기심이 들기도 해서 율비는 톡 하니 도드라진 그것을 살짝 만져 보았다.

신기하다. 사내란 여자와 어찌 이리 다른 걸까. 동료 소환들과 한방에서 잘 때는 오히려 의식하지 못했는데, 무결에게 안기고 난 뒤로, 그녀가 여자라는 것을 확실하게 깨달은 뒤로는 그 차이점들에 자꾸만 눈길이 간다. 어쩌면 그것은 그녀를 여자로 만들어준 사내가 무결이기 때문, 그래서 다른 남자가 아닌 무결에게만 눈길이 가는 걸지도 모른다.

손가락을 올려 까슬하게 수염이 돋은 무결의 턱을 쓸어본다. 손끝에 느껴지는 잔모래 같은 감촉이 좋다. 보고만 있기는 아쉬워, 율비가 그 턱 끝에 살짝 입을 맞췄다. 깊게 잠이 든 건지 무결이 미동도 안 하기에 율비는 용기를 내어 그의 품속으로 더 깊이 파고들었다.

쿵쿵, 약간 쉰 듯한 땀 냄새를 맡아본다. 무결 특유의 짙은 체향이 섞여서 독특한 냄새를 풍기고 있다. 다른 사내였다면 싫었을 텐데, 무결의 것이라 좋다. 너무 좋아서 눈물이 날 것 같다…….

"그러고 있으면 안고 싶어진다."

머리 위에서 들려온 목소리에 율비가 화들짝 놀라 고개를 들었다. 어이쿠, 용케 그녀의 머리를 피해 턱을 젖힌 무결이 쿡쿡, 웃었다.

"어, 언제 깨셨어요, 전하?"

"전하라고 부르지 마라. 신분을 들킬지도 모르니 그냥 무결님이라고 부르라 하지 않았더냐."

"무결…… 무결님."

"앞으론 계속 그렇게 부르렴. 네 입에서 내 이름을 들으니 좋구나."

빙긋 웃은 무결이 율비의 이마에 입을 맞추더니 속삭였다.

"아직 한밤중이다. 더 자거라."

갑자기 눈물이 날 것 같다. 너무 기뻐서……. 너무 좋아서. 코끝이 찡하게 시려오더니 결국 진짜로 눈물이 나고 말았다. 율비는 그를 감추려 무결의 옷깃 사이에 얼굴을 묻어버렸다.

"우는 거냐?"

귀신같은 남자 같으니. 율비는 그냥 정직하게 고개를 끄덕거렸다.

"왜 우느냐? 고향 생각이라도 나는 게냐?"

"좋아서요. 전하와…… 아니, 무결님과 함께 있어서 좋아요. 너무 좋아서 자꾸 눈물이 나요."

"그러지 마라. 난 눈물 마시는 것을 별로 좋아하지 않아. 네 눈물은 나한테는 독약이다."

속삭인 무결이 예전에 그랬던 것처럼 율비의 눈가를 입술로 쓸었다. 그리고 흘린 눈물을 모조리 핥아 없애 버렸다.

"내 안에 취보반(聚寶盤)*이 들어 있는 것 같구나. 너를 넣어뒀더니 자꾸만 네가 하루에 두 배씩 불어난다. 어느새 내 마음이 너로 가득 차버렸어."

무결이 정답게 속삭이자 율비가 방싯 웃으며 그의 입술에 입을

---

*취보반(聚寶盤):물건을 넣어두면 그 배로 늘어나서, 끝없이 나온다는 전설상의 단지

맞췄다. '많이 대담해졌구나'라며 무결이 쿡쿡 웃었고, 율비는 부끄러운 나머지 양 뺨을 보얗게 물들이며 몸을 바로 눕혔다.

살짝 열린 창문 사이로 그림처럼 걸려 있는 보름달이 보였다. 율비가 그리로 시선을 맞추자 무결도 그 달을 보며 가만히 중얼거렸다.

"처음 너와 만난 날 같구나. 그때도 저렇게 큰 보름달이 떠 있었지."

그때부터 이미 여자인 것을 본능적으로 알았던 게다. 그랬기에 부연 달빛 아래 그와 부딪쳐 나뒹굴던 율비가 여인으로 보였던 게다. 그 뒤로도 율비가 여자라는 것을 눈치챌 기회가 몇 번이고 있었는데 그를 지나쳤으니, 지금 생각해 봐도 자신이 어지간히 편견에 사로잡혀 있었던 것 같다.

"이대로 영원히 여행이 끝나지 않았으면 좋겠어요. 불손한 생각이지요?"

"왜 그런 생각을 하느냐?"

"그냥…… 이렇게 전하 곁에 붙어 있을 수 있어서 좋아요. 무결님이 다시 건왕 전하가 되면 저는 다시 무결님을 쳐다보지도 못하게 되겠죠? 하지만 지금은 아무 눈치 안 보고 무결님 곁에 있을 수 있잖아요. 이렇게 우리 둘만……. 죄송해요. 죄송해요, 무결님."

"넌 유난히 나를 쥐어짜는 재주가 있구나. 이 천하에 너처럼 나를 쥐고 흔드는 여자는 처음 본다."

"네?"

"쉬잇……!"

말끝에 무결의 손이 율비의 옷깃을 비집고 들어왔다. 젖가슴을 감싸 쥐는 서슬에 율비가 화들짝 놀라 소리를 질렀다.

"무, 무결님! 안 건드린다고 하셨잖아요!"

"그랬지."

그녀의 목덜미에 코끝을 파묻으며 무결이 속삭였다.

"나는 최선을 다했다."

"아, 아야야야……!"

얇은 창호를 뚫고 새어 나오는 가냘픈 비명에 자하가 휘두르던 검을 멈칫 멈춰 세웠다. 그러라고 자리를 비켜준 것이긴 했지만, 막상 방사로 인한 것이 틀림없는 신음 소리가 흘러나오자 귀를 틀어막고 싶을 정도로 괴로워졌다.

"차앗!"

자하가 돌연 횡으로 검을 휘둘렀다.

"파검식(破劍式) 제일초(第一招)!"

검광이 달빛을 가르며 물결처럼 번져 갔다. 자르고 베고, 뛰어오르며 보이지 않는 무형의 적을 제압해 갔다. 그 무형의 적은 바로 자하, 그 자신.

"아, 아파아아! 아파요……! 으흥, 으흐흥!"

신음인지 비명인지 모를 교성이 검이 된다. 그것이 자하의 심장을 무참히 찢어버리고 그는 피투성이가 된다.

아아, 달을…… 저 달을 베어버리고 싶다. 사랑스런 연인들을 비추는 저 달을, 이토록 추하게 변해 버린 자신을 다 드러내 버리는 저 달을.

한 마리 학처럼 허공중으로 뛰어오른 자하가 사선으로 검을 빗겨 올렸다. 사아악! 무심한 달 위로 한줄기 핏빛 같은 빗금이 그어진 것 같았다. 그 피는 자신이 흘린 걸지도 모른다고 자하는 생각했다.

*

강왕이 다스리는 번국은 원래 야만족인 강족이 살던 땅이었다고 한다. 춥고 건조한 북방에 자리한 이곳은 사계절의 구분이 거의 흔적만 남아 있을 뿐, 사실상 1년 내내 겨울만 계속되는 곳이었다. 심지어 번국의 수도인 강성조차도 겨우내 쌓인 눈이 초여름이 될 때까지 녹지 않고 남아 있을 정도로 혹독한 추위가 지배하는 곳이다.

긴 여행 끝에 마침내 강성의 입구에 도착한 율비의 눈엔 단단한 성벽으로 방비된 이 도시가 마치 날카로운 송곳이 잔뜩 꽂힌 얼음 성처럼 보였다. 성벽 위에서 냉정한 얼굴로 그들 일행을 내려다보는 병사들의 눈에도, 심지어 저잣거리를 분주히 오가며 흘끔흘끔 낯선 그들을 돌아보는 백성들의 눈에도 수도 화하나 창천의 다른 땅에서는 볼 수 없는 예기가 흐르고 있었다.

차다. 하지만 지독할 정도로 강하다. 잘 단련된 예리한 칼. 그것이 바로 이곳 강국의 사람들이다. 수비병의 안내를 받아 번왕부로 들어가는 무결과 율비, 그리고 자하, 세 사람 모두 똑같은 인상을 받았다.

"나는 건왕 금무결이다. 강왕야께 긴한 용무가 있어 이곳까지 왔으니 나를 왕야께 안내하라."

강성으로 들어오는 입구에 도착한 무결은 수비병을 향해 당당하게 자신의 신분을 밝혔다. 죽으려고 작정한 것이 아닌가. 말에서 내려 무결의 뒤를 따라 걸어오던 율비와 자하가 모두 경악해서 그를 쳐다봤지만, 무결의 태도는 극히 태연했다. 이미 모든 것을 계산에 넣은 눈빛. 뭔가 생각이 있는 것이다.

자하와 율비는 서로를 마주 봤다. 그리고 고개를 한 번 끄덕하고는 무결의 뒤를 따랐다. 일단은 무결을 믿어보는 수밖에. 아니, 어차피 그 길밖에 없으니 무조건 따를 수밖에.

그런데 일은 예상 밖으로 흘러갔다. 마치 이미 예견하고 있었다는 것처럼, 수비대장은 별다른 동요도 하지 않고 무결의 도착을 알리기 위해 수비병을 강왕부로 보냈다.

당장 그들 일행을 잡아다 화하로 압송할 것인가, 아니면 환영을 할 것인가. 그도 저도 아니면 황위의 경쟁자를 하나라도 줄이기 위해 바로 이 자리에서 목을 베어버릴 것인가. 빈청(賓廳)에도 들지 못한 채 성문 앞에서 연락병이 돌아오기를 기다리는 자하와 율비의 머릿속은 극도로 초조했고, 그래서 초대받지 못한 불청객 취급을 받는 상황에도 분노할 겨를이 없었다.

그러기를 얼마나 했을까, 마침내 소식을 전하러 갔던 연락병이 다시 나타났다. 그러더니 무결 앞에 읍하고는 무감정한 목소리로 전했다.

"전하께서 알현을 허락하셨습니다. 왕부로 드시지요."

강왕부의 건물은 강성의 다른 건물들과 인상이 똑같았다. 높이 치켜든 얼음 칼. 한 치의 틈도 없이 맞물려 쌓은 성곽의 모습은 차고도 날카로웠으며 성을 지키고 선 수비병들의 인상 역시 그러했다.

마치 황성의 입구처럼 수목 하나 없이 후전(後殿)을 향해 뻗은 길은 지나치게 건조해 보였고 또 한편으로는 터무니없이 강해 보였다. 돌아가는 법 없이 앞으로만 뻗은 강직함. 마치 그들의 앞에 기다리고 있을 강왕의 성격이 그들이 걸어가고 있는 왕부의 건물들 속에 녹아 있는 것처럼 보였다면 터무니없는 착각일까.

"이리로 드십시오. 강왕야께서 기다리고 계십니다."

후전의 보각을 돌아 복도로 들어가자 늙은 태감이 나타나 여닫이문을 밀어 열었고 무결 일행은 그 안으로 들어갔다. 웬만큼 지체있는 빈객을 접대하는 곳인 듯, 들어서자마자 눈에 들어온 것은 입구 맞은편 벽을 장식한 대가의 그림과 화려한 벽걸이 장식들이었다. 세로로 긴 접객실 양옆으로 벽 전체를 가릴 정도로 커다란 융단이 걸려 있었는데, 이국에서 들여온 것인 듯 오묘한 무늬와 색깔이 이채로움에 율비의 눈이 잠깐 그에 홀릴 정도로 아름다웠다. 게다가 기다란 상탁 뒤로 걸린 그림 역시 분명 당대의 유명한 화가인 백도자의 그림이 틀림없었다.

예상과 달리 강왕은 무결 일행을 환대하려는 걸까? 은근히 무결 뒤로 따라 들어온 자하와 율비는 그런 생각을 떠올리며 안심했다. 그런데 바로 그때, 갑자기 등 뒤로 문이 탁 소리를 내며 닫혔다. 그리고 그와 동시에 양쪽 벽을 가린 화려한 융단이 일시에 젖혀지며 그 뒤에서 창검을 꼬나 든 병사들이 나타났다.

'설마 함정?'

속았다. 왕부로 초대한 것부터 무결을 끌어들여 죽이려 한 계책이었던 게다. 자하는 본능적으로 무결을 뒤로 돌리며 검을 빼들었다.

"전하, 속았습니다! 어서 몸을 피하십시오!"

"흥분하지 말거라."

"어찌 그리 태연하신 겁니까! 제가 일단 저들을 막을 테니 전하께서는 속히 오던 길을 돌아 달려가십시오!"

"흥분하지 말라 하였다. 나를 죽이고자 했다면 성문에서 내 신분을 밝혔을 때, 아니, 이 번국으로 들어섰을 때 내 목을 베었을 것이다. 그렇지 않다는 것은 애초에 나를 제거할 생각이 없다는 뜻이지. 그렇지 않습니까, 숙부님?"

어디를 향해 말하는 것일까? 태연히 읊조리는 무결의 시선은 검끝을 겨눈 병사들이 아니라 방 맞은편의 그림을 향해 있었다. 그림을 향해 말을 걸다니, 혹시 죽음에 대한 공포로 미친 게 아닐까? 고지식한 자하가 채 머리를 굴리지 못하고 어리둥절해하는 동안 뜻밖의 일이 일어났다. 무결의 시선이 꽂혀 있는 맞은편 벽, 바닥까지 길게 드리워진 걸개그림이 천천히 밖을 향해 젖혀진 것이다. 그리고 그 뒤에서 기골이 장대한 사나이가 나타났다.

사납게 치켜 올라간 눈매, 무결 못지않게 커다란 6척 장신에 덩치는 황건역사처럼 크다. 한눈에 보기에도 범상치 않은 사나이의 풍모는 커다란 바위를 연상시켰다. 발톱을 숨긴 호랑이. 또는 거대한 산맥. 반백으로 변한 머리카락이 이미 사내의 나이가 적지 않음을 가르쳐 주고 있었지만, 나타난 사내는 단지 방 안으로 들어서는 것만으로도 숨이 막힐 정도로 압도적인 위압감을 갖고 있었다.

이 사람이 바로 강왕인가.

한때는 강왕부의 환관이었던 까닭에 귀에 못이 박힐 정도로 그의 이름을 들었던 율비에게 직접 눈앞에서 대면한 강왕의 모습이 유난히 인상적이었다.

"오랜만입니다, 숙부님. 그동안 무고하셨는지요?"

그러나 빙긋 웃으며 그를 향해 인사를 건네는 무결은 강왕의 위력에도 전혀 두려움을 느끼지 않는 것 같다. 할퀼 것처럼 서슬 퍼런 강왕의 기세에도 밀리는 바 없이 태연한 태도로 허리를 숙이자, 오히려 강왕의 수하들이 당황했다.

"네 녀석은 여전하구나."

바닥에서 긁어 올리는 듯한 굵직하고 걸걸한 목소리로 강왕이 대답했다. 말끝에 피식 웃는 것을 보아하니 그도 이미 이 가면극을 이어갈 생각은 더 이상 없는 듯하다.

"어렸을 때도 그러했지. 천지가 개벽을 한다 해도 도무지 흔들리지 않았어. 정나미 떨어지는 녀석."

그 말에 무결은 불현듯 율비 쪽을 돌아보았다.

'그러던 제가 이 아이를 만나고서는 폭풍을 맞은 갈대처럼 흔

들렸지요. 저조차도 이해할 수 없을 정도로 말입니다.'

강왕의 말대로 죽음이 목전에 다다른 상황에도 동요하지 않았던 그다. 그러나 적어도 율비 앞에서만은 그러지를 못했다. 무결은 새삼스럽게 그 사실을 절감했다.

"모두 나가거라."

강왕의 명에 따라 수하들이 검과 창을 거두고 벽걸이 너머로 사라졌다. 걱정스러운 표정을 지으며 나가려 들지 않는 자하와 율비까지 좋은 말로 설득해 내보내자 이내 강왕과 무결 두 사람만 남은 접객실에는 적막함이 가라앉았다.

"앉거라."

그 말과 함께 강왕 자신도 걸상을 빼어 상탁 앞에 좌정했지만 상탁으로 다가오는 걸음은 무척 느렸다. 아마도 맹호라 불리던 강왕도 이제는 예전 같은 패기가 많이 가신 것이리라.

"북방이 춥기는 추운가 봅니다. 예전에 금무 땅에 계실 때는 혹독한 추위에도 이깟 것은 가을 선풍(仙風)이라며 홑옷만 입고 말을 달리시더니, 오늘은 많이도 껴입으셨군요. 마치 옷에 파묻히신 것 같습니다."

"네놈이 번국에 들어온 지 얼마 되지 않아 이 땅의 추위 맛을 많이 보지 못한 게로구나. 석 달만 머물러 보렴. 뼈마디마다 얼음이 서걱대는 소리가 귓구멍을 뚫을 테니, 나처럼 싸 입지 않고는 못 배길 게다."

"하하하, 말씀이 걸쭉하신 건 여전하십니다."

강왕이란 인물은 무결의 아버지 창천제와 마찬가지로 평민 출신이었다. 어쩌다 극적인 과정을 거쳐 황족이 됐지만 원래는 저잣 거리에서 싸움질도 서슴지 않던 거친 인물. 좋게 말해선 호방하고, 나쁘게 말해선 품격과는 거리가 먼 인물이었고 번왕이 되고서도 격을 따지지 않는 그 성격은 여전했다.

"용케도 하원국에서 탈출했구나. 번국으로 돌아갔다는 소식은 듣지 못해서 난 분명히 네가 번국으로 향하다 천웅의 손에 잡혀 죽었거나, 어디선가 쥐도 새도 모르게 비명횡사한 줄 알았다."

"제가 천웅 태자에게 쫓기고 있다는 걸 어찌 아셨습니까?"

"몇 년을 갇혀 있던 네가 하원국에 사신으로 간 것부터가 이상하다 싶었다. 그런데 느닷없이 취객에게 살해당했다 하니, 아무리 하원국 국왕도 함께 죽었다지만 의심하지 않을 수가 없었지. 그러다 네가 강국 땅에 들어섰다는 정보를 듣고 저간의 사정을 짐작한 것이다."

단지 짐작만으로 남들은 미처 몰랐던 일의 전말을 모조리 파악하다니, 역시나 강왕은 만만한 사람이 아니다. 무결은 진심으로 감탄했다.

"대단하십니다. 지략으로는 오히려 황제 폐하를 앞선다더니 숙부님께서는 과연 세상의 소문과 다른 바가 없군요."

"세상이 나를 좋게 보는 것만도 아니라는 걸 내 잘 알고 있다. 황위 찬탈을 꿈꾸는 자. 음흉한 북방의 늑대. 그게 나에 관한 소문이었지, 아마? 그를 알고도 나를 찾아온 이유가 무엇이냐? 내가 이왕 찾아온 너를 죽이고 천웅마저 해치운 뒤 황위에 오를 거라는 생각을 안 해봤느냐?"

"소문이 모두 진실에 가까운 것은 아니지요. 황위를 뺏을 생각이 있으셨다면 아바마마가 쓰러지셨을 때, 모두가 허둥대고 있던 그때 쳐들어왔을 겁니다. 하지만 숙부님께선 그러지 않으셨지요. 그때 황좌를 빼앗지 않은 것은 숙부님께서 사람들의 판단과는 다른 생각을 하고 있기 때문 아닙니까?"

오연히 받아치는 무결의 말에 강왕이 입을 다물고 그를 노려보았다. 팽팽한 침묵. 서로를 노려보는 눈길 속에 잠시 동안 불길이 흘렀다. 흐르는 것은 불길인데 오히려 방 안의 온도는 동짓달 추위 속처럼 차게 내려갔다. 마치 먼저 입을 여는 쪽이 지는 것처럼 묵묵히 노려보기를 한참 남짓, 마침내 길다면 긴 침묵을 먼저 깬 것은 강왕 쪽이었다. 껄껄 커다란 웃음을 터뜨린 강왕이 입을 열었다.

"내 땅에 온 걸 환영한다. 생각 같아선 거하게 환영연을 베풀어주고 싶다만, 쫓기던 몸이라 힘들었을 테니 일단 곤한 몸을 풀고 천천히 얘기 나누자꾸나."

강왕이 변경의 일로 잠시 자리를 비운 탓에 무결은 그로부터 거의 이 주일 후에야 강왕을 다시 독대하게 됐다. 그 동안 무결은 그들이 강국으로 오는 두 달에 이르는 시간 동안 창천에서 놀라운 일들이 일어났다는 것을 알게 됐다. 황궁에 이름 모를 돌림병이 번지면서 수많은 궁인들이 죽었고, 안 그래도 병중인 창천제와 가황후 심지어 태자비까지 죽었다는 것이다. 천웅과 화린에게 방해가 될 인물이 한꺼번에 죽은데다가, 그를 뒷받침하듯 천웅이 황위에 오르자마자 화린을 황후로 맞이하니 세간에 돌림병은 속임수고 사실은 두 사람이 창천제와 가 황후, 태자비를 독살했다는 소문이 퍼져 나가 민심이 흉흉하다는 것이었다.

거기에 비명횡사한 걸로 알려져 있는 무결도 사실은 천웅이 죽인 거라는 소문이 퍼져 천웅과 화린에 대한 백성들의 반감은 극에 달한 상태라고 했다. 강국으로 오는 동안 무결 일행에 대한 추적이 그다지 심하지 않다 느꼈는데, 그와 같은 일들을 벌이느라 무결을 쫓을 겨를이 없었던 게다.

"그래, 너는 이제 행보를 어찌하려 하느냐? 네 봉토로 돌아갈 생각이냐, 아니면 이대로 내 번국에 머무를 생각이냐? 봉토로 돌아가는 것은 아마 어렵겠지만, 내 땅에 머무르겠다 하면 거둬주마. 내 그리 강퍅한 위인이 아니니 너는 물론이고 네가 거느린 자들 역시 평생 먹고살기에 쪼들리지 않도록 돌봐줄 것이다."

그와 마주 앉자마자 강왕이 그리 묻자 무결이 웃으며 대답했다.

"겨우 먹고살게 도와주시겠다고요? 너무하시는군요, 숙부님. 기왕 도움을 주실 거면 저 혼자 먹고사는 것이 아니라 창천을 먹을 수 있도록 도와주셔야지요."

"뭐라……?"

"못 알아듣는 척하시다니, 숙부님도 능구렁이가 다 되셨습니다. 다시 말씀드리지요. 저는 황제가 되고 싶습니다. 번왕이 아니라 황제 말입니다. 창천을 제가 가지려 합니다, 숙부님. 그리될 수 있도록 힘을 빌려주십시오. 제가 굳이 강국으로 온 것은 그 때문입니다."

"허어!"

강왕은 이제 말문이 막힌 표정이 됐다. 한참 어이없다는 얼굴로 무결을 노려보던 강왕이 이를 갈며 물었다.

"내가 왜 그래야 하느냐? 북방의 호랑이, 화하를 공격할 수 있을 정도로 강대한 군사를 거느린 내가, 왜 직접 황위에 오르지 않고 조카인 너를 도와야 한단 말이냐?"

"그럴 수밖에 없으니까요. 숙부님은 황위에 오르실 수 없습니다. 그러니 대신 저를 도와야지요. 숙부님이 황위에 오를 수 없는, 아니, 오르지 않고 계시는 이유가 두 가지 있습니다. 첫째로 숙부님께는 뒤를 이을 후계자가 없습니다."

"말도 안 되는 소리를 하는구나. 내게는 후겸이 있다. 나이는 좀 어리긴 해도 첩에게서 본 아들도 둘이나 있어."

"그 자식들 중에 멀쩡한 자가 누가 있습니까? 후겸은 날 때부터 몸과 마음에 지체가 있습니다. 다른 아들들 역시 아직 어려서 나타나진 않았지만 모두 몸이 좋지 않지요. 그리고 심지어 숙부님마저도요."

"……!"

적중했다. 강철 같은 강왕의 표정이 흔들리는 것을 본 무결이 씩 웃으며 말을 이었다.

"어린 시절 숙부님과 전선에서 몇 년 동안 함께 융적(戎狄)과 싸웠지요. 그때도 숙부님의 건강은 썩 좋지 않았습니다. 겉으로는 멀쩡해 보였지만 그때부터 이미 손발을 떨기 시작했고, 피부에는 발진이 일어나고 있었습니다. 정도는 경미했지만 제가 전선을 떠날 무렵에는 팔다리가 조금씩 뒤틀리는 증상까지 보이셨지요."

"……노환이다. 나이 먹어서 한두 군데쯤 아프지 않은 자가 어디 있다더냐."

"노환이라? 재미있습니다. 그럼 어째서 숙부님의 자식들까지 똑같은 증상을 보인단 말입니까? 어째서 어린 그 아이들까지 하나같이 사지를 제대로 놀리지 못하고, 몸을 부들부들 떠는 걸까요? 그것도 모두 날 때부터 말입니다. 심지어 돌아가신 아바마마 역시, 쓰러지기 직전에 숙부님과 똑같은 증상을 보였습니다. 피부에 발진이 일어나고 시력이 점점 나빠지더니, 갑자기 사지가 마비되면서 쓰러지셨지요. 황가의 핏줄에 무슨 병증이 전해져 내려오는 걸까요? 왜 하나같이 모두 비슷한 증상을 보이는 걸까요?"

"말도 안 되는 소리를 하는구나. 너와 천웅, 그리고 내 딸 소아는 멀쩡하지 않느냐."

"소아는 숙부님의 친딸이 아니지 않습니까. 숙모님 쪽의 친척 아이를 데려다 키우셨으니 정확히 말하면 황가의 직계 혈통은 아닙니다. 형님과 저, 이 둘이야말로 공통점이 있지요. 바로 아바마마와 숙부님께서 금무를 점령하기 전에 태어났다는 것 말입니다."

금무. 무결의 입에서 튀어나온 이름에 강왕의 턱이 꿈틀 움직였다. 원래 지방의 변란으로 끝날 뻔했던 창천제의 반란이 성공했던 것은 반란군의 근거지에서 가까운 금무에서 마침 금광이 발견됐기 때문이다. 창천제와 강왕은 재빨리 금무를 점령했고 이후 10여 년 동안 금무에 머물면서 점점 세를 넓혀 마침내 수도를 점령하고 창천국을 세웠다.

"화하에 갇혀 있는 동안 술만 마시고 있었던 것은 아닙니다. 금무에 사람을 보내 그 지역의 사람들이 숙부님이나 아바마마와 같은 증세로 고생하고 있다는 사실을 알아내고 확신을 하게 됐습니다. 금무를 비롯해 대부분의 금광에서는 혼홍법(混汞法)*을 써서 금을 채취합니다. 이 과정에서 진사(辰砂)가 대량 사용되는데, 쓰고 남은 진사는 물에 섞여 그대로 버려지고 이로 인해 토양에 진사가 쌓이게 됩니다. 그로 인해 땅에서 난 농작물과 생선을 먹은 자들이 진사 중독을 일으키게 되는데, 그 증상이 선단 중독과 비슷하지요. 손발을 떨고 언행에 장애가 오거나 눈동자가 붉게 변합니다. 그러다 마비가 와서 쓰러져 사경을 헤매거나 심하면 소변이 통하지 않게 되고 심한 경련을 일으키게 되지요. 바로, 아바마마나 숙부님 또는 후겸처럼 말입니다."

움찔, 소매 밑에 감추고 있던 강왕의 손이 떨리는 게 보였다. 필사적으로 가리고 있었지만 이미 알고 온 무결의 눈을 속이기는 역부족이었나 보다.

"금무에서 태어난 아이들 역시 후겸과 상태가 비슷하더군요. 부모의 몸에 진사의 독이 쌓인 경우 그 자식들도 그를 체내에 가지고 태어난다 했습니다. 숙부님의 후계자들은 모두 금무에 정착한 이후에 태어났으니 모다 그 독을 이어받아 그리 몸에 지체가 생기게 된 겁니다. 제 예상이 틀렸습니까?"

그의 짐작대로, 무결 이후에 창천제와 후궁들 사이에서 태어난 아이들이 죄다 병약하거나 단명한 것이 사실은 모두 그와 같은 이

---

*혼홍법(混汞法):금과 은이 수은에 흡수되는 성질을 이용한 습식 야금법

유에서였다. 가 황후는 금무에서 떨어져 자신의 친정에 머물렀던 탓에 중독되지 않았지만, 이미 체내에 독이 쌓인 창천제가 만든 자식들은 그 후로 족족 그 병을 이어받게 된 것이다.

"하하하하하!"

강왕이 느닷없이 웃음을 터뜨렸다. 더 이상 뻗댈 여지가 없음이다. 그는 호탕하게 사실을 인정했다.

"네 말이 맞다. 형님이 쓰러지신 직후 내가 곧바로 화하로 쳐들어가지 않은 것은 그런 이유가 컸다. 그나마 형님보다 금무에서 머무른 기간이 짧아 아직은 버티고 있다만, 나도 언제 쓰러질지 몰라. 어차피 황좌를 손에 넣어봤자 내 대에서 끊길 터이니 그 이후를 생각하지 않을 수 없었지."

"그렇다면 저를 택해주십시오. 지금은 황좌를 차지한 지 얼마 안 돼 잠시 숨을 고르고 있지만 형님은 반드시 뭔가 빌미를 붙여 숙부님을 제거하려 들 겁니다. 그때 가서 어려운 싸움을 하지 마시고 지금 제게 힘을 빌려주십시오. 만약 제가 황제가 될 수 있도록 도와주신다면 그 은혜는 누대에 걸쳐 갚을 것입니다. 숙부님은 더 이상 형님의 공격을 걱정하지 않고 노후를 편히 보낼 수 있고, 그에 더하여 숙부님의 가문 또한 번왕위를 승계시켜 세세토록 부귀영화를 누리도록 할 것입니다."

위협이 될 수 있는 강왕의 영토를 철번(撤藩)하지 않고 왕위를 승계시키겠다는 것은 거의 독립국으로 인정해 주겠다는 것이나 마찬가지다.

불가능한 황권에의 도전이냐, 왕으로라도 안녕을 꾀할 것이냐.

기로에 놓인 강왕이 잠시 침묵에 빠졌고 두 사람 사이엔 심해와 같은 차가운 정적이 흘렀다. 얼마나 시간이 흘렀을까. 수염 끝을 만지작거리던 강왕이 마침내 입을 열었다.

"좋다. 너에게 힘을 빌려주마."

"……!"

"하지만 대신 조건이 있다. 네 약속만 무작정 믿을 수는 없으니 내게 확신을 다오."

"무슨 뜻입니까?"

"내 수양딸인 소아와 혼인하거라. 감히 사위가 장인을 치지는 않을 테니 내 그로 안심할 수 있을 거다."

"……!"

본디 혼인 동맹처럼 흔하면서도 강고한 것이 없다. 강왕으로서는 당연한 제안이었으나 무결로서는 당황할 수밖에 없었다.

"뭘 망설이고 있는 거냐? 설마 이미 남의 아내가 된 옛 여자에게 미련이 남은 것은 아니겠지?"

"아닙니다!"

화린에 대한 애정이야 애초에 손톱만큼도 없었다. 하지만 지금은 그에게 율비가 있지 않은가. 율비를 기만하는 것은 무결 자신을 기만하는 것과 똑같은 일이 돼버렸기에 무결은 그녀의 눈이 절망으로 물드는 것을 가만히 두고 볼 수 없었다.

여인이냐 제국이냐. 아까와 반대로 이번에는 무결이 선택의 기로에 놓였다.

같은 시각, 별채의 작은 방에 처소를 배정받은 율비는 점점 쌓이는 갑갑증에 몸을 뒤틀고 있었다. 율비는 무결을 따라온 소환으로 알려져 있었기에 그의 침소와 따로 떨어진 작은 건물에 머물게 됐고, 그 옆방에는 자하가 머물게 됐다. 강왕과 독대가 길어지는지 무결은 돌아오지를 않았다. 손님인 까닭에 따로 해야 할 일도 없으니 한가해서 좋은 것도 잠깐이지, 종내는 너무 심심해서 미칠 지경이었다.

"자하님, 뭐하세요?"

이 큰 강왕부에 아는 얼굴이라곤 자하밖에 없어서 말이라도 잠깐 섞을까 해서 옆방에 찾아갔더니, 자하는 율비가 빼꼼 고개를 들이밀자마자 유독 흠칫 놀라며 몸을 사린다. 율비가 여자라는 것을 안 뒤로 자하가 되도록 그녀를 멀리하려 한다는 것을 율비도 눈치채고 있었다. 남자와 여자를 대하는 게 아무래도 달라지긴 하겠지만, 또 이제는 율비가 주군의 여자가 돼버렸으니 어떻게 상대를 해야 할지 난감하기도 하겠지만, 그래도 율비는 자하가 그녀를 껄끄러워하는 게 섭섭했다.

"죄송하지만 저는 지금 나가봐야 될 것 같습니다. 잠시도 단련을 쉬면 안 되기 때문에……."

어물어물 핑계를 대더니 곧바로 나가 버리는 자하의 등을 율비는 원망스러운 눈길로 쩨려봤다. 그녀를 어려워하는 것도, 존댓말을 쓰는 것도 영 꺼림칙했다. 하지만 자신을 낮추는 것은 결국 무결을 낮추는 것이기 때문에 새삼 그러지 말라 하기도 난처했다.

"무결님이 돌아오실 때까지 방이나 정리해 둘까?"

그리 마음먹은 율비가 종종걸음으로 마당을 건너 무결의 침소로 들어갔다. 서재와 바로 붙어 있는 무결의 와실은 이미 침소 담당 소환이 소제를 다 해둬서 새삼 치울 것도 없었지만 율비는 그를 위해 뭔가를 해줄 수 있다는 것이 좋았다. 와실 문을 연 율비가 할 일을 찾아 두리번거리다가 문득 침상을 발견하고 그리로 다가갔다.

제대로 정리를 안 하고 나갔는지 이불 한가운데가 접혀 볼록이 솟아 있었다. 그런데 할 일을 찾았다는 기쁨에 율비가 반색을 하며 이불귀를 건드리는 순간, 별안간 이불이 젖혀지며 그 안에서 사람이 나타났다.

"짜안! 놀랐지요, 무결 오라버니!"

"히익!"

너무 놀란 나머지 율비는 그대로 엉덩방아를 찧고 말았다. 이불 안에서 나타난 것은 반나나 마찬가지인 소녀였다. 반투명한 치마저고리 위로 붉은 비갑을 걸쳐 가슴을 비롯한 중요 부위를 가렸는데, 어른스런 차림에 비해 얼굴은 아직 성숙하질 않아서 솔직히 어울려 보이지를 않았다.

힘든 일은 전혀 하지 않았다는 것을 나타내는 새하얀 얼굴, 동그란 눈과 통통한 뺨. 어라……? 그런데 어쩐지 그 얼굴이 무척 낯익다.

"뭐야? 무결 오라버니인 줄 알았는데 소환이었어? 에이, 김이 팍 샜네."

어째서 낯이 익은지 율비는 알아챘다. 소녀는 바로 그녀 자신과 꽤 닮아 있었다.

"너는 뭐니? 혹시…… 무결 오라버니가 데리고 놀았다는 그 소환이니?"

잔뜩 찌푸린 얼굴로 투덜거리던 소녀가 얼핏 율비를 위아래로 훑어보다 툭 내뱉었다.

이건 뭐라 대답해야 하지? 데리고 놀았다는 표현이 영 점잖지 못한 것이라 얼굴이 붉어지는 한편으로 억울하기도 했다. 황궁에 있는 것도 아닌데 이제는 여자임을 당당히 밝혀도 되지 않을까? 율비가 충동적으로 고민하고 있는데 소녀가 또 종알거렸다.

"너 참 건방지다. 윗사람을 봤으면 얼른 예를 표해야 할 것 아냐?"

"실례지만 누구십니까?"

"흥. 나는 강왕부의 공주인 금소다. 수양딸이긴 해도 강왕의 무남독녀 외동딸이자, 곧 무결 오라버니와 혼인해 건왕비가 될 사람이지. 지금은 오라버니가 그릇된 취향에 빠져 있지만 사랑하는 여인을 곁에 두면 나쁜 버릇은 곧 없어질 게야. 너를 생각해서 미리 알려두는 것이니까, 무결 오라버니를 믿고 너무 나대지 않는 게 좋을 거다."

"네…… 네?"

이건 또 무슨 소리인가. 율비가 넋이 빠져 혀가 쏙 튀어나왔다.

'혼인…… 혼인? 무결님이 혼인을 해? 이미 혼인을 한 그분이 또 어떻게 혼인을……? 아, 아니, 문제는 이게 아닌데?'

율비가 걷잡을 수 없는 혼란에 빠져드는데 그때 갑자기 머리 위에서 무결의 목소리가 들려왔다.

"누가 누구랑 혼인을 한단 말이냐? 소아야, 열일곱이나 먹었으면 철이 좀 들 줄 알았는데 넌 여전하구나."

"무결 오라버니!"

언제 들어온 건지 무결이 등 뒤에 서 있다. 화가 났는지, 무덤덤한 건지 알 수 없는 얼굴을 한 그가 율비의 손을 홱 잡아끌더니 신경 쓸 것 없다는 듯 얼른 등을 떠다밀었다. 얼결에 문밖으로 밀려나가긴 했지만 율비는 그 자리를 떠날 수가 없었다. 그래서 복도에 서서 방 안의 동정에 귀를 기울이고 있노라니 무슨 짓을 하는 건지 소아가 코맹맹이 소리로 애교를 떠는 것이 들려왔다. 하지만 그에 대한 무결의 반응은 참으로 차가웠다.

"너한테 그런 교태는 안 어울린다. 게다가 엉덩이를 그리 보기 싫게 흔들어대다니, 어디서 그런 나쁜 버릇을 잔뜩 배워가지고 왔느냐?"

"너무하세요, 오라버니! 얼마 만에 만난 건데 그렇게 무정한 말만 하세요?"

"네가 누구를 보고 배우려 드는지 대충 짐작이 간다만, 본래 화려한 꽃은 독을 품고 있는 법이다. 너는 너대로 매력이 있으니, 엉뚱한 것을 본받으려 노력하지 말거라."

냉정하고도 단호한 말에 소아의 얼굴이 새빨개졌다는 것은 알수 없었지만, 율비는 내심 고소하면서도 한편으로 걱정이 되기도 했다. 너는 너대로 매력이 있다는 말이 괜스레 귀에 걸렸던 것이다.

"흥! 좋아요, 오늘은 제가 실수했다고 쳐요. 하지만 두고 보세요. 저는 꼭 오라버님의 아내가 될 거예요. 그것도 사랑받는 아내가 될 거라고요! 그때 가서 저한테 잘 보이지 못해서 안달하지나 마세요."

으득득 이를 깨문 소아가 그대로 문을 밀치고 나왔다. 문밖에서 있던 율비를 발견하고는 아니꼬운 눈초리로 째려보더니 그대로 기다란 치맛자락을 간신히 모아 쥐고서 횡하니 사라져 버린다.

"처소에 가 있지 뭐하러 여기 서 있었느냐?"

"두 분께서 혼인하십니까?"

묻는 말에는 대답을 안 하고 율비가 그리 묻자 무결이 잠시 멈칫했다. 그러다 한숨을 쉬며 되물었다.

"소아가 그리 말하더냐?"

"……."

"난 당분간은 누구와도 혼인 안 한다. 그러니 그런 일로 마음 썩이지 말거라."

"전하……!"

"무결님이라고 부르라고 했다. 남이 끌어다 붙인 상대와 억지 혼인을 하는 건 이제 지긋지긋하다. 난 내가 고른 여자가 아니면 절대 혼인할 생각이 없어. 그러니 쓸데없는 생각 하지 말고 지금은 그냥 나를 믿거라."

믿으면? 믿는다고 해서 무결이 언젠가 반드시 해야 할 혼인을 안 할까? 당분간은 안 한다고 했으니 영원히 안 하는 것은 아닌 게다. 황제에 오르겠다는 무결이니, 그 무결에게 배경이 든든한 황후가 있어야 한다는 건 자명한 일이다. 율비는 그와 같은 혼인을 말릴 자격도, 그럴 염치도 없었다.

'내가 생각이 짧았구나. 너무 철이 없었어……'

그를 나눠 가지는 일을 당연히 염두에 두고 있었어야 했다. 그와 여행을 해오는 동안 무결과 너무 친밀해져 버린 까닭에 그의 신분이며 그녀의 처지를 완전히 망각하고 있었던 거다.

남자여도 여자여도 여전히 그녀의 입장은 그리 떳떳하지 못했다. 잘해봐야 총첩. 한때는 남장까지 한 처지를 생각하면 어쩌면 그마저도 못 될 수도 있다. 그 누가 소환으로 입궁한 여인을 고운 눈으로 봐주겠는가. 어쩌면 자신의 신분을 드러내지 못하고, 총첩마저도 되지 못한 채 평생 그림자 속에서 살아야 할지도 모른다.

'왜 이러니, 나. 왜 자꾸 욕심을 내. 그렇게라도 곁에 있게 해준다면 고맙다 해야지.'

마음은 그리 정하고서도 차오르는 서러움을 어찌할 수 없다. 다정하게 그녀를 끌어안는 무결의 다사로운 품속에서도 율비는 전혀 행복함을 느끼지 못했다.

북국의 가을은 일교차가 매우 크다. 낮이라고 해도 풀잎이 겨우 마를 정도의 햇빛이 잠깐 비치다가 해가 지면 칼날 같은 추위가 찾아든다. 간밤 내내 무결의 품에 안겨 잠들었는데도, 유난히 추위를 많이 타는 율비는 새벽 나절 어깨를 스치는 소슬함에 부르르 떨며 잠에서 깼다. 새벽 돋을볕에 그녀에게 팔베개를 해준 채 자고 있는 무결의 얼굴이 보였다. 얇은 비단이불 아래 누운 두 몸은 온전히 맨 몸. 율비도, 무결도 실오라기 하나 걸치지 않았다.

지난밤 불안에 떠는 율비를 달랠 양으로 급하게 그녀를 안은 까닭에, 율비가 걸쳤던 소환의 청의 망포와 바지저고리가 침상 주변에 뱀 껍질처럼 널브러져 있었다.

'이래서야 정말로 소환을 데리고 논다는 걸 인정하는 꼴이잖아. 무결님도 이제 누명을 벗어야 하는데……'

곰곰 생각하던 율비가 작게 한숨을 내쉬고는 침상에서 내려서려 몸을 돌렸다. 그때 얕은 신음 소리와 함께 무결이 그녀의 허리를 턱 붙잡았다.

"어딜 가려는 게냐."

돌아보니 무결이 눈도 뜨지 않은 채 그녀의 허리에 팔을 두르고 있다. 단단하게 힘이 들어간 것이 좀처럼 그녀를 놓아주고 싶지 않은가 보다.

"놓아주세요, 무결님. 새벽이 밝았으니 제 처소로 돌아가야 합니다. 누가 오기 전에 제 할 일을 시작해야지요."

"누가 너더러 소환 노릇을 하라고 했느냐. 그럴 필요 없다."

"이러고 있다 강왕부의 환관들이 오면 어쩌려고 이러세요. 제가 여자라는 걸 그들이 눈치채도 괜찮으세요?"

"끙……."

말은 그리했지만 내심 무결이 괜찮다 해줬으면 좋겠다. 이대로 여자로 돌아가라고, 율비가 그의 여자라고 떳떳하게 밝혀줬으면. 하지만 율비의 바람과 달리 무결은 몹시 아쉬운 듯 앓는 소리를 내더니 곧 그녀에게서 떨어져 나갔다.

"하는 수 없지."

"……!"

무결은 율비를 그의 여인으로 인정할 생각이 없는 걸까? 갑자기 밀려온 서러움에 왈칵 눈물이 쏟아질 것만 같았다. 하지만 무결은 그런 그녀의 마음을 모른 채 무정한 말만 쏟아낸다.

"당분간은 계속 남장을 하고 있거라."

그 말은 무슨 뜻일까. 역시 그녀를 정식으로 인정하지 않겠다는 뜻? 영원히 그의 그림자로 남기겠다는……?

"사정이 여의치 않으니 지금은 네 정체를 알리기엔 적당하지 않아. 당분간은 이대로 남자로 지내는 수밖에 없구나."

'제가 여자라는 것이 밝혀지는 게 곤란한가요? 어째서……? 소 아님과 혼인하시기 위해선 저를 감춰야만 하는 건가요?'

차마 묻지 못한 말들이 혀끝에서 맴돌다 꼴깍 목구멍 속으로 사라졌다. 서러움을 감추며 율비가 황황히 방을 나갔고 무결은 그를 모른 채 조반 뒤에 강왕을 찾아갔다.

"내 제안에 대해서 여러모로 생각을 해봤느냐?"

"네, 숙부님. 심사숙고한 끝에 결론을 내렸습니다."

"겨우 하루 만에 결론을 내렸다라? 그리 쉽게 용단을 내린 것을 보면 더 생각해 볼 것도 없이 혼인에 응하겠다, 그리 결심한 게 지?"

"아닙니다."

"뭐라?"

"숙부님, 저는 남색가입니다. 황도에 심어둔 사람이 없지 않으실 테니 제가 소환을 데리고 단각을 즐기고 있다는 것쯤은 이미 잘 알고 계실 겁니다. 저는 여자에게는 반응하지 않는 몸입니다. 그런데도 숙부님께서는 저 같은 구제불능의 남색가에게 딸을 보내겠다는 겁니까?"

강왕의 말문이 딱 막혔지만 곧 표정을 되돌려 애써 말을 이었다.

"한때의 바람인 게지. 귀족 사내들 중에 미소년을 희롱하는 취미를 가진 자는 종종 있다. 하지만 그런 자들도 혼인을 하면 다들 단각 취미를 버리고 제 길로 돌아오게 된다."

"잘못 생각하신 겁니다. 제가 하원국에서 죽을 고비를 맞으면서도 버리지 못하고 끝까지 데리고 온 아이입니다. 저는 그 아이 말고 다른 여인을 안을 생각이 전혀 없습니다. 비록 양딸이라고 해도 애지중지하는 금지옥엽이 아닙니까. 숙부님께서는 그런 딸이 평생 독수공방하는 꼴을 보고 싶으십니까?"

그의 말은 말 그대로 율비 외의 여인을 안을 생각이 전혀 없다는 뜻이었지만 강왕은 그 미묘한 차이를 느끼지 못하고 무결이 여인을 안을 생각이 없다는 뜻으로 받아들였다.

"그래서, 그럼 소아와 혼인하지 않겠다는 뜻이냐? 내가 그 아이와 혼인하지 않으면 군사를 주지 않겠다고 해도?"

"주지 마십시오. 괜찮습니다."

"뭐라?"

이번에야말로 강왕은 크게 놀랐다. 도대체 무슨 배짱인 건가?

강왕의 군사가 필요없다는 것은 황위도 필요없다는 뜻. 그런데도 여전히 웃고 있다니, 도대체 이놈이 무슨 생각을 하고 있는 걸까?

"대신 저와 거래를 하시지요. 숙부님께도 득이 될 만한 거래를 말입니다."

"거래는 이미 끝난 것이 아니더냐? 내가 군사를 주고, 너는 내게 부귀영화를 준다. 그것 말고 다른 거래가 필요하더냐?"

"숙부님, 어제 숙부님께서 황위에 오를 수 없는 이유를 두 가지 대겠다 하고 나머지 한 가지는 말씀드리지 않았지요. 숙부님께서 황위에 오를 수 없는 중요한 이유가 또 하나 있지 않습니까. 그 한 가지 이유를 제가 해결해 드리겠습니다."

"……!"

"숙부님이 황도를 공격하지 못하는 이유 중 하나는 강국의 북서에 면한 땅에 스스로 양진국이란 나라를 세우고 양진왕을 자처한 장학수의 도당들이 있기 때문 아닙니까. 숙부님께서 황도를 공격할 동안 그들이 비어 있는 강성에 쳐들어올지 몰라 성을 비울 수 없는 것이지요. 군사 2천만 빌려주십시오. 제가 그들을 처리해 드리겠습니다."

"어이없는 말을 하는구나. 내가 군사가 없어 그들을 없애지 못하고 있는 줄 아느냐? 장학수의 무리가 그리 적은 수가 아니다. 하물며 그 소굴 또한 산을 뒤로 끼고, 좁은 계곡에 처박힌 천혜의 요새라 군사를 움직이기 쉽지 않아 나조차 그들을 멸하지 못하고 골치를 썩이고 있어. 그런데 네가 그들을 없앨 수 있다고?"

"대군을 보내봤자 숙부님 말씀대로 운용할 수 있는 숫자가 적으니 2천을 데리고 가나 2만을 데리고 가나 마찬가지입니다. 저는 그 적은 숫자로 승부를 걸어보겠습니다. 할 수 있는지 없는지는 두고 보면 아시겠지요. 군사 2천이면 그리 많은 것도 아니니 한 번 속는 셈치고 빌려주십시오. 장학수의 무리를 치고 난 뒤 그 2천 명은 바로 돌려 드리겠습니다. 그러면 숙부님께서는 골치 아픈 적도들을 없애는 한편으로 손해 보는 것은 전혀 없으시니 일거양득이 아닙니까. 물론 전투 중에 죽고 상하는 자가 아주 없을 수야 없겠지만, 그 수는 아주 적을 거라고 장담할 수 있습니다."

"돌려준다고? 군사를 돌려주면 너는 무슨 힘으로 황위를 도모하겠다는 거냐?"

"군사가 왜 없습니까. 장학수의 군사들을 내 것으로 만들면 되지 않습니까."

그리 말하고 무결이 껄껄 웃는데 강왕은 하도 기가 막혀 그가 지금 장난을 치는 건지, 장담을 하는 건지 구분할 수가 없었다.

"장학수의 무리가 물경 1만에 달하긴 하지만 모두 훈련을 받지 않은 오합지졸들이다. 그 수 때문에 점령하기도 쉽지 않을 테지만, 설령 그게 가능하다고 해도 그런 지리멸렬한 것들을 어찌 군사로 만든단 말이냐? 말이 되는 소리를 하거라!"

"말하자면 투자입니다, 숙부님. 훈련은 안 받았지만 그들은 수가 많습니다. 그 정도 인원이라면 작전만 잘 세운다면 성 하나 정도는 점령할 수 있습니다. 한 성을 지키는 군사를 대략 2천이라고 칠 때 1만의 군사 정도면, 머릿수로 밀어붙여 이길 확률이 높지요. 성의 군사를 제 것으로 합하게 되면 총병력은 1만 2천이 됩니다.

그 1만 2천으로 더 큰 성을 쳐서 3천을 얻으면 1만 5천, 그렇게 점차로 수를 늘려가면 됩니다."

"그게 가능하다고 생각하느냐! 작전이 실패할 가능성은 생각도 안 해? 게다가 성공을 한다 쳐도 전투 중에 부상을 당하고 죽는 자 역시 적지 않을 텐데 어떻게 무턱대고 늘어만 난다고 셈을 하느냐!"

"뭐 어떻습니까. 어차피 아바마마와 숙부님 역시 그런 식으로 반란에 성공하지 않았습니까."

그리 말하고 싱긋 웃는 무결의 모습에 문득 강왕은 소름이 끼쳤다. 분명 그랬다. 왕이 된 지금은 잊었지만 분명 처음 반란을 일으킬 때 강왕과 창천제 두 사람은 그런 식으로 하나둘 성을 늘려가면서 점차 큰 군사 세력으로 성장한 것이었다. 훌륭한 지휘관에 운이 따라준다면 아주 불가능한 이론은 아니다. 무결과 함께 전선에서 싸워본 경험에 따르면 그는 명민한 전략가였다. 당연하다. 바로 지략으로 이름 높은 자신이 그를 가르쳤으니 말이다.

창천제 때와 달리 잘 훈련된 지휘관이 군을 통수하고, 거기에 강왕이 약간의 도움만 준다면 승리는 운이 아니라 거의 확정적인 것이 될 것이다.

"물론 병사가 무조건 늘어나기만 할 리는 없지요. 하지만 다행히 저에겐 제 군사가 아주 없지 않습니다. 잊으셨는지 모르겠지만, 저에겐 제 번국인 건국 땅에 남겨놓은 군사가 있습니다."

'건국……!'

솔직히 잊고 있었다. 무결을 그가 도움주지 않으면 오갈 데 없는 혈혈단신 방랑객이라고만 생각했다. 이 점은 강왕도 생각지 못한 오산이다.

"건국과 강국은 서와 북으로 갈려 있지만 남과 북처럼 아주 반대쪽으로 떨어진 건 아닙니다. 시일이 걸리고 어려움도 많을 테지만 제 번국으로 가는 길만 뚫는다면 건국에 조련시켜 놓은 5만의 군사가 새로이 더해지는 겁니다. 제 자랑 같습니다만, 건국은 풍요롭고 그 군사들 역시 잘 훈련돼 있습니다. 북적(北狄)과 대적해 온 강국의 군사들만큼은 못하겠지만, 건국 역시 서쪽으로 오랑캐와 면한 까닭에 그 군사의 수가 다른 성보다 훨씬 많고 실전 경험 또한 풍부합니다. 아바마마께서 등극하신 이래로 내치에만 치중하느라 나태해진 황도의 병사들과는 비교가 되지 않지요. 그들의 힘을 합칠 수만 있다면 전세는 결코 불리하지 않습니다."

"……과연 그렇구나."

판단을 내려야 할 때였다. 무결은 제 할 말은 다했다는 듯 형형한 눈으로 그를 쳐다보기만 했고, 강왕은 잠시 염두를 굴렸다.

죽음을 각오하고 나아가느냐, 아니면 엎드려 죽음을 맞느냐. 어차피 목숨을 걸어야 한다면, 확실히 죽은 듯이 누워 있다 떨어지는 칼을 맞는 것보다는 단 한 번이라도 사자후를 터뜨려 보는 것이 낫다. 강왕이 이윽고 웃으며 대답했다.

"한 번 투자를 해보는 것도 괜찮겠지."

"힘을 빌려주시겠다는 뜻입니까?"

"네 말대로 2천의 군사를 빌려주마. 그것으로 장학수 도당을 괴멸시켜 보거라. 그로 네 능력을 증명해 보인다면, 네가 건국으로 가는 여정에 군사 3만을 내주겠다. 그 정도 군력이면 네가 계획한 시간이 적어도 4분지 1로 줄어들 것이다. 창천을 노리는 데 큰 힘이 될 게야."

✳

아침부터 흐리더니, 점심나절이 지나자 부슬부슬 비가 내리기 시작했다. 그나마 태양이 힘을 얻는 낮인데도 부슬비가 내리자 순식간에 기온이 뚝 떨어지면서 입김이 나올 정도로 추워졌다. 할 일이 없기도 했거니와 당분간 남장을 하고 있으라는 무결의 말이 던져 놓은 무게가 만만치 않은 것이었기에, 율비는 처마에서 떨어지는 낙숫물을 바라보며 한없이 처량한 기분에 사로잡혀 있었다.

'역시 날 사람들 앞에 내놓기 창피하신 걸까? 그저 품기만 하시려는……?'

강성으로 들어올 때 남복을 벗을 걸 그랬다. 그때는 남장이 하도 익숙해져 무결이나 율비나 그럴 생각을 하지 못했는데, 율비가 무결이 데리고 온 소환으로 알려진 지금은 이제 와서 사실은 여자였다고 밝히기가 힘들어졌다. 무결 역시 그런 사정 때문에 그녀를 드러내기를 꺼리는 건지도 모른다.

"어린 소환님, 예서 뭐하시는 게요? 바람 맞이하려다 고뿔 맞이하고 싶으신가?"

궁상맞게 쪼그리고 앉아 있으려니 언제 온 건지 별채를 담당한 중년의 환관이 함소(含笑)하며 물었다. 점심 들 시간이 됐는데, 적적하니 자기 방에 와서 같이 먹자는 것이다.

"죄송해요. 제가 몸이 좋지 않아서……. 입맛도 통 없고 소화도
잘되지 않아 뭘 먹을 여력이 없습니다."

"저런, 아무래도 북국의 날씨가 맞지를 않아 탈이 났나 보구먼.
이 강국의 추위가 워낙 매워서 요즘 같은 때에 몸 간수를 잘못하
면 아주 독한 감기에 걸린다오. 몸도 가냘픈데 큰 병이라도 들면
어쩌오?"

"차라리 그런 거라면 좋겠습니다. 정말 아파서 쓰러지기라도
하면 아무것도 듣지도 않고, 보지도 않겠지요."

"으잉? 그건 또 무슨 말이오? 허. 이제 보니 소환님, 소아 마마
가 건왕 전하와 혼인한다는 소문을 듣고 상심하신 거요?"

"네…… 에?"

달군 쇠꼬챙이가 귀를 뚫고 들어온 것 같다. 무슨 말? 무슨 말?

"자, 잘못 아신 겁니다. 소아 마마가 찾아오시긴 했지만 전하께
서는 분명히 그분과 혼인은 하지 않는다고……!"

"에잉? 그럴 리가 있나. 강왕 전하께서 소아 마마와의 혼인을
조건으로 군사를 빌려주겠다 하셨다던데, 미친 게 아니면 그걸 거
절할 리가 있소? 뭐, 나도 자세한 건 모르겠지만 강왕 전하께서 건
왕야와 손을 잡고 황도로 진격하기로 했다 합디다. 그 동맹의 조
건으로 소아 마마와의 혼인을 내건 거지. 혼인 동맹만큼 확실한
것이 어디 있겠소?"

"그런……!"

요즘 들어 무결이 강왕과 이런저런 의논할 것이 많다면서 환담

이 많았었다. 그사이 그런 공론이 오갔단 말인가?

"쯧쯧, 내 어린 소환님이 건왕 전하께 귀여움을 받고 있다는 것은 들어 알고 있소. 하지만 어쩌겠소. 우리네 환시(宦侍)들의 운명이 다 그런 것을. 너무 걱정하지 마오. 혼인을 하고 나서도 주인이 계속 귀여워해 주는 경우도 있다오. 뭐, 주인마님이 혹독하면 심한 꼴을 당하고 쫓겨나는 경우도 있긴 하지만…… 꼭 그렇게 된다는 법도 없지 않소. 우리 소아 마마가 조금 철이 없기는 해도 아주 악독한 분은 아니라오. 그러니 잘만 처신하면 편히 지낼 수 있을 거요."

율비의 처지를 애처롭게 여긴 그가 나름 위로랍시고 해주긴 했지만 하나도 귀에 들어오지 않았다. 혼인을 하는 건가…… 결국? 혼인은 내가 고른 여인과 하겠다더니?

공연히 헛웃음이 나왔다. 각오하지 않았던가. 무결은 자신을 믿으라 했지만, 그녀의 존재가 과연 황제의 자리와 바꿀 수 있는 것인지 생각하면 율비는 자신이 없다. 황위란…… 권력이란 그런 것이 아닌가. 그렇기에 천옹 태자는 아비를 죽이고 어미를 죽였으며, 화린은 남편을 죽이려 하지 않았던가.

누군가 자신의 발목을 붙잡고 한없는 절망의 늪으로 밀어 넣는 것만 같다. 허우적거려 봤자 더 깊이 빠져들 뿐, 이럴 때는 차라리 아무런 생각도 하지 않는 게 낫다. 율비는 제 뺨을 찰싹 치면서 벌떡 일어났다.

"에잇, 무결님이 믿으라고 했으니 믿어야지! 이렇게 처져 있어서 뭐해! 이럴 시간에 차라리 무결님께 뭔가 도움이 될 만한 게 있나 생각해야지."

그렇게 외친 율비가 그 길로 자하를 찾아 나섰다. 태감과 이야기를 나누는 사이 비는 개었고, 자하는 별채 뒤에 있는 좁은 후원에서 수련 삼아 목도를 휘두르고 있었다. 제2의 피부처럼 두르고 있던 갑주를 벗어버린 그는 바지저고리와 소매 없는 단의만 걸친 채 유려한 초식을 펼치고 있었다. 율비가 들어온 것도 모른 채 열심히 허공을 베고 찌르며 날던 자하가 문득 그녀의 존재를 눈치채고 눈에 띄게 질색을 하며 그 자리에서 멈춰 섰다.

"어, 어인 일로 오셨습니까?"

"말씀을 낮추세요, 자하님."

"하지만 주군의 여인…… 이십니다. 그럴 수는 없습니다."

"여기서는 일개 소환인걸요. 호위무사인 자하님이 신분이 훨씬 낮은 제게 존대를 하시면 사람들이 이상하게 생각할 거예요. 그보다 자하님, 그거…… 저도 가르쳐 주시면 안 될까요?"

"그거라니요? 검을요? 제게 검술을 배우고 싶으신 겁니까?"

율비가 고개를 끄덕이자 자하가 뜨악한 표정으로 물었다.

"검을 배워서 뭐하시게요. 누구한테 휘두르기라도 하려는 겁니까?"

그 휘두를 상대가 제발 자신이 아니기를 바란다는 것이 역력한 얼굴이었지만 율비는 기죽지 않고 내쳐 졸랐다.

"무결님께 도움이 되고 싶어서 그래요. 제가 조금이라도 무술을 할 줄 알면 무결님도 부담이 훨씬 덜하지 않겠어요?"

"이제 와서 무공을 배운다고 별로 달라질 것은 없을 것 같습니다만……. 게다가 애당초 전하는 누구의 도움을 받을 정도로 약한 분도 아니십니다. 오히려 저조차 전하께 구원을 청해야 할 정도로 강하시다는 것을 잘 알고 계시지 않습니까."

"그건 알지만 그래도 제 한 몸 지킬 정도의 힘은 있어야 되지 않을까요? 하원국에서처럼 짐이 되는 것은 싫어요. 전하가 저를 지키려다 다치거나 하면 안 되지 않습니까."

물러나지 않는 율비의 모습에 자하가 얼굴을 찌푸리더니 결국 승복을 했다.

"후우…… 일리가 있긴 하군요. 하지만 어린 시절부터 수련을 했다면 모를까, 이미 몸이 완성되신 뒤라 이제 와서 무공을 배우는 것은 별로 효과가 없습니다. 물론 타고난 강골(强骨)이면 수련이 빛을 보긴 하지만 율비님은 체구부터 적당치 않습니다. 차라리 무술보다는 호신술 쪽을 배우시지요. 율비님이 체술(體術)을 할 거라는 생각은 아무도 못할 테니, 적의 의표를 찔러 위기에서 벗어날 수도 있을 것 같습니다."

"그런가요? 좋아요. 그럼 제게 호신술을 가르쳐 주세요, 자하님."

"제가…… 요?"

곤란하다는 자하의 표정을 율비는 늘 그랬던 것처럼 그녀를 별로 좋아하지 않기 때문이라 생각했다. 어차피 여자란 걸 들킨 마당에 가릴 게 뭐랴. 오히려 율비는 자하에게 잘 보이기 위해 최대한 애교스런 표정을 지으며 계속 졸랐다.

"자하님 말고 누구한테 배울 수 있겠어요. 무술을 배우려다 여자라는 걸 들키기라도 하면 안 되지 않아요. 그렇죠? 네? 이렇게 부탁드릴게요. 귀찮으시더라도 저를 좀 도와주세요."

큰 눈을 깜빡거리며 열심히 조르는 모습에 자하는 제발 그만해 달라고 소리칠 뻔했다. 이건 지독한 고문이다. 그런데 고문을 가하는 쪽은 그것이 그를 너무나 괴롭게 하는 것도 모르고 반짝거리는 눈과 깜찍한 미소로 그의 심장을 후벼 판다. 두 눈을 멀어버리게 만든다. 이대로 도망쳐 버리고 싶다는 생각이 들 정도로.

"좋습니다! 알았어요. 도와드리겠습니다. 그러니 제발 그렇게……."

웃지 말아주십시오. 그렇게 사랑스러운 눈으로 바라보지 마세요.

그 말을 모다 삼켜 버렸다. 차마 내뱉지 못한 말들이 쓰디쓴 독처럼 기도를 타고 내려가 쌓였다.

그런 줄도 모르고 율비는 자하의 허락에 그저 전념할 일 생겼다며 좋아라 방싯 웃었고, 그것이 자하의 속을 시커멓게 태웠다.

"율비님 나이에 검을 배우시는 것은 위험하기도 하거니와 또 검이란 것은 잘못 휘두르면 오히려 휘두른 사람이 위험해지니 별로 권하고 싶지 않습니다. 호신술 정도라면 검보다는 권(拳)이 적당한데, 율비님은 일단 체력과 힘이 약하시니 상대의 힘을 역이용하는 방법을 배우시는 게 좋겠습니다."

"네에에…… 그럼 지금 바로 실전 연습을 하는 건가요?"

"안 됩니다. 기술도 기술이지만 일단 체력과 힘을 길러놓는 게 더 중요합니다. 연무장은 아니지만 일단 이 후원을 서른 바퀴 정

도 도십시오. 몸을 좀 풀고 난 연후에 제가 몇 가지 권술을 가르쳐
드리겠습니다."

"에엑! 서른 바퀴?"

"짐이 되고 싶지 않다 하지 않으셨습니까. 적들이 쫓아올 때 또
전하께 업혀서 도망치고 싶습니까?"

으윽. 아픈 데를 찔리니 할 말이 없다. 율비가 그 길로 두말 않
고 후원을 돌기 시작했다.

율비가 소환 노릇을 하면서 제법 기운이 세진 까닭에 양갓집 규
수로 집 안에만 살던 때보다는 체력이 많이 좋아졌다. 그러나 비
가 개이고 곧이어 나온 햇볕에 차차 기온이 오르면서 공기가 습해
지자, 체력이 급격히 바닥나기 시작했다.

차라리 그만두게 할까? 융통성없는 자하였지만, 얼굴이 새빨개
져 헉헉거리며 도는 모습이 영 애처로웠다. 아마도 무결이라면 껄
껄 웃으며 약을 올려서라도 결국 끝까지 돌게 했을 테지만 자하는
의외의 곳에서 마음이 약했다. 결국 채 서른 바퀴를 채우지 못하
고 자하가 '그만'이라고 소리를 지르고 말았다.

"헉, 헉. 왜…… 왜 멈추게 하세요? 아직 서른 바퀴 못 채웠는
데?"

"……부상의 위험도 있으니 첫날부터 힘을 빼는 건 좋지 않습
니다. 오늘은 이 정도로 끝내고 서서히 운동량을 늘려가도록 하지
요."

대충 얼버무리고 율비를 잠시 쉬게 한 자하가 곧 몇 가지 권술
동작을 가르쳐 줬다.

"권술을 처음부터 체계적으로 배우는 건 시간이 너무 걸리니 일단 당장 써먹을 수 있는 것만 몇 가지 가르쳐 드리겠습니다. 사람의 몸 중에 마혈(麻穴)이라고 해서 급소가 꽤 여럿 있는데, 이를 제대로 치면 상대가 죽기도 합니다. 그중의 하나가 바로 이 태양혈(太陽穴)*입니다. 이곳을 세게 치면 일시적으로 상대를 멍하게 할 수 있고 그 틈에 빠져나올 수 있습니다. 칠 수만 있다면 천주혈(天柱穴)이나 비유혈(臂儒穴) 같은 곳을 쳐서 완전히 제압하는 것이 좋지만 적을 쓰러뜨릴 정도의 내공을 갖고 있지 않으시니 상대가 방심하기 좋은 곳을 공격하시는 것이 좋습니다."

"여기 이곳을 치면 되는 건가요?"

율비가 태양혈이 있는 지점, 관자놀이를 손가락으로 가리키자 자하가 고개를 끄덕이더니 인지와 중지를 모아 보였다.

"이렇게 손가락을 모으고 손끝에 힘을 주어 질러 넣으십시오. 네, 그렇게요. 이곳 말고도 허벅지 옆을 강하게 치면 갑자기 힘이 빠지게 됩니다. 혹여 공격을 당해 쓰러진 상태라면 위중혈(委中穴)을 치십시오. 여기 이 무릎 뒤쪽 오금 한가운데입니다. 이곳을 치면 온몸이 마비되는데, 손가락이 여의치 않으면 발끝으로 치셔도 됩니다."

"아, 아…… 이렇게요?"

"말로만 해서는 안 되겠군요. 저한테 시험을 해보십시오."

"그러다 자하님이 다치시면 어떻게 해요?"

"그쯤 되면 굳이 호신술 연마를 안 해도 되니 기쁜 일이지요. 연

---

*태양혈(太陽穴):눈 옆쪽과 귀 사이에 있는 혈. 관자놀이에 해당

습을 해야 실전에 써먹을 수 있습니다. 망설이지 마시고 해보십시오."

자하의 재촉에 율비가 결심을 하고 인지와 중지를 힘주어 모았다. 그리고 자하가 가르쳐 준 태양혈을 있는 힘껏 쳤다.

"악!"

손가락이 뒤로 꺾이는 바람에 율비가 비명을 지르며 팔짝팔짝 뛰었다. 힘을 잘못 주는 바람에 상대는 안 다치고 되레 제 몸이 상한 것이다.

그러나 율비는 몰랐다. 몸은 미동도 하지 않았지만, 율비의 손끝이 제 이마에 닿은 순간 자하의 심중이 크게 격동했음을. 닿은 건 겨우 손가락 두 개였지만 관자놀이에 구멍이 뚫린 것처럼 자하는 크게 놀랐다. 마치 그녀가 지른 혈로 얼음송곳이 쑤시고 들어온 것처럼 전신이 지릿거렸다.

미칠 것 같다. 견뎌낼 수 있으리라 믿었는데 아니었다. 어이없게도 이 작고 여린 율비가 손가락 하나로 육중한 그를 쥐고 흔들고 있었다. 손가락 하나 닿은 것에 그리도 충격을 받을 줄이야 뉘 알았으랴. 참으로 그 자신도 깨닫지 못했던 것이, 남자를 몰랐던 율비만큼이나 자하는 여자를 몰랐다. 남자로 알고 있을 때와는 또 달라서, 그녀를 여자로 느껴 버린 지금, 닿았다고 할 수도 없는 그 사소한 접촉에 필사적으로 누르고 있던 그의 인내심이 단숨에 임계점의 수위로 끓어올랐다.

"다치셨어요, 자하님? 제가 너무 세게 지른 건가요?"

"아…… 닙니다."

걱정스러워 어쩔 줄 몰라 하는 율비를 향해 간신히 그 말만 중얼거렸다. 차라리 이대로 수련을 그만둬 버릴까 고민했지만, 그랬다간 율비가 저 때문에 다친 걸로 오해하고 걱정할까 봐 그럴 수도 없었다.

"상대가 남자라면 나, 낭심을 공격하면 되지 않나요? 듣자 하니 사내한테는 급소 중의 급소라고 하던데."

"적의 허벅지가 굵거나 하면 무릎이나 다리가 들어가지 않아 오히려 낭패를 볼 수 있습니다. 다리를 붙잡히면 뒤로 자빠지면서 되레 순식간에 제압당할 수 있고요. 적이 지근거리에서 공격을 해오면 차라리 주저앉거나 매달리십시오. 놀라 주저앉는 척하면서 상대의 다리를 끌어안고 앞으로 밀어버리는 겁니다. 상대가 중심을 잃고 자빠지면 그 틈에 도망을 가거나, 아니면 급소를 공격하면 됩니다."

"이것도 연습을 한번 해볼까요?"

"아닙니다!"

불필요할 정도로 강하게 거절한 자하가 미안했는지 뒤이어 덧붙였다.

"일단은 처음이니 들어만 두십시오. 추후에 몸 놀리는 것이 좀 익숙해지면 그때…… 하도록 하지요."

"그럴까요, 그럼?"

"네에. 그리고 마지막으로, 만약 적의 공격에 의해 넘어지거나 자빠져서 흉적이 율비님 위로 올라타면……."

그 모습을 상상하기 싫은 듯 자하가 잠시 얼굴을 찌푸렸지만,

곧 억지로 말을 이었다.

"그때는 차라리 박치기를 하십시오."

"에? 바, 박치기요?"

"규수다운 행동은 아니지만 살기 위해선 어쩔 수 없습니다. 턱은 신체 중 가장 약한 부위기 때문에 남자라고 해도 머리로 받아버리면 큰 고통을 느끼게 됩니다. 특히 사내라면 보통 율비님보다 키가 크기 마련이니, 아래에서 발돋움을 해서 받아버리면 큰 타격을 입게 될 겁니다. 충격을 배가시키기 위해 이렇게 뒷목을 양손으로 잡고 뛰어오르면서 받아버리면 더욱 좋습니다."

자하가 양팔을 뻗어 율비의 뒷목을 잡는 시늉을 하자 그녀가 고개를 갸웃하더니 이내 눈을 동그랗게 뜨며 그의 행동을 따라 했다.

"이렇게요?"

"헉!"

자하가 깜짝 놀라 뒤로 피하려 했지만 이미 늦었다. 율비가 그의 어깨를 잡더니 바로 그의 눈앞에서 펄쩍 뛰어올랐다. 원래는 자하의 지시대로 뒷목을 잡으려 했지만 그의 키가 큰 탓에 어깨만 간신히 붙잡았고, 그나마도 자하가 뒤로 물러나는 바람에 배운 대로 실습을 하기는커녕 중심을 잃고 그에게 매달린 채 그대로 자빠지고 말았다.

"꺄아악!"

비명과 함께 두 사람의 몸이 바닥에 뒹굴었다. 그나마 율비는 자하가 받아주는 바람에 다친 곳이 없었지만, 자하는 불시에 쓰러진 충격이 컸나 보다. 율비가 당황해서 헐레벌떡 일어나며 괜찮으냐 물었지만 자하는 눈을 질끈 감은 채로 말이 없었다.

"자하님! 어떡해! 머리를 다치셨나 봐!"

"괜…… 찮습니다."

자하가 불현듯 호들갑을 떠는 율비의 손목을 붙잡았다. 질끈 감은 눈을 뜨지 않은 채로 헉헉 괴로운 숨을 몰아쉬더니 낮게 중얼거렸다.

"잠깐만…… 잠깐만 이러고 있으면 안 되겠습니까……?"

너무나 괴로운 그의 표정을 율비는 넘어진 충격 때문이라고만 생각했다. 그녀가 귀찮게 조르는 바람에 이런 민폐까지 끼쳤다는 마음에, 율비는 미안한 나머지 자하의 말대로 그렇게 손목을 잡힌 채로 잠시 앉아 있었다. 이 시각, 자하의 심중에 얼마나 세찬 열망이 폭풍우처럼 몰아치고 있는지도 모르고.

안고 싶었다. 이대로 아무것도 모르는 율비를 안고서 그 보드라운 입술을 덮쳐 버리고 싶었다. 그렇게만 할 수 있다면 얼마나 좋을까. 만약 그것이 허락된다면 영혼이라도 팔아버릴 수 있을 것 같다!

그런데 바로 그때, 그의 열망에 찬물을 끼얹는 것처럼 서늘한 목소리가 들려왔다.

"예서 무엇을 하고 있는 게냐?"

깜짝 놀란 자하가 벌떡 일어났고 율비는 몸을 돌려 소리가 들려온 쪽을 돌아봤다. 무결이다. 백의 포삼을 걸친 무결이 별채 건물을 돌아 들어오는 골목길 쪽에 서서 물끄러미 그들을 바라보고 있었다.

화다닥, 마치 불에 덴 것처럼 자하가 잡은 율비의 손목을 내팽 개쳤다. 그러나 정작 율비는 그 사실도 모른 채 무결의 눈치만 보 고 있었다. 자하에게 손목을 잡히고 있다는 사실에는 별 의미를 두지 않고, 무결 몰래 호신술을 배우고 있었다는 것을 들킨 데에 만 신경을 쓰고 있는 것이다.

"이리 오거라."

무결이 더 이상 묻지 않고 고개를 끄덕여 그녀를 부르자 율비가 냉큼 일어나 그를 따라갔다. 무결의 뒤를 좇아 별채 건물 옆으로 사라지는 그녀의 모습에 자하의 가슴이 뻐개졌다.

그에게 율비를 그리 부를 수 있는 권한이 있다면 얼마나 좋을 까. 율비가 그렇게 좋아라 달려올 수 있는 상대가 자하, 그라면.

이뤄질 수 없는 소망에, 그로 인한 절망에 한 사내의 가슴이 굉 음을 일으키며 무너졌다.

"어머나, 저 아저씨도 은근 내 취향이네. 아쉬워라, 무결 오라 버니만 아니면 낭군 삼기 딱 좋을 텐데. 주인을 닮아 그런가, 어떻 게 호위무사까지도 저렇게 잘생겼지?"

"소아님, 왕부의 공주님께서 일개 호위무사를 탐하시다니, 누 가 들으면 큰일 날 소리를 하시어요."

"아이, 말이 그렇다는 거지 내가 정말로 그렇게 한데?"

그러나 말은 그렇게 해도 눈가에 대고 있던 천리경을 내려놓는 소아의 얼굴엔 아쉬운 표정이 역력했다. 외전(外殿)으로의 걸음이 그리 쉽지 않은 소아의 취미는 서역에서 들여온 귀물인 천리경으로 외조를 오가는 미남들을 관찰하는 것이었다. 소아가 올라온 3층 층루는 본디 극단의 공연이나 기악을 감상하기 위한 건물이었지만, 본래의 용도보다는 주로 이런 목적으로 활용되곤 했다.

혹여나 채신머리없는 이런 행동이 강왕의 귀에 들어갈까, 함께 따라온 시녀가 안달을 했지만 소아는 천리경을 머리에 대고 탁탁 두들기며 꾀를 생각해 내느라 여념이 없었다. 바로 어제 속 비치는 옷을 입고 무결의 방에 들어갔다는 것이 강왕에게 알려져 불호령을 당하고, 그도 모자라 근신 명령까지 받았다는 것은 이미 기억 저편으로 사라졌음이다.

"어리고 지체 낮다고 해서 얕봤더니 보통내기가 아닌데? 뭔가 수를 내던가 해야지, 그냥 보고 있기만 해선 안 되겠어."

소아가 무결을 처음 만난 것은 무결이 열일곱 살 때로, 그가 북방 토벌전에서 강왕과 함께 싸울 때였다. 강왕은 간혹 무결을 데리고 전선에서 그리 멀지 않은 곳에 지어놓은 임시 저택에 오곤 했고, 무결은 어머니와 떨어져 그곳에 살고 있던 소아를 귀여워해 줬다.

그것이 소아에게는 불행이었던 게다. 거의 처음이다시피 접했던 사내가 무결이었고, 피 안 통하는 사이란 걸 알고 있었기에 어린 연심은 그때부터 두근두근 피어나기 시작했다.

사실 강왕이 소아가 어렸을 적부터 은근히 그녀를 통해 무결과 혼약 맺길 바라는 바를 비쳤기 때문에, 소아는 자연스럽게 무결을 자신의 짝으로 생각하게 됐었다. 화하에 잡힌 무결이 엉뚱한 여자와 혼인했다는 말에 얼마나 울었는지, 또 그런 그가 하원국에서 죽었다는 소문을 들었을 때는 몇 날 며칠을 식음을 전폐하고 누워 있었는지. 그런데 기적적으로 그가 살아서 강왕부에 나타났다는 말에 뛸 듯이 기뻐했더니, 그의 옆엔 화린보다 배로 더 귀찮은 혹이 붙어 있었다.

'남색이라니, 사내 중의 사내인 무결 오라버니가 그런 취미에 빠질 리 없어! 마누라가 다른 사내를 넘보는 요녀이다 보니 나쁜 버릇이 생기신 게지.'

"현숙한 아내를 맞으면 그런 기벽은 곧 없어지실 게야. 내가 반드시 그리되게 만들어야지."

생각하고 있던 것이 어느새 입 밖으로 튀어나와 종알거리고 있다는 것을 소아는 몰랐다. 솔직히 말해 자신이 현숙한 아내와는 거리가 멀어도 한참 멀다는 것 역시 여덟 살 무렵의 이지(理智)에서 그대로 멈춰 버린 철부지 소아의 인식 반경 안에는 들어 있지 않았다.

도대체 언제쯤 철이 들꼬.

말괄량이 소아의 뒤치다꺼리를 하느라 나이보다 한참 늙어버린 시녀가 한숨을 화산 불처럼 토해내며 그 모습을 바라보았다.

"갑자기 웬 무공 연마냐. 이제 와서 신화경의 내공이라도 쌓고 싶은 게냐?"

별채의 와실로 그녀를 데리고 들어간 무결이 그리 물었지만 율비는 대답을 못하고 머뭇거리기만 했다. 대답을 안 하면 놓아주지 않을 양으로 무결이 한참을 쳐다보고 있자, 그제야 중압감을 견디지 못한 율비가 실토를 했다.

"도움이 되고 싶어서 그럽니다. 하원국에서 탈출할 때처럼 무결님께 폐나 끼치고 싶지는 않아서요. 다시 그런 일이 없다고 어떻게 장담할 수 있겠어요."

그제야 무결이 안색을 풀었으나 기분이 썩 좋지는 않은 듯했다. 제 여자에게 이런 고민이나 하게 하다니. 무결로서는 자괴감이 드는 게 당연하다.

"후우…… 의도는 좋다. 네 몸 하나 지킬 정도의 호신술을 배워두는 것도 나쁠 건 없지. 허나, 내게 도움이 되니 안 되니 하는 쓸데없는 생각은 하지 말거라. 너는 내게 그런 의미를 따질 수 있는 존재가 아니다."

"하지만 무결님……."

"너는 친구를 도움이 되고 안 되고를 따져서 사귀느냐?"

말문이 막힌 율비의 머리에 그 순간 떠오른 건 직전감의 동료들이었다. 보윤과 오강, 그리고 하사……. 앞으로 볼 수 있을지 없을지 모르지만, 그들 모두 도움이 돼서 친구가 된 건 아니다. 그저 옆에 있기만 해도 든든했던 사람들, 미워도 고와도 그저 친구라고밖에 부를 수 없었던 이들이다. 율비는 갑자기 그런 그들이 눈물이 날 정도로 그리워졌다.

"도움이 돼서 사랑을 준다면 그건 정인이 아니다. 나는 그런 식으로 여인을 은애하지 않아."

그 말에 율비가 놀라 고개를 발딱 들었다.

사랑……? 사랑인가? 지금 바라보는 것조차 버거울 정도로 높은 곳에 있는 그가 율비를 은애한다고 속삭이는 것인가? 그에게 수차례 안기고 넘치는 사랑을 받으면서도 정작 그것이 사랑이라고는 인식하지 못했다. 공기를 들이마시는 것처럼 자연스럽게 그의 애정을 받아들이면서도 그게 '사랑'이라 이름 붙일 수 있는 거라는 것을 몰랐다. 율비는 마치 물고기처럼 눈은 크게 뜨고, 입은 어버버 벌린 채로 딱 멈춰 있을 수밖에 없었다.

"뭘 그리 놀라느냐? 내가 널 은애한다는 게 그리 이상한 일이냐? 내가 마누라를 그리 홀대하는 걸 보고 나니 아예 누군가를 은애할 줄 모르는 사람인 줄 알았더냐?"

"그게…… 그게 아니옵고. 아…… 전하!"

기어코 눈물이 왈칵 쏟아지고 말았다. 무결이 낮게 웃더니 그런 그녀를 꼭 끌어안았다. 오전 내내 내린 비에 차게 식은 몸이 햇볕 아래로 나붓이 끌려 나온 것 같다. 율비는 그의 품 안에서 오래토록 울었다. 그의 사랑을 받는 것이 기쁘고, 그 사랑이 제 처지에 과분한 것 같아서 왜 우냐 묻는 무결의 물음에도 대답하지 못하고 내처 울기만 했다.

이 안타까움을 어떻게 표현할 수 있을까. 그녀 역시 두려울 정도로 무결을 사랑한다. 그 무게가 너무 버거워서 짜부라질 것처럼 느껴질 정도로. 어느새 그가 없으면 호흡이 어려워질 정도로 그렇게 무결을 은애하고 따른다. 그것이 무서워서 자꾸 눈물이 난다.

"곧 군사를 이끌고 출정하게 될 거다."

"강왕 전하가 군사를 빌려주시기로 하셨나요? 천하를 얻기 위한 싸움이 시작된 거예요?"

놀란 율비가 눈물을 멈추고 묻자 무결이 손끝으로 그녀의 눈물을 닦아주며 대답했다.

"그런 일전이 그리 쉽게 준비되는 줄 아느냐. 아니다. 숙부님께 군사를 빌리는 게 아니라, 내가 내 군사를 얻으러 가기로 했다. 강국 북서에 자리 잡은 장학수의 도당을 소탕해서 그들을 내 수하로 삼으려는 거다."

장학수를 토벌하고 나면 강왕이 3만의 군사를 내주기로 했고, 그로 황권에 도전하는 대전쟁에 나서게 된다는 무결의 말을 율비는 눈을 동그랗게 뜨고 들었다. 그리고 그 끝에 살짝 긴장이 묻은 목소리로 물었다.

"……저도 데려가시는 거죠?"

"안 된다."

"무결님!"

"군사 훈련이 아니라 진짜 전쟁이다. 뭐 좋은 꼴을 보겠다고 그런 곳에 따라가려 하느냐."

"하지만 모두들 저를 사내로 알고 있지 않습니까. 시중들 소환을 전쟁터에 데리고 가는 것은 비일비재한 일이라 들었습니다."

"내가 미치는 꼴을 보고 싶은 거냐, 아니면 나를 바보로 만들려는 거냐? 남들한테는 사내일지 몰라도 내 눈에는 여자다. 나를 살얼음판을 걷는 전쟁터에서 여자를 안고 뒹구는 못난 놈으로 만들려는 거냐?"

눈앞에 없어도 고역, 있어도 고역. 율비를 두고 가는 것도 괴로운 일이지만 그렇다고 눈앞에 있는 그녀를 그냥 두고 보는 것은 이제 무결에게 고문에 가까운 일이 돼버렸다.

"그런 이유도 있지만 이번 싸움은 상대가 좋지 못하다. 어떤 일이 일어날지 모르는 상황인데 그런 곳에 너를 데려갈 수는 없다."

"그건 또 무슨 소리십니까?"

"후우. 내가 듣기로, 양진왕을 자처한 장학수라는 자는 천하에 다시없는 미치광이라 하더라. 세상에 상대하기 힘든 것이 셋 있는데, 하나는 뭔가를 얻으려 욕망에 날뛰는 자다. 그보다 더 어려운 것은 잃을 것이 없는 자, 그래서 두려운 것이 없는 자다. 그런데 욕심 많은 놈보다, 잃을 것이 없는 자보다 더 상대하기 힘든 것이 잃을 것도 없고 갖고 싶은 것도 없는 미친놈이야. 장학수가 바로 그 미친놈이다. 오직 사람을 죽이는 것밖에 즐거움이 없는, 피에 굶주린 학살귀. 재미로 사람을 죽이고, 심지어 죽일 적이 없으면 제 수하들과 가족들까지 죽이는 놈이다."

무결의 말에 따르면 장학수는 그야말로 제대로 미친놈이었다. 본디 장학수는 창천 내륙 쪽에서 도당을 이뤄 약탈을 일삼던 도적 떼의 우두머리였다고 한다. 그러던 것이 수년 전에 토색질을 일삼던 관리를 습격해 죽인 것을 계기로 가렴주구에 시달리던 농민들에게 영웅 대접을 받으면서 그의 인생에 대전환이 오게 됐다. 사실 관리를 죽인 것 역시 약탈의 일환이었지만 결과적으로 그의 밑으로 농지를 이탈한 농민들이 모여들기 시작했고, 마침내는 수적으로는 제법 그럴듯한 규모가 형성되면서 여러 성을 휩쓰는 큰 군사 세력이 된 것이다.

물론 수만 많았지 병법이나 군사 작전에는 익숙지 못한 터라 결국 정규군의 공격을 받아 밀리고 밀리다 마침내 강국 땅에 자리를 잡게 됐는데, 이 구석진 땅에 갇히다시피 한 형국이 되면서 장학수의 광기가 서서히 나타나기 시작했다고 한다.

양진국이란 나라를 세우면서 그 지역에 살던 토착민들을 수색하여 잡아들이기 시작했는데, 자칭 왕이라 하는 자가 다스려야 할 지역 주민들을 어떡하면 잘살게 해줄지를 고민하기는커녕 어떻게 하면 많이 죽일 수 있는지를 골몰했다. 수하들을 시켜 사람을 많이 죽인 자들을 포상해 주지를 않나, 심지어 사람을 죽인 증표로 시체의 손발을 잘라오면 많이 잘라온 자를 칭찬해 계급을 높여주고 그렇지 않은 자는 죽이기까지 했다. 덕분에 병사들이 산골 구석구석을 뒤지면서 손발을 잘라가기 위해 혈안이 됐다.

심지어 아끼던 수하까지 온갖 핑계를 대어 죽이기를 일삼았고, 그들이 자리한 성채 근처에서 잡아온 호랑이를 애완용이랍시고 키우면서 민간인들을 잡아다 먹이로 집어넣거나, 때로는 어린아이들을 호랑이 앞에 던져 놓고는 굶주린 짐승이 그를 잡아먹는 걸 보기를 즐기기까지 한다고 했다. 이미 사람이 아니라 악귀가 된 자였다.

"싸움 중에 가장 위험한 싸움이 득실을 가리지 않고 싸우는 난전인데 장학수와의 싸움은 바로 그런 싸움이다. 이미 자기 자신을 돌아보지 않게 된 자이니, 무슨 짓을 벌일지 몰라. 동귀어진(同歸於盡)*까지 각오하고 어떤 미친 짓을 저지를지 모른다. 그런 위험한

---

*동귀어진(同歸於盡): 함께 파멸함

곳에 널 데리고 갈 수는 없다."

무결이 그런 자를 상대한다는 말에 와락 걱정이 밀려온 율비가 더 간곡하게 매달렸지만 그는 단호했다. 더 이상 함께 가겠다고 조를 수 없을 정도로 냉정하게 잘라 버렸고, 율비가 조바심을 치며 불안해하는 동안 출정 준비는 착착 꾸려지기 시작했다.

황도 화하의 근처, 대운하로부터 뻗어 나온 지류에는 강물에서 물고기를 잡아 근근하게 먹고살아 가는 주민들이 모여 있었다. 그들이 하필 대운하 지류 중에서도 물길이 좁고 수심이 얕아 물고기도 별로 없는 이곳에 모여 사는 이유는 따로 있었다. 강 주변의 경관이 수려하여 이곳을 찾는 유람객들이 꽤 많았는데, 강물이 얕고 물결이 역방향으로 흐르는 까닭에 배가 강물을 타고 올라가기가 힘들었다. 그래서 이 지역의 주민들은 뱃전에 줄을 매어 배를 강 양옆에서 끌고 올라가며 유람시켜 주고 그 삯을 받는 일로 톡톡한 부수입을 올렸다.

그런 그들이 어느 날 강을 거슬러 올라온 커다란 배에 그만 혀를 빼고 놀라고 말았다. 뱃전에 수없이 많은 비단 끈을 매어 늘이고, 늘어진 비단 끈을 강 양옆으로 인부들이 비지땀을 흘리며 끌고 오고 있었는데, 그 인부들의 모습이 너무나 해괴했던 것이다.

"저것이 뭐시여? 이게 무슨 망측한 일이여!"

"에구머니, 망측해라. 백주대낮에 이게 무슨 변괴야!"

배를 끌고 있는 자들은 모두 여자였다. 그것도 이상한 일인데 백여 명에 달하는 그녀들은 하나같이 벌거벗은 상태였다. 새카만 수풀과 젖가슴을 드러낸 나체의 여자들이 땀을 뻘뻘 흘리며 비단 천을 당겨 큰 배를 끌고 있었고, 뱃전에는 이 괴상망측한 일을 지시한 장본인인 천웅이 오색 비단옷을 입고 부채를 흔들며 큰 웃음을 터뜨리고 있었다.

"으하하하하! 봐라, 봐. 저 천한 것들이 난생처음 보는 희한한 구경에 눈알이 튀어나오지를 않느냐. 재밌도다, 정말 재미있어! 역시나 화린은 나를 즐겁게 해주는 지혜가 그 누구보다 뛰어나단 말이야!"

광소를 터뜨리는 천웅의 모습을 함께 배에 탄 궁인이며 소환들까지 차마 보기 민망해 고개를 돌리고 있다는 것을 천웅은 알아차리지 못했다. 타락하기로 유명했던 영나라 왕실조차도 이런 광태는 보이지 않았다. 허구한 날 주색잡기에, 주지육림에서 헤매는 것도 모자라 이제는 새로운 놀이거리랍시고 군함을 징발해 이런 해괴한 일을 벌이는 데 혈세를 쏟아붓고 있었다.

"미쳤구먼, 미쳤어! 나라가 망하려니 별 요상한 일이 다 벌어지는구먼. 이게 다 그 가씨 집안의 요녀 때문이여! 그년이 황제의 머리를 썩게 하는 거라고!"

목불인견의 추태에 배가 지나간 자리의 백성들이 손가락질을 하고 침을 뱉었다. 그들의 말마따나 이런 기막힌 꾀를 불어넣어 준 것이 화린이었으니, 백성들의 미움이 사실 근거가 없는 것은 아니었다. 화린은 희한한 것이라면 사족을 못 쓰는 천웅의 눈을 사로잡고 정치가 아닌 곳에 정신을 쏟게 하기 위해 여러 가지 계책을 꾸몄거니와 그동안 화린이 천웅을 위해 제공한 여흥이 비단 이뿐만이 아니었다.

서역에서 건너온 온갖 신기한 귀물들로 천웅의 마음을 사로잡고, 그녀만큼은 못해도 탐스러운 미녀들을 바쳐 그를 향락에서 빠져나오지 못하게 했다. 심지어 사면이 거울로 된 방을 만들고 그 안에 미녀들을 들여보내니, 천웅은 미녀들과 질탕한 정사를 벌이고 그 모습을 거울에 비춰보는 맛에 한동안 거울의 방에 틀어박혀 나오지를 않았다.

천웅이 그처럼 방탕한 생활에 빠져 있는 동안 정사는 완전히 화린에게 장악됐다. 조참에 참여하는 것도 화린이요, 정책을 결정하는 것도 화린이며 심지어 지방에서 올라온 보고서를 읽고 지방관들을 지휘하는 것 역시 화린이었다. 이미 조하는 완전히 화린에게 장악돼, 그녀의 입김이 들어가지 않은 구석이 한 곳도 없었다.

"강소주에서 세금 징수에 대한 반발이 심합니다. 근자에 봄 가뭄이 심해 자민(子民)*들의 궁핍이 극에 달했으니, 강소주의 세금을 감하고 쓸데없는 곳으로 나가는 지출을 줄이심이 어떨는지요."

이부상서의 말에 화린이 조신들과 그녀 사이에 내려진 발 뒤에서 살짝 웃었다. 세금 낭비라는 것이 누구를 지적하는지 잘 알고 있었지만, 화린은 그 정도 무례에 격분할 정도로 조잔한 성격이 아니었다.

"이부상서의 걱정을 잘 안다. 그러나 세수(稅收)가 준 것이 과연

─────────
*자민(子民):백성

가뭄만이 이유일까? 강소주의 주민들은 배를 곯고 있는데 강소주 자사는 자택을 개축하고 첩에게도 집을 지어주며 호화로운 생활을 하고 있다고 들었다. 쓸데없는 곳으로 새어나가는 세금이란 바로 이런 것이다. 백성들의 궁핍도 궁핍이지만 고혈을 빨아먹는 거머리들을 먼저 치워 없애야 백성들의 짓눌린 어깨가 펴지는 것이다."

사정(査正)을 예고하는 화린의 경고에 이부상서를 비롯한 조신들의 어깨가 좁아졌다. 이미 수차례 내려쳤던 용서없는 칼날이 이제 강소주를 겨냥한 것이다.

화린이 정사를 장악하면서 가장 먼저 한 일이 부패한 관료를 쳐내고 그 자리에 재주있는 신진 관료들을 배치한 것이요, 그로 인해 관료 조직은 창천제 시절보다 훨씬 더 효율적으로 변모했다. 물론 그와 같은 개혁은 많은 반발을 불러일으키기도 했지만 적어도 부패를 척결하겠다는 그녀의 의지가 잘못된 것은 아니었다. 화린이 인정할 정도의 청렴함과 능력 덕분에 아직까지 축출되지 않고 이 조정에 남아 있었던 조신들은 그를 판단할 정도의 식견은 가지고 있었다.

"그리고 또 한 가지, 이부상서는 세금 낭비라고 말했지만, 미친 짐승을 가둬놓아서 나라가 잘 굴러간다면 그것도 할 만한 투자라고 나는 생각해. 그렇지 않은가?"

미친 짐승이라니, 황제를 그리 폄하하는 극도의 무례에도 조신들은 아무도 반박하지 못했다. 사실 그녀의 말에 어느 정도 공감이 가기도 했으니 말이다.

"황후 마마가 유능하다는 것은 인정을 하네만, 나는 아무래도 걱정이 되네. 태후가 아닌 여인이 이리 정사를 주물러도 되는 것이냔 말이야."

화린이 회의를 파하고 나간 뒤 이부상서가 자리에 앉으며 중얼거리자 조회에 참석한 조신들이 동감의 의미로 고개를 끄덕였다.

여인이 정사를 주무른 예가 아주 없는 것은 아니었지만, 그것은 이부상서의 말처럼 태후가 되고 나서야 가능한 일이었다. 그전에야 황제의 의지에 의해 목숨이 좌우되는 것이 여인의 운명. 태후가 아니면서도 정권을 휘두른 것은 보통 후궁 정도로, 그녀들 역시 황제와의 베갯머리송사를 통해서나 권력의 단물을 맛보기 마련이었다. 게다가 그 권력이란 것도 대개 여인들의 아비나 오라비, 친척들에게 집중되는 것이지 그녀들이 화린처럼 직접 국사에 간여한 예는 없었다.

"황후 마마는 아직 후사도 보지 못했는데, 그런 여인이 이렇게 정사를 주무르는 것이 정상이냔 말이야. 암탉이 울면 집안이 망한다고 했는데, 내가 참 오래 살다 보니 별꼴을 다 보네그려."

"그럼 황제 폐하가 정권을 손에 쥐면 좀 나을 것 같단 말이오? 황제 폐하는 황좌에 따라오는 힘과 재물에는 욕심이 하늘을 찔러도, 정작 황제가 해야 할 일에는 전혀 관심이 없는 분이오. 이부상서, 공의 걱정도 이해는 가오만 내 솔직히 말해서 폐하가 조정에 나오는 것보다는 지금처럼 황후 마마가 그를 대신하는 게 더 낫다 싶소. 적어도 황후 마마가 정사를 돌본 이후로 혼란했던 정관계가 점차 안정을 찾고 있지 않소. 게다가 능력만 있으면 가문과 신분고하를 가리지 않고 등용하니, 조정에 들어온 신진관료들이 새로운 세책과 법을 고안한 덕분에 정가에 일진청풍이 불고 있지 않소. 그런 것들을 모두 보고서도 무조건 황후 마마만 비난할 수 있소?"

중서령이 그리 말하자 대부분의 조신들이 마지못해 그에 동의하긴 했지만 찜찜한 표정이 완전히 가시지는 않았다.

천웅이 황위에 오른 지 어느새 반년여, 천웅 대신 정치를 주관하는 화린이 세금을 내리고 부패 관료들을 축출하며 제국민들의 삶을 안돈시키긴 했지만, 그와 별개로 황제를 망친 요녀라 해서 그녀에 대한 민심이 아주 험악하다는 것을 모두 알고 있는 탓이다.

때로 민심이란 것은 일어난 사실을 무시하고 엉뚱한 곳으로 흐르기도 한다. 대중의 관심이란 원래 함께 미워할 대상을 찾아 끊임없이 헤매고, 한 번 커진 증오는 좀처럼 가라앉기 힘든 법이다. 화린에 대한 반감은 그녀가 생각하는 것 이상으로 무시무시하게 커져 있었다.

"이부상서가 그리 말했단 말이냐? 태후도 아닌 여인이 정사를 주무르는 것은 상서롭지 못하다고?"

"그러합니다. 중서령을 제외한 대부분의 조신들이 그에 동조하는 듯했습니다."

황후전에 불려온 위금이 아랫것들에게 보고받은 사실을 아뢰자 화린이 코웃음을 쳤다.

"흥, 시대에 뒤떨어진 돌대가리들. 하지만 아직은 나름 쓸모가 있는 자들이니 굳이 쳐낼 필요는 없지. 떠들거나 말거나 내버려 두거라. 그보다 금창(金廠)의 준비 쪽은 어떻게 돼가고 있느냐?"

"착착 진행되고 있습니다. 이미 지방 관부를 감찰할 태감들을 선별해 놓았고, 황도에는 태감들로 이뤄진 특무부서를 설치해 관계(官界)의 비리를 제보하는 자에게 천금으로 포상하도록 조처해 놓았습니다. 그로 제보가 넘쳐 나니 웬만한 관원들은 금창이 움직이기만 하면 그 명줄이 죄다 마마의 손아귀 안에 들어올 것입니다."

"훌륭하구나. 모두 너의 수고 덕분이다."

화린은 칭찬에 박했다. 어쩌다 나오는 그녀의 칭찬은 정말로 잘했다는 뜻이기에 위금은 기쁜 낯으로 허리를 숙였다.

"앞으로 금창이 지방 관아까지 틀어쥐게 되면 전국의 정보를 한 손에 주무를 수 있게 될 것이다. 관리들의 부정과 비리를 일벌 백계하면 부패가 줄어들 것이고, 그로 백성들의 살림살이도 훨씬 나아지게 될 게야."

그녀의 손으로 하나하나 바뀌고 쌓아져 가는 나라를 보는 것은 이루 말할 수 없이 즐거운 일이었다. 색사나 도락과는 차원이 다른 것. 그 사실을 모르는 천웅이 화린의 눈에는 그저 한심하고 미개한 짐승으로 보일 뿐이다.

"그리되면 원망의 소리가 줄고 경모가 그 자리를 차지하겠지. 어떠냐, 이 정도면 내가 진정한 국모라 불릴 자격이 있지 않느냐?"

대답을 못하고 말을 흐리는 위금의 반응이 심상치 않다. 분명 그녀의 뜻과는 반대되는 일이 벌어지고 있다는 뜻. 화린이 생긋 웃으며 물었다.

"황도의 민심이 어떻더냐? 유민들을 내쫓고 치안을 정비한 후에 아사자와 범죄자가 줄었다고 들었다. 분명 살기 좋아졌다 안심하고 있겠지?"

"그것이……."

위금이 말을 얼버무리려 하자 활짝 웃던 화린의 표정이 일변하였다. 여전히 웃고는 있는데 그 웃음의 온도가 극히 낮았다. 대답하지 않을 수 없게 만드는 강박을 담아 화린이 다시 한 번 물었다.

"아직도 나를 미워하고 있느냐? 그 버러지 같은 것들이?"

"송구하옵니다!"

위금이 그 자리에 엎드리며 외쳤다. 바로 어제 '음녀'라는 낙서가 쓰인 제웅이 도성을 빠져나가는 서문에 목 매달렸다. 하지만 위금은 그를 본 성민들이 내릴 생각은 안 하고 손가락질하며 웃기만 했다는 사실을 도저히 화린에게 알릴 수가 없었다. 그랬다간 주인의 분노에 애꿎은 위금까지 휘말려 다칠 수도 있었다.

"나가거라."

"마마, 고정하시옵소서. 심화가 크면 옥체를 상하실 우려가……."

"나가거라! 나가라고 하지 않았느냐! 날 혼자 내버려 둬!"

화린이 소리를 지르며 꽃병을 집어 던지자 위금도 겁이 나 결국 방을 나가고 말았다. 화려하게 치장한 황후의 방, 그 어느 것 하나

보옥이 아닌 것이 없는 곳에서 홀로 화린만 고독하였다. 화린은 서역에서 들여왔다는 금칠한 명경을 집어 던지고 보석 박힌 분갑을 깨버리며 마구 울부짖었다.

"어째서냐! 어째서야! 내가 이렇게 그것들을 위해 노력하는데 왜 그걸 몰라! 무엇이 자신들을 위하는 건지도 모르는 바보들! 어리석은 버러지들! 모두 태워 죽일 테다! 구덩이에 몰아넣고 하루에 백 명씩 태워 버릴 테야! 정말로 지독한 악녀가 어떤 건지 보여주겠다!"

허탈하고 허탈하다. 도대체 누구를 위해 남편을 죽이고 요녀라는 오명을 뒤집어써가며 예까지 걸어온 것일까.

바꿀 수 있다고 믿었다. 그녀의 손으로 나라를 바꾸고 세간의 인식을 바꾸겠다 결심했고, 그로 인한 희열에 몸을 떨고 싶어 했다.

인정받는다는 것. 그것은 얼마나 좋은 일일까. 그녀의 아리따운 얼굴과 몸이 아니라, 한 인간으로서의 능력과 지혜를 인정받는다는 것은. 추앙과 존경을 한 몸에 받는다는 것은.

그러나 그것은 그녀의 것이 아니다. 그것은 사내들의 것이거나 핏줄 하나 잘 타고 태어난 자들의 것, 아니면 아이를 낳은 어머니의 것이었다. 일찍이 자궁이 틀어져 아이를 낳을 수 없다고 판정을 받은 그녀의 것이 아니었다.

"아아아악! 꺼져! 모두 꺼져 버려라! 다 필요없어!"

패물함까지 집어 던져 그 안에 든 값진 보석과 지환들까지 산산이 흩어지는 것을 본 뒤에야 비로소 화린이 헉헉 몰아치는 숨을 진정했다. 지환 중에 무결이 혼약 예물이라며 혼례식 전에 보내왔던 것이 그녀의 눈에 띄었기 때문이다. 물론 그가 직접 골라 보낸 것은 아니었겠지만, 빈말로라도 한 번도 그녀에게 따뜻한 눈길 한 번 보낸 적 없는 무결이었고 화린 역시 그에게 애정을 품어본 적은 없었지만……. 이상도 하지, 오늘따라 그가 생각났다.

『당신이 잘못된 거야, 화린. 당신은 이상이 너무 높아. 그런데다가 경직돼 있기까지 하지. 아아, 어쩔거나. 산중고화(山中孤花)는 아름답긴 하지만, 꺾이기는커녕 절벽 밑의 미천한 것들을 천하다 욕하며 내려다보기만 할 뿐이네.』

언제였던가. 아직 두 사람이 명목뿐이나마 부부로 있던 시절, 혼인한 지 얼마 안 된 까닭에 나름 신혼이라 불리던 때였고 화린도 아직은 본격적으로 천웅과 엉기기 전이었을 때였다. 단오절의 연등 행사에 참가하기 위해 억지로 두 사람이 함께 수레에 탄 채 강가에 마련된 연회장에 가야 한 적이 있었다.

강으로 향하는 내내 각다귀처럼 수레에 달라붙어 구걸을 하는 무리들을 싫은 표정으로 내다보던 화린이 문득 중얼거렸다.

『아아, 지저분한 오물들. 저런 쓰레기들을 황도 밖으로 몰아내 강물에 처박는다면 얼마나 좋을까. 단오절에 연등 대신 저것들의 머리를 강물에 동동 띄운다면 훨씬 보기 좋을 텐데 말이지요.』

『끔찍한 소리를 하는군, 화린. 아름다운 입에서 어찌 그런 험한 소리를 할까.』

언제나처럼 대낮부터 술에 취해 있었고, 함께 수레를 타고 오는 동안 대화 대신 내내 술만 마시고 있던 무결이 드물게 화린에게 대꾸를 했다. 거기에 흥미를 느낀 화린은 생긋 웃으며 말을 이었다.

『호호호, 하지만 저의 아름다움은 그를 가리는 더러운 오물들이 사라지고 없어야 빛나지 않을까요?』

『추하고 더러운 것이 오점인가? 재미없군, 화린. 완전무결한 세상이 어디 있나. 진짜 세상은 말이야, 어딘가에 늘 결함이 있어. 모든 것이 완벽한 세상은 비정상이라고.』

『이상한 말을 하시네요. 무릇 지배자란 것은 제민(諸民)을 잘살게 하고 빈자를 없애는 것이 해야 할 의무가 아닌가요? 군주가 해야 할 의무를 비정상이라고 말씀하시는 겁니까?』

『하하, 똑똑한 화린. 비정상과 이상(理想)은 다르지. 사람이 모여 사는 이상, 잘사는 자와 못 사는 자가 나뉘는 것이 당연한 이치야. 부자가 언제까지 부자일까? 거지는 언제까지 거지일 것이고. 그들이 순환하는 것이 자연스러운 사회가 아닌가?』

『그렇지 않습니다. 더러움이 있는 곳에서 위험이 탄생하는 것이고 위험을 내버려 두는 군주는 올바른 군주가 아닙니다. 제가 만약 나라를 다스리게 된다면 가난한 자가 없고 모두가 잘사는 나라를 만들 거예요. 모두가 행복한 곳에서 불행한 일이 일어날 리 없지 않겠습니까? 반드시 그렇게 만들어 만민에게 이상이 되도록 하겠어요.』

『더러움이 없는 이상적인 나라라. 그것참 기대가 되는군.』

무결이 씨익 웃더니 다음과 같이 말하였다.

『그대가 바라는 것이 과연 이상일까, 비정상일까? 그건 그대의 다스림을 본 다음에야 알 수 있겠군.』

정말로 기대가 된다는 듯, 눈을 반짝이던 무결이 축배라도 들자는 듯 화린을 향해 잔을 치켜들더니 단숨에 들이마셔 버렸었다.

"무결, 당신이라면 이 나라를 어떻게 다스렸을까요……?"

자신이 잘못했다는 생각은 들지 않는다. 과정은 비록 옳다 할 수 없지만, 정권을 잡은 뒤로 그녀의 목표는 착착 이뤄지고 있었고, 나라는 분명 화린의 계획대로 조금씩 변모해 가고 있었다. 그런데…… 도대체 뭐가 잘못된 걸까? 어째서 그녀의 노력은 인정받지 못하는 걸까?

갑자기 이 자리에 없는 무결에게 그 대답을 묻고 싶어졌다. 설령 안다고 해도 무결이 그녀에게 대답해 줄 리 없건만. 화린은 문득 스쳐 지나가는 그리움에 서글픈 미소를 지었다.

✳

창천의 그 어떤 곳보다 매서운 겨울 추위가 몰아닥치면서 무결의 출정은 계속 미뤄졌다. 그러는 동안 율비는 갈팡질팡 흐트러지는 마음을 달랠 길이 없어, 차라리 자하와의 호신술 연습에 매진했다. 자하는 무결이 출정에 나서게 되면서 함께 바빠지는 바람에 짬을 내기가 힘들어졌지만, 간간이 격무가 끝난 저녁 시간에 그녀를 상대해 줬다. 처음 수련이 있던 날 이래로 되도록 그녀와의 접촉을 피하려는 모습이 역력했지만 마음이 산란해진 율비는 그를 눈치채지 못했고, 수심만 점점 깊어져 갔다.

"어디 몸이 안 좋으십니까. 오늘따라 축축 처지십니다."

"날이 바뀔 때가 돼서 그런가 봐요. 벌써 4월 초순인데 강국 땅은 아직도 겨울 날씨군요."

이러다 6월이 되면 비가 잦아지면서 장학수가 자리 잡은 양진국의 계곡 쪽에는 물이 불기 시작한다. 싸움을 길게 끌면 비에 갇혀 오도 가도 못하게 되니 이래저래 승부를 짧게 가져가야 한다.

자하가 출정 준비를 위해 가버린 뒤, 율비는 그런 생각을 하며 또다시 차오르기 시작한 살진 달을 보았다. 그때 후원 입구 쪽에 낯모르는 얼굴이 나타났다. 자신을 소아의 시비라고 밝힌 소녀는 소아가 율비를 만나고 싶어 한다고 용건을 밝혔다.

올 것이 온 건가. 어쩐지 꽤 오랫동안 지나치게 조용하다 싶었다.

'조용히 갔다가 조용히 돌아오자.'

어떤 모진 소리를 한다 해도 흔들리지 말아야지. 율비가 가만히 다짐하며 소아가 머무는 전각으로 향했다.

"순순히 물러날 생각은 없느냐?"

율비가 그녀 앞에 불려와 무릎을 꿇자마자 소아가 다짜고짜 물었다.

"무슨…… 뜻이십니까?"

"내 분명 무결 오라버니와 내가 혼인할 사이라고 밝혔다. 다른 여인들은 어떤지 몰라도 나는 내 남편에게 나쁜 취미가 있는 것을 두고 볼 생각이 없어. 너라고 단각아 노릇이나 하는 게 뭐 좋을 게 있겠니. 한 재산 마련해 줄 테니 혼인 전에 조용히 떠나거라."

"……건왕 전하께서는 마마와 혼인한다는 말씀을 하지 않으셨는데요."

움찔, 정곡을 찔린 소아가 잠시 말을 더듬었다.

"다, 당연한 사실을 꼭 말로 떠벌일 필요가 있느냐? 무결 오라버니께서 워낙 진중한 성격이다 보니 자랑 삼아 떠들 필요가 없다 보신 거겠지."

변명이 어쭙잖다는 걸 알다 보니 저절로 말끝이 흐려졌다. 소아는 얼른 뒷말을 덧붙여 최대한 자신을 합리화했다.

"아무튼 무결 오라버니가 원하든 원하지 않든 간에 아바마마의 도움을 얻기 위해서는 나와의 혼인을 받아들여야 한다. 그러니 너도 그리 알고 모진 꼴 보기 전에 알아서 물러나거라."

"건왕 전하가 장학수를 토벌하면 강왕야께서 조건없이 군사를 빌려주기로 하셨다고 들었습니다. 마마께서는 왕야를 허언이나 일삼은 군주로 만들어 버리시려는 건가요?"

아차, 소아가 입이 딱 막혔다. 어리고 순진해 보여서 만만하게 생각했더니 전혀 그렇지가 않았다. 실상은 그리 받아치는 율비 역시 그 속이 말할 수 없이 떨리고 있었지만 겉으론 내색하지 않았다. 이상하게도 화린은 무섭기 짝이 없었지만 소아는 싫기만 할 뿐 무섭지는 않았다. 어쩌면 화린은 무결을 죽이려는 쪽이고, 소아는 무결을 빼어가려는 쪽이기 때문에 소아 쪽이 더 싫은 걸지도 모른다.

어느새 율비 안에 깊게 뿌리내려 버린 소유욕. 다소 치기 어린 경쟁심 같은 것에 힘입어 율비는 오히려 소아를 강박했다.

그러나 그것도 한계. 눈앞에 드러난 현실을 어디까지고 부정할 수는 없는 법이다. 소아가 억울해서 씩씩거리다 외친 말에 율비도 할 말을 잃고 말았다.

"그래, 좋다. 내가 무결 오라버니랑 혼인을 못한다고 치자! 하지만 나는 혼인을 안 해도 얼마든지 오라버니를 도울 수 있어! 오라버니를 위해서 아바마마를 움직여 군사를 더 내어 도와달라 청할 수도 있고, 어마마마를 움직여 막대한 군자금을 댈 수도 있다. 아무리 아버님이 공과 사를 구분한다 해도, 기왕 도와주기로 한 것, 금지옥엽 딸이 애원하면 하나를 줄 것을 둘을 주실 것이다. 어머님은 더 말할 것도 없지. 하지만 네가 할 수 있는 건 뭐가 있느냐? 고작해야 잠자리나 데워주는 것? 소중한 용종을 부질없는 곳에 쏟도록 부추기는 것? 아이도 낳을 수 없는 네가 할 수 있는 일이, 무결 오라버니께 추문을 더하는 것 말고 뭐가 있단 말이냐!"

사정없는 비난에 가슴이 찢어지고 너덜거린다. 차라리 여자라고 밝히고 싶다. 그녀도 아이를 낳을 수 있는 몸이며, 무결에게 추문 따위 입히는 몸이 아니라고 외치고 싶다. 하지만 그런다고 뭐가 달라지랴. 율비가 여자라고 해도 무결에게 아무런 도움이 되지 않는다는 것은 엄연한 사실이었다. 소아가 줄 수 있다는 군자금도 군사도, 율비는 어느 것 하나 제공할 수 없었다. 율비는 소아의 말에 아무런 반박을 할 수가 없었다.

'그러면 어떻단 말이야. 무결님이 내 존재만으로 충분하다 했

는데……. 그거면 된다고 했는데!'

"네가 정말 무결 오라버니를 생각한다면 이쯤에서 떠나는 게 오히려 좋아. 아무리 나라고 해도 나를 돌아보지 않는 사내를 위해 내 어머니를 움직이고 아버님께 엎드릴 생각은 없어. 모르겠느냐? 무결 오라버니의 원대한 행보를 네가 지금 막고 있단 말이다!"

"……!"

우연히 던진 말이었으나 그것이 율비의 가장 아픈 곳을 정확히 찔렀다. 아무리 부인하고 우겨도, 그녀는 무결의 위안이 되는 데 그칠 뿐 도움이 되지는 못한다. 무결은 그거면 된다 했지만 그런 그녀 때문에 반드시 필요한 천군만마를 얻지 못하게 된다면 어찌할까? 그에게 사랑받고 있다는 이유로, 그녀가 그토록 무결의 앞길을 방해해도 되는 걸까……?

아니다, 그럴 수 없다.

무결에게 아무런 도움 줄 수 없는 주제에 방해까지 돼선 안 됐다. 율비는 무결이 쟁취해야 할 제국과 자신이 등가의 것이라고 우길 수 있을 정도로 오만한 성격이 못 됐다. 사랑한다면, 소아의 말마따나 사랑한다면 그녀가 할 수 있는 최선을 다해야 하지 않을까.

아아, 슬프게도 소아의 말이 틀리지 않는다. 율비가 해줄 수 있는 것은 고작 이것뿐이었다. 그를 방해하지 않는 것, 그가 마음껏 날개를 펼쳐 날아갈 수 있도록 그를 놓아주는 것이 그녀가 해줄 수 있는 최고의 도움이었다.

"……시간을 주십시오."

눈에 띄게 어두운 얼굴이 되어 그리 중얼거리자 소아도 그만하면 됐다 싶었는지 샐쭉한 표정으로 물러났다.

별채 처소로 돌아와 보니 담당 소환이 다녀갔는지 와실에 금침이 새로 놓여 있었다. 당연하다는 듯 놓인 쌍베개. 세심함을 가장한 음흉함으로, 그 쌍베개의 베갯잇에는 여인을 상징하는 모란 무늬 대신 무결과 율비의 것 모두에 남성을 상징하는 학과 매화가 수놓여 있었다.

아마도 이것이 그녀의 처지일 것이다. 여인이라 밝힌다 해도 그녀가 남자인 지금과 뭐가 다를까. 어차피 무결에게 필요한 것은 사내든 여자든 아무 힘 없는 존재가 아니다. 소아처럼 그의 뒷배가 되어주기에 든든한 여인, 그런 여자가 무결의 곁에 있어야만 한다. 그리고 그것을 가능하게 해주는 것이 율비가 무결을 위해 해줄 수 있는 유일한 배려다.

'떠나는 게 좋겠지…….'

유치한 자존심, 아니, 살기 위한 마지막 몸부림.

율비는 다른 여인과 무결을 나눌 수 있을 정도로 다부진 성격이 못 됐다. 그녀가 그렇게 마음이 넓다면 얼마나 좋을까. 무결이 왕이 아니라 필부라면 또 얼마나 좋을까. 그러나 무결은 그녀만의 것이 아니었고, 율비는 점점 피폐해져 가는 자신을 무결에게 보여주는 것 역시 도저히 참을 수 없었다.

차라리 가장 어여뺐던 모습만 기억에 남는 게 좋을 것이다. 그러니 좋았던 기억만 간직한 채, 가장 사랑받을 때 그를 떠나리라.

"흐흑……."

안타까운 마음과 미안함에 율비가 섧게 울었다. 무결이 가능한 한 길고 길게 그녀를 추억해 줬으면 좋겠다. 무결은 강한 사람이니 어쩌면 떠난 그녀가 미워서 완전히 기억에서 지워 없앨지도 모른다. 그리 생각하면 다리가 떨려서 선뜻 떠나지도 못하겠다.

어찌해야 할꼬. 하늘의 달이 동그란 수건이라면 이럴 때 떼어다 눈물이라도 닦을 텐데. 무심한 달은 하염없이 우는 율비를 저 멀리서 말없이 내려다보기만 할 뿐이었다.

"들어가 쉬지 않고 뭐하느냐. 출정이 내일이다. 졸다가 말에서 떨어져 개망신을 당하고 싶은 게냐?"

낮부터 시작된 작전회의가 길어져 술시를 넘겼다. 긴 회의에 지칠 만도 하련만, 처소로 돌아가지는 않고 문루에 올라 성 밑을 굽어다 보고 있는 무결을 발견한 강왕이 따라 올라와 핀잔을 주었다.

"달빛이 좋아서 술 대신 월광주를 한잔하는 중이지요. 이 술은 몸에 좋은 것이라, 내일 아침에도 거뜬히 일어나게 해줄 겁니다."

"네 녀석이 밥보다 술을 더 좋아한다는 말은 들었다만 달도 좋아하는 줄은 몰랐구나. 보지 않는 사이 감수성이 여인처럼 예민해진 게냐?"

"몰랐습니까? 제가 사실은 남장을 한 여인입니다. 띠로 가슴을 꽉꽉 졸라매서 드러나지 않게 감춘 겁니다."

무결의 농담에 뼈가 박혀 있다는 것을 모르는 강왕은 시답잖은 말을 한다며 웃었고, 무결은 웃음이 잦아진 끝에 한마디를 중얼거렸다.

"예전에는 술맛이 좋아 달을 좋아했습니다. 하지만 지금은 달을 보면 제가 아는 어떤 여인이 떠오릅니다."

"호오? 남색가라는 네가 달을 보며 떠올리는 여인이 있다고?"

무결이 대답없이 씩 웃기만 하자 강왕이 문득 걱정스런 표정을 지으며 물었다.

"혹시 그 여인이 가화린이냐? 혹시 그런 여자도 아내라고 여직 미련을 두고 있는 게야?"

독부긴 하지만 미인으로 소문난 화린이다. 무결의 주변에 여자라고는 그녀밖에 없었으니, 강왕은 자연스럽게 화린을 떠올렸다.

"설마요. 그녀와 저는 처음부터 이름뿐인 부부였습니다. 혼인은 저와 했지만, 화린은 누구의 아내로 머무를 여인이 아닙니다. 차라리 장가를 들면 들었겠지요."

"동의를 할 수밖에 없구나. 지금 창천의 실질적인 황제는 천웅이 아니라 화린이라고 하더라. 빈발하던 사방의 반란을 확실히 진압한 것도 그녀고, 천웅이 주색잡기와 엽색 행각에 넋을 빼는 동안 화린은 착실히 정권을 장악해 가고 있어. 금창인지 뭔지 환관들의 비밀 조직을 만들었는데, 그것이 사실은 관원들의 비리를 캐고 민심을 감찰하는 특무 조직이라 한다. 그리로 제보가 들어가면 고관대작이라고 해도 어김없이 잡혀 들어가고, 한 번 끌려간 자는 제보가 거짓이 아니라면 죽거나 반병신이 돼서 돌아온다고 하더구나. 그로 인해 지금 황도 관가는 물론이고 백성들까지 공포에 질려 있고, 감히 화린의 권세에 대항할 자가 없게 됐다. 공포를 조성하는 힘도 정치력의 일종이라면, 네 전처는 굉장한 정치력을 가진 여자다."

"그것이 그녀의 정치지요. 하지만 그것이 정치력이라고 한다면 제 생각은 반대입니다. 그건 통제일 뿐, 정치가 아닙니다."

"나라가 부강해지기만 하면 정치를 하든, 통제를 하든 무슨 상관이 있겠느냐? 가화린에 대한 민심이 워낙 나빠서 묻히고 있긴 하다만 사실 형님이 병석에 누운 이래로 악화일로 치닫던 창천의 내정이 요즘 들어 다시 틀이 잡히기 시작했다. 아직 황제가 바뀐 지 채 1년이 되지 않았는데도 불구하고 치안은 조금씩 제자리를 찾아가고 있고, 금창의 밀고제 덕분에 탐관오리들은 빠르게 척결됐다. 아직 변경까지는 화린의 정치력이 미치지 못하고 있지만, 덕분에 관료 사회 전체가 효율적으로 돌아가고 있지. 지금은 보이지 않는다만 곧 그 효과가 전국에 걸쳐 나타나게 될 거다."

강왕이 중언부언 설명했지만 무결은 달만 쳐다볼 뿐 별 반응을 하지 않더니 갑자기 뜬금없는 이야기를 꺼냈다.

"하원국의 새 국왕도 유능하다고 하더군요. 두 왕이 연달아 바뀌는 바람에 나라가 혼란에 빠질 만도 한데 별다른 소요 없이 정권을 장악했다 들었습니다. 오히려 바다 건너 서역과 새로이 무역로를 뚫어 그리로 무역품이 들어오기 시작했다 들었습니다. 대운하의 종착역으로 수혜를 받고 있는 곳이니, 무역을 살길로 택한 하원은 앞으로 번영할 겁니다."

"난데없이 하원국 이야기는 왜 꺼내는 거냐?"

"하원이 큰 나라였다면 세자 세윤은 그리 허무하게 죽지 않았겠지요. 제 부하들 역시 약한 왕의 수하가 아니었다면 살 수 있었을 겁니다."

무결이 하원국을 탈출하는 과정에서 일어났던 일들을 들어 알고 있던 강왕은 그 말에 입을 다물었다.

"예전의 저는 살기 위해서, 쫓겨 다니지 않기 위해서 차라리 창천을 집어삼키겠다고 생각했습니다. 창천을 거머쥐고 군림하겠다 생각했지요. 하지만 나라를 위해 스스로 목숨을 끊은 세윤을 보고, 저를 위해 목숨을 버린 수하들을 본 뒤로 그 생각이 달라졌습니다."

"강해져야겠다고 생각했느냐? 그로 더 이상 희생자가 생기게 하지 않겠다고?"

"아닙니다."

"그러면?"

"제가 강해지면 물론 제 날개 밑에 거한 사람들도 안전하겠지요. 하지만 그것으로 끝나선 안 됩니다."

잠시 씁쓸한 미소를 피워 올리던 무결이 의문 어린 강왕의 눈길에 말을 이었다.

"네, 그렇습니다. 예전의 저라는 놈은 일신의 영달을 위해, 저를 밀어주고 지지한 가문의 생존을 위해 황권을 쥐어야겠다 생각한 바 없지 않았습니다. 그런 면에서 저는 화린보다 못한 놈입니다. 비록 그것이 잘못된 방향이라 해도, 적어도 그녀는 나라를 끌어갈 꿈이 있고 이상이 있으니까요."

"그래서 지금은? 지금은 네게도 이상이 생겼다는 게냐?"

잠시 무결이 달을 향해 시선을 돌렸다. 그 보드라운 빛을 차별 없이 온 세상에 골고루 나눠주는 달. 달을 닮은 그의 여인이 행복하게 살 수 있는 나라를 만들고 싶다. 아무도 울지 않고, 아무도 비참한 운명에 쫓기지 않는 나라.

"더 이상 약하다는 이유로 사람들이 희생당하지 않는 나라를 만들고 싶습니다."

"......?"

"모두가 잘살지 않아도 됩니다. 그러나 가난하고 지체 낮다는 이유로 죽임당하거나 차별당하지 않는, 그런 나라를 만들고 싶습니다. 우리는 사람입니다. 약하다는 이유로 먹히고 죽임을 당해야 한다면 그것은 짐승과 같습니다. 저는 사람이 사람답게 살 수 있는 나라를 세우고 싶습니다."

"인자(仁者)의 나라를 세우고 싶다는 거냐? 어렵구나. 공자가 덕과 예로 나라를 다스려야 한다 그리 주장했지만, 제후들이 입으로만 공경할 뿐 실제로는 그를 실행한 바가 없다. 이상과 현실은 엄연히 다르지 않느냐."

"이상과 현실이 다른 것이 아니라 군왕들이 어려운 길로 가고 싶지 않은 것이겠지요. 제가 가고자 하는 길은 이상이 아닙니다. 이미 현실에 존재하고 있지만 가시와 솔이 묵정처럼 놓여 있어 위정자들이 그를 치우지도 않고, 가지도 않은 것뿐입니다. 하지만 저는 바로 그 길로 가려 합니다."

강왕을 향해 있던 무결의 시선이 부연 달빛을 받아 번들거리고 있는 들녘으로 향했다. 초여름을 향해 다가가는데도 아직도 메마른 산하, 하지만 수많은 생명들이 그 밑에서 꿈틀거리고 있다. 그가 그들의 숨을 틔워주고 싶다. 많은 가능성들이 창생하고 역동하는 것을 본다는 것은 얼마나 기쁜 일인가. 그 밭을 갈고 기름지게 가꾼다는 것은.

나라를 다스린다는 것은 그와 같다. 수많은 가능성들을 열어주고 제민들을 그리로 이끈다. 그러나 다스림은 거기까지. 나머지는 스스로 태어나고 순환하면서 세계를 구성해 나가는 것. 무결은 그중에 뒤처지고 약한 자들이 생기지 않도록 보살피면서 앞으로 앞으로 나아가야 한다. 강한 자들만 살아남아 산 자들의 강함을 찬양하지 않도록. 약함과 강함이 모두 포용될 수 있는 나라가 되도록, 무결은 창천을 그렇게 만들어가야 한다.

"너는 이미 황제가 될 준비를 갖췄구나."

강왕이 가만히 읊조리다 슬며시 웃었다.

일찍이 느낀 것이지만 무결은 마치 면화(棉花)와 같은 남자다. 치면 칠수록 그 기세가 꺾이기는커녕 점점 부풀려지고 커지니, 그에게 닥친 시련은 모두 그를 강하게 단련시켰을 뿐, 조금도 그를 덜어내지 못했다.

동량을 깎아내는 것은 늙은이의 기쁨이다. 그의 친아들은 그럴 만한 재목이 못 됐지만, 말년에 썩 준걸한 재목을 얻지 않았는가. 이 정도면 꽤 쓸 만한 인생이다.

별채로 돌아온 무결은 문 앞에 쪼그리고 앉아 있는 작은 그림자를 발견하고 깜짝 놀랐다. 이미 삼경(三更)도 넘은 늦은 시간, 이런 시각까지 그를 기다리고 있는 율비가 반갑기도 하고 애틋하기도 했다.

"늦으셨어요, 전하."

무결이 마당으로 들어서자 율비가 종종걸음으로 달려와 그 앞에 섰다. 달빛 아래 총총히 반짝이는 눈망울이 유난히 어여쁘다. 별채 바깥을 지키는 경비병들의 귀는 무시하고 이대로 꽉 깨물어 버리고 싶은 충동을 참느라 무결은 무진 애를 써야 했다.

"왜 자지 않고 나와 있는 거냐?"

별말은 하지 않았지만 무결을 빤히 올려다보는 율비에게선 전에 없는 애교가 흐르고 있었다. 무결 앞에선 일부러 남자인 척하지는 않았지만, 그렇다고 딱히 여자다운 티를 내지도 않았던 그녀였는데 오늘은 아무리 봐도 천생 여자다. 화장은커녕 분칠도 안한 맨 얼굴에 소환의 망포를 걸치고 있는데도 그를 쳐다보는 미소와 눈망울에 참을 수 없는 사랑스러움이 고여 있었다.

여자란 것을 알고 봐서 그런 것일까, 아니면 그를 대하는 율비의 심중에 정애가 잔뜩 고여 있어서 그것들이 손쓸 겨를도 없이 몸 바깥으로 배어 나오는 걸까.

"낮에 무슨 일이 있었던 게냐? 왜 하지 않던 짓을……."

아무래도 평소와 다른 것 같다는 생각에 무결이 와실로 들어오자마자 입을 여는데 따라 들어온 율비가 그 말에는 대답 않고 그의 품에 폭 안겨 버렸다.

그 서슬에 무결의 심장이 또 한 번 격동했다. 미치겠다. 요 조그만 것이 이리도 준장(峻壯)한 사내를 마음껏 쥐고 흔들어 버린다. 그런데 그것이 창피하지도 않고, 흔들면 흔드는 대로 마음껏 내버려 두고 싶다.

출정 준비로 인해 율비를 마음껏 안지 못한 것이 꽤 오래됐다. 에라, 모르겠다. 더 이상 참기 어려워진 무결이 그녀를 덥석 안아 들었다. 까치발로 키를 돋우며 그의 입술에 닿으려 애쓰는 율비의 허리를 붙들고 단숨에 키 높이로 번쩍 들어 올리고는 그 입술을 세차게 머금어 버렸다.

"으…… 으흥."

율비 역시 전에 없이 그의 목덜미에 매달리며 그에게 입맞춤을 돌려주려 애를 쓴다. 그의 혀끝에 잡혀 오물딱거리는 말캉한 살에, 단전에 불 폭풍이 후드득 몰아쳤다.

미칠 노릇이다. 인내심이라면 그 누구보다 강하다 믿었는데 이 아이는 항상 그 선을 여지없이 무너뜨려 버린다. 무결은 물으려던 말을 잊고, 율비의 수줍은 교태 앞에 그대로 함락되고 말았다.

"안아주세요, 무결님. 아…… 다른 생각 하지 못하게 꼭 안아주세요."

안아다 침상 위에 내려놓았더니 율비가 안 떨어질 양으로 달라붙으며 그리 속삭였다. 다른 생각이 도대체 뭐냐고 물어야 되는데, 안으려 들면 당장 겁부터 먹던 평소와 달리 먼저 몸을 여는 모습에 무결은 그만 이성을 잃었다.

안아달라고 달려드는 여인이 없었던 것도 아니었다. 율비보다 훨씬 아름다운 화린이 그보다 훨씬 더 고혹적인 자태로 그를 유혹

했고, 하물며 소아 역시 그러지 않았던가. 그러나 똑같은 행동이라 해도 누가 하면 역겹고 누가 하면 정반대다.

결국 사람이 아니라 마음의 문제인 것이다. 별것 아닌 수줍은 몸짓에 이렇게 허물어지는 것은, 무결의 마음 문이 율비에게만 활짝 열려 있는 탓에 봄비 같은 몸짓에도 폭우를 맞은 것처럼 마냥 흔들리기 때문이다.

"아……!"

율비가 걸친 옷들을 모조리 벗겨 버린 무결이 그녀의 가슴 끝을 물자 율비가 요동을 쳤다. 몸 곳곳에 건드리기만 해도 찌릿한 전율이 흐르는 지점이 그리도 많다는 것을 율비는 이제야 알았다. 물론 좋은 것은 여기까지뿐, 무결이 들어오면 여전히 힘들지만……. 그래도 지금은 안타까울 정도로 벅찬 환희에 젖는다. 님이 그녀의 몸을 탐하고, 그녀가 님의 몸을 만지고, 그로 인해 기쁨이 번지는 그의 얼굴을 보는 것은 이전에는 미처 몰랐던 희열.

그러나 환희는 그것으로 끝이 아니었다. 율비를 눕히고 그 위로 올라와 소낙비처럼 무수히 몸 곳곳에 입을 맞추던 무결의 입술이 은밀한 그곳으로 내려가 그 속살을 더듬기 시작했던 것이다.

"아…… 아? 하…… 으, 으응!"

비명을 지르려던 율비가 간신히 제 입을 막았다. 참으려 애를 쓰고 허리를 뒤틀었지만 활짝 열린 문으로 침입한 그것이 주는 낯선 감각을 도저히 막을 길이 없었다.

아, 아. 숨이 탁 틀어 막히고 허리는 뻣뻣해져 하늘로 들어 올려져 버렸다. 꿈틀꿈틀, 몸 안으로 들어온 그것이 능란하게도 움직이는데, 그로 인해 이러다 이대로 죽어버리는 게 아닌가 싶기도 하고, 하늘 끝까지 날아오르는 것 같기도 하다.

"하…… 하지 마세요. 아, 응……!"

율비가 몸부림을 치며 밀어내려 했지만 그럴수록 무결은 그녀의 허벅지를 딱 벌려 쥐고 그 사이로 고개를 비틀어 넣었다. 반항을 하면 할수록 집요한 행동은 더욱 능란해질 뿐. 결국 율비가 밀어내기를 포기했다. 그리고 몸 아래서 치솟아오르는 불꽃에 이불 깃을 꼭 움켜쥐고 도리질을 치며 괴로워했다. 자신을 이토록 괴롭히는 무결이 원망스럽기까지 했다.

"아…… 으, 나…… 나빠요. 나빠요, 무결님. 으흥…… 흑!"

"어째서……? 왜 내가 나쁘다는 거냐?"

잠시 은밀한 입구에서 입술을 뗀 무결이 묻자 율비가 재빨리 다리를 오므리려 했지만 그를 막아 세우는 억센 손길에 곧바로 붙잡혀 버렸다. 아아, 이것도 고문이라면 고문. 그것도 지독하게 달콤한 고문. 율비는 딱 죽을 것만 같았다.

"나빠요……. 소리 내면 안 되는데…… 내…… 지 않을 수 없게 해. 아…… 아응! 아앙!"

지극히 여성스러운 교성이 혹시나 새어나가지 않을까, 그래서 그녀의 비밀이 들켜 버리지 않을까 입을 막으며 참으려 하지만 몸은 이성의 지배를 여지없이 배신해 버린다. 무결 역시 율비가 애를 쓰든 말든 그녀를 괴롭히는 음란한 짓을 멈추지 않는다. 치밀어 오르는 미소를 감춘 채 마침내 무결이 단숨에 율비 안에 몸 끝을 밀어 넣었다.

아아, 아! 기둥이 몸 문을 꽉 채우며 밀고 들어가자 격렬한 마찰과 그로 인해 일어난 불꽃에 율비의 허리가 잔뜩 휘었다. 단숨에 황홀경으로 밀려들어 간 그 모습에 무결 역시 대단한 희열을 맛보았다.

동굴 안이 습기로 젖은 것은 처음. 그녀가 아픈 듯 얼굴을 찡그리면서도 목덜미에 꼭 매달려 달콤한 신음성을 내지르는 것도 처음. 무결 역시 한층 더 짙어진 희락에 한 품 안에 다 차지도 못하고 모자란 율비의 아담한 몸을 끌어안고 점차 속도를 높여갔다.

아아, 이렇게 사랑하는 사람을 두고 어찌 떠날 수 있을까.

똑같은 생각을 하며 한 이는 애달파 눈물을 흘리고, 한 이는 안타까워 한숨을 쉬었다.

제7장

다음날 무결이 마침내 떠났다. 군량미를 실은 보급대를 비롯한 2천의 군사를 연병장에서 사열한 무결이 이윽고 강왕에게 출정례를 올린 다음 부관인 자하와 함께 떠났다.

떠나기 전, 율비에게 다정한 입맞춤 한 번 하고 싶은 표정이 언뜻 비쳤지만 율비는 그에게 손수 갑주를 입혀주고 무운을 빌었을 뿐 별다른 반응은 보이지 않았다. 그리고 성루에 서서 4열 종대로 긴 줄을 이룬 군사를 끌고 외성 문을 빠져나가는 무결의 모습을 지켜보았다.

그녀의 시선을 느낀 건지, 성문을 나가 왕성 앞 대로로 향하던 무결이 문득 말 위에서 몸을 돌리더니 율비가 선 성루 쪽을 향해 손을 흔들었다. 그리고 곧 군사들의 행렬을 끌고 대로 너머로 완전히 사라져 버렸다.

그의 모습이 보이지 않게 되고 나서야 비로소 툭 하고 눈물이 떨어졌다. 볼썽사납다는 시선으로 쳐다보는 눈들을 피해 방으로 돌아온 뒤에도 폭포수처럼 흘러내리기 시작한 눈물이 한참을 멈추지 않아 율비는 거의 두 시진이 넘게 울고 또 울었다.

'이제 사라져야 할 시간인가.'

소아는 무결이 성을 비운 사이 알아서 나가라고 했다. 무결이 없는 왕성, 어차피 그녀를 주시하는 눈도 없으니 조용히 사라질 수 있으리라. 율비는 여전히 멈추지 않는 눈물을 억지로 누르며 얼마 안 되는 짐 보따리를 쌌다. 평복으로 갈아입으면 오히려 눈에 띌 것 같아, 율비는 소환의 망포를 그대로 걸친 채 작은 보퉁이만 들고 별채를 나섰다. 소아에게 부탁해 통행패를 준비해 달라 했더니 강국 바깥까지 나갈 수 있는 통행패를 만들어줬다. 미리 받아둔 그것을 수비병들에게 보여줬더니 수비병들은 두말하지 않고 그녀를 내보내 줬다.

무결도, 자하도 없이 혼자 사람 많은 거리에 나온 것이 도대체 얼마만인가. 여름에 가까워지는 따뜻한 날씨에, 한참 사람이 북적이는 저자로 나왔건만 마치 헐벗은 눈벌판에 혼자 내동댕이쳐진 것처럼 허전하다. 혼자서는 이렇게 심약하고 할 줄 아는 게 아무것도 없었단 말인가.

오가는 사람들이 소환의 복장을 한 율비를 힐끔힐끔 돌아보고 저희끼리 수군댔지만 그런 것에는 신경도 쓰이지 않았다. 강성을 나가면 어딘가 사람 없는 곳으로 가서 실컷 울어야겠다. 이 차림으로 돌아다니는 것은 눈에 띌 테니 여복으로 갈아입어야지. 오랜만에 여장을 하면 그게 더 어색할 것 같다는 생각을 떠올리며 율비는 슬프게 웃었다.

"그 아이가 성을 나갔다고? 정말로? 나가는 척만 하고 사실은 강성 어딘가 붙어 있는 건 아니야?"

"강성 수문병에게 통행패를 보이고 아예 성문을 나갔다고 하니 틀림없을 겁니다. 괜한 걱정 버리시어요."

"아이, 좋아라. 어린놈이 어찌나 언죽번죽 부끄러움을 모르던지, 오라버님 곁에 진드기처럼 달라붙어 있을까 걱정했더니 의외로 쉽게 떨어져 나갔구나. 아주 앓던 이 빠진 것처럼 속이 시원하다."

소아가 저 혼자 생글생글 웃고 좋아라 호들갑을 떨더니 곧 시비에게 명령을 내렸다.

"그 꼬마가 없는 지금이 기회야. 내 무결 오라버니를 따라가 전쟁에 지친 몸을 위로해 줘야겠다."

"네에? 그게 도대체 무슨 말씀입니까? 오늘 아침에 떠나신 분이 무슨 전쟁에 지치셨다고……. 게다가 여인이 전쟁터에 따라가는 건 법도에 어긋나는 일입니다. 강왕 전하께서 아시면 크게 야단을 치실 거예요!"

"어허, 말이 그렇다 이거지. 내가 먼저 숙영지 근처에 가서 기다리다가 짠 하고 나타나면 오라버니가 얼마나 놀라겠니? 게다가 온통 사내놈들만 득시글거리는 곳에 여인이 나타나면 그 아니 혹하겠어? 그렇게 또 역사가 이뤄지는 것이지. 너는 어쩜 같은 여자가 돼서 그리 눈치가 없느냐?"

그놈의 '짠'은 어찌나 좋아하는지. 생각하는 수준이 여덟 살 무렵에서 조금도 자라지 않는 이 철없는 공주 때문에 시비가 또 이마를 짚었다.

"이럴 게 아니라 내 저번에 부탁해 둔 남양산 진주 목걸이도 이참에 가져가야겠다. 대월에서 들여온 비단 치마에 그걸 같이 두르면 내 미모가 한층 더 두드러져 보이지 않겠니?"

"네에, 네에, 어련하시려고요. 그나저나 갈 때 가더라도 강왕 전하께 윤허를 받아야 되지 않겠습니까?"

멈칫, 재잘거리던 소아의 몸이 그 표정 그대로 딱 굳었다. 짧은 제 생각에도 강왕이 들었다가는 허락하지 않을 거라는 걸 앎이라.

"그랬다가는 아바마마께서 절대 못 가게 할 거 아니니. 좋은 게 좋은 거라고, 내가 무결 오라버니와 잘되면 과정이야 어쨌든 아바마마도 기뻐하실 거야. 그리되면 아버님도 좋고, 나도 좋고, 무결 오라버니도 좋은 게지. 인간사, 만사에 융통성이라는 것이 있어야 하는 게다."

"융통성이 지나치면 무모한 것이 아닌가요? 강왕 전하께 알리지 않았다간 호위병을 징발하기도 어렵고, 그랬다간 마마의 안위에 문제가 생기지 않습니까."

"어허, 오늘따라 왜 이리 종알종알 따지는 것이 많니? 우리 강국 땅이야 자칭 양진왕이라는 괴뢰 도당만 아니면 그 어떤 곳보다 치안 상태가 좋은 곳이다. 군사들의 기강 또한 날이 서 있고 시중을 지키는 관병들의 기세도 삼엄하니, 내 개인 호위병 두엇만 있어도 나들이엔 무리가 없을 정도로 안전한 곳이라고. 자꾸 잔소리할 거면 넌 빠지거라. 일이 잘되면 돌아오는 길에 남소 시장에 들러 새 노리개도 하나 살까 했는데, 보아하니 넌 필요없는 게로구나."

강국의 치안 상태가 황도보다 오히려 낫다는 것은 엄연한 사실이거니와 소아가 입막음용으로 주겠다는 새 노리개도 탐이 났기에 시비가 얼른 덧붙였다.

"정말 좋은 생각이세요. 모르긴 해도 이번에야말로 건왕 전하께서 소아님께 홀라당 넘어오실 겝니다!"

하여 무결이 떠난 지 두 시진이 채 안 돼서 소아는 시비와 호위병 둘만 데리고 강성을 떠났다. 성 밖 풍치 좋은 절에 나들이 간다는 명목이었으니 성의 수비병들도 막지 않았고, 그들 단출한 일행은 그렇게 성문을 빠져나갔다.

그런 그들의 모습이 우연히도 율비의 눈에 띄었다. 강성 외곽을 두른 성문을 빠져나오면 바로 인가가 없어지면서 나무들이 우거진 호젓한 언덕길이 나타난다. 강성을 나온 뒤 눈물을 참을 길 없어진 율비가 언덕바지에 솟아난 다복솔 숲에 숨어 엉엉 울고 있던 참이었다. 코가 다 닳아 없어지는 게 아닌가 싶을 정도로 섧게 울고 있는데, 말에 올라탄 소아가 너울이 챙 밖으로 늘어진 전모를 쓰고 이마받이로 붙어 있는 맞은편 언덕 아래 고샅*으로 졸랑거리

*고샅:좁은 골짜기의 사이

215

며 말달려 가고 있는 것을 발견한 것이다.

말에 탄 것이 소아라는 것을 금세 알아본 것은 말 뒤에 따라붙은 시비의 얼굴을 본 적이 있기 때문이었다. 호위병도 얼마 없이 촐랑거리며 또 어디를 가는 건가. 방해자도 없어졌겠다 분명 무결에게 잘 보이려 득달같이 나선 게지.

그런 생각 하며 멍하니 내려다보고 있는데 그때 뜻밖의 일이 일어났다. 율비가 숨어 있는 고개 맞은편엔 그보다 조금 더 높고 오래 묵은 전나무며 침엽수가 잔뜩 우거진 산언덕이 있었다. 그런데 그 언저리에 자리한 가문비나무 둥치 뒤에서 갑자기 일단의 장정들이 나타난 것이다.

"헉……!"

율비가 튀어나오는 비명을 틀어막으며 주저앉는 찰나, 눈 깜짝할 사이에 장정들이 소아 뒤로 따라오던 호위병들을 베어버렸다. 호위병들이 검을 빼며 반항했지만 장정들의 수는 여섯이라 수가 달렸다. 순식간에 호위병들이 피를 뿜으며 쓰러졌고, 소아는 말에서 끌어내려졌다.

"웨, 웨, 웬 놈들이냐! 내가 누군 줄 알…… 꺄악!"

눈앞에서 끌고 온 호위병의 목이 날아가는 걸 본 소아의 눈이 희번덕 뒤집어졌다. 우악스런 손들이 소아의 허리를 잡아채 말 아래로 끌어내 무릎 꿇렸고, 시비 역시 똑같은 모양이 돼 그녀 옆에 꿇려졌다.

"내가 묻고 싶은 말이다. 네년이 강왕의 딸 금소아가 맞냐?"

"어, 허…… 허읍!"

방금 전까지 살아 있던 두 사내가 그녀의 눈앞에서 죽었다. 심지어 목이 날아가는 모습까지 봤다. 전장에서 떨어져 궁 안에서만 곱게 자라온 소아는 꿈에서도 상상한 적 없는 광경. 충격으로 인해 머릿속에 저장된 모든 것이 날아갔고, 더불어 언어 기능까지 정지됐다. 입이 있긴 있으되 어버버, 헛돌아갈 뿐이었다.

"안 되겠네, 이거. 부티나게 차려입었기에 이년이 아닌가 싶었는데 그냥 귀족 나부랭이인가? 야, 거기 그년한테 이 잘난 아가씨의 신분이 뭔지 물어봐!"

"안 되겠는걸. 이 계집, 죽었다."

"뭐?"

"아까 호위병 놈들과 싸울 때 이년도 칼을 잘못 맞았나 봐. 지금 보니까 배때기에 구멍이 뚫려 있네."

"이런, 씨발. 그럼 또 여기서 강왕의 딸인지 뭔지가 나올 때까지 기다려야 한단 말이야? 이렇게 강성 깊숙한 곳까지 들어와 있는 게 얼마나 위험한지 알아?"

"그럼 맨손으로 돌아가서 양진왕한테 손발을 잘리던가. 아, 그 정도면 차라리 다행이지. 팔다리 다 잘리고 몸뚱이만 호랑이 우리에 던져지는 수도 있지. 그럼 손가락 하나 까딱하지 못한 채 호랑이가 네놈 몸을 아랫도리부터 와작와작 먹어치우는 꼴을 볼 수 있게 될 거다. 강왕? 양진왕한테 살해당하는 거에 비하면 그쪽은 아마 편한 쪽일걸?"

'헉!'

점점 정신이 아득해져 가는 와중에도 소아는 이자들이 누군가를 깨달았다. 양진왕 장학수. 그 도적놈이 보낸 자들인 것이다.

"아, 씨발. 그럼 얼른 죽여 버리고 이것들을 치우자고. 지체했다간 죽도 밥도 안 돼!"

"잠깐 기다려. 기왕 양진국 밖으로 나왔는데 여자를 그냥 없애는 건 좀 아깝잖아?"

무슨 짓을 하려는 건가. 말뜻을 알아차린 다른 도적놈들이 일제히 킬킬킬 웃기 시작했다. 그 눈에 번들거리기 시작한 것은 야만적인 육욕이다.

"죽은 년보다는 그래도 산 년을 안는 게 낫지? 안 그래?"

동의의 뜻으로 고개를 끄덕거린 녀석들이 자빠진 소아의 허리를 붙잡아 어깨에 걸쳐 멨다. 숲으로 끌고 가 난행을 하기 위해서다. 소아가 자신이 미구에 당할 일을 알면서도 온몸이 뻣뻣하게 굳어 입을 벌리지 못하고 있는데, 돌연 그들을 막는 외침이 있었다.

"그분을 건드리지 마세요! 그분은 강왕 전하의 딸, 금소아 마마입니다!"

난데없는 외침에 소아를 끌고 숲으로 향하려던 도당들이 소리가 난 쪽을 돌아봤다. 열 걸음쯤 떨어진 곳에 환관의 망포를 걸친 율비가 흙투성이가 돼 서 있었다. 소아가 잡혀가는 현장을 보고 위험을 무릅쓰고 달려온 것이다.

소아를 어깨에 걸쳐 멘 도적놈이 율비를 향해 박도를 겨누며 외쳤다.

"네놈은 뭐냐?"

"소, 소아 마마를 모시는 소환입니다. 무슨 일로 소아 마마를 납치하려는지 모르겠지만 그분을 죽이시려는 게 아니라면 마마께 손대지 말아주십시오. 그분이 다치시면 이…… 인질로서의 가치가 없어지지 않습니까."

도당들이 장학수가 보낸 자들이라는 걸 알아차렸을 때 떠오른 것은 한 가지 가정이었다. 이 위험한 적진 깊숙이 부하들을 보낸 걸 보면 소아를 죽이려고 온 것은 아닐 터다. 그보다는 강왕의 토벌 작전에 인질 작전으로 맞설 가능성이 높다. 만약 그녀의 추측이 맞다면 이미 반쯤 미쳤다는 장학수에 대한 평가가 맞는 것이 된다. 설마 적의 심장부까지 숨어들어 와 인질을 잡아갈 생각을 하다니, 정상적인 사고를 가진 자라면 감히 생각해 낼 수 없는 계교다.

"정말 이년이 금소아가 맞다고?"

어깨에 걸친 소아 쪽을 노려보니 그녀는 아직도 입이 벌어지지 않는 와중에도 정신없이 고개를 끄덕였다. 일단은 율비의 말을 따라야 자신이 무사할 수 있다는 것을 간신히 알아챈 것이다.

"좋아. 확인해 보자. 잠시 숨어서 성안의 동태를 확인해 보자고. 이년이 정말 금소아가 맞다면 강왕부에서 뭔가 소란이 나도 나겠지. 야, 이 소환 놈도 함께 묶어!"

장학수 도당들은 희희낙락했다. 율비와 소아를 잡은 그들은 사람들의 인적이 드문 폐가에 숨었다. 그로부터 이틀 정도 후, 도당 한 놈을 보내 성안의 동정을 살피게 했더니 과연 소아가 없어진 게 밝혀져 강왕부에 난리가 났다는 것이다. 내친김에 그녀의 용모 파기를 확인했더니, 그 생김이 과연 그들이 잡은 소아와 똑같았다. 정말로 강왕의 딸이라는 것을 확인한 그들이 곧 소아와 율비를 말등에 묶어 태우고 그 길로 양진국으로의 귀환 길에 올랐다.

원래 강성에서 양진국이 있는 계곡까지는 말을 타면 사흘 정도가 걸린다. 소아와 율비를 붙잡은 도적들이 두 사람을 끌고 장학수의 진영에 닿은 것은 그로부터 닷새 뒤였다. 그들만 아는 좁은 산길만 골라 달린 탓에 시간이 훨씬 많이 걸렸는데, 원래 짐승들이 다니는 이 산길은 워낙 험하기도 하고 위험한 야수들이 많아 사람들이 이용하지 않지만, 군사들의 감시를 피하기 위해선 이 길을 탈 수밖에 없었다.

겨울 산에서 약초를 캐거나 뱀을 잡는 사람들만 이용하는 이 길은 말은 고사하고 사람도 타기가 어려운데, 도당들은 소아와 율비를 앞뒤에서 끌고 다그치며 억지로 걷게 했다. 말을 버리고 험한 산길을 걸어서 갔으니, 가는 내내 소아와 율비의 고생은 이루 말로 못한다.

하지만 그보다 더욱 그녀들을 괴롭힌 것은 두 사람을 향해 툭하면 징글맞은 시선을 던지는 도적놈들의 반응이었다. 처음 하루 이틀은 그런대로 참더니, 산속을 달리는 여정이 길어질수록 율비와 소아를 보는 눈초리가 점점 심상치 않아졌다.

"아우, 저 싱싱한 년을 보기만 하려니 하초가 달아 미치겠네. 눈딱 감고 그냥 한번 맛을 볼까?"

"아서라. 양진왕이 손가락 하나 건드리지 말라고 했다. 가장 신임하던 수하도 하루아침에 목을 베는 그 성미에, 명을 거역한 네 놈을 고이 놔두겠다, 응?"

"그럼 급한 대로 저 소환 놈 후원이라도 빌릴까? 사내놈이긴 해도 저 정도 얼굴이면 그냥 계집이라 생각하고 안아도 되지 않겠어?"

그 말에 도당들 중에서도 비교적 먹물 좀 묻힌 쪽에 속하는 대장 놈이 율비를 흘끗 보더니 고개를 저었다.

"네놈의 우악스런 거시기가 쑤시고 들어갔다간 저놈은 자리보전하거나 죽게 될 거다. 저놈이 움직이지 못하면 저 공주인지 뭔지 하는 계집의 시중을 누가 들라고? 산채에 남은 여자가 몇이냐? 상급 간부들의 마누라와 민가에서 잡아온 과부들이 다인데 그것들은 산채 식구들 밥 짓고 빨래 해대는 것만으로도 허리가 휜다. 안 돼!"

도당들 중에서 그의 발언권이 가장 센지 그 뒤로 더 이상 율비나 소아를 건드리고자 하는 시도는 없었다. 그러나 그런다고 해서 두 사람의 공포가 완전히 사라진 것은 아니었다. 연봉(連峰)을 타고 내려오자 드디어 인가가 나타났는데 그 뒤부터는 야음만 골라 산 그늘을 타고 움직였다. 강국의 군사들에게 들킬까 어찌나 조심하는지, 율비와 소아는 입을 막고 손발을 묶어 자루에 넣고 그들은 얼굴과 온몸에 흙칠을 하고 숲으로만 움직였다. 그런 끝에 마침내 일행은 양진국 산채가 자리한 계곡 어귀에 당도했다.

무결과 토벌대는 많은 군사들이 움직이는 관계로 아직 도착하지 않았지만, 계곡 앞을 흐르고 있는 꽤 넓은 강물 앞엔 강국의 군사들이 지키고 있어 양진국 도적들과 대치하고 있었다. 강을 오가는 배는 철저히 통제되고 있었기에 어떻게 저런 감시망을 뚫고 나올 수가 있었던 건지 그 와중에도 율비는 궁금했는데 생각지도 않은 방법이 있었다.

강 상류로 쭉 올라가면 강폭이 갑자기 좁아지는 지점이 있었는데, 그쪽은 물살이 너무 거칠고 절벽이 협곡을 감싸고 있어 지키는 병사가 드물었다. 감시병이 교대하는 틈을 타 도당들이 율비와 소아를 끌고 그 절벽으로 다가갔다. 가만 보니 숲으로 둘러싸여 밖에서는 잘 보이지 않는 절벽 뒤쪽으로 절벽 꼭대기로 기어올라갈 수 있는 줄사다리가 걸려 있었다.

"어서 기어올라 가! 허튼 생각은 꿈에도 하지 말고!"

칼끝을 들이밀며 위협하지 않아도, 잘못 헛디뎠다간 떨어져서 가루가 돼버릴 수 있는 절벽에서 달아날 생각은 하려야 할 수도 없었다. 소아가 도저히 못 올라가겠다며 울음을 터뜨리며 주저앉자 결국 도당 중 하나가 쌍욕을 내뱉으며 소아를 자루에 집어넣었고 자루를 등 뒤에 걸머지고 땀을 비 오듯 흘리며 절벽 위로 올라갔다. 도당들은 절벽 위에 도착하자마자 줄사다리를 걷어 올렸다. 그들이 오간 흔적을 지우려는 것이다.

갈 곳 없는 절벽에서 뭘 하려는 걸까? 의문을 느낄 때 그들이 짐 속에 숨겨놓은 물건들을 꺼냈다. 노궁과 굵은 동아줄, 그리고 쇠고리가 걸린 도르래였다. 뭘 하려는가 지켜봤더니, 그들이 동아줄을 노궁의 살 끝에 걸더니 건너편 절벽에 솟은 아름드리나무를 향해 쏘았다. 쐐액— 소리를 내며 날아간 쇠 화살이 곧 건너편 쪽 나무에 쩍 소리를 내며 박혔고, 도당들은 곧 쥐고 있던 줄 끝을 이쪽 편의 나무에 걸었다. 순식간에 협곡 양쪽을 잇는 외줄다리가 만들어진 것이다. 대규모 군사를 움직일 수는 없지만 도당 한두 명 정도는 움직일 수 있는 용한 수단이다.

"이런 방법으로 오갔구나!"

율비가 기가 막혀 입을 딱 벌리고 있는 사이, 도당 한 명이 제 몸에 밧줄을 묶더니 줄 끝을 도르래 끝에 달린 고리에 걸고는 절벽을 박차고 뛰어내렸다. 이어서 소아가 담겨진 부대자루가 도르래에 실려 절벽을 건넜다. 차례차례 사내들과 율비가 절벽을 건넜고, 마침내 일행이 모두 절벽 건너편으로 넘어가자 뒤처리를 위해 건너편에 남은 한 명이 곧 외줄다리를 거둬들였다. 곧 그들이 강을 건넜다는 흔적은 감쪽같이 사라져 버렸다.

그러고도 다시 절벽 뒤로 난 숲길을 지나 가파른 계곡 길을 한참 걸은 후에야 마침내 길이 넓어지며 산채가 나타났다. 사방이 산으로 둘러싸인 천혜의 요새. 어떻게 날랐는지 돌을 쌓아 만든 튼튼한 성이었고, 성문 뒤로는 산중턱을 깎아 만든 커다란 성채가 서 있었다.

성문은 나름 외성과 내성의 이중 방벽 구조를 가졌는데, 외성문을 지나자 곧 넓은 광장이 나타났고 사방에 갖춰진 진채들이 개미집처럼 광장 주변에 늘어서 있는 게 보였다. 진채들 사이사이를 가득 메우고 있는 건 한눈에 보기에도 살벌한 기운을 풍기는 도적 떼들. 종종 공포에 질려 있거나 체념한 듯 널브러져 있는 자들도 보이는데 그들은 하나같이 아직 어린 소아와 율비가 끌려오는 것을 보자 호기심과 음욕에 눈을 희번덕거렸다. 그러나 두 사람을 끌고 온 도당들은 그들의 비릿한 시선을 무시하고 장학수가 있는 곳을 묻더니 곧 광장을 돌아 성채의 뒤쪽으로 소아와 율비를 끌고 갔다.

"왕야, 명을 완수하고 왔습니다."

성채 뒤쪽으로 5, 6백 명 정도는 사열할 만한 넓은 터가 있었는데 그 한쪽에 쇠를 엮어 만든 우리가 있었다. 장학수는 그 앞에 서 있었다.

"허억!"

끌려가던 소아가 다리에 힘이 풀려 주저앉았다. 율비가 쓰러지는 소아를 부축했지만 그녀 역시 끔찍하기는 마찬가지였다. 장학수가 서 있는 곳은 호랑이 우리 앞이었고, 우리 안에는 털이 부숭부숭 벗겨진 호랑이 한 마리가 한구석에 웅크리고 있었다. 어찌된 일인지 한쪽 눈은 뭔가에 찔린 것처럼 찌그러져 있고, 온몸에는 치우지 않은 채 우리 한구석에 쌓아놓은 똥을 묻히고 있어 모양새가 극히 사나웠다.

장학수는 그런 호랑이를 향해 질동이에 담아온 먹이를 쇠 우리 안으로 던져 넣어주고 있었다. 그런데 그 먹이란 것이 사람의 잘린 팔, 다리였다.

"우, 우웨엑!"

소아는 그대로 기절해 버렸고, 율비는 간신히 정신만은 놓지 않았으나 치밀어 오르는 욕지기를 견딜 수 없었다. 그 자리에 주저

앉아 정신없이 먹은 것을 토해내는 율비를 버려둔 채 그들을 끌고 온 도당 중 우두머리 격인 자가 장학수 앞으로 다가가 그간의 경과를 보고했다.

"이년이 금소아란 말이지? 흐흐흣! 잘됐다. 이년을 어찌 써먹을 까? 강왕의 군사가 공격해 올 적에 홀랑 벗겨서 군사들 앞에 세워 창받이로 써먹을까? 아니면 목을 베고 팔다리를 잘라 몸뚱이만 상자에 담아 강왕에게 선물로 보낼까?"

듣기에도 끔찍한 소리를 내뱉으며 사악하게 웃는 장학수의 얼굴은 한눈에 보기에도 정상이 아니었다. 눈은 불안하게 사방으로 굴리고 있고 입가엔 침버캐가 버그르르 흐르고 있다. 이미 소아를 납치하게 한 이유를 잊은 채 눈앞의 맛난 먹이에 홀린 짐승처럼 흥분하고 있었다.

"왕야, 그래서야 어렵게 이 계집을 끌고 온 보람이 없지 않습니 까. 정보에 의하면 이번 토벌군을 지휘하는 자는 건왕이라는 자로, 강왕이 아니라 그 조카라 합니다. 우리 양진국 군사를 칠 수 있는 특출한 계교가 있다 하여 강왕이 특별히 군사를 빌려줬다는 말에 저희가 강왕의 군사를 물리게 하기 위해 일부러 그 딸을 납치한 것 아닙니까. 강왕이 딸을 애지중지 여긴다니, 잘 써먹으면 중한 무기가 되지만 그 반대로 이 계집이 죽으면 분노한 그자가 어찌 나올지 모릅니다. 나중에 요긴하게 써먹기 위해선 일단 이 계집을 살려둬야 합니다."

장학수와 함께 우리 곁에 서 있던 30대 후반쯤 돼 보이는 사내가 장학수를 말렸는데, 그는 주변에 선 호위들이 참모장으로 부르며 오히려 장학수보다 공경하고 있었다. 아마도 이자가 이미 반미치광이가 된 장학수의 머리 노릇을 하고 있는 것 같다.

"그, 그래, 참모장의 말이 맞지. 흐, 흐흐흐. 하지만 나중엔 어찌 되더라도 굴러온 먹이를 그냥 썩히고 있는 것은 재미가 없잖아. 여봐라. 계집의 옷을 벗기고 팔다리를 붙잡아라. 당장 이 자리서 맛을 보아야겠다."

"아, 안 됩니다!"

놀란 율비가 자기도 모르게 쓰러진 소아 앞을 막아섰다. 뒤를 생각하지 않고 본능적으로 한 행동이었다. 이 미치광이가 소아를 건드렸다간 소아는 죽고 만다. 그렇지 않더라도 소아가 욕을 당하는 것은 같은 여자로 못 볼 일. 그러나 용기도 보람없이 장학수의 얼굴이 흉하게 일그러지며 그녀를 향해 주먹이 날아왔다.

"아악!"

"이, 이 고자 새끼가, 재수없는 자식이 감히 날 막아? 죽어!"

소아 위로 쓰러진 율비의 등짝을 장학수가 모질게 걷어찼다. 갈비뼈가 부러지는 듯한 충격에 율비가 몸을 감싸자 장학수가 그녀를 밀어내고는 소아의 머리채를 붙잡았다. 기어코 짐승 같은 욕망을 채우려는 것이다. 그런데 참모장이 다시 그를 말렸다.

"참으십시오, 왕야. 인질은 멀쩡해야 인질의 가치가 있는 법입니다. 지금은 그 계집을 무사히 살려놔야 합니다."

"하…… 하지만 살려만 놓으면 재미 좀 보는 건 상관없잖아? 응?"

"그랬다가 이 계집이 자결이라도 하면 어쩝니까? 그러면 기껏

공들인 게 헛수고가 되지 않습니까."

　아직 그의 충고를 알아들을 이성은 남아 있었는지, 장학수가 곰곰 생각해 보더니 벌컥 화를 내며 휘어잡은 소아의 머리채를 내동댕이쳤다.

　"으, 으…… 정말 계집년들은 까다롭단 말이야!"

　투덜거리던 장학수가 곧 율비와 소아를 끌어다 가둘 것을 명했고 그 자신도 다른 재미거리를 찾아 그 자리를 떠났다. 그 자리에 홀로 남은 참모장은 우리 구석에 도사리고 앉은 호랑이를 유심히 쳐다보더니 뭐가 좋은지 빙글빙글 웃기 시작했다. 신기하게도 힘으로는 사람에 댈 것이 아닌 호랑이가 참모장의 눈길에 불안한 눈빛으로 이리저리 움직이기 시작하는데 문득문득 멈춰서 참모장을 바라보는 눈에는 짐승의 것임에도 불구하고 분명히 알아볼 수 있는 맹렬한 적의가 번득이고 있었다.

　우악스런 도적 떼들의 팔에 잡혀 끌려가는 와중에도 그와 같은 장면을 발견한 율비는 그 모습에서 시선을 떼지 못했다.

✳

　그 뒤로 사흘이 더 흘렀다. 율비와 소아는 산채 안에서도 후원의 구석진 곳에 따로 마련된 오두막에 갇혔다. 오두막 주변으로는 당연히 호위병들 10여 명이 배정돼 삼엄하게 지켰고, 율비만이 그들 사이로 드나들 수 있었다. 소아의 시중을 들 인원이 율비밖에 없다는 이유였는데 그 덕분에 율비는 선방(膳房)이라 이름 붙여졌지만 좀 넓은 찬방에 불과한 곳과 소아가 갇힌 처소 사이를 비교적 자유롭게 오갈 수 있었다.

"이러다 몸이 축나십니다. 입맛에는 맞지 않겠지만 조금이라도 들어보셔요."

찬방 부엌어멈의 음식 실력은 영 시원치 않았다. 하긴 계곡에 갇힌 처지라 물자의 공급이 썩 자유롭지 않으니, 주로 산채와 연해 있는 산중에서 구해온 풀떼기만 가지고 마련한 음식의 질은 소아가 평소 왕부에서 접하던 것에 비해 훨씬 못 미칠 수밖에 없었다.

"싫어! 안 먹는다고 했잖아! 입맛이고 뭐고 아무것도 없다고!"

남루한 이불 아래 처박혀 있던 소아가 냅다 고개만 내밀고 소리를 지르더니 도로 이불깃 아래로 얼굴을 묻었다. 겁에 질려 처소에 틀어박혀 벌벌 떨기만 하던 것에 비하면, 그래도 화낼 기운은 돌아왔나 보다.

"그러지 말고 먹어두세요. 체력이 떨어지면 마마만 손해십니다. 기운을 차려야 뭐라도 할 수 있지요."

"이런 멀건 죽 따위를 식사라고 입에 넣으라는 거냐! 먹으려면 너나 먹어!"

안 그래도 사방이 적들 투성이인데 그나마 만만한 게 율비였다. 바락 화가 난 소아가 이불을 들추고 일어나더니 율비가 들고 있던 죽 그릇을 냅다 쳐내 버렸다.

'으으. 참자, 참아.'

겁이 나는 건 율비도 매한가지였다. 소아는 무섭다고 투정이라도 부릴 수 있었지만 율비는 의지할 대상도 없지 않은가. 그녀 역시 누구한테 앙탈이라도 부리고 싶고, 여기엔 없는 무결이 그리워 소리라도 지르고 싶었다. 그 무결이 바로 어제 산채로 들어오는 입구, 강 너머 모래톱에 도착해 진지를 설치했다는 소문을 들은 뒤로는 그리움이 더 커져 미칠 지경이었다.

하지만 어쩌겠는가. 지금은 그녀라도 정신을 차려야 할 때였다. 그러지 않았다간 이 본데없는 아가씨나 율비나 모두 목숨을 보전하지 못한다. 처음엔 짜증이고 뭐고, 오금도 펴지 못하고 있던 것에 비하면 그나마 나아진 거라고, 율비는 치밀어 오르는 분김을 참으며 자위했다.

"입맛이 없어도 드셔야 합니다. 이러다 체력이 떨어지면 이곳을 빠져나갈 가능성이 더 낮아져요. 어떻게든 살아서 강왕부로 돌아가야 하지 않겠습니까."

"살아나간다고? 너 제정신이니?"

"빠져나가지 않으시면요? 그럼 이대로 인질 노릇을 하다 죽으시려는 겁니까?"

"왜…… 왜 죽는다는 거야? 아바마마가 내가 여기 잡혀 있다는 걸 알면 섣불리 양진국을 공격하지 않을 거야. 그러면 장학수도 날 죽이지 않을 거고……."

"그럼 죽이지만 않는다면 평생을 이 산적 진지에서 살아도 괜찮다는 말씀이세요? 더글거리는 사내들 틈에서 언제 죽임당하거나 겁간당할지 모릅니다. 마마께서는 이렇게 사는 게 좋으십니까?"

그건 생각만 해도 끔찍하다. 앞으로 몇십 년을 그리 살지 모른다 생각하니 소아도 눈앞이 까마득했다.

"게다가 소아 마마가 예 잡혀 계시면 앞으로도 계속해서 강왕 전하의 행보를 막게 될 겁니다. 장학수 같은 자의 요구를 한 번 들어줬다간 그를 빌미로 또 무엇을 요구할지 모릅니다. 그런 민폐를 끼치며 살 수는 없잖아요. 강왕 전하를 위해서도 반드시 이곳을 탈출해야 합니다."

"하지만……."

소아는 사내라고는 해도 아직 어린 율비가 어떻게 그런 만용에 가까운 생각을 할 수 있는지 이해가 가지 않았다. 일단 탈출이라는 것 자체가 불가능에 가까운 것 아닌가.

"무슨 수로 탈출을 해? 승냥이 떼 같은 도적놈들이 무려 1만이나 이 산채에 득시글거리고 있는데 그런 곳을 단둘이서 빠져나가겠다고? 말이 되는 소리를 해!"

"왜 못한다고 미리 단정을 하십니까? 해보지 않으면 모르지 않습니까!"

어째 하는 말마다 이리 미운 말만 골라 하는 건지. 결국 참다못한 율비가 빽 소리를 질렀다.

"희망을 잃는 순간 아무것도 이룰 수 없게 됩니다! 희망을 갖고 있는 동안은 살 수 있어요. 하지만 그를 버리면 그때 터는 그저 다가오는 죽음을 바라만 볼 수밖에 없습니다. 이미 죽은 거나 마찬가지란 말입니다!"

하원국에서도 그랬다. 끝이 보이지 않는, 사위를 좁혀오는 죽음의 위기 속에서도 무결과 자하, 그리고 율비 모두 살 수 있다는 희망을 버리지 않았다. 탈출은 불가능하다고 손을 놓아버렸다면, 그들 모두 죽음을 면치 못했을 것이다.

"저는 출구가 보이지 않는 절망을 알아요. 하지만 절망은 희망이 보이지 않는 상태가 아닙니다. 스스로 나아갈 의지를 놓아버리기에 절망인 것입니다. 혹시나 일이 어그러져 죽는 한이 있어도 그 직전까지는 살겠다는 일념을 버려선 안 됩니다. 그래야 살 가능성이 조금이라도 높아진단 말입니다!"

어느새 율비는 눈물을 뚝뚝 흘리고 있었다. 그녀와 무결을 구하기 위해 죽어간 무사들을 떠올린 것이다. 그들이 대신 죽어 무결이 살 수 있다는 희망이 없었더라면 어찌 율비며 무결과 자하가 살 수 있었을까. 그들의 죽음을 이제 와 헛되이 할 수 없었다. 물론 무사들이 구하고자 한 건 율비가 아니라 무결이었지만, 그들이 그랬던 것처럼 율비 역시 불가능한 상황 속에서도 살아나갈 의지를 잃어선 안 되는 것이다.

소아가 할 말을 잃고 멍한 눈으로 그녀를 바라보자 율비가 흘러내리던 눈물을 벅벅 닦고 벌떡 일어났다. 지금은 조금이라도 움직여야 했다. 소아에게 말한 것처럼 끊임없이 생각을 하고, 희망을 가져야 무너지지 않을 것이다.

"쉬십시오. 뭔가 입에 맞을 만한 것이 있나 더 찾아보겠습니다."

말을 마치자마자 휭하니 나와 버리는 바람에 율비는 그녀를 바라보는 소아의 시선이 조금은 달라졌다는 것을 미처 보지 못했다.

양진국 산채의 찬간은 대략 여섯 군데 정도가 있다. 그중에 소아의 식사를 담당하는 찬방은 그녀가 갇힌 별채 쪽에 가까운 궁전 뒷마당 쪽에 있는데, 규모로는 가장 작아 주로 장학수가 부리는 아랫것들이나 궁 주위를 호위하는 병사들의 식사를 담당하는 곳이었다.

"거 지치지도 않고 오는구먼. 오늘도 주인이 안 먹겠다 성질을 내었나?"

"죄송합니다, 아주머니. 식사의 질이 문제가 아니라 납치돼 갇힌 처지가 되다 보니 기운이 동하지 않으신 것 같습니다. 그래서 그런데 뭔가 기운을 보할 거라도 있으면……."

찬간을 담당하는 부엌어멈은 40대 후반 정도 된 마른 체구의 여인이었다. 산채 말단 간부의 마누라라고 하는데 살벌한 도당들 안에서 간신히 목숨 부지하며 살아와서 그런가 성질이 매우 뾰족했다.

"성안의 식구들도 제대로 된 식사를 못하는데 뭐 특별한 입이라고 음식 타박을 해, 타박을? 되었어. 먹기 싫으면 굶으라고 해!"

버럭 성질을 내고는 옥수수가 잔뜩 든 솥을 번쩍 들더니 아궁이에 건다. 그런데 솥을 걸고 아궁이 앞에 쭈그려 앉는 여인의 표정이 영 좋지 않았다. 아랫배를 움켜쥐고 괴로운 듯 얼굴을 찡그리는데, 솥이 무거운 것이 아니라 어딘가 몸이 불편한 것 같다.

"아…… 아으으으, 이 죽일 놈의 달거리. 아랫배가 콱콱 쑤시는 게 내일이면 시작하려나 보네."

"월경통이 심하십니까?"

아궁이 앞에 웅크리고 앉아 있던 아낙네가 율비의 물음에 찌푸린 얼굴을 들더니 냅다 소리를 질렀다.

"거 불알도 없는 것이 어디 여자들 일에 아는 척이야!"

"제가 사내들 물건은 없어도, 입궁하기 전에 의원 밑에서 공부를 해서 의술을 조금 압니다. 저라도 도움이 되면 좋지 않겠어요?"

조금이라도 안면을 터두면 좋을 일이라, 율비가 굴하지 않고 사근사근하게 묻자 아낙네의 표정이 조금 풀어졌다. 의술을 공부했다는 말에 혹한 것이다.

물자와 사람이 모두 빈약한 산채인지라 제대로 된 의원도 거의 없었다. 있어도 대부분 장학수의 상후를 돌보거나 군관들과 병사들의 부상을 치료하는 쪽에 동원되고 있어서 아낙네들의 병을 돌봐줄 자는 전혀 없었다.

"여자라면 다 겪는 걸로 알고 있는데, 월경통 고치는 방법도 있소?"

"월경통이 너무 심하면 그것도 병의 일환이지요. 본디 월경통이 심하셨습니까?"

"아니우. 몇 년 전에 셋째 놈을 낳았는데 그때부터 달거리가 점점 많아지더니 통증이 심해집디다. 허리와 배를 칼로 쑤시는 것 같은데, 아주 그럴 때는 저 계곡에서 콱 아래로 뛰어내리고 싶을 정도라니까."

일반적인 월경통일 수도 있지만 자궁 안에 혹이 생겨도 그와 같은 증상이 생긴다. 율비가 고개를 갸웃하더니 곧 아낙네의 손목을 내보라 하고 맥을 짚어보았다. 처음엔 머뭇거리던 아낙네가 진맥까지 한다 하니 정말 의술을 공부하긴 했나 보다 싶어 반색을 했다.

"혹시 평소에 소화가 잘 안 되지 않습니까? 골반이 조이는 듯한 느낌이 있거나요."

"소화야 이런 산도적 놈들 속에 살다 보니 늘 잘 안 되지 뭐. 나만 그런 게 아니라오. 그런데 엉덩이뼈가 조이는 듯한 느낌은 달거리 때만 되면 늘상 있어. 거참 신통하네, 맥만 짚고 그걸 어떻게 다 아우?"

아무래도 율비의 짐작이 맞는 듯싶긴 한데 그녀가 화타나 편작 같은 신의는 아닌 이상 확신할 수는 없었다. 하지만 지금은 최대한 아낙네의 환심을 사기 위해 큰소리를 탕탕 쳐놔야 할 것이다.

"증상을 보아하니 아주머님의 자궁 안에 혹이 하나 든 것 같습니다. 자궁이 차고 어혈이 생기면 그것이 뭉쳐 기의 순환을 방해하게 됩니다. 심화가 크고 신경을 과도하게 쓰니 기와 혈이 울체된 것이지요."

"에구머니. 그, 그럼 나 죽는 거요? 죽을병이란 말이오, 이게?"

"걱정 마십시오. 이 병은 출산을 전후한 젊은 여인들에게 흔한 병입니다. 젊어서 발병한 경우 나이가 들며 혹이 점점 커지기도 하지만, 아주머님은 이미 연세가 들어 폐경이 머지않았으니, 아마 혹이 더 이상 커지지는 않을 겁니다. 자궁과 허리를 늘 따뜻하게 보호하시고 자궁 안의 기의 순환을 돕는 약재를 드시면 효험을 보실 겁니다."

"이 궁벽한 산채에 약재가 어디 있소? 말이 되는 소리를 하시구려!"

"약이 어려우면 좌훈도 좋습니다. 뜨거운 물을 놋대야 같은 곳에 받아 그 김을 음부에 쐬면 자궁의 울혈이 풀리고 기의 순환도 좋아집니다. 뭣하면 제가 처방전을 써드릴 테니 거기 적어드린 대로 약초를 좀 캐다가 달여 드십시오. 산채 뒤로 험준한 산이 연해 있으니 약초를 캐기도 쉽지 않습니까."

"에고, 그 산은 사람이 들어갈 곳이 아니라오. 흑표며 짐승이 워낙 많아 대낮에도 혼자 들어갔다가는 그놈들에게 잡아먹힌다오. 그 산에 살던 산군(山君)*을 우리 두령…… 아니, 양진왕이 잡아오신 이후로 승냥이가 떼로 몰려와 그 산에 자리를 잡았거든. 호랑이 없는 곳에 여우가 왕이라더니, 저 뒷산은 지금 승냥이가 왕이라오."

아픈 몸 맥 짚어주고 이런저런 이야기를 나누다 보니 어느새 까칠하던 아낙네의 마음이 반분 넘어왔다. 율비에게 호감을 품은 나머지, 소아는 주지 말고 율비만 먹으라며 삶은 옥수수와 감자를 몰래 싸주더니 다음날부터는 대놓고 이것저것 챙겨주기 시작했다. 소아도 조금 정신을 차린 건지 그 뒤로는 율비의 눈치를 보며 죽이나마 조금씩 들기 시작했고, 그로 율비는 소아의 식사 시중을 들고 나서는 바로 찬간으로 내려와 부엌어멈을 도왔다. 그런데가 율비가 부스럼 때문에 고생하는 부엌어멈네 자식들을 위해 약

---

*산군(山君): 호랑이

재를 처방해 주니 이래저래 율비에 대한 부엌어멈의 경계는 빠르게 녹아 없어졌다.

*

"곤란하군."

무결이 강성에서 날아온 서신을 들여다보고는 미간 사이를 짚었다.

기실 양진국 산채가 자리한 계곡 건너편에 진즉 도착을 해놓고도 총공격을 망설이고 있는 것은 무결이 진격해 오던 도중 강성에서 소아가 없어졌다는 보고를 받았기 때문이다. 시비와 호위병 몇이 사라졌는데 그 종적이 묘연하며, 강성을 두른 성벽 근처에서 격전의 흔적이 발견되긴 했는데 시신들은 찾을 수가 없었다는 것이다.

가능성이 낮긴 했지만 만약 소아가 양진국 간자들에게 납치된 거라면 선불리 공격할 수 없었다. 해서 일부러 진지 구축을 늦추고, 양진국 안의 동정을 살피게 하고 있었는데 오늘 전령을 통해 받은 보고는 여전히 소아를 찾지 못했음을 알리고 있었다.

"소아 마마가 만약 정말로 양진국에 잡혀 있다면 진작 그를 빌미로 물러가라는 협박이 있지 않았을까요?"

"과연 협박이 통할 것인지 가늠하고 있을지도 모른다. 하지만 애석하게도 숙부님은 그런 협박이 통하지 않아. 아마도 정말 소아가 잡혀 있다면 숙부님은 딸을 포기하고서라도 진격을 명하실 거다. 인질 작전이 먹히지 않는다는 전례를 보이기 위해서라도 신속하고 잔인하게 짓밟으려 드시겠지. 소아는 아마 참혹하게 죽을 거다."

피 안 통하는 사촌이라 해도 무결은 그 꼴만은 보고 싶지 않았다.

어찌한다. 심려가 깊어지면서 책상을 톡톡 두들기는 손끝의 속도가 더욱 빨라졌다.

"일단은 최대한 진지 구축을 늦춰라. 양진국 쪽의 반응을 보고 나서 진격을 하든 후퇴를 하든 결정을 해야겠다. 그리고 따로이 부대를 차출해 양진국으로 들어갈 수 있는 통로를 찾아내라고 일러라. 소아를 납치해 갔다면 분명 사람이 들고 날 수 있는 출구가 있다는 뜻, 반드시 그를 찾아내야 한다."

아마도 무결 역시 결국은 소아의 죽음을 무릅쓰고서라도 작전을 강행해야 할 것이다. 하지만 그전에 소아를 구하기 위한 시도를 한 번은 해봐야 했다.

'율비는 무엇을 하고 있으려나. 소아가 없어진 일로 혹시 의심을 사거나 마음고생하고 있는 건 아닌 겐가.'

이미 기울어 버린 마음은 어쩔 수 없이 고초를 겪고 있을 소아보다는 율비에게로만 쏠려 있다. 소아의 행방을 찾는 데만 정신이 팔린 강왕부의 군병들은 율비가 없어졌다는 사실을 알아차리지 못했고, 따라서 무결에게도 그 사실은 알려지지 않았다. 그가 그리는 율비가 현재 바로 강 하나를 건넌 지적에 끌려와 있다는 것을 무결은 꿈에도 몰랐다.

✳

어느새 소문이 퍼진 것일까. 부엌어멈과 그 아들들을 고쳐 줬더니 그 이튿날에는 율비가 부엌어멈을 도와 산더미처럼 쌓인 봄나물을 다듬고 있는 와중에 그리로 병사 몇이 찾아왔다. 의원이 있다는 말을 듣고 왔다는 것이다. 호소하는 증상이 소화불량이나 식체 같은 단순한 것들이라, 율비가 그들이 구해온 침으로 혈을 따주고 사관을 터주자 한결 증상이 좋아졌다며 웃으며 돌아갔고, 그 뒤로는 며칠 동안 심심치 않게 산채의 아낙이며 병사들이 그녀를 찾았다.

침을 놓고 그들이 가져온 몇 가지 약재를 달여주며 이야기를 나눠본 즉, 다들 강왕의 군사들에게 오랜 압박을 받아온 탓에 심신이 많이 지쳐 있었다. 도망칠 수만 있다면 다들 어디로 달아나고 싶은 심정, 다만 장학수가 무섭고 그 밑에 서슬 퍼런 군관들이 무서워 죽지 못해 잡혀 있을 뿐이었다.

'알고 보면 다들 순박한 농민들이구나. 어쩌다 장학수 밑으로 모여들었다 오도 가도 못하게 된 것뿐.'

"그나저나 어제 두령…… 아니, 양진왕 전하가 건왕에게 싸우지 말자고 사절을 보냈다던데, 그 뒤 어떻게 됐는지 들었어?"

벌레에 물린 데가 곪아 팔뚝이 퉁퉁 부은 병사에게 약초 즙을 발라주고 싸매던 율비가 차례를 기다리던 병사들이 나누는 대화에 멈칫 움직이던 손을 멈춰 세웠다. 곧이어 아무렇지 않은 척 다시 손을 놀렸지만 귀는 토끼처럼 쫑긋 세우고 있었다.

"개소리 말고 한판 붙자고 사절로 보낸 작자의 입에다 두루마리를 돌돌 말아 처넣어서 보냈다던데. 우리 두령이 그걸 보고 펄펄 뛰다가 사람 몇을 또 베어버렸다잖아. 으휴, 이러다 우리도 전쟁이 아니라 양진왕 손에 먼저 죽지 싶어."

아직은 별다른 움직임이 없지만 요 며칠 안에 전투가 벌어질 것 같다는 대화가 쭉 이어졌다. 그 증거로 양진왕 부대의 주력군이 계곡을 따라 내려가 강어귀에 진지를 구축하기 시작했고, 강 건너 무결의 진영에선 속속 보급대가 도착하고 있는데 높은 봉우리에서 관찰해 보니 진영의 후방에 공성병기도 있어 그 기세가 두려울 정도라는 것이다.

"공성병기가 다 뭐야. 그래 봤자 우리 성채는 계곡 깊은 안쪽에 있어 화포를 쏘아댄다 해도 사정거리가 닿지를 않잖아. 괜히 강왕이 우리를 내버려 뒀게? 그게 다 허세야, 허세."

율비가 가만히 그를 엿듣고 있노라니 일을 다 마친 부엌어멈이 나타났다. 병사들뿐 아니라 성 아래채에 모여 사는 아낙네들과 어린아이들의 병 또한 봐달라 부탁한 탓에 시간 맞춰 율비를 데리러 온 것이다.

양진왕이 있는 성채 아래로는 말단 병졸들의 식솔들이 사는 허름한 민가가 성곽 안쪽으로 모여 있었다. 그들 역시 의원의 손길을 받을 길이 없는 자들이었는데, 율비가 나서서 그들의 병증을 살펴주겠다 하니 부엌어멈이 좋아라 그녀를 데리고 다닌 것이 이미 닷새가 됐다. 오늘도 변함없이 이어진 어리고 늙은 환자들의 행렬을 율비가 밤늦게까지 보아주니, 대충의 치료를 마치고 부엌어멈과 성채로 돌아왔을 때는 이미 이경(二更)이 다 된 시각이었다.

"어, 오늘도 수고가 많수다. 덕분에 우리 아들놈 귓병도 많이 나았수."

성의 쪽문을 경비하는 병사가 율비를 보더니 그새 낯이 익었다고 인사를 했다. 율비가 마주 인사를 하고 부엌어멈과 함께 궁성 모퉁이를 돌아 후원으로 갔다. 후원을 지키는 병사는 보이지 않았다. 교대 시간이라 먼저 번을 서던 보초가 자리를 떴는데 새로운 번병은 오지를 않아 그사이 잠시 지키는 자가 없게 된 것이다. 본디 보초는 인수인계를 하고 교대를 해야 하지만, 양진왕의 무리들은 군대라고 하기에 민망할 정도로 허술한 체제라 그것이 제대로 지켜지지 않는 게다.

율비는 며칠 동안 부엌어멈을 따라 성채를 돌아다니며 관찰한 바, 보초들이 경계를 선 지점과 그 교대하는 시간을 머리에 넣어뒀다. 잠시 넘어진 것처럼 비틀거리며 꾸물대는 사이 율비는 보초가 없는 시간을 가늠해 보았다. 다음 순번의 보초가 어슬렁거리며 나타난 것이 그로부터 대략 반 각(刻) 정도 뒤. 이틀 전에도 그러했으니 이 반 각이 아마도 보초들이 교대하는 공백일 것이다.

신중히 염두를 굴리고 있는데 계속 주저앉아 있는 율비가 보기 딱했는지 부엌어멈이 평소 가지 않던 후원 깊숙한 곳에 자리한 우물 쪽으로 그녀를 데리고 갔다. 우물가에 그녀를 앉힌 부엌어멈이 발목에 찬 물을 부어주며 식히는 동안 율비는 가만히 사방을 둘러봤다. 우물 뒤로 산자락이 연해 있다. 그러니까 이 산이 양진성의 후방을 막아주고 있다는 그 험산인가 보다.

"저쪽으로는 어째 감시병이 없습니까?"

우물 뒤로 산으로 올라가는 좁은 소로가 있고 불이 밝혀져 있었는데, 경비병은 보이지 않았다. 어멈이 율비가 가리킨 쪽을 보더니 대답했다.

"그쪽이라고 경비병이 왜 없겠어? 저 길 초입엔 없고 산 중턱쯤에 경비소가 있지. 저 산이 워낙 험하고 짐승이 많아 저리로 쳐들어올 수가 없기 때문에 지키는 수가 그리 많지는 않아. 양진국 진영에서 이탈하려는 병사들이 그리로 도망치기도 하는데 산으로 들어갔다간 승냥이며 이리 떼에 잡아먹히니 몇 번 시도가 있다가 그것도 없어졌지. 괜히 천혜의 요새라고 이리 들어앉은 거겠어?"

산 쪽으로는 지키는 자가 별로 없다라. 자신이 얼결에 중대한 군사 기밀을 노출했다는 것을 부엌어멈은 몰랐다. 하긴 알았더라도 별로 신경은 안 썼을 것이다. 사방에 장학수의 군사들로 둘러싸인 이 진영에서 조그만 사내 하나와 계집이 무슨 수로 도망을 가겠는가. 하물며 장정들도 도망치지 못하는 저 산으로는 어찌 들어가겠는가.

산적의 마누라로 십수 년을 살아온 어멈조차도 감히 꿈도 꿀 수 없었던 일이기에, 부엌어멈은 감히 율비나 소아가 그리로 도망을 칠 수 있다고는 상상도 하지 못했다.

율비도 더 이상 묻지 않았고, 곧 상태가 나아졌다며 부엌어멈을 따라 찬방으로 갔다. 밤늦은 시간인데도 부엌어멈은 일을 해야 한다고 했다. 산채에 머무는 중요한 귀빈과 주연이 있어 그를 도와야 된다는 것인데, 한밤중의 주연은 예고일 뿐이고 내일은 돼지를 잡아 군사들에게 오랜만에 거하게 베푼다고 했다.

'결전을 앞두고 사기를 진작시키려는 건가?'

있을 법한 일이긴 하지만 물자가 가뜩이나 모자란 마당에 좀 기이하다 싶긴 했다. 율비가 골똘히 그 연유를 추측해 보는데 문득 그녀의 눈에 이상한 것이 들어왔다.

부엌어멈이 아궁이에 떡시루를 얹더니 그 위에 둥글게 부풀어 오른 밀가루 반죽을 넣은 것이다. 그리고는 반죽 위를 자배기*로 덮는데, 그렇게 굽는 떡은 본 적이 없었기에 율비가 궁금해 그것이 뭐냐 물었다.

"이건 면포(麵麭)**라는 거유. 우리네는 이런 것을 먹지 않는데, 귀빈인지 뭔지 1년째 우리 진영에 머물고 있는 양코배기가 이게 없으면 식사를 안 하거든. 뭐가 그렇게 맛있어서 포기를 못하나 싶어서 나도 한 번 먹어봤는데, 나는 뭐 잘 모르겠더만."

'양코배기라면 서역인? 산적 도당이 양인(洋人)을 만나?'

어떻게 들어왔는지 모르지만 그것도 1년째 진영에 머무르고 있다니 이것은 보통 수상한 일이 아니다. 율비의 불안한 예감은 점점 더 증폭됐다.

"그래도 내일이면 고기떼기가 좀 나온다니까 다행 아니여. 이게 얼마 만에 나오는 고기인지 몰라. 내 다들 모르게 한 그릇 떼어 놓을 테니까 그 배부른 아가씨는 내비두고 도령도 좀 먹어."

---

*자배기:둥글납작하고 아가리가 쩍 벌어진 질그릇

**면포:빵

"아, 전 고기를 별로 좋아하지 않아서요. 먹었다 하면 설사를 하기 때문에……."

"아니, 그 좋은 고기를 두고 왜 설사를 해? 거참 희한한 체질도 다 있구먼."

그때 돌연 번쩍이는 섬광이 율비의 머리를 스쳤다.

'이거다!'

탈출에 도움이 될 묘안이 떠올랐다! 그녀를 믿어준 부엌어멈에게 미안하긴 하지만 어쩔 수 없다. 되든 안 되든 일단 해보는 수밖에. 율비는 최대한 아무렇지 않은 척 시치미를 뚝 떼고 말을 이었다.

"돼지고기가 원래 찬 성질을 가진 음식이라 저처럼 몸이 찬 사람한테는 좋지를 않답니다. 사내라 해도 몸이 찬 사람이 왕왕 있는데 그런 자들이 고기를 과식하면 식적(食積)*을 일으키게 되죠."

"그런가? 듣고 보니 그런 것도 같네? 그럼 그런 이들은 고기를 아예 안 먹어야겠네?"

"그렇지도 않습니다. 우렁이를 탕으로 끓여 고기와 함께 먹으면 우렁이의 따뜻한 기운이 돈육의 찬 성질을 보해줍니다. 혹시 산채에 우렁이가 있습니까?"

"우렁이야 마침 성채 들어오는 길에 큰 못이 하나 있어서 거기에 많이 있지. 그것도 고기랍시고 소갈증이 날 때는 그거라도 긁어다 먹거든."

---

*식적(食積):음식이 잘 소화되지 아니하고 뭉치어 생기는 병. 가슴이 답답하고 트림을 하는 따위의 증상이 나타난다

"그럼 고기를 낼 때 우렁이탕과 함께 내십시오. 소화에도 좋고 목 넘김에도 좋으니 맛으로도 일미요, 또 둘 다 술안주로도 그만입니다."

그 말에 부엌어멈이 좋아라 넘어왔다. 늘상 먹는 음식을 함께 내라 권한 것뿐이었기에 의심을 할 것도 없었고, 그로 당장 부엌어멈은 마침 물독에 잔뜩 모아놓았던 우렁이를 퍼내어 벅벅 씻기 시작했다.

소아가 갇혀 있는 별채로 돌아온 율비가 자는 둥 마는 둥 반쯤 정신이 혼미한 그녀를 깨워 일렀다.

"내일 이곳을 빠져나가야 할 것 같습니다."

"뭐……? 뭐? 어, 어떻게? 무슨 수로 탈출을 한다는 게냐? 갑자기 등에 날개라도 돋았어?"

고개를 저은 율비가 소아의 귀에 대고 생각하는 바를 속삭이자 그녀의 낯색이 일변했다. 한 자락 아슬아슬한 희망이 번쩍이면서도 또 한편으로는 망설이는 표정. 하지만 곱게만 자라온 소아였기에 곧 공포가 희망을 이겼다.

"그게 네 말처럼 잘될 리가 없잖아. 만에 하나 네가 예상한 대로 일이 흘러간다 해도 난 못 가. 내가 그런 일을 해낼 수 있을 리가 없어."

"왜 자꾸 안 된다는 말씀만 하십니까. 되든 안 되든 시도라도 한 번 해보셔야지요. 아닌 말로 저는 탈출하려다 잡히면 죽은 목숨이지만 마마께서는 그렇지 않습니다. 소중한 인질이니 장학수가 마마를 죽일 리 없어요. 그러니 한 번 시도해 봐서 나쁠 것도 없지 않습니까."

"못해, 난 못해! 네가 그냥 혼자 빠져나가서 구원군을 요청해. 네가 빠져나간 길로 원군을 데리고 오면 되잖아!"

"그게 말이 됩니까? 제가 탈출을 한다 쳐도 도당들이 그 도주로를 그냥 내버려 두겠어요? 게다가 마마가 남으면 결국 인질이 된 상황은 전혀 변하는 게 없잖아요!"

말도 안 되는 억지에 그만 율비도 벌컥 화가 나고 말았다.

"이러시면서 무슨 무결님께 도움이 된다고 자랑을 하신 겁니까? 잘난 아버님만 뒀을 뿐, 스스로는 아무것도 못하시잖아요!"

평소라면 상상도 하지 못할 모진 소리가 재채기에 튀어나오는 밥풀떼기처럼 쏟아져 나왔다. 충격을 받아 눈물이 그렁그렁 괴는 소아의 얼굴을 보니 안됐기도 했지만 율비도 더 이상은 봐줄 수가 없었다.

"내일 무슨 일이 있어도 탈출할 겁니다! 마마께서 죽어도 못 가신다 하면 저도 더 이상은 권하지 않겠습니다. 저 혼자서라도 빠져나가겠어요. 저와 함께 탈출을 할지, 아니면 여기서 평생 죽지도 살지도 못하는 인질 노릇을 하실 건지 결정하세요!"

혼자서 이 늑대 소굴에 남겨진다? 그건 그것대로 생각만 해도 끔찍했기에 해쓱해진 소아가 결국 눈물을 쏟아내고야 말았다. 그녀에게는 선택권이 없었다. 다리가 휘어지든, 부러져 걸을 수가 없든 기어서라도 송율목을 따라가야 했다.

＊

일경이 됐다. 달을 보고 대충 시간을 가늠한 율비는 소아가 먹을 죽 그릇을 가져오는 척하면서 별채 밖을 지키는 경비병들의 동정을 훔쳐봤다. 대낮부터 삶아낸 돼지고기와 우렁이탕을 곁들여 술을 마시는 걸 내내 지켜보고 있었는데, 아니나 다를까, 한 시진 정도부터 보초를 선 두 녀석이 번갈아가며 배를 움켜쥐고 측간을 왔다 갔다 하고 있었다.

우렁이탕과 돼지고기는 실상은 상극이 되는 음식이라 함께 먹으면 식중독과 설사를 일으킨다. 율비가 노린 것이 바로 그 점이었다. 찬방에서 소아가 있는 별채로 가는 내내 곳곳에서 배를 움켜쥐고 땀을 뻘뻘 흘리고 있는 경비병이 보였고, 율비는 지금이 바로 탈출할 적기라고 판단했다.

"드, 들어가도 좋다."

죽이 담긴 그릇 뚜껑을 열어 수상한 물건을 들여오지 않았나 검사한 경비병이 곧 율비를 들여보냈지만 끓어오르는 복통에 시달리는지라 평소보다 주의가 극히 산만해져 있었다. 율비는 고맙다 인사를 하고 곧 문을 밀어 소아의 방으로 들어갔다.

"나오십시오, 지금 가야 합니다."

잔뜩 겁을 먹은 소아였지만 지금은 따라야 할밖에. 잔뜩 기가 죽어 고분고분 일어난다. 율비는 어느새 소아가 그녀의 눈치를 보고 있다는 것을 깨닫지 못한 채 죽사발을 열었다. 그릇을 엎어 죽을 쏟아내자 곧 그 안에서 어린애 머리통만 한 돌덩어리가 나타났다.

죽 속에 묻혀 있어 끈적거리고 아직 뜨겁기까지도 한 그것을 율비는 보물단지처럼 거머쥐었다. 그리고 바깥으로 나가는 출입문을 밀어 열고 배를 움켜쥐고 끙끙거리고 있는 경비병 뒤로 다가가 그것을 있는 힘껏 휘둘렀다.

딱! 제대로 맞았다. 운 좋게도 경비병은 소리도 내지 못하고 그대로 기절했다. 한 번은 했지만 두 번은 못할 것 같다 생각하며, 율비는 벌벌 떨리는 손으로 경비병의 옷을 벗겼다. 눈에 띄지 않게 하기 위해 소아의 치마저고리를 벗게 하고 헐렁하나마 경비병의 옷을 입게 한 뒤, 율비 역시 걸치고 있던 망포를 벗어 중의와 바지 차림이 됐다.

이제부터는 하늘의 도우심을 평소보다 몇 곱절로 받기를 기도해야 한다. 율비는 눈을 질끈 감았다 뜬 뒤 소아의 손목을 잡고 어둠 속으로 뛰어들어 갔다.

"어디로 가는 거야? 어……? 이쪽은 산채 안으로 들어가는 길이잖아."

"쉿! 조용히 하세요!"

다행히 소아의 처소와 찬방을 부지런히 오가며 경비병이 교대하는 시각을 알아냈기에 번을 서는 자들과 마주치지 않았다. 율비가 소아를 끌고 간 곳은 처음 두 사람이 끌려왔던 호랑이 우리 앞이었다. 그런데 아무도 없을 줄 알았던 우리 앞에 사람이 있었다. 그를 발견한 율비가 놀라 소아의 머리를 잡아 누르며 재빨리 그 자리에 엎드렸다. 숨소리마저 죽이고 근처에 가지를 드리운 나무 뒤로 엉금엉금 기어가 몸을 숨기자, 그때 간발의 차이로 율비가 달려온 건물 모퉁이를 돌아 또 다른 자가 나타났다. 들키지 않은 게 천행이었다.

"왜 이리 늦었냐? 측간에 아주 뼈를 묻은 줄 알았다."

"헉, 저만 그런 게 아니라니깐요, 부두목…… 아니, 참모장님. 측간에 먼저 들어간 놈이 아무리 기다려도 나오지를 않기에 녀석의 멱살을 잡아다 끌어내고 아랫도리를 풀고 온 참입니다요. 여하튼 저 대신 번을 서주셔서 고맙습니다요."

"고마워할 것 없느니라. 나는 이 호랑이를 보는 게 낙이거든."

헉. 하필이면 장학수 이상으로 두려운 참모장이다. 왜 하필 그가 여기 있단 말인가. 게다가 저녁을 먹은 도당들이 죄다 배를 싸쥐고 고생하고 있는데 어째서 그만은 멀쩡한 건가.

"오늘 잡은 돼지고기가 상했을 리는 없고, 아무래도 그 우렁이탕에 문제가 있었나 봅니다. 그런데 다들 피똥을 싸느라 난리인데 참모장 나리는 어찌 그리 멀쩡하십니까?"

하고 싶은 질문을 경비병이 대신 묻자 참모장이 대답했다. 민물서 난 것을 극히 싫어해서 우렁이탕은 먹지 않았다는 것이다.

'낭패다.'

만사가 다 율비의 생각대로 굴러가리란 보장은 애초에 없었지만 그래도 상대가 나쁘다. 하필 사악하기로는 장학수 못지않아 보이는 참모장이라니. 율비의 짐작이 실제와 다르지 않아 참모장은 실실 웃음을 흘리며 호랑이 우리를 들여다보더니 혼잣말처럼 중얼거렸다.

"난 이 호랑이를 보는 게 좋단 말이야. 이 사나운 눈이며, 이 날카로운 이빨로 사람을 짓이기는 걸 보고 있노라면 너무 좋아서 오줌을 지릴 것 같다."

헉. 그 두목에 그 부하다. 장학수가 부하들 죽이기를 예사로 하면서도 참모장만은 살려두는 이유가, 이제 보니 성격이 잘 맞아서였나 보다. 고스란히 그 말을 듣고 있던 소아가 부르르 치를 떠는 게 느껴졌다.

싫기로는 소아나 율비와 비슷한 심정인지 호랑이 우리를 지키는 경비병이 참모장에게서 슬그머니 물러났다. 참모장은 그에는 개의치 않고 우리 바깥에 뒹구는 돌멩이를 집어 들더니 호랑이를 향해 집어 던지기 시작했다.

"이놈, 어디 으르렁대 봐라. 덤벼보란 말이야! 하하하하!"

호랑이가 날쌘 몸을 이리저리 날려 날아오는 돌을 피하는데 시퍼런 안광이 어둠 속에서도 참모장을 찌르듯 노려보는 것이 무시무시했다.

"내가 위다, 이놈아! 사람을 한 발로 짓이겨 죽이는 네놈도 지금은 내 발아래란 말이다! 으하하하!"

처음부터 장난으로 끝낼 생각이 아니었던 게다. 정복욕에 흥분한 참모장이 이번엔 경비병이 들고 있던 창을 뺏어 들더니 그것을 호랑이를 향해 던졌다.

크아아앙!

용케도 그를 피한 호랑이가 우리에 붙어선 참모장을 향해 포효하며 덤벼들었다. 참모장이 간발의 차이로 그를 피해 물러나더니 곧 아쉬워 입맛을 다시며 중얼거렸다.

"하, 이제는 잘 안 먹히는군. 저놈이 내 손에 한쪽 눈을 잃은 뒤로는 조심성이 많아져서 통 맞힐 수가 없단 말이야. 대포라도 끌어다 쏴야 저놈이 겁을 먹으려나?"

"아, 그것도 좋겠습니다. 마침 적이포도 완성됐으니 호랑이한테 먼저 시험을 해볼까요?"

적이포! 그 말이 밥 안에 든 돌멩이처럼 율비의 귓구멍에 덜커덕 걸렸다. 적이포라면 분명 적이(赤夷)*들이나 만들 수 있는 강력한 화포라고 들었다. 화포처럼 거대한 것을 계곡 위로 나를 수는 없었을 텐데 어떻게 그것이 장학수 진영 안에 있단 말인가?

추측을 할 것도 없이 거의 본능적으로 머리에 떠오르는 것이 있었다.

『오랫동안 머물던 양코배기가…… 면포가 없으면 밥을 안 먹어…….』

'화포가 아니라 기술자를 들여왔구나!'

화약의 재료인 염초나 포신을 만드는 쇳물은 기술자만 있다면 진영 안에서도 만들어낼 수 있으니, 적이포를 제작하는 것이 불가능한 일은 아니었을 거다. 혀를 내두를 만큼 기가 막힌 발상의 전환이다.

"흐흐흐. 그것도 나쁘지 않긴 하다만, 포탄이 그리 많지 않으니 중요한 때를 위해서 아껴둬야 한다."

---

*적이(赤夷):네덜란드인을 가리키는 말인 홍이(紅夷)를 모델로 한 가상의 단어. 적이포 역시 가상의 화포임

"그나저나 적이포도 완성됐겠다, 강왕의 딸년은 그냥 죽여도 되지 않습니까?"

"데리고 있어도 나쁠 건 없지. 패는 많이 숨기고 있을 수록 좋은 법이다. 게다가 건왕이란 놈에게 강왕의 딸년을 돌려준다고 미끼를 던지면 분명 한 번은 교섭에 응할 수밖에 없을 것이다. 총관만 상대하겠다 을러대면 제 웃전의 딸이 걸린 문제니 건왕이 나올 수밖에 없을 것이고, 그때 적이포를 날려 박살을 내버리면 놈이 꼼짝 못하고 당할 것이다. 적이포만큼 사정거리가 긴 화포가 없으니, 놈이 화포로 공격해 올 줄은 모르고 방심을 하고 나올 게 아니냐. 지휘관을 잃은 군사는 지리멸렬 흩어질 것이니, 잘하면 그 참에 아주 계곡을 나가 터를 넓히는 것도 불가능하지 않을 게야. 이 아니 좋은 계획이냐."

듣던 율비가 놀라 뒤로 자빠질 뻔했다. 소아를 납치한 것도 흉측한데 거기에 그를 미끼로 새로운 흉계를 꾸몄다. 그냥 도망칠 수 없다. 내버려 둔다면 소아가 탈출을 하든 안 하든 결국 무결은 죽게 될 것이다.

"히익!"

바로 그때 율비가 억지로 눌렀던 비명을 소아가 토해냈다. 굳이 소아 잘못이라고도 할 수 없는 것이 율비가 놀라 뒤로 물러나는 바람에 등 뒤에 쪼그리고 앉아 있던 소아가 밀려 자빠진 것이다.

"누구냐!"

작은 비명이었건만 경비병과 참모장은 귀신같이 알아챘고, 경비병이 율비와 소아가 숨은 곳을 향해 달려왔다. 들키면 죽는다!

율비가 벌떡 일어나 소아의 손목을 잡고 숨은 곳에서 튀어나왔다. 그러나 여자가 사내의 뜀박질을 당해낼 수 있을 리 없다. 몇 걸음 가지도 않아 경비병의 억센 손에 뒷덜미를 잡혔고 두 사람은 한꺼번에 바닥에 나뒹굴었다.

"이것들이 감히 도망을 치려 해? 이 오라질 놈!"

두 사람의 얼굴을 알아본 경비병이 욕설을 내뱉으며 율비의 멱살을 움켜쥐고 일으켰다. 그나마 들고 있던 창을 참모장이 호랑이에게 던져 버린 게 다행이었다. 경비병이 막 율비를 향해 주먹을 휘두르려던 찰나 율비가 그 팔에 매달리며 있는 힘껏 팔뚝을 깨물었다.

"아아악! 이 죽일 놈이!"

경비병이 얼결에 율비를 내동댕이쳤지만, 그 와중에 휘두른 주먹에 율비가 세게 얻어맞았다. 그대로 자빠져 일어나지를 못하는 그녀를 향해 분노한 경비병이 달려들었다. 그런데 바로 그때!

퍽, 하는 소리가 경비병의 뒤통수에서 울려 퍼졌다. 분명 작은 불꽃도 튄 것 같다고 율비가 생각한 순간 경비병의 몸이 허물어지며 그 뒤에서 돌덩이를 손에 든 소아의 모습이 나타났다.

"고, 고맙습니다!"

놀랍기도 했지만 신통하기도 했다. 그러나 정작 소아는 자신이 저질러 놓고 제가 더 놀라서 비명을 지르며 돌덩이를 떨어뜨렸다. 그때 상황을 지켜만 보고 있던 참모장이 달려들었다. 어느새 지척으로 접근한 참모장이 소아의 등을 노리고 번쩍 검을 치켜들었다.

"피하세요!"

"꺄아악!"

비명과 고함이 동시에 울려 퍼졌다. 참모장의 검이 소아를 내려치기 직전, 율비가 용케도 몸을 날려 그의 다리를 붙잡고 앞으로 밀었다. 자하가 유사시에 써먹으라고 알려줬던 호신술을 마침 딱 알맞게 기억해 낸 것이다.

"이 망할 고자 새끼가!"

그러나 운은 거기서 다했다. 엉덩방아를 찧으며 뒤로 넘어졌던 참모장이 억센 손아귀로 율비의 머리채를 잡아챘다. 아악, 비명을 지르며 율비의 몸이 속절없이 딸려 오자, 참모장이 그녀의 따귀를 휘갈겼다. 엄청난 통증과 함께 코피가 터졌다. 맞으면서 입 안쪽을 깨물었는지 입안에서도 비릿한 피 냄새가 퍼졌다.

"이 망할 새끼! 죽여준다!"

뒤로 자빠지며 참모장이 칼을 놓쳤다. 율비를 해치우기 위해 참모장이 그녀를 발로 차 밀어내고 한 걸음 떨어진 곳에 구르고 있는 칼을 집으려 했다. 바로 그때, 그녀는 자하가 가르쳐 준 두 번째 호신술을 생각해 냈다.

'위중혈!'

그곳을 치면 전신이 마비될 수도 있다고 했다. 생각을 떠올린 율비가 지체하지 않고 벌떡 일어났고 뿌사리*가 달려가듯 있는 힘껏 뛰어가 참모장의 오금을 걷어찼다.

"악!"

참모장이 비명을 지르며 허물어졌지만, 율비의 입에서는 그보

---

*뿌사리:수소

다 더 큰 비명이 튀어나왔다. 실패다. 참모장은 씩씩거리며 도로 일어났지만, 위중혈 대신 막 돌아선 참모장의 정강이를 발끝으로 걷어찬 율비는 발가락이 부러지는 듯한 극심한 고통에 펄쩍펄쩍 뛰었다. 그럼 그렇지, 속성으로 배운 호신술이 매번 먹힐 리가 없다.

"이 새끼가! 죽여 버리겠다! 호랑이 우리에 던져 사지를 찢어버릴 테다!"

참모장이 악에 받혀 소리를 질렀다. 흥분이 지나쳐 바닥에 뒹구는 칼을 집을 새도 없이 율비를 향해 덤벼들며 권을 질러 넣었다. 율비가 그를 피한 것은 순전히 피하려고 피한 것이 아니라, 아파서 펄펄 뛰다 보니 그의 주먹이 빗겨 지나간 것이었다. 팔을 너무 크게 휘두르는 바람에 참모장의 몸이 무게중심을 잃고 흔들릴 때, 소아가 몸을 던져 그의 허리에 매달렸다.

이미 체면이고 품위고 다 집어던졌다. 어떻게든 살아야 한다는 생각에 소아는 오그라드는 몸을 펴며 몸을 날렸다. 소아가 말괄량이 기질이 있었던 게 오히려 다행이었다. 소아의 체중에 밀린 참모장이 뒤로 자빠졌고, 율비는 그 틈에 정신을 차렸다.

율비의 눈에 소아가 내려친 돌덩이에 머리를 맞고 쓰러진 병사가 들어온 것은 그때였다. 그의 허리춤에 열쇠집이 매달려 있었다. 그를 발견한 율비가 악장치고 있는 두 사람을 내버려 두고 재빨리 병사의 허리춤을 비집어 열쇠를 끌러냈다.

"아악!"

매달린 소아를 뿌리친 참모장이 그녀를 걷어차려다 문득 호랑이 우리를 향해 달려가는 율비를 발견했다. 그 손에 들린 것은 분명 경비병이 갖고 있던 우리 열쇠였다.

"안 돼! 이 고자 새끼, 거기 서라!"

율비가 하려는 짓이 뭔지를 깨달은 참모장이 그 뒤를 쫓았다. 율비가 막 우리를 얽어맨 자물쇠에 열쇠를 꽂았을 때, 쫓아온 참모장이 그녀의 뒷덜미를 잡아챘다. 우악스런 힘으로 율비를 잡아당긴 것과 구멍에 꽂아 넣은 열쇠가 돌아간 것은 거의 동시였다. 악, 소리를 지르며 율비가 우리 옆으로 나뒹구는 것과 함께 호랑이 우리 문이 열렸다.

"허억!"

그때까지 우리에 갇힌 호랑이는 마치 재미있는 검투를 구경하는 관객처럼 싸우고 있는 두 사람의 모습을 어슬렁거리며 지켜보고 있었다. 그러던 맹호가 문이 열린 순간 주시자에서 참가자로 모습을 바꿨다. 기다렸다는 것처럼 엄청난 포효와 함께 우리 문을 박차고 튀어나온 호랑이가 참모장에게 덤벼들었다.

"아…… 안 돼! 으아아악!"

철창 밖을 튀어나온 호랑이는 더 이상 돌팔매질을 당하던 비루한 짐승이 아니었다. 호랑이가 어린애 머리보다 더 커다란 앞발로 참모장을 후려치자 그의 두개골이 그대로 함몰됐다. 그로도 모자란 맹호는 이미 목숨이 끊어진 참모장의 머리를 물더니 그대로 목에서 뽑아내 버렸다.

"우…… 우웨엑!"

참혹한 죽음이었다. 말 못하는 짐승이라도 그 원한이 얼마나 깊었던지, 호랑이는 그 자리에서 참모장의 시신을 아귀처럼 먹어치우기 시작했다. 끔찍한 모습에 소아가 그 자리에서 구토를 하기 시작했지만, 그 와중에 율비는 호랑이 우리 안으로 뛰어들어 갔다.

"어, 어디를 가는 거야?"

도망은 안 가고 무슨 짓일까. 다리가 휘청거려 일어날 수도 없는 소아가 우리 쪽으로 엉금엉금 기어가자 율비가 문 안쪽에서 다시 튀어나왔다. 그 손에는 호랑이 우리 한구석에 수북이 쌓여 있던 호분(虎糞)이 한 무더기 들려 있었다.

"이걸 바르세요!"

"뭐, 뭐? 이걸 몸에다 바르라고? 도대체 뭘 어쩌려고?"

"설명할 시간이 없어요! 지금은 묻지 말고 일단 바르세요!"

하더니 비명을 지르는 소아의 얼굴에다 호랑이 똥을 뒤집어씌웠다. 그리고 자신의 몸에도 물컹한 호분을 치덕치덕 처바르기 시작했다.

그사이에도 호랑이는 자신의 원수를 우두둑우두둑 소리가 나도록 뼈까지 씹어서 먹어치우고 있었다. 다 먹어치우려면 그 뒤로도 시간이 더 걸렸을 테지만 호랑이는 마치 귀신에 씐 짐승처럼 참모장의 머리만 다 씹어 먹어치우고 돌아섰다.

'히익!' 비명을 지르며 소아가 그 자리에 주저앉았고 율비도 덜덜 떨며 철창에 기댔지만 호랑이의 눈은 그녀들에게 향해 있지 않았다. 두 사람에게서 나는 자신의 똥 냄새를 맡은 호랑이가 무심하게 돌아서더니, '크아아앙!' 일진 포효를 날리고는 거대한 석상처럼 우뚝 선 성채를 향해 달려갔다. 머지않아 짐승이 달려간 쪽에서 비명과 피 냄새가 허공으로 일어나는 메뚜기 떼처럼 폭발적으로 치솟아올라 왔다.

"하…… 이제, 이제 도망치는 거니? 어디로 가야 해? 응?"

"아직 아니에요. 도망 전에 꼭 해야 할 일이 있어요."

그 말만 남기고 율비는 아직도 깨어나지 못한 채 자빠져 있는 경비병에게 달려갔다. 그를 흔들어 깨운 율비가 바닥에 뒹굴고 있던 참모장의 검을 집어 경비병의 목에다 겨누고 물었다.

"적이포는 어디에 있습니까!"

"어…… 어? 어?"

경비병은 오래 버티지 못했다. 어차피 산채 안에 충성심 가득한 위인은 별로 남아 있지 않았고, 경비병은 적이포가 성채를 둘러싼 성곽 위, 오른쪽 성루(城樓) 위에 있다고 토설했다.

"뭘 어쩌려는 거야? 도망을 쳐도 모자랄 판에 성 안쪽으로 들어간다니, 죽으려고 작정했어?"

"싫으면 여기 남아 있으세요. 저 혼자라도 가야겠습니다!"

"그건 싫어! 가, 같이 가!"

혼자 남겨지는 건 죽어도 싫었기에 소아는 어쩔 수 없이 율비 뒤를 따라 비슬거리며 뛰었다.

호랑이가 날뛰는지 성 안쪽에서는 일대 혼란이 일어나고 있었다. 크아앙, 거리는 포효 소리와 비명 소리가 엉키고 있었고, 성 안쪽을 지키는 병사들은 대부분 도망을 치거나 아니면 호랑이를 퇴치하기 위해 무기를 들고 그쪽으로 몰려가고 있었다. 덕분에 성루 아래까지 달려가는 동안 두 사람을 막는 자는 한 명도 없었다.

화포가 워낙 중요한 물건이었기에 적이포가 있는 성루 밑에는 아직도 몇 명의 경비가 남아 있었다. 그러나 그들 모두 성 안쪽에서 들려오는 호랑이 소리에 무슨 일인가 알아보려 적이포가 놓인 곳과 반대편인 성루 왼쪽에 몰려서 있었다. 그쪽이 성을 한눈에 내려다보기에 좋은 장소였기 때문이다.

'지금이 기회다!'

율비가 성루 아래로 살금살금 다가갔고 소아는 겁먹은 얼굴로 그 뒤를 따랐다. 성루는 각각 오른쪽과 왼쪽에 올라가는 계단이 있었다. 왼쪽으로는 병사들이 있으니 올라갈 수 없다. 오른쪽은…… 이런! 무엇에 맞았는지 계단이 반쯤 무너졌다. 실은 지난해 여름 폭우에 무너져 내린 것을 복구하지 않은 것인데, 그로 인해 이미 사람이 올라가기 힘들 정도로 층단이 형체를 잃었다. 아마도 병사들이 우측 계단의 경계를 게을리 하는 것은 성 안쪽의 소동 이전에 이쪽으로는 아무도 올라올 수 없을 거라 생각했기 때문이리라.

'올라갈 수 있을까?'

성루에 밝혀놓은 횃불이 계단에 불길한 그림자를 만들어내고 있었다. 일렁이는 불빛에 계단은 마치 생물처럼 살아 움직이는 것처럼 보였고, 어찌 보면 지옥으로 가는 입구처럼 보이기도 했다.

가는 수밖에 없다. 소아가 그냥 탈출하자며 만류했지만 율비는 그를 뿌리치고 계단 첫 단에 발을 디뎠다. 무너져 내린 계단은 이미 층단이라기보다는 절벽에 가깝다. 손과 발을 다 놀려 머리 위

층단을 잡으니 선뜩 예전에 이와 똑같은 모습으로 계단을 오른 적이 있다는 기억이 났다.

아아, 그렇다. 경고방 벌 당직, 가 황후의 꽃등을 부쉈다는 억울한 죄로 딱 이런 모습으로 황성 현무문을 올랐었다.

『움직이거라. 눈으로 보려 하지 말고 감으로 움직여! 무릎으로 먼저 디딤단을 디뎌 자리를 확보한 다음 손을 내밀거라! 손부터 먼저 내밀면 미끄러지기 십상이다!』

보윤의 목소리가 바로 뒤에서 들리는 것 같았다. 그날 밤, 폭우가 쏟아지는 그 속에도 보윤이 있지 않았던가. 비를 뚫고 한 발 한 발 위로 오르는 그녀를 보윤의 목소리가 지탱해 줬었다.

『너를 믿어라! 할 수 있느니라! 그냥 팔과 다리를 번갈아서 내밀기만 하면 되는 거다!』

"한 발 한 발, 번갈아서 내밀기만 하면 돼. 할 수 있어!"

그날 그녀를 움직이게 했던 오감이 되살아났다. 한 번 했으니 두 번 못할 것도 없다. 그리 생각하고 나니 이번엔 갑자기 이제는 볼 수 없게 된 보윤과 오강, 그리고 하사가 보고 싶어져 눈물이 났다.

모두 어떻게 지내고 있을까. 살아 있을 거야. 살아 있다면 내게 힘을 줘. 내 팔다리를 잡고, 성루 위로 올라갈 수 있도록 이끌어 줘!

무너진 층단 중 비교적 성한 것만 골라 딛는 율비의 움직임에 힘이 실렸다. 진땀이 무수히 배어 나왔지만 기어코 해내겠다는 열망만은 땀으로 흘러나오지 않고 오롯이 불길이 되어 심중에서 타

올랐다. 그 불길이 마치 그녀의 온몸을 둘러싸고 은은한 광륜처럼 피어올랐고, 그 모습은 계단 밑에서 조마조마 율비를 지켜보고 있던 소아에게도 말로 표현할 수 없는 감정을 불러일으켰다.

'못해…… 나는 못해.'

소아는 율비가 이제껏 보인 행동 중 그 어느 것도 따라 할 수 없었다. 연적이라 할 수 있는 그녀를 살리기 위해 기꺼이 함께 인질이 되기를 자처하고, 사면초가인 적중에서 탈출을 꾀하는 일. 맹호를 끌어내고, 무결을 구하기 위해 위험을 무릅쓰고 무너진 계단을 올라가는 일. 그 어떤 것도 소아는 실행은커녕 감히 생각조차 할 수 없었다.

이 어찌 한심한 일이 아니라 할 수 있는가. 아니, 예전에는 자신이 한심한 존재라는 생각조차 하지 못했다. 그런데 저 하잘것없어 보이는 소환이 자신의 무능함을 일깨웠다. 아비의 힘 없이 저 스스로는 아무것도 할 수 없는, 해볼 생각조차 하지 않았던 무지렁이.

율비가 부럽고, 스스로가 한심해 소아는 자꾸만 눈물을 흘렸다. 넘쳐흐르는 수치심과 눈물 속에서 한때나마 소중한 장난감처럼 집착했던 이의 얼굴이 너울너울 사라져 갔다.

애초에 자신의 몫이 아니었다. 그녀가 잡을 수도 없고, 잡혀서도 안 되는 사람. 이제 그 짝에게로, 그를 잡을 수 있는 유일한 사람에게로 돌려줘야 하리라.

'살아 돌아간다면 무결 오라버니께 꼭 말해야지. 이제 오라버니한테 관심없어졌다고, 내 쪽에서 보기 좋게 차줘야지.'

곧 죽어도 자존심이 제일 소중한 거라, 소아는 꼭 살아서 이 말을 들려줄 수 있기를 간절하게 소망했다.

✳

"어이쿠쿠, 사람 살려!"

외마디 비명을 지르며 오강이가 자던 항에서 굴러 떨어졌다. 엉덩이를 얻어맞는 것은 익숙한 일이었지만 잠결에 당한 것은 처음이라 그만 처지도 잊고 발길질을 한 당사자인 보윤을 향해 눈 부릅뜨고 소리를 질렀다.

"아, 이젠 하다하다 못해 꿈결에도 사람을 걷어차십니까요! 노망이 드셨나, 아니면 경기를 하시는 건가! 그리 밑도 끝도 없이 사람을 차실 거면 다음부터는 사형이 항 아래에서 주무십시오!"

그 말에 잠결에 오강이를 차놓고 조금은 미안쩍어하던 보윤이 냅다 그의 엉덩이를 걷어찼다. 그가 항 밑으로 도로 굴러 떨어지는 것을 확인한 보윤이 꺼림칙한 얼굴로 입을 열었다.

"꿈에 송율목이 나왔다."

문득 보윤 오른쪽에 누워 있던 검은 형체가 꿈틀 몸을 움직이더니 일어나 앉았다. 인정 종이 칠 때까지 거의 수난처럼 이어지던 고된 일에 지쳐 쓰러져 자고 있던 하사였다.

무결이 하원국에서 죽은 것으로 공표되면서 주인을 잃은 영궁의 식솔들은 모조리 흩어졌다. 태감 왕진은 늙고 병든 환관들이 가는 안락당(安樂堂)으로 보내져 죽을 날만 기다리고 있었고, 나머지 소환과 시녀들은 내쫓기거나 멀리 원악산으로 보내졌다. 하사 역시 원악산으로 보내져 고된 노역에 종사할 운명이었는데, 그를 불쌍히 여긴 보윤이 연줄을 동원해 하사를 그의 밑으로 끌어왔다.

직전감 역시 안 그래도 일이 고된 곳인데, 율비가 직전감 출신 이었다는 것이 알려지면서 타 아문의 무시와 은근한 괴롭힘이 더욱 심해졌다. 하사를 데리고 온 것이 잘한 일인지 아닌지는 알 수 없었지만, 어쨌든 하사는 늘 그렇듯 아무 말 없이 직전감에 적응했다. 그리고 안 그래도 적은 말수가 나날이 적어져 갔다. 무결과 함께 갔던 율비 역시 하원국에서 죽었다는 소식을 들은 뒤로는 보윤 역시 침울해져 말수가 줄었고, 간간이 한숨처럼 '역시 세상에 하느님은 없어'라고 뇌까릴 뿐이었다.

무슨 꿈이었냐고, 어서 말해보라고 그답지 않게 눈으로 재촉하는 하사를 향해 보윤이 울적한 얼굴로 말을 이었다.

"어딘지 모르겠는데, 녀석이 꿈에서 어딘가 높은 곳을 향해 기어오르고 있더라. 무너진 계단을 오르느라 진땀을 흘리며 버둥대고 있었어. 꼭 생시 같아서 밑에서 조심하라 소리를 지르다가 깨었다."

"사형도 참, 그놈이 죽었다고 소식 전해진 지가 언제인데 아직도 그 녀석 생각을 하십니까? 쯧쯧, 에고, 송율목 그놈은 죽었으면 가만히 흙 속에 처박혀 있지 왜 보윤 사형 꿈에 나타나 형님을 괴롭힐꼬."

보윤의 눈꼬리가 사납게 치켜 올라가고 입술이 앙다물어지는 것을 눈치없는 오강이는 알아채지 못했다.

"그놈이 분명 저승에서도 벌을 받느라 각루에 오르고 있는 겝니다. 아무렴, 보윤 사형 가슴을 이맨키로 아프게 했으니 녀석은 죽어서라도 벌을 받아야…… 억!"

세 번째로 엉덩이를 걷어차인 오강이의 몸이 좁다란 오두막 안을 날았다.

✻

마침내 성곽 위로 올라선 율비가 가만히 성벽 그늘에 숨어 동정을 살폈다. 경비병들은 여전히 성루 한쪽에 몰려서서 포효 소리가 그치지 않는 성안을 내려다보며 어쩔 줄 몰라 하고 있었고 그러느라 율비가 성루 위로 올라온 것도 알아차리지 못했다. 적이포는 다섯 걸음쯤 앞에, 수레에 실린 채로 놓여 있었는데 다행히 경비병들보다는 율비 쪽에 가까웠다. 한눈에 봐도 길이가 율비의 키만큼 커다란 적이포를 그녀가 어찌하는 건 무리다.

'포탄을 떨어뜨리자! 그러면 대포가 있어도 써먹을 수 없겠지!'

적이포 수레 옆에는 자포(子砲)가 있었는데, 율비는 잘 몰랐지만 적이포라는 것은 포신인 모포(母砲)에 탄약과 포탄을 장전한 자포를 후장에 끼워 넣어 발사하는 것으로, 그 적이포 포신 옆에 길이 두 자 정도 되는 자포 몇 개와 지름이 3촌(寸)*쯤 되는 포탄이 두세 알 정도 쌓여 있었다.

포탄 여분이 얼마나 더 있을지 모른다. 어딘가 창고에 더 쌓여

---

*3촌(寸):약 10cm

있다면 적이포를 무력화시킨다는 목적은 실패가 되겠지만, 적어도 포탄이 떨어지며 폭발이 일어나면 무결이 장학수에게 화포가 있다는 것을 알고 작전을 달리하게 될 것이다.

마음을 결정한 율비가 그늘만 골라 엉금엉금 기어갔다. 마침내 적이포 앞에 도착한 율비가 삼각으로 쌓인 포탄 중 맨 위의 것을 들어 올렸다. 생각보다 무게가 꽤 나갔지만 못 들 정도는 아니었다. 율비가 끙 소리와 함께 들어 올린 포탄을 성벽 위로 넘겨 올렸다.

끙! 마침내 성벽 아래, 병사들이 머무는 병영(兵營) 지붕 위로 떨어진 포탄이 충돌로 인해 폭발했다. 높게 치솟아오른 불꽃은 30리 정도 떨어진 무결 쪽의 진영에서도 충분히 보일 정도로 크고 위력적이었다.

"누구냐!"

경비병들이 놀라 창검을 꼬나 들고 달려오는 동안 율비는 두 번째 포탄을 성벽 너머로 넘겼다. 꽝! 두 번째 포탄마저 터지자 성벽 아래 병영에서 아수라장 같은 비명과 고함이 들려왔다.

"뭐하는 짓이냐! 어…… 어?"

막 율비를 향해 창을 집어 던지려던 경비병들이 몰려가던 걸음을 딱 멈춰 세우고 말았다. 율비가 둥근 포탄을 머리 위로 번쩍 들어 올리고 이쪽을 향해 던질 태세를 취하고 있었기 때문이다.

"가까이 오지 마! 오면 던진다!"

적이포의 포탄은 그 안에 신관이 들어 있어서, 충돌이 일어나면 신관이 포탄 안에 채워진 폭약을 점화시켜 포탄이 폭발하게 된다.

율비가 정말로 던질 것처럼 포탄을 뒤로 번쩍 쳐들자 경비병들은 저도 모르게 손을 흔들며 그러지 말라 외칠 수밖에 없었다.

"으아아, 안 돼! 던지지 마!"

그 말에 율비가 포탄을 내려놓을 듯 멈칫했다. 기회를 놓칠까 보냐, 경비병 하나가 검을 던지려 하자 율비가 다시 포탄을 번쩍 들어 올렸다.

"던진다! 진짜로 던진다!"

"안 돼, 안 돼!"

들어 올렸다, 놓았다. 덤비려다, 물러나다 경비병들과 율비 사이에 한바탕 우스꽝스러운 밀고 당기기 끝에 율비가 마지막이라는 듯 있는 힘껏 포탄을 치켜올렸다. 그 위협적인 몸짓에 경비병들이 으아악, 비명을 지르며 일제히 성루 왼쪽의 계단으로 몰려 내려가 버렸다. 그들이 마침내 시야에서 완전히 사라진 직후에야 율비는 식은땀을 씻어내고는 포탄을 내려놓았다. 그리고 성루에 걸린 횃불 하나를 집어들고 경비병들이 내려간 계단을 통해 성루 아래로 내려왔다.

"마마! 어디 계세요?"

소아를 부르자 계단 아래 그늘에 숨어 있던 그녀가 고개를 내밀었다.

"여기……! 나 여기 있어!"

"되었어요! 이제 뒷산 쪽으로 가요!"

"뒷산? 정문으로 가지 않고 왜 뒷산을……."

뭐라 되물어보려던 소아가 갑자기 율비의 앞섶을 보더니 흠칫 놀랐다. 어버버 벌린 입을 다물지 못하는 그녀의 반응에, 율비 역시 소아의 시선을 따라 자신의 벌어진 앞섶을 내려다보았다.

맙소사!

율비가 놀란 나머지 재빨리 옷깃을 모아 감추며 그 자리에 주저 앉아 버렸다. 벌어진 깃, 그 안에 빙빙 둘러놓았던 가슴띠가 다 풀 어져 가슴이 반 이상 드러나 있었다. 원래 아까 참모장과 멱살잡 이를 하면서 헐렁해졌던 것이 성루 위로 기어오르면서 아래로 벗 겨져 내린 것이다. 성루 위에서 병사들과 실랑이하는 동안에는 율 비나 병사들이나 포탄에만 신경 쓰느라 알아차리지 못했는데, 그 녀가 가지고 내려온 횃불의 빛에 소아가 그를 알아보고 말았다.

"너…… 여자였니?"

떨리는 목소리로 소아가 물었다. 뭐라 대답할 수 있으랴. 율비 는 그만 눈을 감아버리고 말았다.

왜……? 도대체 왜?

물어보고 싶은 말은 수천 가지였으나 어느 것 하나 입 밖에 낼 수 없었다. 율비 역시 그 어떤 변명도 할 수 없었다. 그런데 바로 그때, 폭발음을 들었는지 병영과 연결된 성루 아랫문 쪽에서 수선 스런 고함과 뜀박질 소리가 들려왔다. 이대로 자리를 지켰다간 들 키는 건 시간문제. 율비가 당황해 문 쪽을 돌아보려는데 불현듯 횃불을 든 오른손이 횅해졌다. 돌아보니 소아가 횃불을 낚아채 땅 에 내동댕이치고는 팍팍 힘주어 밟고 있는 게 아닌가. 겁먹어 방 안에만 웅크린 채 철없는 소리나 하던 소아는 다 어디로 갔는가. 병아리를 낚아채는 수리처럼 사나운 소아의 모습에 율비가 그를 멍하니 쳐다만 봤다.

"가자!"

율비가 놀라 번쩍 고개를 들었다. 소아가 그런 그녀의 손목을 잡아 번쩍 일으키더니 눈을 빛내며 속삭였다.

"네가 날 이끌어줘야 돼. 너라면 할 수 있지?"

"아…… 저, 저는……."

"할 수 있어. 아니, 해야만 돼. 살아서 무결 오라버니를 만나야 하잖아. 그분의 아내가 돼야 하잖아."

"……!"

그녀를 인정하는 것이다. 미워하고 쫓아내는 대신 율비더러 무결의 안겸 되라, 그러기 위해 살아나라 채근하는 것이다. 아, 백 마디 위안보다, 백만의 구원군보다 소아의 그 한마디가 더 위력이 강했다.

"흐흐흑!"

율비는 기어코 눈물을 터뜨리고 말았다.

살아야 했다. 이 늑대의 무리를 넘어 태산과 가시밭을 건너 기어코 무결에게로 가야 하리라. 그러나 정작 마음은 그리 외치는데 터져 나오는 눈물에 다리가 휘청거렸다. 꺽꺽 몰아치는 울음에 복장만 아파오고 죽일 놈의 다리는 힘이 풀려 옴찔거렸다. 소아가 그런 율비를 손목 잡아끌었다. 엉엉 우는 율비를 다그치고 달래며, 두 소녀는 불빛이 꺼진 영내의 어둠 속으로 달려들어 갔다.

소녀들이 사라진 빈자리에 한 사내가 가벼운 깃털처럼 뛰어내린 것은 그로부터 한 식(息)*쯤 뒤였다. 간발의 차이로 율비와 소아

---

*식(息):숨 한 번 쉴 정도의 짧은 시간

를 스쳐 보낸 사내가, 폭음이 들려왔던 성루 위를 올려다보더니 곧 귀신같은 몸놀림으로 성루 위로 뛰어올랐다.

"웬 놈이냐!"

뒤이어 성루 문으로 달려들어 온 장학수의 병사들이 성루 위로 올라왔고, 곧 화포 옆에 서 있는 장신의 사내를 발견했다. 병사들이 일제히 기세 흉흉하게 창검을 꺼내며 정체를 밝히라 소리쳤지만 사내는 수레 위에 실린 적이포를 유심히 내려다볼 뿐 별다른 반응을 하지 않다 홀홀히 중얼거렸다.

"양인들의 적이포를 들여왔군. 모르고 상대했다면 큰일 날 뻔했다."

"이런 씨부럴! 네놈이 포탄을 발사한 게냐?"

욕설과 함께 병사들이 창을 집어 던지고 검을 휘두르며 덤벼들었다. 그러나 일진 피바람이 불었어야 할 그 자리에 사내는 이미 없었다. 괴한은 흉검을 피해 마치 바람처럼 날아 뒤로 물러났고, 곧 가뿐하게 한 발로 성벽 위로 뛰어내렸다.

"금소아가 예 있느냐?"

사내, 소수의 정예 부대와 함께 성안으로 숨어들어 온 무결이 물었다.

무결의 진영 측 강변을 샅샅이 뒤진 끝에 마침내 강 상류의 절벽에서 줄에 긁힌 흔적이 있는 나무를 발견했다. 강 건너편의 나무에도 비슷한 흔적이 있는 것을 알아챘고, 곧 산적 도당들이 어떻게 드나들었는지를 짐작했다. 그리고 무결이 몸소 열 명 정도의 소수 정예 부대만 이끌고 도적들과 똑같은 방법으로 강을 건넜다.

줄을 매단 노궁을 건너편 나무 쪽으로 쏠 때에, 그쪽 편에서 번을 서던 경비가 그를 발견하고 고함을 질렀으나 무결 측의 무사가 쏜 궁시에 가슴을 맞고 그대로 절명하였고, 무결 일행은 그 외줄다리를 타고 강을 건너 곧 진채 안으로 잠입하였다.

"씨부럴! 그년이 있는지 없는지 알게 뭐야!"

욕설과 함께 도당이 검을 휘두르며 달려든 순간, 돌연 검광이 번뜩이면서 검을 쥔 도당의 손이 검과 함께 깨끗하게 잘려 나갔다.

"크아악!"

흉적이 피를 뿜으며 쓰러지자, 무결의 검공이 예사롭지 않음을 알아챈 나머지들이 질겁하며 뒤로 물러났다. 아무래도 훈련을 받은 정규군에 비해 한참 뒤떨어지는 그들이었으나, 무결은 산적 도당들을 봐주지 않았다. 무결의 신형이 바람처럼 움직이며 도당들 사이를 뚫고 들어왔고, 일진 피바람은 무결이 아니라 산적 놈들의 목과 허리에서 치솟았다.

대여섯 명의 적병을 일검에 남김없이 베어버린 무결이 잠시 숨을 고르며 성벽 안쪽으로 펼쳐진 어둠을 내려다보았다. 이상하다. 막 성루 아래 도착했을 때도 느꼈지만, 그 막막한 어둠이 이상하게 낯익었다.

어둠이 따뜻하다 느껴본 적은 없었다. 그런데 사방이 적으로 가득한 이 성벽 안에 고인 암막이 이상하게 향기로웠다. 그의 팔에 가득 묻혀 가지고 온 여인의 향기. 그것이 이 빙원처럼 낯설고 차가운 공간에서 느껴졌다.

'착각이겠지.'

상념을 접은 무결이 검을 갈무리한 뒤 그대로 몸을 날렸다. 연이은 비명과 검격 소리에 다른 병사들이 성루로 쫓아왔을 때 무결은 이미 그 자리에 없었다. 무결은 이미 왔던 길을 더듬어 장학수 성채의 오른쪽 측문으로 향했고, 소아의 처소를 찾아내라 명령한 부관과 끌고 온 나머지 부대원들을 그곳에서 만나고 있었다.

감히 지휘관이 적진에 들어갈 수 없다는 만류를 뿌리친 위험한 잠입이었다. 그런데 뜻밖에 성안에서 일어난 맹호의 탈출과 화포의 폭발 때문에 진영이 벌통이 일어나듯 들끓는 바람에 경호 체계가 일시에 와해되면서 무결 일행이 손쉽게 침입할 수 있었다. 맹호는 그들이 성채를 빠져나올 때쯤에야 간신히 잡혔는데, 마치 무슨 귀신에 쒼 것처럼 악에 받쳐 검과 창이 수십 개나 꽂혔는데도 미친 듯이 날뛰었다고 했다. 장학수가 머무는 성채 가장 안쪽의 고루(高樓)를 향해 창검이 꽂힌 채로도 펄쩍펄쩍 뛰는데, 그 도약이 어찌나 힘찬지 3장(丈)은 됨 직한 높은 성벽을 거의 뛰어넘을 뻔했으나, 결국은 힘이 다하여 성벽 밑에 쓰러져 죽었다는 것이다.

"그 덕분에 저희가 잠입과 탈출을 무사히 할 수 있었습니다. 하지만 안타깝게도 소아 마마의 행방은 찾을 수 없었습니다. 양진국 군관을 붙잡아 소아 마마의 처소를 알아냈는데, 어찌 된 건지 저희가 가보니 처소는 텅 비어 있었고, 경비병은 쓰러져 있었습니다."

"소아가 탈출을 했다는 건가?"

"그럴 가능성이 높지 않을까요? 맹호가 날뛰는 와중에 어찌어찌 처소를 빠져나왔을 수도 있지 않습니까.”

그 온실에서 자란 연약한 화초가 감히 도망을 가?

거의 불가능에 가깝다는 생각이 들었지만 지금은 달리 희망을 둘 데가 없었다. 만에 하나 소아가 탈출을 했다면, 그녀는 아직 성채 안을 헤매고 있거나 아니면 그가 모르는 곳에서 사투를 벌이고 있을지도 모른다. 만약 그렇다면, 무결 역시 조금이라도 그녀의 생존율을 높이는 쪽으로 움직여야 한다.

“연화탄을 날려 공격 명령을 내리거라. 장학수 진영이 아수라장이 된 지금이 그들을 해치울 절호의 기회다.”

본디 세워놓은 작전이 따로 있었지만 지금은 그를 달리해야 할 때였다. 전장에서 제일 피해야 할 것은 실기(失期). 천기를 잡은 지금이 바로 공격의 기회다. 곧 무결의 지시대로 부관이 가지고 온 연화탄에 불을 붙여 하늘 높이 쏘아 올렸고, 그에 반응하는 것처럼 강 건너편 무결의 진영 쪽에서도 오색의 불꽃이 상공으로 치솟았다.

만약을 대비해 당장 출전할 수 있도록 강변의 모래톱에 군대를 대기시켜 놓았다. 무결이 신호를 보냈으니 당장 그 선진(先陣)이 강 위에 부교(浮橋)를 걸고 선공대가 강을 건너 마침내 장학수 진영으로 들이닥칠 것이다.

‘그전에 내가 할 일을 해야겠지.’

무결과 함께 온 병사들은 모두 군복 대신 일반인들의 복장이라 무기를 가지고 있는 것 말고는 장학수 진채에 있는 민간인들과 구분하기 어려웠다. 그들은 그런 차림새로 식량 창고로 보이는 빈

창고에 숨어서 기다렸다.

이제 무결의 군대가 밀려옴에 난리가 난 장학수 부대가 나가서 맞서 싸우려 할 때, 그들이 성내에서 교란 작전을 펼칠 것이다. 한밤의 야습, 거기에 그 수가 적다 하나 내부의 적까지 가세하면 이미 맹호와 포탄 폭발로 사기가 땅에 떨어진 장학수 진영은 그야말로 초토화될 터였다. 지옥이 시작되는 것이다.

펑! 갑작스레 장학수 진영 한복판에서 폭음이 일고 불꽃과 연기가 치솟으면서 아수라장 같은 비명과 소음이 소용돌이쳤다. 군사들의 돌입을 기다리고 있던 무결의 수하들이 어찌 된 일이냐며 당황하자 무결이 턱 끝을 쓰다듬으며 말했다.

"내가 적이포에 장난을 좀 쳐뒀다."

적이포는 다른 화포와 달리 미리 탄환을 장전해 둔 자포를 포신 옆에 여러 개 준비해 뒀다가, 연달아 포신에 끼워서 발사한다. 덕분에 다른 화포에 비해 연사력이 비할 수 없이 높지만 대신에 자포와 모포가 딱 맞물리지 않으면 포신이 폭발하고 마는 치명적인 단점이 있다. 무결이 내공을 실어 강타한 포신은 손톱만큼 우그러졌고, 그 작은 틈은 결국 폭발을 일으켰다.

"가자. 이제 마음껏 적들을 유린해 줘야지."

씨익 웃은 무결이 바람결에 신형을 실었다.

율비와 소아가 뒷산으로 올라가는 산길 어귀에 도착한 것은 맹호가 막 사살되기 직전이었다. 용케 우왕좌왕 날뛰는 경호병들 사이를 뚫고 산길을 올라가자, 과연 부엌어멈의 말대로 산 중턱에 초소가 있고 경비병 대여섯 명이 그를 지키고 있었다. 율비가 그 앞으로 뛰어들며 대뜸 소리를 질렀다.

"큰일 났습니다!"

"뭐, 뭐! 무슨 일이 일어난 거냐!"

안 그래도 성안에서 연신 일어나는 짐승의 포효와 폭발에 동요하고 있던 그들이었다. 무슨 일이 일어난 건지 몰라 안 그래도 잔뜩 긴장하고 있는 마당에 율비가 그들을 향해 진담 같은 거짓말을 쫙 늘어놓았다.

"적병들이 쳐들어왔습니다! 밤을 기다려 야습을 해온 거예요! 화포를 쐈지만 포탄이 잘못 떨어져 성벽 아래서 폭발하는 바람에 난리가 났습니다!"

"뭐, 뭐, 뭐야? 그, 그럼 우린 이제 어떻게 해야 되지?"

도망을 쳐야 하는 거 아냐? 서로를 돌아보는 경비병들의 시선에 그와 같은 의중이 오가고 있었다. 거기에 율비가 불을 질렀다.

"엎친 데 덮친 격으로 호랑이까지 풀려났어요. 지금 참모장 나리를 한입에 삼키고 날뛰고 있는데, 살던 산으로 돌아가려는지 지금 이쪽으로 달려오고 있답니다!"

그 말이 결정타였다. 더 이상 초소를 지키고 있을 용기가 없어진 경비병들이 일제히 비명을 지르며 구르듯 산을 달려 내려갔다. 이미 호랑이 날뛰는 소리와 포격 소리를 들었으니, 앞뒤가 얼추 들어맞는 말에 의심할 생각도 하지 못한 것이다.

"이제 가요!"

율비가 얼른 소아의 손목을 쥐고 산길을 오르기 시작했다. 초소를 지나자 길이 점점 좁고 험해지기 시작하는데, 때맞춰 어서 오라는 것처럼 승냥이 떼의 긴 울음이 산마루에서 들려왔다.

"걱정하지 마세요. 저놈들은 우릴 건드리지 않을 거예요."

"꼭 이리로 가야 돼? 장학수 진영이 지금 혼란하니 정문이나 측문으로 나가면 되지 않아?"

"아무리 혼란 와중이라 해도 그건 불가능해요. 성문은 안쪽으로 잠겨 있는데다가 수많은 군병들이 지키고 있을 텐데, 저희가 무슨 수로 그걸 열게 합니까?"

"하지만……!"

"괜찮을 겁니다. 제 오라버니가 말하기를 짐승은 저보다 강한 놈의 배설물 냄새를 맡으면 겁을 먹고 도망친다 했습니다. 장학수가 기르던 호랑이가 한때 이 산의 주인이었다고도 하니, 짐승들이 감히 우리를 노리지 못할 거예요!"

아, 비로소 소아는 율비가 위험한 와중에도 호분을 몸에 바르게 한 이유가 이것이었다는 것을 깨달았다. 마침내 용기를 그러모은 소아가 고개를 한 번 끄덕이고는 율비를 좇아 산길을 달려 올라가기 시작했다. 대기 속으로 흘러들어 오는 맹호의 체취에 놀란 짐승들의 울음소리가 마치 폭죽처럼 터졌다. 어찌 들으면 그것이 마치 어서 달려라, 이 사지에서 도망가라 돋우는 부추김 같기도 했다. 이상하게 두렵지가 않고 기운이 났으며, 해낼 수 있을 것 같다는 벅찬 용기가 가슴에 차올랐다.

우우, 아우우우!

짐승들의 포효가 악머구리 끓듯 왁자하게 산을 울리는 가운데 소녀들은 그 어둠을 뚫고 달렸다. 두려움이 용기가 되고 그것이 가느다란 다리를 북돋우니, 맞잡은 두 사람의 손이 칠흑 같은 어둠 속에서 한줄기 불이 되어 험한 산길을 비췄다.

두 사람이 산을 내려와 무사히 민가에 도착한 것은 그로부터 사흘 뒤였다. 소아와 율비는 그 사흘 동안 산에서 길을 잃고 헤맨 끝에 간신히 무결의 진영과는 한참 떨어진 반대편 산자락 쪽으로 내려왔다.

다시 강왕부에 도착하는 데는 그러고도 사흘이 더 걸렸다. 그도 그럴 것이 온몸에 오물을 바른 똥투성이 소녀가 강왕의 딸이라는 사실을 관부는 물론이고 그 누구도 믿지를 않았으니, 결국 두 사람의 힘으로 강왕부까지 걸어오는 수밖에 없었던 것이다.

✳

장학수의 시신이 머리 없는 채로 무결 앞으로 실려왔다. 혹시 다른 흉적의 시신이 아닌가 걱정할 필요가 없던 것이, 곧 상자에 담은 장학수의 머리도 딸려왔으므로 무결은 별 의심 없이 그를 소금에 절여 강왕에게로 보냈다.

장학수의 마지막은 비참했다. 적이포의 폭발로 인해 기어코 연이은 충격을 못 이긴 성루가 무너졌고, 그로 인해 군병들의 피해가 상당했다. 수적인 피해는 1만이라는 군사에 비하면 많다 할 수 없었지만 안 그래도 혼란한 와중이었던지라 그것이 결정타가 됐다.

엎친 데 덮친 격으로 밀려들어 온 무결군의 야습에 수성(守成)을 포기한 적병들이 달아나기 시작했고 장학수 군대는 허망하게 무너졌다. 결국 목숨을 구하기 위해 장학수가 부리는 최측근 장교가 장학수의 수급을 베어 무결군에게 항복하니, 난공불락이라던 장학수의 요새는 스스로 불러들인 재앙에 결국 함락되고 말았다.

생포한 포로들을 압송하고 전투의 뒷수습을 하는 와중에 강왕부로부터 소아가 무사히 돌아왔다는 소식이 전해졌다. 예상대로 장학수에게 납치돼 있었다는데 다행히 함께 납치된 소환의 도움으로 탈출했다는 것이다. 그 납치된 소환이 율비라는 것을 알 리 없는 무결은 대충의 소식을 들은 뒤 안도하였고, 그 후 거의 보름 정도 더 지나 강왕부로 개선했다.

골칫거리를 해결했다는 낭보를 접한 강국의 백성들이 강성 초입부터 나와 마치 저희들의 왕이 개선하는 양 소리 높여 환호했다. 오랫동안 떠돌이나 다름없는 생활을 했던 자하는 그 모습이 벅차 얼굴에서 기쁜 표정을 지우지 못했고, 무결은 그에 비하면 비교적 담담하게 개선 부대의 선진에 서서 손을 흔들며 환호에 답하였다.

"2천으로 1만을 제압했다. 이 정도면 전투사에 네 이름을 남기기에 충분하겠구나."

외정에서 기다리고 있던 강왕에게 개선례를 마치고 간단한 부대 사열식을 거쳐 군대를 해산한 뒤, 무결은 강왕과 독대했다. 간결한 치하에 무결이 겸손히 대답했다.

"과찬이십니다. 때맞춰 일어난 양진국 내의 소동이 아니었다면 불가능했을 것입니다. 온전히 제 공으로 적을 물리친 것이 아니니, 자랑할 것이 못 됩니다."

"그렇구나. 확실히 온전한 네 공은 아니지. 나도 그리 생각한다."

그렇게 말하며 가만히 웃는 강왕의 얼굴에 묘한 위화감이 떠 있었다. 뭐지, 이건……? 무결이 멈칫하여 강왕의 표정을 살피려 하자 그가 손을 내저으며 말했다.

"가보거라. 기다리는 사람이 있지 않느냐."

이상하다. 엷은 웃음을 띤 채 무결더러 어서 돌아가 쉬라며 등을 떠미는 강왕의 모습에선 뭔가 야릇한 음모의 기운마저 느껴졌다.

"내가 없는 사이 강왕부에서 뭔가 별다른 일이 일어났느냐?"

"아직 자세한 보고를 듣지 못했습니다. 강왕부 안에는 저희 사람이 아예 없는지라……"

걸음을 빨리하여 율비가 기다리고 있을 별채로 향하는 동안 무결은 자하에게 강왕부에서 일어난 저간의 상황 변화를 알아보라 지시했다. 막 두 사람이 그와 같은 의논을 끝내고 별채 안마당으로 들어섰을 때였다. 돌연 그들의 눈에 안마당에 심어놓은, 때 이르게 피어난 양귀비를 손질하고 있는 여인의 뒷모습이 눈에 들어왔다.

……누구? 설마 그가 없는 사이 시비라도 밀어 넣은 건가?

공연히 불쾌해진 기분에 무결이 여인을 향해 다가갔다. 담당 소환이 따로 있으니 물러가라 할 요량이었던 것이다. 그런데 바로 그때 여인이 인기척을 알아채고 뒤를 돌아보았다.

멈칫, 다가가던 걸음이 그대로 말뚝처럼 못 박혔다. 무결도, 자하도 하려던 말을 잊고 심장마저도 잠깐 멈춰 버렸다. 분명 율비다. 그런데 어째서…… 그녀가 여인의 옷을 입고 있는 건가? 어째서 그 모습은 또 그리도 곱단 말인가? 단정한 오발(烏髮)이 어깨 길이 정도로 짧다는 것을 제외하고는 아무리 봐도 아리따운 여인이었다. 백분을 발라 곱게 단장한 것 말고는 별다른 화장도 하지 않았는데 그 얼굴이 눈이 부시다. 그대로 눈이 멀어버릴 것만 같다.

"오셨어요, 전하."

율비가 수줍게 웃으며 무릎을 굽혀 인사했다. 완벽한 여인의 예. 그가 강왕부를 비운 사이 뭔가 일이 있었다. 율비를 소년에서 여인으로 되돌려 놓은, 운명을 바꾼 강력한 사건이.

할 말을 잃어 멍하니 서 있던 무결이 그제야 생각났다는 듯 손을 저어 자하더러 자리를 비워달라 일렀다. 자하 역시 떠날 생각도 않고 얼이 빠져 서 있다 그제야 꿈에서 깨어난 것처럼 번쩍 정신을 차렸다.

'……가기 싫다!'

어여쁜 율비를 그저 바라만 보고 있어도 좋을 것 같았다. 그러나 그녀는 여인이든 소년이든 무결의 것. 그가 욕심낼 수 있는 것이 아니다. 이렇게 열화와 같은 열망이 심장을 뚫고 나와 날름거리고 있는데도.

흉중이 너무 뜨거워 그 열기를 무결에게 들킬 것 같았다. 자하는 몇 마디 인사말을 중얼거리다 그만 황망히 그 자리를 떴다.

"……어찌 된 일이냐?"

무결이 여전히 율비의 단정한 얼굴에서 눈을 떼지 못한 채 묻자, 그녀가 무슨 말부터 꺼내야 할지 몰라 잠시 머뭇거리다 곧 입을 열었다. 그녀가 소아와 함께 납치됐었다는 것, 천신만고 끝에 산채를 탈출한 뒤 산줄기를 타고 내려와 강왕부에 도착했고, 그 뒤 강왕에게 불려가 황궁에 입궁한 사연부터 그동안 무결과 있었던 일을 모조리 실토한 사실까지. 그리고 소아가 국법을 어긴 죄를 추궁하려는 강왕 앞에 뛰어들어 율비를 살려달라 빈 것까지.

납치되는 소아를 살리기 위해 산적들 앞으로 뛰어들었다는 말에는 무결이 주먹을 불끈 쥐었다. 호랑이 우리를 열고 혼란 와중에 호분을 온몸에 묻히고 산으로 도망쳤다는 부분에선 기가 막혀 탄성을 내질렀다. 율비의 지혜가 놀랍기도 하고 제 여자가 그리 참담한 고생을 했다는 사실에 화가 나기도 하는 게다.

한편으로 율비 역시 그녀가 성루를 떠난 직후 무결이 그리로 왔다는 것에 놀랐고, 그토록 그리워하던 그가 같은 공간에 있었다는 것을 알고 새삼 신기해했다.

사실은 무결이 없는 동안 떠나려 했다는 것만 쏙 빼고 저간의 사정을 다 말하고 난 율비가 수줍게 웃자, 봉숭아처럼 홍물이 든 미소를 무결이 넋이 빠져 바라보았다. 율비가 이렇게 멀쩡한 모습으로, 그것도 여인의 모습으로 돌아와 그 앞에 서 있다는 것은 분명 강왕이 그녀를 쫴칠 생각이 없다는 뜻이었다. 더 나아가 무결과 그녀의 사이를 인정한다는 것이다. 무결의 심중에 이루 말할 수 없는 안도감이 퍼졌다.

오랜만에 한 여장이 어색하기도 하고, 무결이 그런 저를 어여뻐 봐줄까 긴장도 되어서 자꾸만 그의 눈치를 살피는 율비를 빤히 내려다보던 무결이 긴 한숨을 내쉬었다.

"나는 바보였구나."

"바보라니요. 왜 그런 말씀을 하세요."

"이렇게 고운 아이를 한때나마 사내아이라 믿었다니, 바보에 눈뜬장님이다. 나 자신이 한심해서 미칠 지경이다."

"전…… 앗!"

느닷없이 무결이 그녀를 번쩍 안아 올렸기에 율비가 기겁을 하고 그의 어깨에 매달렸다. 그녀를 안은 무결이 그대로 와실로 들어갔고, 율비를 침상에 내려놓고는 그 앞에 무릎을 꿇었다. 훌훌 치마를 걷어 올리는 모습에 율비는 무결이 욕심을 드러내나 싶어 볼을 붉혔지만, 정작 무결은 속치마를 벗겨내고 드러난 하얀 다리를 구석구석 들여다보고는 이번엔 소매를 걷어 팔과 어깨를 구석구석 훑느라 여념이 없었다. 다친 곳이 없는지 알아보려 한다는 것을 율비는 비로소 깨달았다.

"제발 나를 미치게 하지 말아다오."

탐색을 마친 무결이 후우 탄식을 토해냈고, 율비는 대답 대신 가슴께에 닿은 그의 머리를 살며시 끌어안았다.

"안 그럴게요. 이제는 온전히 전하의 여인으로만 살게요."

톡, 그저 감추고만 살았던 그녀의 여성성이 부끄럼없이 활짝 봉우리를 피웠다. 완전히 여자인 그녀는, 소년으로 살았던 그때에 비하여 수만 배는 더 고왔다. 깨물어 버리고 싶고, 허물어 버리고 싶은 충동에 무결은 숨이 멎을 것처럼 몸이 떨렸다.

"너는 나를 못난 사내로 만든다."

지금만큼은 여인 없이는 한시도 살 수 없다는 천웅의 심정을 이해할 수 있을 것 같았다. 그도 이 여자 없이는 살 수 없었다. 세상만사를 다 잊고 이 안온한 품속에 자신의 모든 것을 풀어버리고 싶은 욕망이 밀려와 정신을 차릴 수가 없었다.

아아, 인간의 정신이란 어찌 이리 연약하단 말인가. 들끓어 오르는 정염이 전신을 관통하여 칠공으로 뿜어져 나오는 것만 같고, 폭풍처럼 밀어닥치는 감정의 파도를 조절할 수가 없다. 그저 한때나마 그녀를 잃어버릴 수도 있었다는 사실에 몸서리가 쳐지고, 이토록 그를 흔들어놓는 율비가 문득 무서워지기까지 했다.

더 이상 자신을 주체할 수 없게 된 무결이 율비의 허리를 끌어안고 그 입술을 집어삼켰다. 율비 역시 주저하지 않고 굳건한 그의 어깨에 매달렸다. 장학수 진영에 갇혀 있는 동안 얼마나 그리워했던 품인가. 정인을 다시 만난 기쁨은 소심한 그녀마저 대담하게 만들었다. 혀를 짓이겨 버릴 것처럼 거칠게 밀고 들어오는 무결 앞에 율비는 부끄러워 물러나지 않았고, 오히려 조금이라도 더 주고 싶어 애달아하며 구액을 휘감아 들이는 무결에게 거침없이 그녀의 것을 나눠주었다.

하아하아, 단숨이 서로의 폐부로 밀려들어 갔다. 잠시 갈 곳을 몰라 서로의 몸을 허겁지겁 더듬던 손길들이 제자리를 찾아 곧 차례차례 걸친 것들을 벗겨 나갔다.

어느새 껍질 벗긴 옥수수 알맹이처럼 매끄러운 순백의 나신이 굴러 나왔고 무결의 몸 역시 강건한 살을 드러냈다. 두 사람은 잠시도 쉬지 않고 서로의 몸에 무수히 입을 맞추며 한동안 이어진 별리(別離)의 간극을 모조리 녹여 버렸다.

"하…… 응!"

곧 무결의 굳건한 기둥이 속살을 가르고 들어와 박혔다. 버거운 나머지 율비가 고운 아미를 찌푸리고 몸을 틀었지만 무결이 귓가에 입술을 붙이고 속삭이며 자분자분 달래자 결국 조용해졌다. 아아, 자신이 여자라는 것이 얼마나 다행인지. 또 얼마나 자랑스러운지. 이제 아무 거리낌 없이 무결과 사랑을 주고받을 수 있게 된 지금이 율비는 눈물이 날 것처럼 기쁘다.

"아…… 아!"

꽉 잠긴 속살 속으로 온활(溫滑)한 강물이 흘렀다. 단단한 살덩어리는 반드러운 물결을 타고 회유어처럼 근원을 찾아 빨려 올라갔다. 몸 끝이 찌르고 들어올 때마다 화살에 맞은 것처럼 펄떡펄떡 온몸이 휘둘렸다. 더 이상 견딜 수 없어진 율비가 눈물을 흘리며 무결의 어깨에 매달리자 그가 율비의 등을 한 팔로 감싸 안으며 그녀를 자신의 품 안으로 끌어들였다. 순간 깊어진 결합에 온몸에 희열이 소용돌이처럼 차올랐지만 무결은 그리 쉬이 율비를 놓아주지 않았다. 율비의 엉덩이를 붙잡아 떨어지지 않도록 완전히 밀착시킨 그가 들고 나는 속도를 점점 더 높여갔다. 젖은 살을 수차례 뚫고 들어오는 불기둥에 숨이 벅차고 까무룩 혼이 나갔다. 더 이상 견딜 수 없어진 그녀의 영혼이 응축되며 마침내 어느 한

점에서 폭발했고 마침내 율비는 바르르 몸을 떨며 그대로 축 늘어졌다.

어찌하리, 채우고 싶은 욕심은 한이 없지만 하고자 하는 마음을 다 풀었다간 율비가 배겨내지 못한다. 속에 품은 음심을 한 자락이라도 비쳤다간 겁을 먹어 천 리 밖으로 도망갈지도 모른다.

그렇게 놔둘 수는 없지. 무결이 쿡쿡 웃으며 아직도 힘이 풀리지 않은 양근을 여음에서 뺐냈다. 밤은 기니, 그녀를 안을 기회는 아직 얼마든지 있다. 오늘 밤 안에 율비를 재울 생각은 전혀 없으니, 지금은 그저 쉬라 안심시킬 양으로 땀범벅이 된 그녀를 끌어안고 그 이마에 입을 맞췄다. 율비가 힘없이 늘어진 가운데도 방긋 웃으며 그에게로 입맞춤을 돌린다. 그 미소가 얼마나 위험한 건지도 모른 채.

"나 없는 데서 그렇게 웃지 마라."

무결이 갑자기 으르렁거리자 율비가 영문을 몰라 눈을 굴렸다.

"그렇게 눈 굴리지도 말고. 나 아닌 사내에게는 말도 하지 말고, 쳐다보지도 말고, 숨도 쉬지 말고."

"그럼 저더러 어찌 살란 말이에요? 너무하세요, 무결님."

"너무한 거 안다. 아는데…… 후우, 이럴 거면 그냥 남장을 하고 있었던 쪽이 좋았구나. 그때는 이런 걱정은 아니 했는데."

"그럼 다시 남복을 입을까요?"

생긋 웃으며 묻자 무결이 짐짓 눈을 부라리며 대답했다.

"이 세상에서 제일 치사한 게, 줬다 뺏는 거다."

아침이 되자 시비가 문밖에서 기침하실 시간이라 아뢰었다. 율비가 여인이라는 것을 알게 된 뒤 강왕이 소환 대신 붙여준 시녀라는데, 그가 없는 사이 확실히 많은 것이 바뀌긴 바뀐 것 같다. 무결이 일없다 물리고 점심도 생각없다 거절하고는 율비를 안고 놓아줄 줄을 몰랐다. 수라를 드시라 아뢰러 갔던 시녀며 소환들이 그때마다 문틈을 뚫고 나오는 남녀의 신음 소리에 질겁하고 돌아나와야 했고, 결국 해가 기울고 신시(申時)가 될 무렵에야 무결이 농탕질을 멈추고 간신히 일어났다. 율비가 이러다 배가 등가죽에 달라붙거나 무결에게 정기를 다 빨려 죽거나 둘 중 하나일 것 같다고 죽는소리를 했기 때문이다. 마지못해 그녀를 놓아주자 율비가 주섬주섬 이불로 몸을 가린 채로 침상을 내려가더니 벗어놓은 옷가지를 주워 들었다. 가만히 그를 보던 무결이 빙긋 웃으며 말했다.

"내가 입혀주마."

그러지 마시라 사양하는 율비를 억지로 끌어다 앉힌 무결이 속치마부터 치마저고리, 배자까지 즐거이 겹입혔다. 이것도 새로 알게 된 도락이라면 도락. 한 겹 한 겹 옷을 입힐 때마다 속뿐만 아니라 그 겉모습까지 완전한 여인으로 바뀌어가는 것이 무결은 새록새록 즐거웠다.

"화장합(化粧盒)과 경대(鏡臺)를 가지고 오너라."

삭막했던 율비의 방은 새롭게 여인의 것으로 꾸며져, 강왕이 하사한 비단옷이며 화장품들로 채워졌다고 했다. 소셋물을 대령한 시비에게 그리 이르니 명을 받은 시비가 율비의 방에서 그를 가지고 왔고, 무결은 율비를 앉혀놓고 그녀의 얼굴을 요밀조밀 매만지기 시작했다.

"전하, 어찌 사내대장부가 여인의 소용품에 손을 대려 하십니까."

"뭐 어때서 그러느냐. 한나라 때의 문신 장창(張敞)은 늘 아내의 화장을 도와주며 이야말로 부부간의 지극한 애정의 표현이라 찬양하였다."

마지못해 따르는 율비에게 눈을 감으라 이른 뒤 분가루를 톡톡 발라 펴니, 안 그래도 하얗던 얼굴이 진주처럼 더욱 고와지고 보들보들해졌다. 눈을 감고 얌전하게 얼굴을 내맡긴 모습이 새삼 사랑스러워서, 무결이 충동을 이기지 못하고 율비의 눈두덩에 입술을 꾹 눌렀다.

"화장먹을 바르고 나면 못하니 지금 입을 맞춰둬야지."

율비가 쑥스러워 몸 둘 바를 몰라 하면서도 좋아서 새르르 입꼬리가 올라가는 것을 감추지 못한다. 그것이 또 귀엽다. 눈썹먹으로 가느다란 눈썹을 그리고 나서는 연지를 바르기 위해 분접시에 홍화분(紅花粉)을 덜고 기름에 개었다.

"연지를 바르고 나면 못하니 지금 입을 맞춰둬야지."

도화장을 바른 듯 홍조 완연한 볼 구석구석에 입을 맞추니 율비가 간지럼을 못 이기고 키득키득 웃는다. 그래도 꾹 참고 여전히 눈 감은 채로 입술을 쏙 내밀며 이번엔 입술 차례라 은근히 재촉

한다. 보기 좋게 도톰하게 달아오른 입술에 무결이 쪽 소리 나게 입을 맞추더니 붓에다 연지를 찍어 선명한 색을 채워 나갔다.

침상에 앉은 정인들의 장난이 못 견디게 정다웠다. 갈색으로 보기 좋게 그을린 무결의 몸을 감싼 백의가 이울어가는 햇살에 눈부시게 빛났고, 무결의 손바닥에 감싸여 얌전히 볼을 기댄 율비의 자그마한 얼굴 또한 빛을 반사하여 보얗게 얼비치었다.

스스로에게 여성적인 취향이 있다 생각한 적은 없었는데 율비를 오밀조밀 꾸며주는 즐거움이 하 새록새록하여, 인형놀이를 즐기는 소녀들의 마음이 이해가 갈 것도 같았다. 연지 바르기까지 끝낸 율비가 반짝 눈을 뜨니, 새파랗게 질려 그의 눈치를 보던 어린 소환의 얼굴은 다 사라지고, 참을 수 없이 사랑스럽고 어여쁜 여인만 자리하고 있다.

"너는 사람의 말을 하는 보옥이다."

무결이 율비의 볼을 소중하게 감싸 쥐며 속삭였다. 먼 선왕조의 한 황제는 귀애하는 여인을 사람의 말을 알아듣는 꽃이라 찬미했다. 그러나 율비를 어찌 그저 피어난 자리를 아름답게 장식하는 것으로 그만인 꽃에 비유할까. 이토록 지혜롭고 현명하며 용감하기까지 한 그녀를.

이 귀한 여인을 어찌해야 할지, 알면 알수록 모르겠다. 어쩔 때는 건드리는 것조차 두렵고, 닳아버릴까 봐 입을 맞추는 것조차 겁이 난다. 세상에 잃을 게 없고, 그래서 무서울 것도 없다 여겼던 무결을 이리도 마음 졸이게 하는 이가 나타날 줄 뉘 알았으랴. 천하를 잃는 게 두려울까, 율비를 잃는 게 두려울까. 무결은 감히 가늠할 수 없다.

무결이 기어코 제 손으로 입힌 치마저고리를 모조리 다 벗겨내었다. 연지는 입술로 다 뭉개고, 옅은 담장(淡粧)도 얼굴을 거머쥔 손길에 지워져 버렸다. 수선스런 속삭임, 사랑스레 주고받는 눈길과 입맞춤, 그예 속살을 파고드는 조급한 손길.

이 세상 모든 행복은 두 사람이 있는 곳에만 고여 있는 듯했다.

무결이 별채를 나온 것은 그로부터 닷새나 지난 뒤였다. 별다른 채근도 없이 묵묵히 그를 기다렸던 강왕이 무결을 독대한 뒤에야 의미심장한 미소를 띠고 물었다.

"그래, 오랫만에 그 아이를 안으니 그리도 좋더냐? 한 이틀이면 나오나 싶었더니 닷새를 처박혀 있었구나. 아주 그 아이를 얼싸안고 동면이라도 들어간 줄 알았다."

"좋다 뿐이겠습니까. 숙부님도, 아실 만한 분께서 그리 능청스럽게 굴지 마십시오."

"남색이라. 살아남기 위해 그런 연기까지 하다니, 너도 꽤나 급했구나. 그러고도 모자라 나까지 속이려 들었지. 소아와 혼인하는 게 그리도 싫었더냐?"

"소아가 싫은 게 아닙니다. 단지 그 아이가 더 좋은 것뿐이지요."

"포기하지 않겠다는 뜻이냐?"

"포기하지 않는 게 아니라 포기하지 못합니다. 죄송합니다, 숙부님."

"소아와 혼인 안 하면 지원군을 안 준다 해도?"

"안 주셔도 할 수 없습니다. 숙부님께서 약속을 지키지 않는 졸장부가 되는 것은 아쉽습니다만, 저야 어쩔 도리 없지요. 맨바닥부터 다시 시작하겠습니다. 젊은 나이에 조급하게 뜻을 다 이루려 달려들 필요 있겠습니까. 공자도 평생의 대부분을 뜻을 알아줄 군주를 찾아 주유천하(周遊天下)하였습니다. 저 역시 평생이 걸려도 좋으니 차근차근 힘을 빌려 대업을 이뤄 나가겠습니다."

"하하하핫!"

느닷없이 강왕이 너털웃음을 터뜨렸다. 바늘 끝 같은 수염을 흔들고, 온몸을 땅울림에 흔들리는 바윗돌처럼 앞뒤로 움직이며 한참을 웃던 그가 문득 그를 멈추고 엄숙하게 선언했다.

"너에게 아무런 조건 없이 5만의 군사를 내주겠다."

5만이라 하면 원래 무결에게 약조했던 군사보다 거의 배로 늘어난 수이며, 강왕의 군력 대부분에 달하는 수였다. 무결도 놀라 눈을 둥그렇게 뜰 수밖에 없었다.

"늙은이는 물러날 때지. 이제 이빨 빠진 늙은 호랑이 대신 새 영웅이 뒤를 이어야 할 때야. 네가 앞장서거라. 내 너에게 우리 가문의…… 아니, 이 창천의 명운을 걸겠다."

이미 오래전부터 계획을 진행시키고 있었던 듯, 일은 일사천리로 진행되었다. 황도 화하에 남아 있던 강왕비와 그 가족이 비밀리에 탈출해 안전한 곳으로 옮겨갔다. 그와 함께 강왕이 무결의 생환을 축하하는 축연을 그 달 말에 베풀었고, 그 자리에 초대된 빈객들은 경악하였다. 무결이 살아 있었다는 사실과 함께 그간에 일어난 일들이 빛보다 빠른 속도로 퍼져 나가니, 일찌감치 강왕을 받들 준비가 돼 있던 강북의 호족과 군벌들이 그 소식을 듣고 동요하기 시작했다. 창천은 물론이고 황도인 화하의 민심까지 무결에게로 급박하게 기울어 버렸고, 일부러 북국으로 찾아와 군사가 되겠다 자처하는 자들이 기하급수적으로 늘었다.

천웅의 난행이 이미 극에 달해 있는데다가, 여인의 지배를 달가워하지 않았기에 화린을 싫어했던 귀족들은 무결의 생환에 결정적으로 그에게로 돌아섰다. 믿을 수 없는 현 황제나 여인인 황후보다는 군 지휘관으로서 이미 전쟁을 이끈 바 있는 무결 쪽이 그들에게는 훨씬 더 이상적인 황제감이었던 것이다. 강왕의 지원까지 더해졌으니 무결의 승리 가능성이 훨씬 더 높아졌다는 현실적인 이유도 컸음은 물론이다.

마침내 출정의 준비를 마친 것이 해를 지낸 다음해 봄. 청군측(淸君側)*을 기치로 내건 무결이 거병하였다. 황제 천웅이 아닌 그의 눈을 가리는 황후와 그 밑의 조신들을 적으로 칭하고 이를 벌한다는 명분을 내세우니, 그 군력은 사방에서 가세한 수까지 더하여 10만. 창천을 뒤엎기에 충분하고도 남았다.

---

*청군측(淸君側):임금 옆의 간신을 제거함

제8장

소식은 황도에도 전해졌다. 황도 화하는 북방에서 들려온 정란의 소식에 술렁였고, 그러한 격동은 구중 담벼락으로 둘러싸인 황궁에도 전해졌다. 아무리 천웅이 담벼락보다 더 뚫기 어려운 여색과 향락의 벽에 감싸여 있다 해도 황궁 밖의 소식을 아주 들을 수 없었던 것은 아니었다. 가 황후의 문중 세력이 아직 잔존해 있었고 그들은 화린이 그들을 배제한다는 게 확실해지자 유일한 구명줄인 천웅에게 달라붙었다. 아직은 그가 황제, 천웅을 살리는 것이 그들도 사는 길이었다.

　"무결이 그놈! 그 쥐새끼 같은 놈이 살아 있었단 말이냐? 질긴 놈! 뽑아도 뽑아도 또 돋아나는 잡초 같은 놈!"

　소식을 들은 천웅이 격분하여 취중에 술잔을 내던지며 날뛰었다. 미인들과 뒹굴던 거울의 방에서 발가벗은 여자들을 내쫓고 거울을 부수며 광태를 부렸으나 그렇게 미친 듯 분노만 터뜨릴 뿐, 정작 그는 대안을 내놓지 못했다.

이미 술과 나태에 찌든 그의 뇌는 사고란 것을 두려워하게 됐다. 언제나 그렇듯 내버려 두면 화린이 알아서 해주지 않을까 기대하는 한편으로, 아직까지 희미하게 남아 있는 스스로에 대한 자각에 격노했다. 두 감정이 심중에서 격돌하자 자연스럽게 그는 가장 편한 쪽을 택했다. 더 격렬한 재미를 찾아 도피해 버리는 것이다.

"저년, 저년이 나를 희떱게 쳐다봤다! 저년의 눈을 파버려라!"

미처 도망가지 못하고 술상 밑에 숨어 있던 운없는 궁녀가 붙들렸다. 미쳐 날뛰는 천웅의 명령에 죄없는 궁녀가 끌려 나오니 명을 받은 근위병들의 칼끝이 궁녀의 눈을 향하였다.

"폐하! 폐하! 살려주시옵소서!"

"듣기 싫다! 저 시끄러운 혀부터 자르거라!"

추악한 분노가 이제는 광폭한 즐거움이 되었다. 혀가 잘린 궁녀가 비명도 지르지 못하고 괴로워하자 그예 희열을 느낀 천웅이 아예 궁녀의 눈을 파고 사지도 자르라 명하고는 의자를 가져다 놓고 그 모습을 구경하며 낄낄 웃었다.

이미 군주가 아니라 미친개의 형상이었다. 궁인들이 처참한 모습에 흐느껴 울고 뒤로는 손가락질하니, 그 소문은 고스란히 혀와 혀를 타고 바람을 타며 황궁 밖까지 흘러나갔다.

"천웅이 궁 밖에까지 나가 난행을 저질렀다고?"

조신들과 머리 아픈 입씨름을 하고 돌아와 안 그래도 골치가 아픈 화린이었다. 조세를 호(戶)에서 전(田)을 기준으로 매기는 것과 함께, 현물이 아닌 은으로 바치게 하자는 문제로 세안을 발의한 이부 관료들과 대귀족을 중심으로 한 여타 관료들의 갈등이 심했다. 가구(家口)가 아니라 가진 땅을 조세의 지표로 삼으면, 결과적으로 대장원을 소유한 귀족들이 절대적으로 불리하니 결사적으로 반대하는 것이다.

안 그래도 골치가 아픈 마당에 위금이 남몰래 아뢰기를, 천웅이 사냥을 한답시고 호위병들을 끌고 나가 원림에 죄수들을 풀어놓고 활로 쏘고 말로 밟아 죽이며 인간 사냥을 하고 있다는 것이었다. 바로 얼마 전 궁녀를 처참하게 죽인 지 얼마 되지도 않은 시점이었다. 안 그래도 이제는 천웅이라 하면 낮부터 찌푸리던 화린이 그 소식을 듣고는 구역질까지 했다.

"그래서 그 소문이 황도 밖까지 흘러나갔느냐? 그를 전해 들은 민심이 어찌 반응하더냐?"

"그것이……."

"거짓을 사뢰는 건 용서하지 않겠다. 내가 웃전의 비위나 맞추라고 태감을 버리고 너를 중용한 줄 아느냐?"

위금이 머뭇거리자 화린이 아미를 찌푸리며 일갈하였다. 위금의 재치와 똑똑한 일처리 능력을 높이 사서 중히 썼지만, 그는 지나치게 눈치가 빠르다는 것이 단점이었다. 수하가 직언을 꺼리게 되면 끝장이다. 화린은 아첨과 거짓 속에 눈이 멀어버린 천웅이나 전대 황조의 암군(暗君)들과 같은 전철을 밟고 싶지 않았다.

"아뢰옵기 송구하오나, 황제 폐하를 성토하는 격문이 황궁 담벼락에까지 나붙고 있다 하옵니다. 황제의 만행을 규탄하는 상소가 전국에서 빗발치고 있사오며, 더불어 저자에서는 폐하를 풍자하는 패역한 내용의 잡극(雜劇)이 공연돼 사람들이 모여들어 박수치며 이를 구경한다 합니다."

그 풍자극의 내용은 이러했다. 어떤 평화롭던 가문에 사람으로 둔갑한 천 년 묵은 지네가 며느리로 들어온다. 지네의 독기에 홀린 큰아들은 아비와 어미를 죽인 뒤 미쳐 버렸고, 결국 외지에서 돌아온 작은아들이 큰아들을 죽이고 천 년 묵은 지네와 싸워 이긴다는 것이다.

어느 모로 보나 큰아들은 천웅, 영웅으로 추앙받는 작은아들은 무결, 그리고 사내를 홀리고 친부모를 죽이게 한 천 년 묵은 지네는 화린이었다. 화린의 통치가 서서히 효험을 보면서 조금씩 안정되기 시작했던 창천의 민심이, 무결의 생환과 그 뒤에 숨겨진 음모들이 드러나면서 순식간에 그녀를 떠나 버린 것이다.

"우습구나. 그토록 노력했는데도 결국 원점으로 돌아와 버리다니."

갑자기 극심한 피로가 밀려왔다. 허무감과 함께 뭉근한 분노가 독연처럼 온몸에 퍼졌다.

무얼까. 그녀는 도대체 무엇을 위해서 제국을 다스리고 있고, 무엇을 위해 노력하고 있는 걸까.

결국 그녀의 잘못이었을까. 결과가 좋다면 과정이 추악하더라도 용서받을 수 있다 생각한 것이 오산이었던 걸까.

촛불처럼 심중에 그런 자각이 번쩍였다. 그러나 그것도 잠시, 급작스런 분노가 폭풍처럼 밀어닥쳐 와 그 불을 꺼버렸다.

'아니다. 이제 와서 내 노력을 부정할 수는 없어. 그건 나 자신을 부정하는 거나 마찬가지다.'

그녀의 잘못이 없다 할 수 없다. 그러나 일국을 다스렸던 황제들 전부가 무흠하기만 한 자들뿐이었을까. 죄와 공(功) 중에서 공이 더 컸을 뿐, 그 누구도 완전무결한 자는 없었다. 화린 역시 그런 지배자가 될 것이다. 모든 것은 결국 현재가 아닌 미래에서 그 의미를 부여받을 것이다.

"그래도 허수아비로나마 살려두려 했더니, 천웅이란 자가 내 앞길을 망치는구나. 내가 아무리 노력해도 천웅 그놈이 결국 나를 욕먹게 하고 내 발목을 잡고 있어."

어차피 이용하기 위한 수단일 뿐이니, 그 이용 가치를 위해서라도 살려두려 했다. 하지만 이제는 천웅처럼 인간 같지 않은 자와 같은 부류로 취급되는 것 자체가 싫어졌다. 그를 떠올리는 것만으로도 혐오감이 밀려와 미칠 지경이었다. 그를 그런 지경으로 밀어넣은 것이 그녀이긴 했지만, 시작은 비록 화린이 했다 해도 요즘 천웅의 광태는 이미 관성을 타고 점점 더 걷잡을 수 없는 지경까지 흘러가고 있었다.

어쩌면 시작한 자가 그녀이니, 책임을 지는 차원에서라도 이쯤에서 천웅을 처치해야 할지도 모른다. 잠시 교의에 앉아 팔걸이를 톡톡 치던 화린이 곧 모종의 결심을 굳힌 듯 혼잣말로 중얼거렸다.

"이독치독(以毒治毒). 독은 독으로써 제압해야겠지."

어쩌면 독은 그녀 자신인지도 모른다. 황가를 오염시키고 그로 창천을 물들이는 독. 그런 생각에 화린이 쓸쓸히 웃었지만 그렇다고 해서 결심을 바꿀 생각은 없었다.

"모든 것은 먼 훗날, 역사가 판단해 줄 것이다."

창천은 25개의 번국으로 나뉘어 있고, 각 번국은 성(省)과 그 밑의 주(州), 주 밑의 현(縣)으로 세분화돼 있다. 그중에 강국이나 건국처럼 북방과 서방의 극단에 위치한 번국은 오랑캐와 대치하는 지리적 특성상, 방위군의 수를 제한한 다른 번국에 비해 군사의 수가 배로 많았다. 국란 초의 혼란 와중에 외침을 방지하기 위한 창천제의 안배였으나, 오히려 그것은 그 번국이 반란을 일으킬 경우 침입 선상에 가로놓인 성과 주의 군사들이 그를 막을 방법이 없게 만들었다. 뒤늦게 이를 알았을 때는 이미 변방의 번국들의 군사가 너무 비대해져 중앙 정부에서도 손을 쓸 수 없게 된 뒤였다.

진무국은 강국과 연해 있는 것은 아니나, 상진국 땅을 가운데 두고 강국과 근접해 있었다. 황도로부터 멀리 떨어져 있는 이곳을 다스리는 도사와 그 휘하 장병들의 기강은 상당히 풀어져 있었다. 강왕의 조짐이 심상치 않으니 경계하라는 지시가 내려와 있건만,

상진국을 가운데 끼고 있으니 저희 쪽은 신경 쓸 바 없다 하여 상하 간에 태만하거나 아니면 부패하였다.

달빛이 교교한 밤, 그 빛을 틈타 군기고를 털고 있는 것은 군 안에서도 제법 계급이 높은 위사(衛士)였다. 그런 자가 제 부하들을 동원하여 군복과 식량을 빼돌려서는 수레에 싣고 군영 밖으로 나가고 있었다. 군영 밖, 상진국과 면한 경계 근처의 언덕에서 밀거래상을 만나 빼돌린 물자를 건네주기 위해서였다.

"왜 이리 늦으셨습니까? 혹시 들키신 건 아닌가 안달을 하고 있었습니다!"

"처먹인 돈이 얼마인데 그럴 리가 있나. 내 밑의 말단 병사를 비롯해 상관까지 내 돈 먹지 않은 자는 아무도 없네. 그나저나 돈은 준비해 왔겠지?"

"그야 물론입지요. 저번에 전해주신 무기가 꽤 톡톡한 값에 팔렸습니다요. 다음도 이렇게만 해주신다면……. 어라? 왜 그러십니까요?"

위사의 눈이 경악으로 물드는 것을 본 밀거래상이 뒤를 돌아보았다. 언제 나타난 건지 그들이 선 언덕 위쪽으로 일단의 기병들이 나타나 있었다. 선두에 선 기병이 들고 있는 기치에 새겨진 글자가 달빛에 펄럭이며 그 위용을 드러내니, 두 마리 쥐새끼는 곧 그 기치에 새겨진 것이 무결의 문장인 창룡이라는 것을 알아보았다.

"거, 건왕의 군대가 왜 여기에!"

비명은 언덕을 굴러 내려온 말발굽 소리에 묻혔다. 상진국을 돌아 의표를 찌른 공격. 기치를 높이 세운 채 말달려 내려오는 기병들의 기세가 구름에서 달려 내려오는 천마처럼 서슬 퍼랬다. 창천을 둘로 가르는 대전쟁의 서막이었다.

✳

북방 5성이 단숨에 집어삼켜졌다. 천웅군의 연전연패가 거듭되는 가운데 무결군이 북서쪽 대부분을 집어삼키면서 마침내 그의 번국인 건국과의 통로가 뚫렸다. 전쟁이 일어난 지 반년, 무결이 건국 땅을 떠나온 지로부터는 무려 10년이 지난 다음이었다. 파릇파릇하던 소년은 이제 스물아홉의 원숙한 젊은이가 되었으니, 마침내 그의 본거지라 할 수 있는 건국의 수도 건양성에 입성할 적엔 무결도 감개무량하였다.

건양성 중도에 있는 강변에 군대를 주둔시키고 무결과 근위사단 수백 명만 입성하였는데, 그중에 율비도 함께 있었다. 점심나절에야 출발한 무결을 맞이하기 위해 건양성문이 그 전날 밤부터 활짝 열렸고, 성민들이 자정부터 길가에 나와 마침내 귀환한 왕을 기다렸다. 노변에 색색깔 깃발을 꽂고, 나무마다 꽃다발을 걸어놓은 성민들이 마침내 무결이 성 입구에 나타나자 열화와 같이 환성을 쏟아냈다. 바구니에 담아 나온 꽃잎을 던지고 축포를 쏘며 남녀노소를 가리지 않고 저마다 길가로 나와 눈물을 흘리며 춤을 췄다.

무결이 건국의 왕으로 봉공한 세월이 그리 길지 않았으나 다스림이 훌륭하였다. 또한 그가 황도에 붙잡힌 뒤로 무결을 대신하여 섭정으로 봉해진 자의 횡포가 이루 말할 수 없었기에, 강압당한 무결의 처지는 곧 핍박당하는 건국 백성들의 처지와 동일시됐다. 그런 그들의 왕이 마침내 돌아왔으니, 그 기쁨이 마치 일식으로 사라졌다 돌아온 해를 맞는 것과 같았다.

"전하, 전하! 만수무강하옵소서! 연년히 이 땅을 지켜주시옵소 서!"

백 살 넘어 운신도 못하는 호호백발 노파가 길옆에 엎드려 눈물을 흘리며 빌었고, 소년 소녀들은 무결이 탄 수레 앞을 달려가며 피리를 불고 꽃을 뿌렸다. 사방에서 축포가 연달아 하늘로 쏘아올려졌고 폭죽이 펑펑 터졌다.

그와 같은 대대적인 환영을 처음 보기도 했거니와 무결이 일국의 왕이라는 것을 새삼 절감하기도 했기에 수레 밖을 향해 웃으며 일일이 손을 흔들어주는 무결 옆에 앉은 율비는 완전히 기가 질렸다. 그녀가 무결과 같은 수레에 앉아 이 환호의 한 조각이나마 받아도 되는 건가 걱정이 될 정도였다.

마침내 왕궁인 건양궁으로 들어가자 대전으로 향하는 어도 양쪽에 도열한 궁인들이 일제히 천세를 외치며 허리를 굽혔다. 그 전열에 서 있던 늙은 태감이 다가와 왕권의 상징인 옥새가 든 금상자를 바치자, 무결이 웃으며 그에게 물었다.

"섭정이 용케도 부수거나 버리지 않았구나. 무슨 수로 이걸 고이 간수했느냐?"

"애초에 섭정은 이것을 본 적도 없나이다. 섭정이 옥새를 내놓으라 수태 닦달하였으나 있는 곳을 발고한 자가 아무도 없었습니다."

"고초가 상당하였을 텐데, 아무도 말한 자가 없었다는 건가?"

"말할 틈도 없었던 것이, 건국에 파견된 섭정 중에 반년을 넘겨 산 자가 없었나이다. 처음 온 섭정이 좀 오래 살며 횡포를 부렸지만, 재수가 없으려는지 궁인을 희롱하다 복상사하였지요."

"그다음 섭정도 제 명에 못 죽었다고?"

"두 번째 온 자는 사냥을 나갔다가 뱀에 물려 죽었고, 세 번째, 네 번째 온 자는 기가 허약하여 매일 귀신을 보더니 제풀에 심장이 멎어 죽고 말았습니다."

"고약한 곳이로고. 터가 나쁜 것인가, 어찌 오는 섭정마다 다 죽어나갔는가."

"분수에 넘치는 욕심을 부린 탓이지요. 이 땅이 아무나 들어올 수 있는 곳이 아닙니다."

껄껄 웃는 무결 앞에 태감이 은근히 함소하며 대답하였다. 위아래가 똘똘 뭉쳐 지켜낸 땅이었다. 강국과 같은 날카로운 예기는 없었지만 건국 역시 오랜 세월 융적과 싸워오는 동안 특유의 단결력으로 뭉쳤다. 그들이 주인으로 인정한 무결을 강탈과 같이 뺏겨버림에, 분노가 오기가 되고 자존심이 되어서 기어코 압제자들을 쫓아내고 이 땅을 지켜낸 것이다. 어찌 보면 무결을 닮아 무른 듯 강하고, 유연하되 단단한 국민들이었다.

황궁만큼 거대한 크기는 아니어도 무결의 궁인 건양궁도 강왕부 못지않은 큰 성이었다. 대전을 지나고 편전을 지나자 외조의 중추가 되는 큰 층탑이 나왔고, 무결은 율비를 그리로 데려갔다. 서역의 영향을 받아 높이 세워진 층탑은 층마다 경치를 구경할 수 있는 누대가 있어, 위로 올라갈수록 더 먼 곳의 경치가 보였다. 무결의 손을 잡고 7층 층탑 맨 위로 오르자, 돌연 열린 창문을 통해 저 멀리 건양성 내의 바둑판처럼 잘 정돈된 건물들과 성벽 너머의 호수, 그리고 초록으로 펼쳐진 들판이 보였다.

기름진 건국 땅은 산야를 스쳐 지나오는 바람조차 초록이었다. 싱그러운 바람은 풍요로운 대지를 훑고 지나와 율비의 뺨을 어루만지며 붉게 상기된 열기를 식혔다.

"건국 땅을 본 소감이 어떠냐? 이 정도면 나도 군왕이라 할 만하지?"

황족이라 알고는 있었지만 솔직히 말하자면 그가 나라를 다스리는 왕이라는 자각을 별로 해본 적이 없었다. 그래서 율비는 자기도 모르게 고개를 끄덕였고, 그래 놓고는 무결이 크게 웃자 아차 싶어 입을 막았다.

"너무 아름답습니다. 황도 화하가 대륙에서 가장 화려한 곳이라고 하지만 저는 이곳이 더 좋아요. 사람들도, 심지어 이 땅도 모두 전하를 닮은 것 같습니다."

부끄러움을 달래려 열린 창문 밖으로 살짝 몸을 내밀고 중얼거리자 무결이 그녀의 손목을 잡아끌며 누대 안으로 데리고 들어왔다. 내실에는 왕과 왕비가 나란히 앉을 수 있도록 팔걸이가 달린 교의가 층단 위에 놓여 있었다. 그중 왕의 옥좌에 앉은 무결이 옆자리를 탁탁 두들기며 말했다.

"앉아봐라."

"어찌…… 왕비만이 앉을 수 있는 자리가 아닙니까. 제가 어떻게 그 자리에 앉을 수 있겠어요."

"이런, 황후좌가 아니면 안 된다는 거냐? 왕비좌로는 성이 차질 않아?"

"전하! 아닙니다. 제가 어찌 그런 가당치도 않은 욕심을……!"

"네 자리다. 이 자리에 너 말고 다른 여인을 앉힐 생각은 없다. 그러니 내 옆에 앉아다오."

율비가 당황스럽기도 하고 한편으로 심장 아래쪽으로부터 저절로 물기가 차오르기도 해서 차마 말을 못하고 눈만 깜빡거리며 서 있자, 무결이 손수 그녀를 잡아끌어 왕비좌에 앉혔다. 그리고 다정하게 속삭였다.

"잠깐만 머물러 있다 가거라. 왕비좌는 온기만 느껴보라고 앉힌 터야. 시간이 얼마나 걸릴지 모르겠지만, 언젠가는 반드시 황후좌에 앉혀줄 것이다. 정식으로 책봉 교지를 내리고 자미궁 대전에서 너를 황후로 맞을 거야."

"저는 평범한 사족의 딸입니다. 저처럼 미천한 신분의 여인이 어찌 전하의 안결이 될 수 있겠어요. 그런 말씀은 거둬주세요."

"뭐 어떠냐. 나야 어차피 황실에서도 내놓은 사람인걸. 뭐라고 손가락질하는 자들이 있으면, 내 황제가 돼서 다 눌러주마."

"전하……!"

"네 신분을 결정하는 것은 나다. 내가 왕이라면 너는 왕비가 될 것이요, 내가 황제라면 너는 황후가 될 것이다. 반역자의 아내로

낙인찍히는 것만은 피하고 싶다만……. 나는 너에게 그것까지 감수해 달라고 부탁하고 싶다. 율비야, 내 아내가 되어다오. 누가 억지로 끌어다 붙인 이름뿐인 아내가 아니라, 나를 진심으로 사랑하고 내가 마음 깊이 은애하는, 진정한 아내가 되어다오."

더 이상 견딜 수 없어진 율비가 기어코 눈물을 쏟아내고야 말았다. 제발 버리지 말아달라고 머리를 풀고 매달려야 할 것은 그녀 쪽이었다. 그런데 무결은 그런 그녀에게 오히려 아내가 돼달라고 간구한다. 어찌 그에게 거절의 말을 할 수 있을까. 가자고 하면 지옥의 가장 깊고 뜨거운 곳까지도 맨발로 달려가리라.

하롱하롱 떨어지는 눈물을 삼키며 율비가 간신히 고개를 끄덕이자 무결이 웃으며 그녀의 뺨에 입을 맞추고는 속삭였다.

"왕좌에서 여인을 안는 색광은 되고 싶지 않다. 그러니 그렇게 예쁘게 울지 말아다오."

회의가 있다며 무결이 대전으로 간 뒤 혼자 남겨진 율비에게 한 떼의 시녀들이 들이닥쳤다. 후궁도 아니고, 그렇다고 아직 왕비도 아닌 어중간한 신분이었기에 율비는 그녀를 모시라 명받았다는 시녀들의 호들갑이 영 어색하기만 했다. 목욕을 돕겠다는 말에 혼자 할 수 있다 사양했더니 당돌한 시녀 한 명이 답삭 대답했다.

"마마는 어찌 그리 자신을 낮추십니까! 왜 자꾸만 자격이 없다 말하세요! 건왕 전하께서 인정하신 분입니다. 전하께서 내 왕비다, 하면 그것으로 된 거여요. 신분이 높든 낮든, 마마께서는 저희들의 왕비 마마십니다!"

더 이상 반박할 말을 찾을 수 없을 정도로 정곡을 찌른 충고였다. 무결과 율비 사이에 있던 일이야 신중한 무결의 입막음 덕분에 그들이 알 길 없었지만, 그녀들의 말마따나 무결이 인정했으면 그걸로 된 거였다.

율비가 뭐라 대답할 사이도 없이 시녀들은 그녀를 난짝 들어다 욕탕에 밀어 넣었다. 꽃잎을 잔뜩 띄워놓은 욕탕에 몸을 담그고 나니 서서히 몸이 풀렸다. 기분 좋은 향기도 나는 것이 아마 욕물에 향초라도 넣은 것 같다. 그녀의 예상대로 향초를 담은 베주머니가 욕탕 한구석에 떠 있는 걸 발견한 율비는 어린아이처럼 좋아하며 주머니에 담긴 향초 냄새를 킁킁 맡아봤다. 시녀들이 그 모습을 보고 어이가 없어 서로의 얼굴을 보며 쓴웃음을 짓는 것을 율비는 몰랐다. 아마도 미래의 왕비 마마는 그 순진함으로 무결을 사로잡았나 보다, 하고 시녀들이 율비의 뒤에서 은밀한 의중 담긴 시선을 교환하였다.

목욕을 마치고 나왔더니 이번엔 아라비아에서 들여왔다는 값비싼 비단옷과 패물이 기다리고 있었다. 창천에서는 본 적 없는 이국적인 무늬들이 수놓인 아라비아 비단에, 집 한 채 값과 맞먹을 정도로 비싼 금강석과 홍옥이 어우러진 귀고리는 어찌나 휘황찬란 번쩍거리는지 보는 것만으로도 어지러울 지경이었다.

그동안 율비에게 호사는 고사하고 고생만 시킨 게 미안한 무결이었다. 이제야 제 나라를 찾은 무결이 가장 먼저 내린 명이 국고에 비전해 온 패물부터 찾아내는 것이었다. 섭정들에게도 숨겨왔던 곳간 문이 활짝 열리고, 그로 건국의 왕비들에게나 전해 내려오던 잠채와 패옥들이 모조리 율비에게로 내려졌다.

율비는 뭐가 뭔지 몰라 얼떨떨해하는데 시녀들은 오랜만에 맡겨진 일거리에 신이 나, 맡겨만 두시라 큰소리를 떵떵 치며 그녀를 분단장시키고 값진 패물들을 주렁주렁 걸었다. 그러고 난 후 거울을 대령해 율비를 비춰보니, 남복이나 걸치고 다니던 옛 모습은 기억해 내기 어려울 정도로 아리따웠다.

"마마, 한 시진 전부터 기다리시는 분이 있사옵니다. 알현실로 드시옵소서."

태감이 고하는 말에 율비가 그리로 향했는데, 거기서 기다리고 있는 것은 상상하지도 못한 사람이었다.

"오라버니!"

맙소사. 어떻게 그가 여기에 있단 말인가. 놀라기는 그 역시 마찬가지였는지 알현실 의자에 앉아 있던 그가 벌떡 일어나더니 변모한 율비의 모습을 얼이 빠져 바라봤다. 율비가 달려가 그를 얼싸안으니 그제야 율민이 충격에서 벗어났고, 남매는 엉엉 울음을 터뜨리며 지난 회포를 풀었다.

알고 보니 율비가 건국에 도착하기 전에 무결의 명에 따라 율민을 비롯한 모든 가족이 미리 옮겨져 있었다고 했다. 전쟁을 시작하기 전, 화린이나 천웅의 마수가 뻗칠까 저어한 무결이 율비의 가족들이 있는 곳을 추적해 건국으로 탈출시켰다는 것이다.

"아버님도 함께 궁에 오고 싶어하셨지만 네가 황궁에 들어간 뒤로 건강이 많이 약해지시는 바람에 결국 오지 못하셨단다. 하지만 걱정하지 말거라. 지금은 휘련이 건국에서도 물 좋은 정양지에서 아버님을 모시고 있는데, 다행히 건왕 전하께서 돌봐주신 덕분에 많이 회복되셨단다."

아버지 송인주가 그리된 것은 율비가 입궁하게 된 것이 자기 탓이라는 자책 때문이었다. 그를 들은 율비의 얼굴빛이 흐려지자 율민이 얼른 그녀의 머리를 쓰다듬으며 위로했다.

"그보다 너야말로 어찌 그런 짓을 했느냐. 친척집에 가 있다는 아버님 말만 믿고 찾지 않았는데 알고 보니 나 대신 환관이 되어 입궁을 했었다니……."

"죄송해요. 죄송해요, 오라버니."

율비가 황궁에 들어간 뒤로 율민이 그녀를 찾아가려는 생각도 했었지만, 아버지 송인주가 쓰러지는 바람에 그를 간호하느라 그럴 틈이 없었다고 했다. 그러다 무결이 보낸 밀정들이 나타나고 나서야 저간의 사정을 모두 알았다는 것이다.

"어쩐지 사채업자 곽무수가 말미를 더 주겠다 하는 게 이상하긴 하더라. 하지만 그때는 아버님까지 쓰러진 상태라 더 따지고 있을 겨를이 없었지."

못난 자신에 대한 자책감으로 괴로워하던 율민이 문득 웃음을 머금으며 말을 이었다.

"그 곽무수가 지금은 어찌 됐는지 아느냐? 건왕 전하께서 우리 일가를 불러들일 무렵에 어찌 된 건지 도박판에서 큰 빚을 지는 바람에 대월로 도망치는 신세가 됐다 하더라."

건국으로 오고 나서야 알게 된 것이었지만 알고 보니 그것 역시 무결이 손을 쓴 것이었다. 무결이 수하로 하여금 곽무수를 꾀어들여 큰 도박 빚을 지게 했고, 그 빚을 갚아주는 대신 율비 일가를 더 이상 건드리지 않겠다 약조까지 받게 했다. 덕분에 곽무수는 창천에서 사라졌고, 그로 율비 일가는 마음 떳떳하게 되었다. 솔직히 그동안 곽무수며 그에게 진 빚을 완전히 잊고 있었는데, 무결 덕분에 그 모든 걱정을 덜 수 있게 됐음에 율비와 율민이 손을 맞잡고 이 기구한 운명의 반전을 울고 웃으며 신기해하였다.

환관이 돼 입궁한 율비가 건왕의 왕비로 나타날 줄이야 뉘 알았으랴. 사실 놀라운 운명의 반전에 가장 기가 막혀 한 것은 율민 쪽이었다.

바로 그때 태감의 외침과 함께 무결이 알현실로 들어왔다. 남매 간의 상봉을 방해하지 않기 위해 기다릴까도 했지만, 율비에게 지대한 영향을 끼쳐 왔던 오라비 율민을 만나고 싶은 호기심이 컸기에 결국 찾아온 것이었다.

'허어……?'

율민을 보자마자 든 생각은 순수한 감탄이었다. 제 오라비가 그리 잘났다 추어올리던 율비의 자랑이 꼭 헛말은 아니었다. 실제로 눈앞에 대하고 보니 율민은 그의 예상 이상으로 잘생긴데다가, 속세를 떠난 신선처럼 신비한 분위기까지 갖고 있었다.

율비가 남자로 태어나면 꼭 이런 얼굴일까. 그런 생각을 하니 신기하기도 하고, 한편으로 율비가 여인인 게 다행이다 싶어 안심이 되기도 했다. 그러나 그것도 잠깐, 무결은 서서히 불쾌해지기 시작했다.

"그래서요, 오라버니, 율목이는 어찌 되었습니까? 병이 다 나았다고 하던데, 아직도 전씨 부인과 함께 고향에 머무르고 있나요?"

오랜만에 오라비를 만난 기쁨에 조잘조잘 떠들어대느라 율비는 아까부터 율민과 손을 맞잡고 있다는 것을 깨닫지 못했다. 그 장면을 무결이 뚫어져라 쳐다보고 있으며, 율비는 그런 무결을 신경도 쓰지 않고 오로지 오라비하고만 이야기를 나누고 있다는 것도. 워낙 사이좋은 남매였기에 그런 친근한 접촉을 이상하다 생각해본 적이 없었는데, 지켜보는 무결은 은근히 뱃속이 들끓기 시작했다.

'마음에 안 든다······!'

자신이 졸장부라 생각해 본 적은 한 번도 없었는데, 율비 앞에서만은 예외인 것 같다. 다정하게 대화 나누는 율비와 율민 남매를 바라보던 시선이 점점 세모꼴로 올라가더니 급기야 무결이 자리에서 벌떡 일어났다. 그러더니 갑자기 달라붙어 앉아 있는 율비와 율민 사이를 비집어놓으며 두 사람 사이에 덜컥 끼어 앉아버렸다.

"전하, 뭔가 불쾌하신 일이라도 있습니까? 소신이 무슨 무례를 저질렀는지요?"

율민이 조심스럽게 묻자 무결이 짐짓 웃으며 대답했다.

"아무것도 아니오. 부디 내게는 신경 쓰지 말고 이야기들 나누시오. 남매간에 그리 사이가 좋으니 보기 좋구려."

입으로는 그리 말했지만 행동은 전혀 달랐다. 율비가 쭈뼛쭈뼛 눈치를 보다 율민에게 뭔가 말을 걸려 하자 무결이 재빨리 그녀 앞으로 끼어들며 율민이 보이지 않도록 완벽하게 가려 버렸다.

"저기, 그나저나 오라······."

"요즘 날이 좋구나. 당분간 짬이 났으니 내일은 녹양호에 나들 이나 가면 어떻겠느냐?"

"정말입니까? 감사해요, 전하. 그러면 오라버니와 함께······."

"어이쿠, 생각해 보니 내일은 날이 흐릴 것 같구나. 나들이는 말 고 그냥 하루 종일 궁에서 쉬는 게 나을 것 같다. 나와 단둘이서 말이다."

율비가 율민에게 말을 걸려 하는 족족 무결이 끼어들어 둘 사이 를 방해 놓으니, 눈치없는 율비는 오늘따라 무결이 왜 이러나 이 상해했고, 같은 사내인 율민은 무결의 심중을 눈치채고는 이러지 도 저러지도 못해서 안절부절 식은땀만 흘렸다.

황궁에 연일 피비린내가 끊이질 않았다. 전선에서 계속 들려오 는 패배의 소식은 황제 천웅을 미치게 만들었고, 천웅은 그 화풀 이를 애꿎은 궁인들의 목을 베며 풀었다. 술과 잔치를 줄이고 정 사에 매진해 달라 간언하는 충신의 혀를 뽑고 그를 과녁판에 매달 아놓고 화살을 쏘지를 않나, 광기는 나날이 더해져 하루라도 피를 보지 않으면 잠을 자지 못할 정도가 됐다. 오죽하면 무결이 죽인 광적 장학수의 귀신이 천웅에게 씌었다는 소문까지 돌 지경이었 다.

그러거나 말거나 무슨 꿍꿍이인지 여인이 군무에 나서는 것이 아니라는 핑계를 대고 그저 지켜만 보고 있던 화린이 어느 날 불쑥 천웅을 찾아왔다. 나른한 봄밤이었다. 전선에선 피비린내 나는 혈투가 벌어지고, 투항하는 군사들이 지천으로 늘어나며 전선 근방의 백성들이 속속 무결 쪽으로 도망쳐 가는 나날, 천웅에 속한 모든 것들이 점점 초라해지고 오그라들어 가는 속에서 유독 화린만 화사하게 아름다웠다.

황제로 즉위한 초기에 두 사람을 위해 특별히 만든 화려한 대욕탕으로 천웅을 초대한 화린은 그 어느 때보다 요염했다. 금실을 섞어 짜 반짝이는 자화조포는 야들야들 얇아 속이 훤히 비쳐 보였다. 그 반짝임 아래 들여다보이는 짙은 수풀이 모처럼 천웅을 흥분하게 했다.

"웬일인가, 화린? 소 닭 보듯 쳐다볼 때는 언제고, 오늘은 무슨 바람이 불어 나를 유혹하는 거지?"

"남편의 몸과 정신이 곤할 때 그를 위로하는 것도 아내의 몫이지요. 그동안은 폐하께서 온갖 여인들과 진진한 재미를 보시느라 제가 위로할 필요가 없지 않았습니까."

"그대가 대준 여인들이 아닌가. 어떤 아내가 남편에게 시앗을 대주며 바람을 피라 부추길까. 그대가 내 정신을 그리 다른 데로 돌려놓고 국정을 마음대로 가지고 놀고 있다는 것을 내 다 알고 있다."

"어머나, 이런 억울할 데가. 국정이라는 것이 얼마나 귀찮고 힘든지를 폐하께서 잘 아시면서 그러십니까. 62개 성에서 매일 올라오는 주접(奏摺)*과 온갖 상소에 비답을 달다 보면 이 머리와 손이

---

*주접(奏摺):지방관과 안부 형식으로 주고받는 비공식적 보고서

다 닳아버릴 지경입니다. 각다귀처럼 달려드는 그 치다꺼리들을 제가 폐하 대신 해드렸더니 이제 와서 저를 탓하시는 겁니까?"

천웅이 더 이상 토를 달지 않고 낄낄 웃더니 화린의 허리를 붙잡아 욕탕 안으로 끌어들였다. 달덩이처럼 풍만하게 부풀어 오른 엉덩이가 곧 그의 양물을 품고 내려앉았고, 천웅은 위아래로 는실난실 요동치는 뜨거운 속살에 감겨 뇌수까지 푹 잠겨 버렸다.

정치란 원래 그가 좋아하는 영역이 아니었다. 갈퀴 같은 욕심에 자신의 것을 뺏기는 것은 절대 용납할 수 없었지만, 그것을 지키는 데는 관심이 없었다. 화린의 말마따나 그 골치 아픈 것은 그녀가 맡아주고 자신은 지금처럼 황제가 가질 수 있는 모든 즐거움을 그대로 누릴 수 있다면 천웅은 아무런 상관이 없었다. 머리가 나쁘지 않아 화린의 속내를 어느 정도 꿰뚫어 보는 그였지만, 좋은 두뇌와 좋은 성정은 비례하지 않는 법이다.

천웅은 파도처럼 밀려오는 쾌락 속에서 정신을 놓았다. 이래도 저래도 결국 한세상, 재미지게 살다 가는 게 뭐가 나쁘단 말인가. 가진 힘을 이용하지 않고 방치하는 게 더 바보 같은 짓이 아닌가.

"하아…… 역시 그대만 한 여인은 없어, 화린. 후궁에 채워놓은 1만 계집들을 다 합쳐도 그대처럼 나를 만족시키는 여인은 없다."

몇 차례의 정사 끝에 장소를 침전으로 옮긴 두 사람이 또 한 번 질척한 교접을 끝내고 침상 위에서 엉켰다. 만족스러운지 그녀의 젖가슴을 문지르며 중얼거리는 천웅의 말에 화린도 홍염(紅艶)하게 웃으며 대답했다.

"제게도 폐하만 한 남자는 없습니다. 저야 비교할 대상이 없기는 합니다만 말입니다."

"무결과 몸을 섞었다면 좋았을까? 말해봐, 화린. 놈이 남색가라서 그대를 가까이하지 않았다고 해도 그래도 명색이나마 부부였으니 놈의 몸을 보긴 봤을 게 아닌가. 놈과 나, 어느 쪽이 남자답지? 응?"

"그까짓 몸, 본 적도 없지만 좋으면 얼마나 좋았겠습니까. 오죽 사내답지 못하면 여인이 아니라 같은 남자를 상대할까요. 무결이 사내만 아끼는 것도 여인을 만족시켜 줄 만한 크기가 아니라서 그런 게 아닌가 싶기도 합니다. 사내의 후원이야 아무래도 여인보다야 채우기가 쉽겠지요."

"하하하핫! 그것참 걸작이로세! 화린, 그대는 정말 재미있어!"

"그런 사내가 지금 좀 기세를 타고 날뛴다 해서 그리 불쾌해하실 것 없습니다. 폐하께서 몸소 전선에 나가 지휘를 하시면 무결군은 금세 무너질 거예요."

"과연 그럴까? 그대는 무결을 너무 과소평가하고 있어. 무결은 몰라도 강왕의 군사는 그리 약하지가 않아. 게다가 건국과 연결되면서 그 군세가 배로 더 늘어나기까지 했다."

"아무리 강해봤자 신묘한 작전 앞에서야 폭풍에 휘말린 낙엽처럼 우수수 쓸려가기 마련이지요. 폐하께서 계책을 세워 실행하시면 반드시 상황은 역전될 겁니다. 그들의 세가 제법 불 일 듯 일어났다고 하지만, 그래 봤자 대륙 한 귀퉁이에 머물러 있을 뿐 여전히 창천의 천하예요. 무서울 게 뭐가 있단 말입니까?"

"그렇게 말할 때는 그대에게 계책이 있단 뜻이겠지. 말해봐, 화린. 뭔가 좋은 생각이 있나?"

화린이 함빡 웃음을 머금으며 천웅의 허벅지 위로 올라앉았다. 천웅의 코끝을 살살 간질이며 새살거리는데, 마치 그 모습이 먹이를 희롱하는 고양이 같기도 하고 뱀 같기도 했다.

"날뛰는 호랑이를 굳이 억지로 잡으려 들지 마세요. 지금은 그 대로 지쳐 힘이 소모될 때까지 내버려 두는 게 좋아요."

"무슨 뜻이지?"

"상옥추제(上屋抽梯)라는 말이 있습니다. 적을 옥상 위에 올려놓고 사다리를 치워 버리는 게지요. 적에게 작은 이득을 주어 창천 깊숙한 곳으로 유인한 뒤에 원군의 도움을 받지 못하도록 차단하면 무결은 곧 사지에 빠지게 될 것입니다."

"으음……. 허면?"

"일단은 져주세요. 몇 번이고 져주면 무결의 군사가 신이 나서 전선을 밀고 올라올 겝니다. 아군 지역 깊숙한 곳까지 들어올수록 전선과 보급선은 점점 길어질 거예요. 그때 보급로를 차단하면 무결군은 고립될 겁니다."

나쁘지 않았다. 그럴듯한 계책이기도 하거니와 지금까지의 패배가 마치 무결을 끌어들이기 위한 사전 포석으로 보일 수 있다는 게 천웅은 더욱 마음에 들었다.

"과연 일리가 있군. 그대는 역시 영리해, 화린. 내일 군무 회의를 개최해 이 작전을 군신들에게 검토하도록 하겠다. 그대의 계책이 잘 들어만 맞는다면, 이번에야말로 무결의 숨통을 끊어버릴 수 있을 터야."

다음날 천웅이 큰소리친 바와 같이 화린이 주청한 작전이 난상 토론에 붙여졌다. 위험한 것이 아니냐 하는 반론이 없지 않았지만 워낙에 천웅이 막무가내로 밀어붙이기도 했거니와, 천웅이 얼마 전 교체시킨 대장군이 제 목을 성히 보존하고 싶은 마음에 그 작전이 과연 그럴듯하다 편을 든 덕에 결국 그와 같은 계책을 실행에 옮기기로 하였다.

무결군의 주력군과 대치하고 있는 황군봉에서 일부러 패배할 것을 지시하는 군령이 내려졌다. 그리고 이후로 계속해서 주력군을 내륙 깊숙한 곳으로 끌어들이라는 지시도.

"그러다 건왕에게 땅을 내주게 되면 어찌합니까. 유인이 아니라 단지 패배로 끝나면 결국 건왕의 영토만 넓히게 되는 게 아닌지요. 너무 위험합니다."

황후전에서 쉬고 있는 화린에게 차를 가지고 들어온 위금이 그리 말하자 화린이 차게 웃으며 대답했다.

"살을 주고 뼈를 취하는 것도 전략의 하나다. 뺏겨도 상관없다. 제국을 내 손에 넣으려면 어느 정도 그 힘을 약화시킬 필요가 있어."

"그를 위한 계략이었단 말씀입니까?"

놀라 되묻는 위금을 외면한 화린이 교의에서 일어나 방 안을 이리저리 거닐기 시작했다.

"이 어리석은 것들은 위험이 뭔지 닥쳐봐야 내 통치력에 매달릴 것이다. 나는 그들이 매달릴 때 제국을 빼앗을 것이야."

가만히 걸음을 멈춰 세우고 웃는 화린의 웃음이 한월처럼 희었다. 자식을 잡아먹는 귀자모신(鬼子母神)이 그에 비견될까. 잔인한 모정은 자식을 사지로 떨어뜨리고 자신에게 살려달라 손 내미는 모습을 확인하고 싶어, 그로 자신이 얼마나 필요한지를 확인받고 싶어 위태로운 줄을 타고 있었다.

귀자모신이 될까, 관음이 될까. 화린은 알 수 없는 미래에 자신을 걸었다.

상황이 좀 이상했다. 무결은 벽에 걸린 작전도를 보며 고민했다.

전쟁이 시작된 지 벌써 1년이 넘었다. 교전의 대부분을 승리로 이끌며 파죽지세로 밀어붙인 결과, 창천의 북측으로부터 시작해 북서쪽까지 진출하는데 성공했다. 그런데 그 전선이 요즘 묘하게 일그러지고 있었다.

"군사 배치에 뭔가 걸리는 것이 있으십니까, 전하."

전략 회의를 위해 군막에 모인 휘하 군관들의 시선이 무결에게로 모였다. 휘하 군관들의 대부분은 아직 강왕의 사람들이었지만 자하를 비롯해 건국 출신의 장교들도 이제 3분지 1을 넘었다. 무결에게 복종하기는 마찬가지였지만, 아무래도 강왕부에 속한 군관들에게 자신의 속내를 다 털어놓기에는 아직 조금 껄끄러웠다.

신중히 말을 고르던 무결이 조심스럽게 입을 열었다.

"승리가 너무 부자연스러울 정도로 길게 이어지고 있네."

그의 말에 군관들이 너나 할 것 없이 서로의 얼굴을 돌아보았다. 일리가 있다는 파, 어이가 없다는 파. 순식간에 각양각색으로 갈린 자들 중에서 후자에 속하는 우장군이 반박했다.

"그는 창천 황제*의 실정으로 인해 자연스럽게 군력이 약화된 결과가 아닙니까. 전투를 벌이기도 전에 아군 쪽으로 투항해 오는 적군들이 부지기수입니다. 심지어 어떤 성은 우리 군이 당도하기도 전에 성문을 열고 환영을 할 정도이니, 승리가 부자연스러운 것이 아니지요. 모든 것은 사필귀정이라 할 수 있을 것입니다."

"자네들의 사기를 꺾고자 이런 말을 하는 것이 아니네. 잘 싸우고 있는 그대들의 능력을 폄하하고자 하는 것이 아니야. 하지만 이 전선을 보게. 마치 못과 같은 모습으로 주력부대가 적진 깊숙이 들어가 있는데, 그에 비해 서부와 동부 쪽의 전선은 전진하는 속도가 느리네. 이런 형세는 좋지 않아. 만약 적이 측면을 파고들어 여기, 영운령 고개를 차지하게 되면 주력부대가 고립되게 되네."

무결의 말이 일리가 있는 것이어서 회의에 참가한 군관들이 곧 그 문제를 놓고 토론을 벌이기 시작했다. 그의 염려가 충분히 근거가 있는 것임에도 불구하고 반론 역시 만만찮은 것은 다른 이유가 있었다.

"전하의 말씀이 과연 옳습니다. 그러나 지금 중군이 점하고 있는 오남성은 진휘성과 가깝습니다. 진휘성이 어떤 곳입니까. 운하

---

*창천 황제:여기선 현재 황제인 천웅을 이름

를 끼고 있어 물자의 이동이 자유로우며 황국의 거의 모든 물자가 진휘성을 거쳐 갑니다. 진휘성을 점령하면 곧 운하를 통해 황도로 진격할 수 있는 교두보를 갖추게 되는 셈입니다. 고지가 바로 눈앞에 있는 마당에 전선을 뒤로 물리는 것은 불합리한 일이라 사료됩니다."

"그 말도 맞습니다. 만약 좀 더 속도를 내어 진휘성을 차지하면 영운령이 차단돼 후방과 끊기더라도 어려움이 없습니다. 물길을 타고 다시 북방으로 올라갈 수 있으며, 오히려 후방군을 지휘해 양동작전으로 영운령을 차지한 적군을 협공할 수 있습니다."

참모들의 의견이 양쪽으로 나뉘어 결론이 나지를 않았다. 무결 역시 진격 속도를 높여 진휘성을 차지할 경우의 이득이 크다는 것을 모르지 않았기에 고민이 깊어질 수밖에 없었다. 결국 결론 내리기를 미룬 채 무결은 생각을 정리하기 위해 그의 침막으로 돌아갔다.

이 시절쯤이면 다가오는 장마로 인해 전쟁은 잠시 소강상태를 맞고 있었다. 며칠 정도 전선을 떠나 있어도 별문제는 없으리라.

'그녀를 본 것이 너무 오래되기도 했지.'

씁쓸히 인정하지 않을 수 없는 것이, 잠깐 얼굴을 떠올린 것만으로도 뱃속 한복판이 따뜻해지니 이 몹쓸 중독은 이제 몸에서 지우기 힘든 것이 된 듯하다.

보고 싶다, 떠올리니 마음이 급해졌다. 무결은 그날로 자하와 몇십 명의 호위대만 대동하고 완양성으로 향했다. 완양성은 무결이 있는 곳과는 성 하나를 사이에 두고 떨어져 있는 곳인데, 적진 깊숙이 들어온 최전방과 달리 사방을 무결군이 점령하고 있어 안전한 지역이었다. 무결은 그곳에 율비를 데려다 놓고 군무가 비교적 한가해질 때마다 틈틈이 그녀를 찾았다.

"요즘 잠을 잘 못 이루는 듯하더구나. 뭔가 불편한 것이 있느냐?"

완양성으로 향하는 길. 마신(馬身) 하나쯤 떨어진 거리에서 뒤따라오는 자하를 향해 무결이 물었다. 여전히 충직한 그였으나 요즘들어 점점 더 말이 없어지고 밤이면 통 잠을 이루지 못하다가 불쑥불쑥 수련을 해야 한다며 오밤중에 부하 병사들을 닦달하거나 혼자 검무를 추기도 한다는 것을 알고 있었다.

충직함 말고는 다른 감정을 보이지 않았던 그에게서 자꾸 고뇌의 기미가 읽히는 것은 어째서일까.

"그럴 리가요. 불편한 것은 없습니다. 전하께 불민한 모습을 들키다니 제 수련이 모자란가 봅니다. 앞으로 더욱 정진하겠습니다."

"게서 더 정진을 하다간 탈영병들이 속출할 게다."

그러고 더 말은 하지 않았지만 자하가 뭔가 변했다는 느낌은 영 달라지지를 않았다. 완양성으로 돌아가 좀 쉬라는 명에도 전선에 남겠다며 고집을 부리지 않았던가. 어쩐지 완양성을 일부러라도 피하는 것 같다는 인상에 무결은 꺼림칙하였다. 의심이 점점 확신이 돼가고 있었다. 불신이 그들 사이를 갈라놓는 것은 원하지 않았다. 그러나…… 만약 무결의 추측이 맞는다면 여기서 자하를 멈추게 하지 않으면 안 된다.

"내가 그리 모시기 쉬운 주군은 아니지."

"전하, 어찌해서 그런 말씀을 하십니까."

"반군여반호(伴君如伴虎)*라고 하지. 내가 호랑이는 아니지만 수하를 호강시켜 주는 주군도 아니야. 내 밑에 있는 동안 죽을 고생도 많았고 천대도 많이 받았지. 네가 아니었으면 나도 지난 세월을 견디지 못했을 것이다. 자하야, 네가 정말 고생이 많았다."

"전하……."

사지를 함께 뚫고 나온 수하. 그렇기에 거의 동료보다, 가족보다 더 살가웠다. 그런 그를 쳐내는 것은 아무리 맺고 끊음이 분명한 무결이라 해도 쉬운 일이 아니었다. 그것도 아직 확실하지 않은 예감 때문이라면 더욱더.

그러나 언제까지고 고민만 하는 것은 그에게나 자하에게나 못할 일. 잃고 싶지 않기에…… 멀리할 수밖에 없다.

"완양성으로 들어가는 대로 후방으로 갈 준비를 하거라."

"네?"

빙해에 떨어진 것 같은 서늘한 직감이 전신을 덮쳤다.

'설마…… 알아차리신 것인가?'

무결이 그의 마음을 눈치챈 게 틀림없다. 그렇지 않고서야 가장 믿음직한 수하인 자신을 이 중요한 시기에 후방으로 보낼 리가 없다.

"네게 건국을 맡기고 싶다. 내가 없는 동안 수석 태감과 그가 뽑은 신료들이 건국을 잘 맡아 보살폈지만 아무래도 군사 면에선 미

---

*반군여반호(伴君如伴虎):군주를 모시는 것은 마치 호랑이를 모시는 것처럼 어렵다는 뜻

비해. 건국은 내 본거지와 같은 곳이 아니더냐. 절대로 허술한 점이 있어선 안 될 것이야. 자하야, 네가 건국으로 돌아가 그곳의 방비를 맡아다오."

그리고 그곳에서 마음을 정돈한 뒤 다시 내게로 돌아와 다오.

하고 싶던 말의 일부는 끝내 하지 못하고 심중으로 삼켜 버렸다. 그 말을 내뱉었다간 결국 자하의 마음을 인정하는 것이 되기에 무결은 그럴 수가 없었다. 우직한 자하가 계속해서 흔들리는 것은 자하 자신에게도 독이 됨을 알기에, 무결은 그런 그를 붙잡아주고 싶었다. 눈에서 보이지 않으면 마음도 멀어질 것이다. 율비도, 자하도 잃고 싶지 않았기에 무결은 그리 용단을 내렸고, 자하가 마음을 정리하고 돌아와 다시 그의 곁에 서기를 빌었다.

그러나 무결은 배려라 생각했던 그의 명을 자하는 그 반대로 받아들였다. 오히려 안 그래도 위태롭던 그의 심중은 마치 격랑을 만난 배처럼 크게 흔들렸다.

'추방인가……? 결국 나를 내쫓으시려는 건가?'

알고 있다. 무결은 분명히 알고 있다. 그래서 결국 그를 내치려는 것이다. 불안에 떨던 자하의 영혼이 굉음을 내며 크게 일그러졌다.

무결이 내민 손이 자하에게는 가늠 수 없는 일격이었다. 그가 미처 헤아리지 못한 바가 있었으니, 결벽증에 가까울 정도로 고지식한 자하의 성정으로는 그가 품은 속내를 무결이 알아챘을지도 모른다는 가정 자체가 견딜 수 없는 것이었다. 스스로에 대한 혐오감이 해일처럼 밀려와 자하를 쓰러뜨렸다.

'아니야! 아닐지도 모른다. 그저 전하의 말마따나 가장 신뢰하는 내게 중차대한 임무를 맡기시려는 건지도 몰라!'

무결이 그를 믿지 않는다면 본거지나 다름없는 건국을 그에게 맡길 리가 없지 않은가. 그러나 이성은 그리 말하였으되 수면 밑에 잠긴 그의 무의식은 전혀 다른 말을 쏘삭여댔다. 들켜 버린 이상, 더 이상 무결의 충직한 부하로 남을 수 없다며 그의 혼을 쥐어 짰고 그 지독한 악력에 자하의 영혼은 크게 비틀렸다.

깨어졌다. 무결도, 자하도 지금은 알 수 없었지만, 자하의 결곡하던 충성심은 이 순간 금이 가버린 것이었다.

"건국으로 가는 것이 마땅치 않느냐?"

무표정한 그의 모습에 무결이 그리 물었지만 그 말이 자하에게는 무서운 협박으로 들렸다.

"……아닙니다."

문득 가지 않으면 어쩔 거냐고 묻고 싶어졌다. 소리를 지르고 반항을 하고 싶어졌다. 그런 제 모습에 자하는 기가 막혔다.

사람이 어찌 단숨에 이리 바뀔 수 있는 걸까. 믿을 수 없는 일이었지만 이미 그의 안에서 뭔가가 달라졌다. 겉은 여전히 자하였지만, 그래서 묵묵히 무결에게 건국으로 가겠노라 순응하였지만, 그의 내부엔 돌이킬 수 없을 정도로 커다란 균열이 가 있었다.

복종하려는 자하와 반항하려는 자하. 그들이 각자의 방향을 향해 맹렬하게 달리기 시작했다.

완양성의 성주는 전투 초기에 항복하였고, 하여 무결은 손쉽게 입성한 후 성주의 저택을 사저로 쓰고 있었다. 성주를 모시던 하인들 역시 그대로 쓰되, 율비를 시중들 시녀와 소환들만은 건국에서 데려온 자들로만 뽑았다.

"낭랑(娘娘)은 어디에 있느냐."

번을 서는 소환에게 물었더니 그녀는 저택 뒤에 꾸며진 화원에 있다 하였다. 소환으로 있을 적에는 몰랐는데, 율비의 남다른 취미는 의학 공부 외에도 꽃을 돌보는 것이라 했다. 해서 무결은 율비를 완양성에 데리고 온 후 가장 먼저 저택의 후원을 확장하고 각 구획마다 봄과 여름, 가을, 겨울 사계절의 꽃을 심어 계절별로 즐길 수 있게 했다.

공을 들인 것이 그것뿐이겠으며 해주고 싶은 것이 그뿐이겠냐마는, 율비는 무결이 선물한 화려한 보석과 장신구보다는 후원의 꽃을 더 좋아해서 무결이 없을 적에는 거의 그곳에서 살다시피 했다. 해서 무결은 이제 여인들이 좋아할 법한 귀물보다는 율비가 좋아하는 책과 꽃을 선물하기를 즐겼다.

'진즉 여인인 걸 알았다면 더 귀하게 대했을 것을 말이지.'

여인이 아니라 덜 잘해줬다기보다는 힘을 얻기까지 시간이 걸렸다 해야 할 것이다. 아쉬운 바 없지 않았지만 지금이라도 못다한 몫까지 전력을 다해 채워주리라. 지나간 시간을 벌충하려는 무결의 성의는 조금 안달에 가까운 면도 있었다.

율비가 있다는 하원(夏園)으로 들어가니 그녀가 철제 난간에 엉긴 덩굴장미 아래 전지가위를 들고 서 있는 게 보였다. 잠시간 장맛비가 멈춘 사이 꽃을 손질하러 나왔나 보다. 북쪽에 가까운 완양성에서는 장미가 더디게 피어나고 더 늦게까지 화려함을 자랑한다. 소담한 꽃송이와 그 꽃송이만큼이나 작고 흰 얼굴이 진록과 연분홍, 다홍이 어루러기진 사이에서 피어나 있었다.

'마치 꽃과 같구나.'

율비가 좋아할 만한 선물을 들고 그녀가 기뻐할 얼굴을 그리며 다가가던 무결이 멈춰 서서 생각했다. 무결이 귀한 꽃송이 하나를 별저에 숨겨놓고 틈만 나면 찾아가 들여다본다는 소문은 진즉부터 나 있었다. 사실은 남색가가 아니었으며, 그것이 다 천웅을 안심시키기 위한 계략이었다고 대충 진실과 비슷한 소문이 돌기도 했다. 그러나 수없이 많은 소문 중에 율비가 사실은 남장한 소환이었다는 것은 들어 있지 않은 걸 보면 강왕의 입단속이 대단히 엄중하였던 것 같다.

"언제 오셨어요, 전하."

기척을 눈치챘는지 율비가 뒤를 돌아보고는 와락 화색을 띠며 달려왔다. 나풀나풀, 어느새 등에 닿도록 길어져 제법 여인다워진 머리채가 풀꽃처럼 날렸다. 예쁘게 말아 올리고 장식하라고 진주 잠채(簪釵)를 비롯해 수많은 패옥을 선물했지만, 율비는 대부분을 받아만 둘 뿐 쓰지 않았고, 대신 머릿결에 윤기를 더한다는 곤륜산의 옥 장식만 길게 늘어뜨린 머리에 꽂아두었다. 그 수수함이 더 마음에 들긴 하지만, 그래도 가끔은 완벽하게 꾸민 그녀의 모습이 보고 싶기도 했다.

어쩌면 가장 보고 싶은 건 금은 진주로 꾸며진 봉관(鳳冠)*을 쓰

---

*봉관(鳳冠):황후가 쓰는 관

325

고 적의를 입은 모습일지도 모른다. 머지않아 그의 손으로 꼭 이뤄주고 싶은.

"어째 요즘 더 마른 것 같구나. 입맛이 돌지 않는 게냐. 볼살이 쏙 빠져 버렸구나."

"제 볼살은 어떤 분이 저번서 오셨을 적에 하도 빨아대서 그리 된 거지요. 다 아시면서 누구 탓을 하세요."

제법 새침하게 조잘거리는 것이 여간 귀엽지가 않다. 새삼 단전이 뭉치는 것을 느낀 무결이 그녀의 손에 가지고 온 선물을 들려주며 속삭였다.

"빨아들인 것이 뺨뿐만이 아닌데, 그러면 네 가슴은 아예 없어져야 되는 것 아니냐, 응?"

은밀한 농담에 능금처럼 새빨개진 율비가 재빨리 무결의 선물 쪽으로 화제를 돌려 버렸다. 무결이 건네준 것은 창천의 서쪽에 있는 나라 대월에서 들여온 꽃씨였다. 마른 사막에서도 피울 수 있는 튼튼한 종자이니 율비의 화원에서도 곧 소담한 꽃송이를 피울 수 있을 것이다. 무결은 좋아라 눈을 빛내며 꽃씨를 들여다보는 그녀의 손목을 끌어다 후원 한 켠에 놓은 장의자에 앉혀놓고 그가 없는 동안에 일어난 일들을 물었다.

소아가 곧 혼인을 할 것 같다는 소식이 도착해 있었다. 그녀의 나이 율비와 동갑이니 혼인을 하기엔 다소 늦은 나이다. 무결을 율비에게 양보한 뒤로 무슨 바람이 들었나 줄곧 싸돌아다니기를 즐겨 하더니, 덜컥 여행 중에 만난 사내와 혼인을 하겠다고 나서서 강왕부에 난리가 났었다. 사내의 지체가 낮은 것 때문에 강왕의 반대가 심했는데 무결로 인해 받은 마음의 상처를 오직 그로 인해서만 치유할 수 있다는 소아의 고집에 결국 지고 말았다고 했다. 그런데 그 사내가 알고 보니 대월의 큰 상인이라, 소아가 훌륭한 신랑감을 구했다 해서 다시 한 번 또 화제가 됐다는 것이다.

"대월의 상재(商宰) 하군안이라면 상인이라 하여 얕볼 수 없는 사내지. 오죽하면 상인이 아니라 상재라 불릴까. 대월은 본디 사막이 나라의 대부분인 보잘것없는 곳이었는데, 그 땅에서 큰 철광산이 발견되면서 사람과 물자가 모이기 시작했지. 그 철광을 발견하고 개발한 자가 바로 하군안의 선조고 지금은 하군안이 그 주인이다. 때문에 나라의 무기와 군비가 그에게 다 달려 있어 왕관만 안 썼을 뿐 거의 왕이나 다름없다고 들었다. 그 떼쟁이가 이번에야말로 제대로 된 사내를 만났나 보구나."

사실 반란이 성공할지 안 할지 모르는 불확실한 상태에서 강왕의 가문과 연을 맺는 것은 상당히 위험한 일이었다. 아마도 하군안 측에서도 반대가 상당했을 것이 틀림없다. 만약 무결과 천웅이 벌이고 있는 전쟁이 무결의 패배로 끝난다면 대월과 창천의 사이도 상당히 불안해질 게 뻔하니, 하군안의 청혼이 소아의 가문을 노린 것만은 아니었을 게다.

문득 여동생을 시집보내는 심경이 된 무결이 흐뭇하게 웃었다.

"상황이 상황인지라 내가 전선을 비울 수는 없겠구나. 나 대신 숙부님과 소아에게 하례 인사와 예물을 전해줘야겠다."

"제가 어찌 전하를 대신할 수 있겠습니까. 저보다는 자하님을 보내는 게……."

"왜 네가 나를 대신하지 못하느냐. 왕 대신 왕비가 경사에 참석하는 것은 결례가 아니다. 아직 정식으로 혼례를 올리지 않았으나 숙부님이나 소아나 너를 내 아내로 알고 있다. 게다가 소아가 너를 좋아하니 이제는 나보다 네가 가는 것을 훨씬 더 기뻐할 것이다."

무결이 단호하게 막아버리니 율비도 더 이상은 거절하지 못했다. 무결이 그런 그녀를 들여다보다 곧 흡족하여 율비의 손을 잡았다.

"강왕부에 가면 이제는 완양성에 와도 한동안 너를 보지 못하겠구나."

담은 뜻이 은근하여 율비가 금방 무결의 속셈을 알아차렸고, 눈에 띄게 당황하며 엉덩이를 슬쩍 옆으로 물려 앉았다. 지난달에 전장에서 잠시 돌아왔던 무결이 며칠 동안 그녀를 몹시도 못살게 굴었던 기억이 난 것이다.

"왜 그리 멀찌감치 앉는 거냐. 내가 뱀이냐, 구렁이냐."

짐짓 농을 걸어도 율비는 그의 말마따나 뱀 앞의 쥐처럼 잔뜩 굳어 자꾸만 엉덩이를 물릴 뿐이었다. 그 모습이 애달프긴 하지만 어쩌나, 보기만 하면 만지고 싶고 안고 싶은걸. 그렇게 피하는 모습이 오히려 자꾸 자극이 되는걸.

"꺅……!"

무결이 결국 더 이상 참지 못하고 율비의 허리를 덥석 안아다 제 무릎에 앉혀 버리고 말았다. 그러고는 숨도 쉬지 못하도록 그녀의 입과 목덜미에 진한 입맞춤을 퍼부었다. 호흡이 달린 율비가 발버둥을 치자 그제야 무결이 그녀를 놓아주고는 물었다.

"내가 너를 건드리는 게 그렇게도 싫으냐? 내게 안기는 게 조금도 즐겁지 않아?"

"아니에요! 그런 게 아닙니다!"

화들짝 놀란 율비가 급하게 고개를 저었다. 목덜미까지 빨개진 그녀가 누가 듣지 않나 주위를 둘러보더니 마지못해 속삭였다.

"저도…… 전하께 안기는 게 좋아요."

"그런데?"

"……하지만 너무 여러 번 하시니까."

율비가 더 이상 말을 잇지 못하고 고개를 푹 수그려 버렸다. 그 모습이 어찌 그리 어여쁜 걸까. 창피해 어쩔 줄 모르는 그 모습이 오히려 그에게는 지독한 도발이라는 걸 율비는 모르는 걸까.

"아앗!"

무결이 끌어안은 그녀의 몸을 장의자 위로 눕혔다. 화원의 입구엔 호위병을 세워놓아 출입을 금하게 했으니 이 비밀스런 밀지엔 단 두 사람뿐이다. 아니, 다른 자가 있다고 해도 더 이상은 참을 수 없다.

"전하…… 전하, 제발 이러지 마세요. 하시려거든 안으로……. 아!"

율비가 다급하게 애원했지만 무결은 듣지 않았다. 간단하게 그녀의 비갑을 벗겨내고 젖가슴을 가린 주요의 끈을 풀어내 버린 무결이, 흘러내린 옷깃이 허리께까지 내려가고 사과살처럼 희고 동그란 젖가슴이 드러나자 그 끝을 함빡 베어 물었다. 바르르, 율비의 몸이 요동을 치고 허리가 한껏 휘었다. 수치심에 무결을 밀어내려 애를 썼지만 쉽게 밀려날 그가 아니다. 오히려 어깨를 밀쳐대는 율비의 손목을 모아 쥐고 손가락을 빨아들이자, 안 그래도 예민한 율비가 또 한 번 발딱 요동을 쳤다.

"킥!"

그 반응이 재밌어 무결이 율비의 몸 중에 예민한 곳만 골라 깨물기 시작했다. 그럴 때마다 율비가 자지러졌고, 웃음과 교성이 번갈아 튀어나왔다.

하아, 하아. 희롱당하는 사이 어느새 은밀한 밀지는 젖어들었다. 굵은 손가락이 들어와 그녀를 도발하려는 듯 앞뒤로 움직이자 더 이상 율비도 반항하지 못하고 무결의 어깨에 매달리며 신음성을 내질렀다. 무결이 그런 그녀를 번쩍 들어 그의 무릎 위에 올려놓았다.

오늘이야말로 기필코 율비 쪽에서 매달리게 할 것이다. 기어코 그녀의 입에서 제발 안아달라는 말이 나오게 할 것이다. 작심을 한 무결이 율비 안에 들어가지는 않고 그 입구 근처에서만 서성거렸다. 그녀의 등을 받쳐 세우고 아담하게 솟아오른 유두를 자근자근 물고 빨며 희롱만 할 뿐 정작 쾌락의 극점을 찾아 들어가지는 않으니, 아무리 소심한 율비라고 해도 이쯤되자 서서히 조급해지기 시작했다. 꽉 채워줘야 할 곳에 꿀물만 넘쳐흐르니 갈증에 뜨거운 물을 마신 것처럼 갈급하고 허전하기만 한 것이다.

"전하…… 전하. 아……!"

"왜……? 하고 싶은 말이 있으면 하려무나."

차마 들어와 달라는 말을 못하고 율비가 입술을 오무락거리자 무결이 짓궂게도 그녀의 엉덩이를 움켜쥐고 솟아오른 기둥 쪽으로 이끌었다. 자아, 이쯤이면 애원할 만도 한데? 하지만 무결이 은근히 기대하며 그녀의 목덜미에 자근자근 입술자국을 내도 율비는 요지부동이었다. 도톰하게 부풀어 오른 입술을 죽어라 깨물며 몸부림을 칠 뿐이다.

어찌하랴. 약한 것은 무결 쪽이니. 사실 그녀를 희롱만 할 뿐 제대로 탐하지 못하는 이 시간, 율비보다 훨씬 더 괴로운 것은 그였다. 무결도 더 이상 참을 수가 없었다.

"내가 졌다!"

잔뜩 화가 나 소리를 지른 무결이 그대로 율비를 들었다가 제기둥 위로 앉혔다. 헉, 단숨에 가장 깊은 곳까지 꿰뚫린 율비가 비명을 지르며 무결에게 매달렸다. 마침내 갈증이 해갈됐다. 율비가 하부로부터 치밀어 오르는 희열을 견디지 못하고 하악하악, 밭은 숨을 내뱉었고, 무결 역시 가둬놓은 본능의 고삐를 풀고 마음껏 폭주하기 시작했다. 맞물린 두 몸이 부끄러움도 모르고 위아래로 함께 움직여 가는 가운데 흥분도 함께 높아졌다. 그러느라 두 사람은 그들만의 은밀한 공간에 침입자가 나타났다는 것을 몰랐다.

화원의 입구에 나타난 것은 자하였다. 명이 있을 때까지 들어오지 말라는 무결의 지시를 모르는 바 아니었으나 그가 보고받은 첩보가 상당히 긴박한 것이어서 무결을 찾을 수밖에 없었다. 무결이 걱정한 바대로 영운령 쪽을 향해 적 부대가 움직이는 정황이 포착됐다는 첩보였다. 그 움직임이 미미하여 확실히 영운령을 급습할 것인지는 미지수였으나 일단 알아는 둬야 할 터, 하여 자하는 예가 아님을 알면서도 급하게 화원을 찾았다. 설마 무결이 이런 장소에서 여인을 탐할 줄은 몰랐기에 무방비하게 화원으로 들어섰고, 그 순간 자하는 너무나 보고 싶었지만 동시에 절대로 보고 싶지 않았던 모습을 보고야 말았다.

율비가 거기 있었다. 허리 위를 온통 드러낸 채, 단 한 번 본 뒤로 잊으려 수없이 애를 썼지만 절대로 잊을 수 없었던 소담한 가슴을 드러낸 채 무결 위에서 흔들리고 있었다. 흘러내린 옷가지가 허리춤에 걸쳐져 무결과 그녀가 결합한 부위를 가리고 있었으나, 한껏 고조된 운우의 기쁨이 그녀의 온 얼굴과 몸에 황홀하게 새겨진 모습까지 가리지는 못했다.

자하의 숨이 멎어버렸다. 그 무엇보다 강한 화살에 심장을 꿰뚫린 것처럼 비틀거리며 뒷걸음질을 쳤다. 아아, 보지 말아야 할 것을 봤다는 것을 자하는 직감했다. 왜, 왜! 왜 바로 이 시간 이곳에 오고 말았단 말인가. 왜 기어코 열지 말아야 할 금단의 상자를 열어버리고 말았단 말인가. 자하는 낙망하였고, 그를 향해 내려치는 거센 운명의 일격을 받고 휘청거렸다.

어떻게 그 자리를 떠났는지 자하는 기억하지 못했다. 정신을 차렸을 때 그는 이미 완양성 내에 있는 자신의 별채에 들어와 있었고, 귀신같은 몰골로 제 머리를 감싸 쥔 채 상탁에 엎드려 있었다. 자신이 본 것이 무엇이었는지, 그리고 자신이 무엇을 느꼈는지, 강한 깨달음이 섬광처럼 그의 가슴을 가로지르며 화원을 빠져나온 뒤로 암흑처럼 텅 비어 있던 그의 내부를 채웠다. 그리고 그것을 깨달은 자하는 울부짖으며 그 자리에 쓰러지고 말았다.

숨기고 애써 생각하지 않으려 꼭꼭 눌러뒀던 새카만 욕망. 하지만 사실은 외면하고 외면해도 단 하루도 그녀를 생각하지 않은 적이 없었다. 무의식 속에서, 꿈속에서 언제나 지독한 욕망은 율비를 향해 있었다.

그가 그렇게 하고 싶었다. 눈부신 그녀의 나신을 안고 그의 무릎에 앉혀놓고 사랑해 주고 싶었다. 그가 율비를 채우고 그녀를 환희에 떨게 하며, 그녀가 아낌없이 베풀어주는 정성스런 사랑을 받고 싶었다.

그렇게 할 수만 있다면! 율비를 제 것으로 만들 수만 있다면! 그는 영혼이라도 바칠 수 있었다. 심장을 조각조각 찢어 율비 앞에 바치고 제 사지를 잘라 그녀에게 내밀 수 있었다. 부귀영화가 무엇이고 천하가 무슨 소용이랴. 그녀가 없다면. 율비가 없다면!

"내가 미쳤구나! 어찌 그런 짓을! 어찌 전하의 여인을!"

바닥을 뒹굴던 자하가 벌떡 일어나 제 뺨을 모질게 후려쳤다. 삿된 생각을 떠올린 제 머리를 벌하려는 것처럼, 벽으로 달려간 자하가 미친 사람처럼 머리를 쿵쿵 짓찧었다. 발광하고 절규했다. 오물처럼 제 머리에 달라붙어 떨어지지 않는 집착을 떨어내려 자하는 짐승처럼 울부짖고 몸부림을 쳤다.

그러나 그러면 그럴수록, 그를 괴롭히는 추한 욕망은 그의 심장을 난도질하였다. 다시는 돌이킬 수 없도록 그 심장을 뜯어내고 베어내며 율비를 갖지 못하면 이 괴로움이 영원할 것이라고 그의 영혼을 꼬드겨 내었다.

사람이 어찌 이리 살 수 있단 말인가. 이렇게 비참한 모습으로 어떻게 살아가야 한단 말인가.

그를 괴롭히는 아픔의 강도가 너무나 격렬했기에, 죄책감과 처절한 고통에 양분되던 그의 영혼은 삽시간에 지쳤다. 이런 추한 욕망을 가진 것 자체가 이미 무결에 대한 배신이라는 것을 자하는 인지하였고, 그것은 오히려 그를 순식간에 허물어지게 했다.

그는 이제 무결의 부하 될 자격이 없었다. 그렇다면 더 이상 율비를 희구해서는 안 될 게 뭐란 말인가……!

한동안 똑바로 누워 시야를 가로막은 천장만 멍하니 응시하던 그의 눈에 일순 광기 어린 미소가 서렸다. 그렇게 생각하니 너무나 마음이 편했다. 암흑처럼 어둡던 심중에 광명이 서린 것도 같았다.

그러나 그것도 잠시, 아직까지 버리지 못한 양심이 나락으로 추락하는 그의 영혼을 붙잡았다. 아냐, 아냐. 어찌 그럴 수 있단 말인가. 잊자, 잊어버리자. 얼마 안 있으면 율비는 강왕부로 떠날 것이고 그 역시 건국으로 가게 된다. 보지 않으면 잊을 수 있을 게다. 그로 사람의 도리를 다할 수 있을 게다.

'하지만 그러면 영원히 그녀를 볼 수 없겠지……!'

아마도 자하가 건국으로 가게 되면 무결이 율비와 혼례식을 올리는 자리가 아니고서야 다시는 그녀를 볼 일이 없을 것이다. 이별. 영원한 별리. 그러나 지금 그녀를 잡는다면……?

찰나간에 심중이 펄떡펄떡 뒤집혔다. 욕망의 추가 대번에 무게 중심을 바꿔 반대쪽으로 기울었고, 잊겠던 결심은 지금이 아니면 그녀를 가질 수 없다는 절박함으로 바뀌었다.

만약 이 기회를 잡는다면? 그리하여 율비를 안을 수 있다면……?

그의 영혼이 한순간에 그의 육신을 떠나 암흑 같은 우주를 헤매었다. 욕망과 양심이 분리되어 각자의 방향으로 부유하였다.

'나는…… 아아…… 나는!'

강한 사내가 허물어지는 데 드는 시간은 생각보다 짧았다.

그의 안에서 시커먼 욕망이 빗장을 뚫고 사정없이 쏟아져 나오기 시작했다. 사람의 인력으로 거스를 수 없는 거대한 파도. 자하의 영혼은 그 거센 파도 속에 완전히 파묻혀 버렸다.

자하가 시체 같은 몰골로 그의 처소를 나온 것은 그로부터 사흘이나 지난 뒤였다. 무결은 그보다 더 긴 시간 동안 율비와 함께 시간을 보내느라 방문 밖을 나서지 않았기에 자하가 두문불출하였다는 사실을 몰랐고, 더하여 영운령 근방에서 천웅의 군대가 이동하고 있다는 사실 역시 보고가 자하 선에서 멈춰 있던 탓에 전혀 알지 못했다.

며칠 만에 두 눈이 동굴처럼 퀭하게 들어가고 말라비틀어진 모습으로 나타난 자하를 본 수하들이 놀라 무슨 일이냐 물었지만, 자하는 그에는 대답하지 않고 영운령 쪽의 군대 이동 상황이 어찌 변해가고 있는지를 물었다. 천웅의 군대는 영운령으로는 오지 않고 그 지역에 근접한 금단천에 머물러 있다 하였다. 영운령과 어느 정도 떨어져 있긴 하나, 금단천 물길을 거슬러 올라오면 영운령에 닿는 것도 금방이라 안심할 수는 없다 하였고, 보고 끝에 무결이 그에 대해 어찌 대처하라 지시했는지를 물었다.

수하의 얼굴을 외면한 채 한참을 책상 끝만 바라보던 자하가 기나긴 침묵 끝에야 입을 열었다.

"전하께서는……."

혀끝에 무거운 쇠 추가 달린 것만 같다. 그 혀가 칼로 변해 자신의 심장을 가를 것이다.

안다. 그러나 멈출 수 없다.

자하의 영혼은 이미 폭주하기 시작하였다.

"영운령 쪽의 움직임은 아직 판단할 만한 상황이 아니니 일단 두고 보라 하셨다."

다음날 아침, 자하는 무결을 찾아갔다. 율비와 주사위 놀이를 하며 모처럼 도락을 즐기고 있던 무결이 자하가 찾아왔다는 말에 집무실로 나왔고, 자하는 그에게 읍한 뒤 용건을 꺼냈다.

"내일 건국으로 떠날까 합니다."

무결의 얼굴에 복잡한 표정이 떠올랐다. 건국으로 가라 명하긴 했지만 막상 그 시점은 달 말 정도로 예정하고 있었다. 서둘러 떠나려는 자하의 의도에 대한 의심이 반, 자신의 의심을 이미 눈치채고 있는 게 분명한 부하에 대한 미안함이 반. 잠시간 갈라진 두 마음 사이에서 싸우던 무결이 이윽고 한숨을 쉬며 입을 열었다.

의도가 무엇인지 몰라도 자하가 아무런 반항 없이 건국으로 가겠다는 건 나쁜 일이 아니다. 이로써 자하를 잃지 않을 수 있다면 오히려 다행.

"알았다. 출발이 좀 앞당겨지긴 했지만 그리 걱정할 건 없다. 미리 태감에게 전령을 보내 원만하게 직무를 수행할 수 있도록 도우라 알려뒀으니, 건국에 도착해서도 별 어려움 없이 적응할 수 있을 게다."

이야기를 나누는 내내 자하가 얼굴을 푹 수그리고 그를 바로 보지 못하는 것을 무결은 그의 심중 역시 복잡한 탓이려니 싶어 별달리 의심하지 않았다. 그리고 그가 나간 뒤 따로이 행정관을 불러 그를 배행하는 배행원의 수를 늘리고 그동안 무결을 도운 공로에 대한 포상으로 후한 예물을 내리라 일렀다. 자하가 건국으로 가면 때를 보아 그를 건국공으로 임명한 후 그 일대를 식읍으로 삼게 할 생각이었으니, 자하 개인으로서는 개국공신의 반열에 오르게 되는 영광이 될 터이다. 그러나 자하가 그것으로 과연 기뻐할지는 의문이다.

'아마도 그러지 않을 게다.'

아끼는 수하에 대한 애증, 다 믿어주지 못한 데 대한 미안함. 그런 감정들이 한데로 뒤엉켜 무결은 다음날 자하가 떠날 때까지 내내 기분이 썩 좋지 않았다. 자하가 예를 마친 후 내리는 폭우를 뚫고 완양성을 나가고 난 후에야 무결은 조금쯤 우울함에서 벗어날 수 있었고, 자하가 사라지고 나서야 홀가분함을 느꼈다는 것에 또한 씁쓸함을 느꼈다.

어찌하랴. 이 정도의 대가로 자하를 잃지 않을 수 있다면 그리 해야 할밖에.

그러나 무결이 차마 상상하지도 못할 일이 그날 저녁 일어났다. 완양성을 떠난 자하는 성부를 떠난 지 반나절도 안 되어 그의 몸이 좋지 않다는 이유로 한 마을에서 행보를 멈췄다. 그리고 병중을 핑계로 드러누운 자하가 그날 저녁 완양성도, 건국도 아닌 전혀 엉뚱한 곳, 영운령 고개에 모습을 드러내었다.

영운령 고개 최정상에 준마를 타고 올라선 자하가 형언할 수 없는 어두움이 담긴 얼굴로 언덕 아래, 부슬비 사이로 번쩍이고 있는 천웅 진영의 불빛을 바라보았다. 무결이 믿는 최측근이니 아무도 그런 그를 의심하는 자가 없었고, 보고를 받고 영운령 일대의 정황을 살펴보러 왔다는 말에 자하는 아무런 제지도 받지 않고 단숨에 이곳까지 올 수 있었다.

영운령 측면 쪽으로는 천웅의 진영, 웬만한 경신술로는 건널 수 없는 비탈길이 가로막고 있어 이쪽으로는 방비가 허술하다. 하지만 상당한 수련을 거친 바 있는 자하에게는 이 비탈길을 내려가는 것이 어려운 일이 아니니, 이대로 경신술을 발휘해 디딜목을 딛고 천웅 쪽으로 건너가기만 하면 된다. 그리고 그것으로 바로 돌아올 수 없는 강을 건너게 되는 것이다.

잠시간 눈에 보이지 않는 강을 그려보던 자하가 이윽고 으스러져라 어금니를 깨물었다.

결단은 내려졌다. 마침내 자하가 말에서 내려섰다. 그리고 눈앞에 펼쳐진 수라와 같은 어둠을 향해 몸을 날렸다.

*

"재미있는 일이 생겼다, 화린."

정식으로 황후가 됐음에도 불구하고 여전히 그녀를 첩인 양 이름으로 내갈겨 부르는 천웅을 향해 화린은 화사한 웃음을 내보였다. 천웅이 재미있어야 할 일이란 것이 그녀에게는 경멸스러운 일일 뿐이라 하더라도 아직까지는 그를 적으로 돌려서는 안 됐다.

"무결 놈이 번국에 있던 시절부터 부리던 수하 중에 손자하란 놈이 있다. 무결이 황도에 잡혀 있던 시절에도 놈을 떠나지 않고 모시던 놈이니 측근 중의 측근이라 할 수 있지. 그런데 그놈이 이번에 영운령에 집결한 마원 장군의 부대에 투항해 왔다."

의외의 말에 화린이 눈을 동그랗게 떴다. 다른 누구도 아닌 손자하라. 그녀가 아는 자하는 융통성을 모르는 자, 우직할 정도로 충성스러운 그가 무결이 막 날아오르는 지금 그를 배신한다는 것은 상상하기 어려웠다.

"손자하라. 저도 익히 아는 자로군요. 그자가 정말 투항을 해왔습니까? 앞뒤가 꽉 막힌 위인인지라 가장 어려운 시절부터 모셔왔던 주인을 이제 와서 바꿀 자가 아닌데요. 혹시 투항하는 척하고 뒤로는 흉계를 꾸미고 있는 것이 아닙니까?"

"이야기를 계속 들어봐, 화린. 그 손자하란 놈이 그냥 투항만 한 것이 아니야. 최근에 무결 놈이 휴양차 완양성에 돌아가 있다는 첩보는 들어 알고 있겠지. 그런데 그 무결 녀석이 전선으로 복귀

하는 노선을 그 손자하란 놈이 알려왔다."

이번에야말로 화린이 놀랐다. 진위를 떠나서, 그냥 투항을 해왔다면 모를까 아예 무결의 이동로를 알려주는 것은 그를 죽이라고 사주하는 것이나 다름없었다. 아무리 투항하는 장수일수록 큰 선물을 가지고 오는 법이라 하지만, 그녀가 아는 자하의 사람됨으로는 이 정도로 지독한 배신을 할 수가 없다. 그러나 그런 화린의 의심은 이어진 천웅의 설명에 순식간에 해소되었다.

"더욱 재미있는 게 뭔지 아나? 놈은 사실은 투항을 하러 온 것이 아니야. 무결을 죽이는 데 협조하는 대신, 녀석은 천금도 필요 없으니 자신을 그저 자유롭게 떠날 수만 있게 해달라고 하더군. 자신이 누구를 데리고 떠나든 그 앞을 막지만 말아달라고 했어. 그런데 그 데리고 가겠다는 자가 누군지 아나? 바로 무결이 강왕부에서 데려와 품고 있다는 여자다."

"여인 때문에 충성을 바치던 주군을 배신했다는 겁니까? 하! 정말 웃기는군요. 그 여자가 얼마나 대단한 미모기에!"

"글쎄, 간자가 전한 소식통에 의하면 예쁘긴 하지만 절세미인은 아니라고 하더군. 모르지, 얼굴은 그저 그래도 기량만은 대단한 걸지도. 얼마나 뛰어나기에 그 우직한 위인이 충절을 버려가며 뺏으려고 드는 걸까? 정말로 궁금해. 할 수 있다면, 손자하란 놈이 그 여자를 데리고 갈 때 급습해서 뺏어올까 싶기도 하단 말이야. 이 몸으로 확인을 한 다음 돌려주면 되지 않나? 하하핫!"

천웅이 음탕한 말을 지껄이며 웃었지만 화린은 따라 웃는 대신 찬찬히 생각에 잠겼다. 무결이 강왕부에 머물면서 총애하는 여인이 생겼다는 소문은 익히 들었다. 남색가라는 소문이 거짓이었다고도 했고, 그 반대로 남자든 여자든 가리지 않고 다 안는다고도 했는데 솔직히 그의 취향이 무엇이든 화린에게는 그다지 관심사가 아니었다. 단지 무결의 계교에 속아 그를 없앨 기회를 놓친 것이 안타까울 뿐. 그런데 그런 무결이 여인 때문에 다시 위기에 빠지다니…….

'여인이라……. 한심하긴 하다만, 그 외곬수가 정말로 여인에게 빠진 거라면…….'

자하는 한 번에 한 방향밖에 바라볼 수 없는 위인이니, 그런 그가 여인을 보게 된 거라면 정말로 무결을 등질 수도 있다. 과연! 재미있다. 정말이지 사람의 감정이란 얼마나 복잡다단한 것인가. 또 얼마나 불편한 것인가!

비로소 화린도 미소 지었다. 이 상황을 이용할 수 있는 방법을 찾았다. 그로 인해 화린은 지옥 밑바닥에서 타오르는 불을 옮겨온 듯, 뜨겁게 피어오르는 기쁨을 맛보았고 그것이 그녀를 웃게 만들었다.

"고지식한 사람이 한 번 등을 돌리면 무서운 법이지요. 특히나 그런 자가 여인에게 빠지면 물불을 가리지 않게 될 수도 있어요. 재미있군요. 어쩌면 그자의 배신이 정말일 수도 있겠어요."

"그렇지? 어차피 밑겨야 본전이다. 그대의 말대로 무결군이 우리 진영 깊숙이 들어와 있는 까닭에 놈의 귀환로 주변에도 우리 부대가 산개해 있다. 정보가 맞는다면 영운령 쪽으로 귀환하는 녀석을 급습하는 건 어렵지 않아. 이동을 들키지 않게 하기 위해 소수의 호위병만 거느리고 밤을 틈타 움직인다고 하니 오히려 우리에겐 절호의 기회가 아닌가. 일 개 부대만 움직여도 놈의 멱을 딸

수 있을 게야. 하하핫! 하늘이 드디어 이 천웅의 시대를 내려주시는 게야!"

"폐하, 기왕이면 직접 사냥을 하시면 어떨까요?"

"뭐라?"

의외의 권유에 천웅의 눈이 둥그레졌다. 황제가 소수만 출정하는 은밀한 야행에 함께 가는 것은 위험할뿐더러 예도 아니었다. 하지만 화린의 입에서 흘러나온 '사냥'이란 말이 천웅의 귀를 끌었다. 본디 천웅이 엽색 다음으로 좋아하는 것이 사냥이었으니, 원수보다 더 싫은 동생을 사냥한다는 것이 생각 외로 그의 호기심을 자극했다.

"궁지에 몰린 그가 어떻게 죽는지 직접 보면 얼마나 재미가 있겠어요. 폐하의 손으로 죽이면 그 재미가 또 얼마나 진진하겠습니까. 무결을 남의 손에 죽게 하면 그 재미를 못 보실 터이니, 폐하가 그 얼마나 허전하시겠어요? 이 화린은 고통스러워할 폐하의 모습이 눈에 보이듯이 그려진답니다."

"허나……."

"무엇을 두려워하십니까? 폐하께서 직접 밑져야 본전이라 하지 않았습니까? 그 수하의 제보에 따르면 영운령을 통과하는 무결의 호위대는 많아야 4, 50명일 거라 했습니다. 그러면 폐하는 그 두 배를 끌고 가면 되지요. 이렇게 유리한 상황인데 이를 과연 전투라 할 수 있겠습니까? 공히 사냥이라 불러야 할 터, 사냥을 누구보다 좋아하시는 폐하께서 이 큰 재미를 놓치시면 필경 두고두고 후회하실 겁니다."

"으음……."

생각하면 생각할수록 귀가 솔깃했지만 한 가지 가능성이 그의 결단을 방해했다.

"하지만 만약 손자라는 놈의 제보가 우리 군을 끌어들이려는 함정이면 어떻게 하지? 만약 그렇다면 내가 직접 군을 이끌고 거둥했다가 큰 낭패를 볼 수 있지 않나."

"함정은 아닐 겝니다. 만약 이것이 함정이라고 해도 영운령 고개로 움직일 수 있는 우리 군의 숫자는 겨우 몇백, 명백히 한계가 있습니다. 치명타를 줄 수도 없는데, 고작 몇백의 군사를 없애려 쓸데없는 기밀 정보를 흘릴 리가 없지요. 무엇보다 정보를 흘린 쪽에서는 폐하가 그곳까지 올 거라는 사실은 전혀 예상할 수가 없지 않습니까. 그런데 무엇하러 함정을 파겠습니까?"

그것이 마지막 결정타가 됐다. 천웅은 이내 득의만만 웃음을 터뜨리며 화린의 권유에 따르기로 결정했다. 무결을 죽이기 위해 자신이 직접 친위대를 끌고 가겠다고 결심한 것이다. 아, 그러나 화린이 남모르게 미소 지으며 방을 나가려 할 때에 천웅이 그녀를 불러 세웠다.

"그대도 함께 가는 게 좋겠어, 화린."

그녀가 깜짝 놀라 휙 몸을 돌리자 천웅이 사악한 미소를 지으며 덧붙였다.

"그 지긋지긋한 거머리를 드디어 눌러 죽이는 즐거움을 나만 누릴 수 없지. 화린 그대도 나와 함께 사냥을 가자고."

"저는…… 사냥을 즐기지 않습니다만."

"하하하, 농담이겠지, 화린. 그대처럼 독하고 잔인한 여자가 사냥을 즐기지 않는다고? 아니야, 화린. 그대는 나와 같은 종류의 인간이야. 목표물을 함정으로 몰아넣고 그 대상이 괴로워하며 죽어가는 꼴을 보면서 자신의 위대함을 만끽하지. 남을 짓밟으면서 내가 그것들의 위에 있다는 것을 인식해. 내 생각이 틀렸나? 같이 가자고, 화린. 무결을 무릎 꿇리고 그 목을 베어버릴 때에 그대의 손에도 단도를 들려주지. 나와 함께 그 심장에 칼을 꽂자고."

자신과 동류의 인간으로 취급하는 천웅의 말에 화린은 기분이 확 뒤틀렸다. 욕지기와 혐오감이 한꺼번에 밀려와 할 수만 있다면 천웅이 쥐어주겠다는 단도를 무결이 아니라 그의 심장에 박아 넣고 싶은 심정이었다. 그러나 화린이 천웅과 결정적으로 다른 점이 있다면 그녀는 자신의 감정을 능수능란하게 조절할 수 있을뿐더러, 그것을 감추는 데도 능하다는 것이었다. 아니, 오히려 이 기회를 살려 자신의 목적을 확실히 달성하는 것도 나쁘지 않겠다는 생각까지 들어 천웅의 바람대로 조금 기쁜 심정이 될 정도였다.

"못 가겠다는 건가, 화린? 설마 그래도 한때는 남편이었다고 녀석이 죽는 꼴을 못 보겠다는 것은 아니겠지?"

천웅이 의심으로 눈길을 번쩍이자 화린이 얼른 대답했다.

"그럴 리가 있나요. 저야말로 그의 최후를 이 눈으로 확인하고 싶은 사람이랍니다. 좋아요, 함께 가지요. 그 어느 때보다 화려한 옷을 입고 무결의 죽음을 지켜보겠어요."

화린이 달콤한 미소를 지으며 천웅의 허리에 매달렸다. 천웅이 킬킬거리며 그녀의 치마를 걷어 올렸고, 두 사람은 옷도 다 벗지 않은 채 선 채로 그 자리에서 관계를 맺었다.

날 때부터 짐승이었던 자와 스스로 짐승이 되기로 작정한 자. 둘 중 더 악한 것은 어느 쪽일까. 아마도 후자 쪽일 거라고 화린은 생각하였다.

✳

병이 났다는 자하가 다시 길을 떠났다는 소식이 무결에게 전해졌다. 그가 보낸 환약과 몸을 보할 약재를 받은 자하가 감읍하여 무결이 있는 궁 쪽을 향해 인사한 뒤 말에 올랐다는 소식에 무결은 안심하였다. 그러고 난 즉 장마가 거의 끝나갈 즈음이 되어, 그는 그대로 아쉬움을 뒤로한 채 완양성을 떠날 차비를 하였다.

"당분간 전선을 더 밀고 나가지는 않을 생각이다. 보급로를 강화하는 방향으로 전략을 다시 짤 터야. 오남성 최전방을 돌아본 뒤 곧 완양성으로 돌아올 터이니, 너도 강왕부로 떠나는 건 나를 보고 간 뒤로 미루거라."

율비에게 당부를 한 뒤 못내 아쉬운 작별을 하였다. 이다음에 돌아올 적엔 정말로 긴 이별을 해야 함이 두려웠지만, 곧 만날 기약을 하며 그를 달랬다. 그렇게 무결은 율비를 두고 그날 저녁 해가 기울 무렵 호위대만 이끌고 완양성을 떠났다.

완양성에서 영운령으로 이어지는 지역은 주력부대가 강고하게 지키고 있었다. 영운령의 경우 고갯길이 험준하여 측면 쪽의 방비가 비교적 허술하였고, 무결은 호위대를 끌고 오는 동안 그 점을 파악하고 후방 쪽에서 군사를 더욱 지원하도록 하라 지시하였다.

어두운 밤이었다. 장마가 끝날 무렵이 되어 비는 멎어 있었지만 두터운 구름장이 낮게 깔려 있어 구름장에 산란된 빛이 희미하게 산야를 비추고 있었다. 이동을 들키지 않기 위해, 무결과 호위대 일행은 횃불도 켜지 않은 채 어둠을 뚫고 천천히 영운령 고개 위로 말을 몰았다.

영운령 고개 정상은 나무가 별로 없어 사방이 노출돼 있는 덕에 특히 위험하다. 호위병들이 각별히 더 긴장하며 말을 몰았고, 그 중심에 선 무결 역시 주의하였다. 어둠을 뚫고 화살이 날아온 것은 그때였다. 쉬익! 쇳소리를 내며 수십 개의 화살이 날아왔다. 기척을 알아챈 호위대들이 창과 검을 휘둘러 그중 몇을 자르고 꺾어 피하긴 했지만 좌측 열에 서 있던 네다섯 명이 활을 맞고 한꺼번에 나자빠졌다.

"매복이다!"

덤불로 위장하고 있던 적병들이 한꺼번에 달려나왔다. 어둠 속에 몸을 숨기기 쉽도록 모두 흑칠한 갑옷을 입고 있었는데, 그들 모두 무결의 이름을 부르며 그를 찾으라 외치고 있었다.

어떻게 무결이 이리로 귀환한다는 것을 알았을까. 순간 의문이 들었지만 사정을 헤아리고 있을 여유가 없었다.

"위호장이 후열을 맡아라! 나머지 호위대는 전하를 에워싸고 전력으로 달려서 오남성으로 들어가도록!"

영운령에서 말로 반 시진만 달리면 오남성이다. 살길은 오로지 그것밖에 없었다. 무결이 검을 빼어 뒤로 처지는 부하들을 저지하려 했으나 호위대장의 결단이 워낙 완강해 도저히 막을 수가 없었다.

또 부하들에게 희생을 강요하고 달아나야 하는가. 무결의 심중에 후회와 분노가 사정없이 몰아쳤다. 무엇 때문에 힘을 키우려 했던 건지, 허무하다 못해 화가 날 지경이었다.

"가지 않는다. 위호장과 그 이하 모두 내 뒤를 따르라!"

"전하! 사감을 앞세울 때가 아닙니다! 어서 가시옵소서!"

무결이 호위대장의 간언을 무시하고 말 머리를 돌려 막 격전이 벌어지기 시작한 일행들 사이로 뛰어들려 했다. 그런데 그때 이 상황에 어울리지 않는 거친 웃음소리가 들리며 그와 함께 고개 사방에 불이 밝혀졌다.

"오랜만이구나, 내 동생아."

그릇을 엎어놓은 것처럼 둥그런 언덕 아래쪽에서 관솔불들이 올라왔고 그 불빛 아래에 금빛으로 반짝이는 용포가 나타났다. 이런 암행에서조차 자신을 과시하는 버릇을 버리지 못하다니. 무결은 나타난 자가 누구인지를 바로 직감했다.

"내게서 형님이란 소리를 듣기 기대한 건 아니겠지, 창천의 패륜아여. 어미와 아비를 죽이고 앉은 황좌가 편하긴 편하던가."

전혀 물러서지 않는 반격에 천웅의 볼살이 꿈틀거렸다. 건방진 동생. 항상 그의 발아래 위치해 있으면서도, 그저 드러나지 않게 그 자리에 숨어 있을 뿐 무결은 한 번도 비굴한 모습을 보인 적이 없었다. 천웅은 그것이 항상 싫었고, 그 침착함이 이유없이 무결을 증오하게 만들었다. 굳이 황권을 다투는 상대가 아니었다 해도 언젠가 천웅은 기어코 핑계를 대어 무결을 죽이고야 말았을 것이다.

"그 패륜아의 칼에 죽는 기분은 어떻겠느냐? 네가 아무리 떠들어봤자 이기는 건 결국 힘을 가진 자다, 이 건방진 동생 놈아. 하하하하!"

틈을 찾아야 했다. 무결은 천웅을 도발하는 한편으로 언덕을 감싸고 있는 포위 병력의 수를 눈으로 훑었다. 언덕 위로 올라와 있는 숫자만 해도 이미 무결을 호위하고 있는 병력과 거의 비슷했다. 습격을 준비할 적에는 병력을 적게 데려오지는 않았을 터이니, 모르긴 해도 드러난 것보다 훨씬 더 많은 병력이 이 언덕 아래 대기하고 있을 것이다.

"달아날 궁리는 하지 않는 게 좋을 거예요, 무결. 오남성으로 가는 길 역시 이미 우리 군에게 점령당했습니다. 완양성 방향으로는 방어선이 두터워 미처 막지 못했지만 그래 봤자 당신이 이 자리를 벗어나지는 못할 터이니 상관없겠지요."

전나무 그늘 아래서 번쩍이는 비단옷을 걸치고 아름답게 치장을 한 여인이 걸어나왔다. 이번에는 무결도 크게 놀랐다. 천웅은 몰라도 설마 화린까지 이곳에 나타날 줄은 몰랐던 것이다.

"호호호. 믿지 않겠지만 다시 만나서 정말로 반가워요, 무결. 없는 동안은 몰랐는데 살아 있는 모습을 다시 보니, 역시나 내 남편이 정말로 잘나긴 잘났군요."

기대를 벗어난 찬사에 천웅이 흠칫 놀라 화린을 돌아보았지만, 그러든 말든 화린은 화사하게 웃을 뿐 천웅 쪽을 신경 쓰지 않았다.

"그대의 남편은 옆에 있지 않은가. 화린, 나는 그대의 남편이었던 적이 한 번도 없소."

"슬퍼라. 죽기 전에 한 번 인정해 주면 어때서. 제 마음이 변해서 당신을 조금이라도 더 편하게 죽게 해줄지도 모르잖아요?"

"하하핫! 그래! 여기서 네놈이 죽게 된다는 사실에는 변함이 없지!"

화린과 무결의 대화가 길어지자, 이 자리에서 배제된 듯한 소외감을 느낀 천웅이 얼른 둘 사이에 끼어들었다.

"그 말 잘 꺼냈다, 화린. 그대와 나는 역시나 궁합이 잘 맞아. 내 속을 그리 끓이던 이놈을 쉽게 죽일 수야 없지. 먼저 네놈을 포박하고 팔다리부터 잘라야겠다. 자른 사족을 술에 담가 두고두고 우려먹어야지! 여봐라, 뭐하느냐! 내게 활을 다오!"

올 것이 온 건가. 뒤쪽에 대기하고 있던 궁병들 중의 한 명이 장궁을 건네주었고, 천웅이 기뻐하며 화살을 시위에 걸었다. 무결의 호위병들이 악을 쓰며 그의 앞을 막으며 궁병들을 향해 돌진하려 했지만, 이미 상황은 어려워 보였다. 무결의 호위대 중엔 궁병이 없었다. 수적으로도 열세였지만 원거리 무기를 가진 그들에게 대항할 방법이 없다. 이 자리에서 이렇게 스러지고 마는 건가? 이렇게 허무하게? 모두가 그런 생각을 떠올릴 수밖에 없었다.

'그럴 수는 없다!'

무결이 그의 앞을 막아서는 호위병들을 내버려 둔 채 은근히 단전에 내공을 모았다. 천웅과의 거리는 약 스무 걸음 정도. 검에 내공을 실어 날리면 잘하면 격중시킬 수 있다. 수장을 잃은 무리는 크게 당황할 터. 잘만하면 그 틈을 타서……!

"어딜 그리 노려보느냐! 그 건방진 눈부터 뚫어주마! 크하하핫!"

천웅이 광소하며 시위를 당겼고, 그와 동시에 무결은 검을 들어 올렸다. 그런데 천웅을 향해 검을 날리려는 찰나, 바로 그때 생각지도 않은 일이 일어났다. 천웅이 미처 시위를 놓기 직전, 화린이 오른손을 들어 올렸다 내렸고, 그것이 신호였던 듯 천웅의 뒤에서 있던 병사가 그 등에다 검을 찔러 넣었던 것이다.

미처 방비할 틈도 없었다. 파육음과 함께 등을 관통한 검이 그대로 천웅의 심장까지 가르며 앞가슴을 뚫고 나왔다.

"커…… 헉!"

믿을 수 없다는 눈으로 제 가슴을 뚫고 나온 검끝을 내려다보던 천웅이 본능적으로 화린 쪽을 돌아보았다. 여전히 비할 데 없이 화사한 미소를 짓고 있던 그녀가 생긋 웃으며 입을 열었다.

"뭘 그런 눈으로 보십니까? 항상 세상에서 자기가 제일 잘난 줄 아는 폐하께서 이런 것도 예상 못했습니까? 하긴 자기가 똑똑한 줄 아는 치 중에 정말로 똑똑한 자는 없지요."

"화…… 린……."

"당신은 무결과 함께 이 영웅령에서 죽은 것으로 해둘 거예요. 아, 안심해도 좋아요. 당신은 별로 관심도 없던 제국은 내가 거두 겠어요. 무결이 죽고 그가 차지하고 있는 북부까지 합치면 창천 전체가 모두 나의 제국이 되겠지요."

천웅이 무릎을 꿇으며 울컥 시커먼 핏덩어리를 토해냈다. 누가 봐도 그가 목숨을 부지하는 것은 어려워 보였다. 그러나 그런 상황에도 모두들 무심한 눈으로 짐승의 몸에서 어서 생명이 떠나가기를 바라고 있을 뿐, 천웅이 거느리고 온 군사 중 누구도 그를 살리려 달려오는 자가 없었다. 모두가 화린의 입김하에 있는 자였다. 비단 화린의 조종이 아니더라도 진작 민심과 군사들의 충성심 모두 천웅을 떠난 뒤였다.

무결도, 그의 호위대들도 급작스런 이 사태에 놀라 바라만 볼 수밖에 없었다. 그러는 동안에 결국 천웅의 몸은 쓰러졌고 그대로 그 육신에서 촛불이 꺼지듯 생명의 기운이 사라져 버렸다.

"너무 오래 살려뒀어. 미쳐도 적당히 미쳤으면 방패막이로나마 살려뒀을 것을. 하긴 처음부터 짐승에게 사람답게 살아주기를 바라는 게 무리였겠지."

지극히 무감한 얼굴로 남편의 죽음을 주시하고 있던 화린이 이윽고 한숨을 내쉬며 무결에게로 시선을 돌렸다.

"안됐네요, 무결. 당신도 여기서 죽어줘야겠어요."

"이번엔 내 차례라 이건가? 화린, 당신이란 여자는 남편을 모조리 잡아먹는 독거미군."

"호호호. 마음대로 말하세요. 솔직히 천웅이 죽었으니 하는 말이지만 당신은 괜찮은 사람이었어요. 단지 내 아내가 아니라 남편이라는 게 문제였지요. 원래대로라면 당신을 먼저 해치우고 그다음에 천웅을 치우려 했는데 이렇게 한꺼번에 없앨 기회가 왔군요. 이야말로 하늘이 나를 여제로 만들려는 배려가 아닐까요?"

"그렇게 쉽게 일이 풀리진 않을 거야, 화린. 세상만사가 마치 말판 위의 주사위처럼 당신 멋대로 굴릴 수 있을 거라 생각하지 마."

"큰소리치는 것도 지금뿐……."

그러나 화린은 미처 말을 다 끝내지 못했다. 무결의 신형이 그 자리를 박차고 그녀의 눈앞으로 날아올랐기 때문이다.

✳

"자하님! 건국으로 떠나셨다더니, 어찌 다시 돌아오셨습니까?"

석반을 마친 늦은 저녁 시간. 성문도 닫혔을 시각에 자하가 완양성으로 돌아왔다. 그리고 놀라 연유를 묻는 율비 앞에 엎드리더니 말했다.

"전하께서 적병의 급습을 당하셨습니다."

"네?"

자하가 말하기를 오남성으로 돌아가던 무결이 영운령 부근에서 매복하고 있던 적병들에게 기습을 당했다고 했다. 그로 부상을 입고 근처의 성으로 실려갔는데 그 와중에 율비를 그가 있는 곳으로 데리고 오라 명했다는 것이다.

무결이 부상을 당했다 하니 율비가 진위를 따지기 전에 이미 이성을 잃었다. 혹시나 그가 사경을 헤매고 있는 건 아닌가 두려워 울음을 터뜨렸고, 건국으로 떠났던 자하가 어찌 반대 방향으로 떠난 무결의 소식을 먼저 듣고 그녀를 데리러 올 수 있었는지를 생각지 않고 무작정 그를 따라나섰다. 인원을 꾸려 떠나면 시간이 지체된다는 말에 시비 몇 명만 거느리고 수레에 올라타 자하와 함께 길을 떠났을 때는 이미 자정을 넘은 뒤였다.

그런데 일이 좀 이상해지기 시작했다. 수레가 영운령 근처의 들판에 도달했을 때였다. 문득 밖에서 약간의 소란이 이는가 싶더니 그녀가 탄 수레가 멈춰 서면서 문이 열렸다.

"내리십시오."

"여기가 어디죠? 전하께서 이 근처 마을에 계신 건가요?"

"여기서부터는 기밀하게 움직여야 합니다. 수레로는 움직일 수 없는 길로 가야 하니 제 말에 함께 타십시오."

뭔가 이상했다. 안전한 군사도로를 내버려 두고 샛길로 가겠다는 것도 수상했고, 완양성을 나온 이후로 줄곧 서두르고 있는 자하의 태도도 미심쩍었다. 게다가 수레에서 내려보니 함께 따라온 시녀들이 보이지 않는 것이 아닌가.

"홍아와 다른 이들은 모두 어디 갔습니까?"

"함께 가기 거친 길이라 모두 돌려보냈습니다."

슬슬 불안이 밀려오기 시작했다. 그녀를 바라보는 자하의 눈길이 이리도 번들거렸었던가?

"……전하께서 정말 부상을 입으신 게 맞나요?"

자하가 그녀의 수레에서 말을 푸는 모습을 지켜보던 율비가 망설이며 묻자 자하의 몸이 눈에 띨 정도로 멈칫 굳었다.

그는 거짓말을 잘하지 못한다. 완양성에서 무결이 부상을 입었다 보고했을 때는 놀란 나머지 눈치를 채지 못했는데 그때도 자하는 줄곧 율비의 눈을 제대로 보지 못했다. 지금도 그렇다. 수레 앞쪽에 걸어놓은 횃불에 고집스러운 얼굴 표정이 그대로 드러나 있었지만 여전히 율비를 바로 보지는 못하고 있었다. 그는 분명 거짓말을 하고 있었다. 하지만…… 왜?

"가지 않겠어요. 저는 완양성으로 돌아가겠습니다."

"율비님!"

"전하께서 정말 부상을 입으셨다면 제게 바로 알리지 않으셨을 겁니다. 제가 어리석은 나머지 그 점을 생각하지 못했네요. 전하께서는 목숨을 잃을 지경이 아니라면 저를 걱정시키지 않기 위해 오히려 부상이 다 나을 때까지 제게 숨기셨을 겁니다. 그리고 멀쩡한 모습으로 나타나 아무 일 없었다는 듯이 웃으셨겠지요."

그렇다. 무결은 그런 사람이다. 이미 알고 있었던 것을 불안에 눈이 가려져 미처 헤아리지 못했다. 홀림길이 사라지면서 비로소 훤히 길이 보였다.

"자하님, 왜 저를 데리고 나오신 겁니까?"

뭔가 홀린 듯한 눈으로 저를 바라보고 있는 자하가 갑자기 무서워졌다. 그럴 리 없다 속으로 되뇌면서도 혹시나 있을지 모를 일말의 가능성 쪽에 점점 더 마음이 기울었다. 그러지 않기를. 제발 그녀의 기우이기를……!

"저를 완양성으로 돌려보내 주세요, 자하님. 전하가 가장 믿는 충복이시잖아요. 자하님께 대한 전하의 믿음을, 제 믿음을 간직하게 해주세요."

거의 기도하는 심정으로 율비가 부탁했지만, 그것이 오히려 자하를 자극한 것 같았다. 자하가 하늘을 바라보며 느닷없이 웃음을 터뜨리더니 율비에게로 타는 듯한 시선을 돌렸다.

"잘못 아셨습니다, 율비님. 저는 그렇게 믿음직한 부하가 아닙니다."

"자하님!"

"그런 것은 완양성으로 되돌아올 때 모두 버렸습니다. 당신 앞에 설 때, 지옥 불구덩이 속으로 모두 던져 넣어버렸습니다. 용서받지 못한다 해도 좋습니다. 이제는 늦었습니다!"

율비가 입을 막으며 뒷걸음질쳤지만 이미 늦었다. 도망갈 곳도 없었고, 그럴 만한 체력도 없었다. 자하가 몸을 돌리는 그녀의 허리를 붙들었고, 그 순간 그의 단전에 불이 붙었다. 단단하게 감긴 그의 팔 안에 나긋한 그녀의 허리가 느껴지자, 그것이 그에게 더 이상 돌이킬 수 없다는 것을 강렬하게 자각시켰다. 앞으로 전진하는 수밖에 없었다. 율비가 그를 거부한다 해도, 이제는 지옥에 떨어지는 한이 있어도 포기할 수 없었다.

"죄송합니다!"

율비가 그를 밀어내려 버둥거렸지만 자하가 그보다 먼저 그녀의 뒤통수를 손날로 내려쳤다. 그의 팔 안에서 율비의 몸이 축 늘어지는 것을 확인한 자하가 그녀를 말안장 위에 실었다.

'영운령 밑을 돌아 운장성 쪽으로 가자.'

자하가 준 정보가 있으니 아마도 영운령 일대는 이미 천웅의 군대가 다 점령하고 있을 것이다. 그에게는 제보와 맞바꿔 천웅이 내준 신패가 있었다. 이를 내밀면 천웅의 진영 어디든 통과할 수 있으니, 이대로 무결의 진영을 빠져나가 창천의 서쪽으로 가는 거다.

창천도, 무결의 나라도 아닌 새로운 곳에서 새로운 삶을 시작하리라. 율비를 안고, 오직 저만을 향한 그 미소를 볼 수만 있다면 그곳이 사막 한복판의 대월이든, 거친 용병들이 산다는 불모의 황무지 환양국이든 어디든 갈 수 있을 것 같다. 율비만 있다면……!

그때였다. 돌연 소로를 달려가던 그의 말이 무언가에 발이 걸리며 앞으로 고꾸라졌다. 낙마하기 직전 용케 자하가 율비를 안고 길 옆으로 몸을 날렸고, 땅바닥을 한 바퀴 구르다 간신히 일어났다.

"뭐지?"

어느새 구름이 걷히고 허연 달이 드러났다. 들고 오던 횃불은 말에서 떨어지면서 꺼져 버렸지만 몸을 드러낸 달빛에 길 복판을 가로질러 걸쳐진 밧줄이 보였다. 누군가 말을 타고 지나가다 발목이 걸리도록 일부러 쳐놓은 것이다. 그리고 그는 보기 좋게 거기에 걸린 것이고.

줄을 쳐놓은 자들이 누구인지는 곧 밝혀졌다. 길섶으로 긴 억새밭이 무성하게 펼쳐져 있었는데 사내의 키보다 더 큰 풀숲 사이에서 족히 스물은 돼 보이는 장정들이 슬금슬금 걸어나오고 있었다. 길로 나온 그들이 곧 기름 먹인 솜뭉치 끝에 불을 댕겼는데 그 불빛에 창천의 갑주를 걸친 군병들의 모습이 보였다. 그리고 그들의 지휘자인 듯한 환관의 망포를 걸친 사내의 모습도.

"이거 어쩝니까. 안됐습니다만 그 여자를 데리고는 더 이상 못 갑니다."

유들유들 웃는 환관의 모습이 어쩐지 낯이 익었다. 황궁에 있을 적에 분명 본 듯한……!

"왜! 이유가 뭐요! 나는 황제와 거래를 했고, 황제는 내가 누구를 데리고 가든 막지 않겠다고 약속했소!"

"그건 황제 폐하와 한 거래고, 황후 마마의 생각은 다릅니다. 마마께서는 혹시나 건왕의 씨를 배고 있을지 모를 여자를 그냥 보내줄 수는 없다고 판단하셨지요. 오늘 건왕이 죽는다 해도 그 씨앗이 뿌려져 있다면 훗날에 그를 중심으로 해서 반군이 모일 수도 있는 노릇, 그러니 그러기 전에 뿌리를 뽑겠다 생각하신 거지요."

우후훗, 화린의 명을 받고 온 환관이 음산한 웃음을 머금자 자하는 일이 어그러졌음을 깨달았다. 자하의 커다란 몸이 휘청 흔들렸다. 어째서 일이 이렇게 된 건가. 그가 원한 건 단지 율비와 함께 떠나는 것뿐이었다. 그러나 그것이 무결의 천하도 아닌 창천에서조차 허락될 수 없는 것이었단 말인가.

"왜! 어째서! 내가 원한 건 단 한 가지였어! 왜 약속을 지키지 않는 거냐!"

"어쩌겠소. 배신자의 말로란 바로 이런 거요. 그대가 충성을 바쳐 온 주군을 배신할 때에야 우리에게도 배신당할 수 있다는 것을 예상했어야지. 예나 지금이나 귀공은 너무 고지식한 게 탈이란 말이야."

아, 그제야 자하는 이 비열한 인상의 환관이 누구인지를 깨달았다. 궁에 있을 때부터 화린의 심복으로서 충성을 바쳤던 소환, 위금이었다. 그러나 그가 누구인지를 알아채 봤자 이제 와서 무슨 소용이랴. 배신당했다는 어마어마한 분노와 허탈감이 한데로 뒤섞여 자하를 때렸다.

부정당했다. 모든 것이 어그러졌다.

그의 평생을 지배했던 신의를 버려가며 감행한 단 한 번의 배신이 자신에게 쏜 화살이 돼 그의 급소를 쐈다. 견딜 수 없는 허무, 그리고 격노. 그런 것들이 한데로 합쳐져 용암처럼 이글거리기 시작했다.

그때 문득 그의 뒤쪽에서 들려온 신음 소리가 날아가기 직전인 그의 이성을 일깨웠다. 율비다. 아까 그의 손으로 기절시켰던 율비가 낙마의 충격에 깨어났나 보다. 기실 깨어난 것은 말에서 떨어지고 난 직후였으나, 기절한 척 틈을 엿보고 있다가 위금의 목소리와 그가 내뱉는 무시무시한 배신의 사연을 다 듣고서 저도 모르게 경악성을 내뱉은 것이었다.

"옳거니. 건왕을 홀렸다는 계집이 여기 있었구먼."

말은 그렇게 했으나 사실 무결의 여인에 대해선 거의 정보가 없었다. 그저 열아홉 전후의 젊은 여자라는 정도, 그리고 자하가 데리고 달아난 것을 보니 그 여인일 거라 추측하는 정도. 위금은 데리고 온 군병에게서 칼과 횃불을 받아 들었고, 율비의 얼굴을 확인하기 위해 그녀 앞으로 다가갔다.

"안 돼! 그녀에게 손대지 마!"

자하가 몸을 날리려 했지만 그전에 군병들이 그 앞을 가로막았다. 미처 검집에 손을 대기도 전에 군병들의 억센 팔목이 그의 팔다리를 붙잡았고, 자하는 삽시간에 제압돼 흙바닥 위에 무릎 꿇려졌다.

그러는 사이 율비가 도망치기 위해 몸을 일으켰지만 발목이 꺾이며 도로 자빠지고 말았다. 그 와중에 다가온 위금이 그녀의 머리채를 잡아 자기 쪽으로 돌리며, 들고 온 횃불을 율비의 얼굴에 갖다 댔다.

"너는……?"

율비의 얼굴을 확인한 위금의 눈이 더할 수 없이 커졌다.

"송율목이 아니냐……!"

아무리 위아래로 훑어보고 뜯어봐도 분명히 그가 아는 송율목이었다. 세상에 이렇게 똑같은 얼굴이 있을 수 있을까? 없다. 아무리 닮은 사람이 세상에 많다지만 이렇게 이목구비 하나하나, 심지어 약간 곱실거리는 귀밑머리까지 똑같은 자는 없다. 게다가 애써 제 얼굴만은 가리려 드는 모양새가 분명 자신을 알고 있는 것이 틀림없다.

맞다. 송율목이 맞다! 이럴 수가!

"으하하하하!"

송율목과 단각을 한다던 무결, 그의 수하인 자하. 어째선지 모르지만 송율목은 남장을 하고 황궁에 들어왔고 결국 무결의 여자가 된 모양이다. 그리고 그 여인을 자하 역시 마음에 품었고.

아아, 이것이 무슨 말도 안 되는 희극이란 말인가. 어떻게 소설로나 전해질 법한 이야기가 정말로 이 현실에 일어났단 말인가.

순식간에 위금의 머릿속에서 사건의 모든 정황이 착착 끼워 맞춰졌다. 자세한 사정은 알 수 없지만 하나만은 분명했다. 송율목이 사실은 여자였다는 것. 그것도 그의 욕심을 자극하기에 충분할 정도로 아리따운!

갑자기 이제껏 느꼈던 그 어떤 것보다 강렬한 욕망이 치솟아올랐다. 언제나 그의 앞길을 가로막고 방해했던 깜찍한 것이 이런 나약한 몰골로 그의 처분을 기다리며 쓰러져 있다. 그것도 가련한 여인의 얼굴을 하고서. 그 얼굴을 짓밟고 부수는 것은 얼마나 지독한 희열일까. 고통에 몸부림치면서 사내인 그를 향해 살려달라 애원하는 꼴을 보는 것은. 상상만 해도 좋아 미칠 것 같다. 이대로 선 채로 오줌이라도 지릴 것 같다.

위금은 결정을 내렸다. 어차피 죽일 여자였다. 그렇다면 죽기 전에 그가 계속해서 간곡히 희구하던 바를 시험해 봐도 별 상관 없을 것이다.

"너희는 저자를 상대하고 있거라. 나는 이 여자에게 볼일이 있다."

"어쩌시려는 겁니까? 황후 마마께서는 그 여자를 반드시 죽이라고 하셨는데요?"

"볼일을 다 보고 나면 내가 알아서 없앨 것이다. 입 닥치고 저 작자나 상대하고 있거라!"

말을 마친 위금이 버둥거리는 율비의 머리채를 붙잡고 우거진 억새풀 밭으로 들어갔다.

죽는다. 율비가 그로 인해 죽게 된다……!

무엇 때문에 무결을 배신했던가. 오직 율비를 얻기 위해서 절의를 버렸다. 그런데 그 율비가 저 때문에 죽게 되다니! 너무나 분노한 나머지 자하는 피가 울컥 튀어나오고 눈알이 뽑혀 나오는 것만 같았다.

안 된다! 안 된다! 그녀를 죽게 할 수는 없다!

"멈춰! 멈춰라, 위금! 차라리 나를 죽여라! 나를 죽이고 그녀를 살려 보내줘!"

강제로 숙여진 뒤통수를 억지로 들어 올리며 자하는 악을 썼다. 그러나 위금과 그에게 붙잡힌 율비의 뒷모습은 그대로 억새풀 사이로 사라졌고 더 이상 아무 소리도 들리지 않았다.

그런데 어느 순간 그의 허리춤에 매달려 있던 검집이 끌러지는 것이 느껴지면서 그와 동시에 그를 속박하고 있던 억센 손들이 자하에게서 떨어져 나갔다. 난데없이 찾아온 자유에 어리둥절하여 일어나니 위금이 끌고 온 군병들이 길 끝 쪽을 가리키며 말했다.

"가시오. 우리는 여자만 없애러 온 것이지 그쪽하고는 볼일이 없소."

"혼자는 못 간다! 그녀를 내놔라!"

자하가 악을 썼으나 군병들은 계속해서 길 끝 쪽만 가리켰다.

"지금 떠나면 목숨을 살릴 수 있을뿐더러 큰 부도 얻을 수 있을 거요. 황후 마마께서 운장성 전장(錢庄)에 그쪽 이름으로 큰돈을 맡겨놨소. 이 전표(錢票)를 가지고 가면 그 돈을 받아 일평생 호의호식할 수 있을 거요."

"필요없어! 필요없다고! 내게 필요한 것은 그 여자뿐이란 말이다!"

어차피 자하와 율비 둘 다 죽여 버리면 그만인 것을 굳이 자하에게 돈을 줘서 설득시키려 한 것은 화린 나름의 정의였다. 율비는 필요에 의해 어쩔 수 없이 죽일 수밖에 없었지만, 자하만은 살려서 스스로에게 명분을 주고 싶었던 것이다. 그러나 자하는 안타깝게도 그런 설득이 통하는 상대가 아니었다. 화린이 주려 한 돈이나 명예, 그 어느 것도 자하에게는 중요하지 않았다.

"말이 안 통하는군. 거래에 응하지 않으면 죽이라 명하셨으니, 정 말을 듣지 않겠다면 이 자리에서 죽이는 수밖에."

적병들이 일제히 검을 빼어들었다. 그에 비하여 자하는 이미 검을 빼앗겨 맨손. 맞서면 죽을 것이다. 적병들 역시 그를 알고 있기에 검을 빼어 곤추세우기는 했지만, 설마 자하가 정말로 덤벼들지는 않을 거라는 생각에 먼저 공격하지는 않고 어서 이 자리를 떠나주길 바라면서 그를 노려보기만 했다. 바로 그것이 실수였다. 자하가 잠시 자리에서 일어나 길 끝을 바라보자 자하가 율비를 포기한 거라 생각한 적병들이 검끝을 내렸다. 바로 그때 자하가 선 자리를 박차면서 가장 가까이 서 있던 적병을 향해 달려들었다.

"후억!"

발길질에 명치를 가격당한 적병이 나자빠지면서 그의 손에 들려 있던 검이 순식간에 자하의 손으로 옮겨졌다. 검을 손에 넣은 자하의 몸이 일순간에 바람을 타고 빠르게 움직이기 시작했다.

율비를 구해야 한다는 것 말고는 아무것도 생각나지 않았다. 도대체 무엇 때문에 무결을 배신했던가, 하는 후회. 자신 때문에 율비가 죽을지도 모른다는 미칠 것 같은 자책감. 스스로에 대한 모멸, 그리고 화린과 천웅에 대한 분노. 그 모든 것이 한꺼번에 뭉뚱

그려지며 평소의 그보다 훨씬 더 민첩하게 움직이도록 만들고 있었다.

입을 쩍 벌린 채 무력하게 쳐다만 볼 뿐 적병들은 미처 자하에게 반응할 수 없었다. 그 사이를 자하가 헤집고 들어가며 광기 어린 표정으로 칼을 휘둘렀다. 적병들의 팔과 다리가 베어져 날아가고 목이 날아갔다. 분수처럼 솟구치는 핏줄기를 뒤집어쓴 자하의 모습이 마치 피에 굶주린 늑대처럼, 혹은 귀신처럼 보였다.

후회한다. 잘못된 선택을 한 자신의 뇌수를 뽑고, 가질 수 없는 것을 탐한 자신의 심장을 쪼개어 버리고 싶다. 미친 듯이 쏟아지는 월광에, 지독한 후회와 분노에 자하는 빠르게 함몰됐다.

비로소 정신을 차린 적들이 반격을 해왔고 누군가의 검이 그의 어깨를 찔렀지만 아픔이 느껴지지 않았다. 자하는 멈칫하며 칼을 놓치는 대신 검을 휘두른 상대의 팔을 검째로 베어버렸다. 상대가 나가떨어지는 것을 확인하는 것과 함께 막 그를 향해 짓쳐들어 오는 또 다른 적병의 명치를 발로 차버린 뒤, 횡으로 돌며 검을 크게 휘둘렀다. 검끝에 살아 있는 인간의 살이 걸리고 찢어지는 것이 느껴지는 것과 동시에 그의 등 쪽에서 불에 덴 듯한 화끈한 열기가 치미는 것도 느껴졌다. 누군가 그의 등을 향해 단도를 던졌나 보다.

상관없다.

이런 아픔은, 그가 저지른 패덕에 비하면 아무것도 아니다. 무결이 당해야 할 배신의 고통보다는, 율비가 겪어야 할지도 모를 죽음의 위기보다는.

더 이상 아무것도 느껴지지 않고, 아무것도 보이지 않았다. 오로지 억새밭 사이로 사라져 간 율비의 뒷모습만이 그의 망막에 남아 그를 이끌었다. 완벽하게 망아와 광기에 빠진 자하가 등에 꽂힌 단도를 빼내어 집어 던진 자를 향해 되던졌다.

"크아아악!"

단도에 이마를 맞은 적병이 허무하게 뒤로 쓰러졌다. 이미 너댓 명의 병사가 죽어 나자빠졌고, 두어 명이 치명상을 입어 쓰러졌지만 그래도 아직 열 명이 넘는 병사가 움직이고 있었다. 그에 비하여 이미 자하는 두서너 곳에 부상을 입어 점차 움직임이 느려지고 있었다. 희망이 점점 사그라진다. 그의 몸속에서 생명의 불꽃이 점점 사라져 가듯이.

그러나.

포기할 수 없다.

그녀가 죽는다면, 자하의 삶도 의미가 없었다. 삶과 죽음이 모두 율비에게 달려 있었다. 억장이 무너지는 슬픔과 분노가 한꺼번에 터져 나왔다. 그녀에게 가야 한다. 그녀에게 가야 한다! 오직 한 가지 일념만이 그를 움직이게 했으며, 피를 뒤집어쓴 채 미친 듯이 움직이는 자하의 모습은 마치 악귀처럼 보였다. 그 모습에 두려움을 느낀 적병 몇몇이 뒤로 물러서는 틈을 타 자하가 가장 앞에 선 자를 베어 넘겼다.

일시에 앞길이 뚫리자 자하가 자빠진 적병 위로 몸을 날리며 율비와 위금이 사라진 억새밭을 향해 달려갔다. 그러나 바로 그때 그의 앞으로 끼어드는 자가 있었다. 그의 손에 길이가 짧은 검이 들려 있었고, 그가 그 검을 자하의 심장을 향해 힘껏 찔러 넣었다.

푸욱. 듣기 싫은 파육음이 들려오는 것과 함께 고통이 그의 흉부에서 등으로 이어졌다. 적병의 검이 그의 가슴팍을 관통한 것이다. 검을 꽂아 넣은 상대가 그의 죽음을 확신하며 뒤로 물러나자, 무의식적으로 가슴을 내려다본 자하는 가슴 한복판에 깊이 꽂힌 검 자루를 발견했다.

'아아……'

자하는 깨달았다.

죽는 거로구나. 이렇게 허무하게. 율비를 구하지도 못하고, 그렇게나 사랑했던 그녀를 오히려 사지에 빠뜨려 놓고 죽어버리는 거로구나.

"쿨럭!"

무릎을 꿇고 주저앉은 그의 입에서 시커먼 핏덩어리가 튀어나왔다. 빠져나온 것은 피만이 아니다. 그의 영혼, 그의 이성, 그가 마지막까지 포기 못한 애욕.

생명의 윤기가 그의 몸 안에서 순식간에 빠져나간다.

그의 죽음을 확인하고자 적병들이 슬금슬금 그의 등 뒤로 다가왔지만 자하는 손가락 하나 들어 올릴 힘도 없었다. 밭은 호흡과 함께 모든 기력이 사그라졌고, 자하는 결국 천천히 눈을 감았다.

✳

장마 말미에 나타난 달이라고는 도저히 믿을 수 없을 정도로 달빛은 미치도록 교교했다. 억새밭을 지나고 작은 개울이 나타나자, 위금은 잡초와 자갈돌이 섞인 서덜길에 율비를 내동댕이쳤다.

"여자였단 말이지? 하하하하, 이런 깜찍한 것을 봤나. 감히 계집 주제에 남장을 하고 황궁에 들어와?"

혼잣말처럼 중얼거리던 위금이 소리 높여 웃었다. 율비가 겁을 먹고 자빠진 채로 뒷걸음을 치자 위금이 문득 웃음을 멈추고 광기 어린 눈으로 중얼거렸다.

"하지만 잘됐어. 네년이 계집인 덕분에 내 아주 중요한 실험을 네년을 통해 해볼 생각이 들었다. 내 앞길을 그토록 끈질기게 방해하던 너를 이런 모습으로 내 앞에 던져 놓은 것도 다 내 소망을 이뤄주려는 하느님의 뜻이 아니겠느냐? 계집이란 것의 쓸모가 바로 이런 데 있는 것이지."

"무, 무슨……."

"건왕이 너를 안고 온갖 별천지를 다 보여줬지? 하지만 세상에는 그런 물건 말고도 온갖 다양한 양근들이 있단 말이야. 죽기 전에 이런 물건 맛도 보고 가야지. 크크크크크!"

양경도 없는 환시가 도대체 뭘 보여주려는 걸까. 율비가 공포에 질려 꼼짝 못하는 동안 위금이 그녀의 눈앞에서 바지와 속고의를 한꺼번에 벗어 내렸다. 그 순간 율비가 비명을 지르며 얼굴을 돌려 버리고 말았다.

"히이이익!"

나타난 것은 사내의 양물이었다. 그러나 운우를 알게 된 율비가 아는 온전한 그것의 형태와는 그 모양이 완전히 달랐다. 길이가 어린아이의 검지만 한데 굵기 역시 기가 막히게도 그를 벗어나지 못했다. 마치 자라다 만 양경의 모습, 그마저도 그 끝은 뭉툭하게 뭉개져 있어 마치 양경이라기보다는 고깃덩어리처럼 보였다.

『양물이 잘린 환관들 중에 극히 일부는 다시 양물이 자라기도 한다. 음경만 자르고 음낭이 남아 있는 경우엔 새 살이 돋는 것처럼 양물이 다시 자라나기도 한다는 게다.』

위금이 바로 거의 일어나지 않는다는 예외에 속하는 걸까? 그 예외를 만들기 위해 위금은 무엇을 먹고, 무엇을 죽인 걸까?

"우, 우웨에엑!"

흉측한 모습에 율비가 질겁하며 고개를 돌리자 격분한 위금이 그녀를 걷어찼다.

"까아아악!"

"고개 돌리지 마라! 이게 네년이 받아들여야 할 물건이다! 이걸로 네년을 쑤시고 꿰뚫어줄 거야! 지옥보다 더한 괴로움을 줄 거란 말이다! 크하하하!"

율비에게서 이런 즐거움을 얻게 될 줄은 위금도 몰랐다. 그녀를 짓밟고 무너뜨리며 희열을 얻게 된다면 그 즐거움이 하늘에 닿을 것이다. 그것이야말로 사내가 얻을 수 있는 최상의 희락이 아니겠는가! 그를 다시 얻기 위해 그가 얼마나 노력했던가. 그런데 그 노력의 보답을 다른 여인도 아닌 율비에게서 얻게 되다니!

"나한테 손대지 마! 아아악!"

"닥쳐! 계속 종알대면 네년의 입부터 찢어놓고 방사를 시작할 거다!"

잔인한 말을 지껄이며 위금이 율비의 머리채를 잡아챘다. 율비가 그를 밀어내려 했지만 위금은 그녀와의 체격 차가 현격하게 큰 데다, 몇 년의 세월이 지난 지금은 사내의 부족한 양기 대신 식탐만 늘어난 덕분에 그 덩치가 훨씬 더 커져 있었다. 반항하는 율비의 따귀를 갈긴 위금이 무력해진 그녀 위로 올라타며 치마를 걷어 올리기 시작했다.

"싫어, 싫어! 하지 마! 아아아악!"

"키키킥! 더 발버둥 쳐봐! 더 해보라고! 그래 봤자 네년은 연약한 계집이고, 내게 짓밟히는 결과는 변하지 않아!"

그의 말이 맞았다. 율비는 속치마 아래로 들어오는 그의 손을 쳐낼 기운이 도저히 없었다. 짓눌린 육신에서 빠르게 힘이 빠져나갔고, 숨을 쉬는 것조차 힘들어졌다. 여자로 태어난 것이 이렇게 후회스러운 것은 처음이었다. 그녀에게 위금을 당해낼 수 있는 힘이 있다면. 이 자리에 무결이 있었다면, 하다못해 자하라도 있었다면 위금을 해치울 수 있을 텐데!

'자하님······!'

그가 가르쳐 줬던 호신술 중 하나가 생각난 것은 바로 그때였다.

『턱은 신체 중 가장 약한 부위기 때문에 남자라고 해도 머리로 받아버리면 큰 고통을 느끼게 됩니다.』

적이 그녀를 넘어뜨리고 그 위로 올라탔을 때 유일한 해결책이라고 했다. 지금이 바로 그 방법을 실행해야 할 때!

"이잇!"

위금에게 한쪽 손을 붙잡혔지만 위금이 치마저고리를 걷어 올리느라 바쁜 나머지 한쪽 손은 자유로웠다. 위금이 살 뭉치 같은 양물을 율비에게 들여보내기 위해 실기둥을 붙잡고 그녀의 하복부에 들이대는 틈을 타, 율비가 위금의 어깨를 붙잡았다.

"어?"

이년이 혹시 모든 것을 포기하고 그를 받아들이려는 건가? 만약 그렇기만 하다면야 아량을 발휘하여 율비를 살살 안아줄 생각도 없지 않았다. 가능하다면 두어 번 더 안고 없애는 것도…… 그러나 위금이 그와 같은 야비한 생각을 떠올렸을 때 율비가 붙잡은 그의 어깨를 지지대 삼아 있는 힘껏 위금의 턱에 박치기를 했다.

"크억!"

어찌나 세게 부딪쳤는지, 달빛 교교한 천변에 딱 소리가 크게 울려 퍼졌다. 자하의 말마따나 턱은 인간의 신체 부위에서 약한 쪽에 속하는지라, 박치기를 한 율비 역시 눈물이 나도록 아프기는 했지만 턱이 부서진 위금의 고통에 비하면 아무것도 아니었다. 저절로 율비를 붙잡은 팔을 풀며 나동그라진 위금이 자갈 위를 구르며 비명을 질렀다.

'지금이다!'

위금보다 먼저 정신을 차린 율비가 정신없이 몸을 굴려 일어났다. 아직까지도 부서진 턱을 붙잡고 나뒹굴고 있는 위금을 힐끗 본 율비가 그대로 자리를 박차고 달아나기 시작했다.

구름 속에서 달이 나온 것은 불행 중 다행이었다. 보름달이 달려가는 앞길을 횃불보다 환히 비추고 있어 마치 대낮 같았다. 어디로 달아나야 할까. 이제껏 달려왔던 완양성 쪽으로? 아, 자하는 어떻게 됐을까? 자하 역시 적병에 둘러싸였는데 혹시 죽은 건 아닐까?

생각이 갈피를 못 잡고 흔들리는 가운데 율비는 무조건 왔던 길과 반대쪽으로 달렸다. 강을 따라 거슬러 올라가면 아군의 진지가 나올 것이다. 지금으로선 그쪽으로 향하는 것 말고는 다른 희망의 여지가 없었다.

"이년! 이 망할 년! 어디 있냐! 잡히기만 해봐라! 곱게 죽이지는 않는다!"

언제 정신을 차린 건지 달려가는 율비의 뒤쪽에서 악에 받친 위금의 목소리가 들렸다. 뒤돌아보니 달빛 아래 억새풀 사이에서 허우적거리며 헤매고 있는 위금의 모습이 보였다. 거리가 멀어 자세히 보이지는 않지만 필경 부서진 턱을 붙잡고 악귀처럼 쫓아오고 있는 것일 게다. 그의 말마따나 율비를 붙잡아 처참하게 죽이겠다는 일념에 사로잡혀서.

와락 겁이 난 율비가 재빨리 억새풀 사이에 엎드렸다. 키 큰 억새수풀은 율비의 모습을 효과적으로 감춰주겠지만 언제까지 이대로 숨어 있을 수 있을지는 의문이었다. 뭣보다 적은 위금 하나만이 아니니, 언제 그가 데리고 온 적병들이 이 억새풀 숲을 뒤져 그녀를 찾아낼지 모르는 것이다.

'어떡하지? 무작정 강변을 따라 완양성 쪽으로 도망을 쳐야 하나?'

율비가 겁에 질려 머리 위를 올려다봤다. 어느새 드러난 밤하늘에 은모래처럼 곱고 자디잔 별들이 깔려 있었다. 그 별 아래 시신이 되어 드러눕는 건 싫었다. 무섭기도 하지만 뭣보다 무결의 옆이 아닌 곳에서 죽는 게 너무나 싫다.

율비는 있는 용기를 그러모아 오리걸음으로 수풀 속을 기기 시작했다. 머리 위 저편에서 위금이 돼지가 죽기 직전에 질러대는 단말마의 비명 같은 목소리로 꽥꽥 저주를 퍼부어대는 게 들렸다. 율비는 되도록 소리가 들려오는 방향을 피해 몸을 움직였지만 노력도 헛되이, 위금의 목소리는 점점 더 그녀가 있는 곳과 가까워지고 있었다.

이대로는 들키는 건 시간문제다. 율비의 머릿속은 공포에 질려 진탕이 되었다. 어떻게 할까? 어떻게 하지? 수없이 스스로를 향해 돌팔매를 던지듯 질문을 던졌지만, 날아간 질문은 어두컴컴한 심중 안으로 사라져 공허한 물수제비만 남길 뿐 대답은 돌아오지 않았다.

'아……!'

그런데 그때 돌연 그녀가 기어가던 앞쪽으로 작은 잡목이 나타났다. 종류를 알 수 없는 작은 나무 몇 그루가 무성한 억새풀 사이에서 딱 그 정도의 높이로 자라나 있었다. 이름은 모르겠지만 둥치가 율비의 종아리 정도 굵기로 그닥 커다란 나무는 아니었다. 그런데 그 나무 아래 뒹굴고 있는 것을 발견한 율비의 눈이 번쩍 커졌다. 돌이다. 무엇에 부딪쳐 동강이 난 건지 유난히 끝이 뾰족한 돌덩어리 두어 개가 나무 아래 나뒹굴고 있었다.

이걸 휘두를 수 있을까? 쫓아오는 위금에게 이 돌을 던져 맞힐 수만 있다면……?

무리다. 아까는 요행히 자하가 가르쳐 준 체술이 통했지만 율비의 무용은 '전혀'라고 해도 좋을 정도로 없었다. 돌멩이를 던져 위금을 맞힐 자신도 없거니와 겨냥이 어긋나면 그 뒤는 그대로 죽음이다. 직접 돌을 들고 지근거리에서 위금과 싸우는 것은 결국 위험을 자초하는 길일 뿐이다.

수많은 생각들이 찰나간에 섬광처럼 번쩍였다. 갈래갈래, 수없이 명멸하는 고민들, 잡념들. 그런데 불현듯 그 사이로 길이 보였다. 어둠으로 물들었으나 그 끝은 빛으로 향하는 길이.

율비의 눈이 초저녁에 떠오른 샛별처럼 번쩍였다. 깊고 까만 두 눈에 방금 전 올려다보았던 밤하늘의 별보다 더 밝은 빛이 떠올랐다.

해야 한다. 가능성이 그것밖에 없다면 스스로를 위험에 내던지는 일이라 하더라도 해야 한다.

결심을 한 율비가 마침내 조심스럽게 잡목을 향해 기어갔다. 그리고 모종의 작업을 마친 뒤 기어왔던 방향 쪽으로 도로 기어오기 시작했다.

도대체 무슨 생각인 걸까? 얼마쯤 기어가 억새풀이 조금 드물어지는 곳에 당도한 율비가 갑자기 벌떡 몸을 일으켰다.

"아앗!"

마치 도망치려다 넘어진 것처럼 일부러 비틀거리며 여봐란 듯이 비명까지 질렀다. 그 소리를 들은 위금이 대번에 율비 쪽을 돌아보고는 미친 듯이 고함을 지르며 달려오기 시작했다.

"이년! 거기 있었구나! 게 서 있거라!"

억새풀을 우격다짐으로 밀고 가르며 위금이 달려왔고, 율비는 겁에 질려 도망을 치기 시작했다. 달리다 몇 번 비틀거리자 위금은 그 틈을 타 빠르게 그녀를 따라잡았다. 이제 도망치는 척, 이 아니라 정말로 도망을 쳐야 할 정도로 위금이 율비의 등 뒤 지척에 닿았다. 뒤를 돌아보고 그를 확인한 율비가 걸음을 더욱 빨리 하더니 마치 수풀 아래 숨어 있는 덫을 발견하고, 그를 뛰어넘는 모양으로 짧게 비명을 지르며 두 그루 잡목이 자리한 사이를 펄쩍 건너뛰었다. 더욱 걸음을 돋워 달아나는 율비를 잡기 위해 위금이 함성을 지르며 보폭을 더욱 넓혀 뛰기 시작했다. 그런데 바로 그 때, 그의 발목에 걸리는 것이 있었다.

어? 라고 생각할 사이도 없었다. 위금이 중심을 잃으며 발목을 내려다봤을 때 그의 눈에 띈 것은 두 그루 잡목 사이에 걸쳐서 매어놓은 피백(披帛)이었다. 그것은 율비가 자하와 함께 출발할 때 걸치고 온 것으로, 쫓기고 있는 와중에도 그녀의 허리춤에 걸린 바람에 율비와 함께 딸려왔던 것이었다. 바로 그것을 율비가 잡목 사이를 가로질러 매어놓았고, 위금은 바로 거기에 걸려 넘어진 것이었다. 위금의 비둔한 몸은 마치 그가 쳐놓은 밧줄에 걸려 넘어진 자하와 그 말처럼, 그대로 중심을 잃고 속절없이 땅바닥을 향해 곤두박질쳤다. 그리고 그가 넘어지는 그 자리엔, 율비가 그러모아 놓은 유난히 뾰족하고 날이 선 돌덩어리가 놓여 있었다.

"끄아아악!"

찢어지는 듯한 위금의 비명 소리가 들리자 비로소 율비가 달아

나던 걸음을 멈추고 뒤를 돌아보았다. 몇 걸음쯤 뒤, 그녀가 피백을 걸어놓은 그 자리에 위금이 엎어져 있었다.

'죽…… 었나?'

율비가 조심스럽게 쓰러진 위금을 향해 다가갔다. 얼굴은 보이지 않지만 엎어진 위금의 이마 쪽에서 흥건한 선지피가 흘러나오고 있었다. 아마도 그녀가 모아둔 뾰족한 돌을 그대로 이마로 내리찍은 것 같다. 달려가던 관성에 위금의 비대한 체중까지 더해졌을 테니, 결국 도끼나 다름없는 날 선 돌날이 그의 이마를 관통하고 그 숨을 끊어놓은 게다.

죽었나, 마치 지옥의 악귀처럼 쫓아오던 위금이. 사람 좋은 낮으로 뒤통수를 치고 그녀를 위기로 몰아넣던 그 악당이.

"하아……."

긴장이 풀어지며 다리가 와들와들 떨려 율비는 그 자리에 주저앉고 말았다. 이럴 때가 아닌데, 어서 무결에게로 달려가야 하는데 도무지 몸이 말을 듣지 않았다.

그때였다. 느닷없이 '딱!' 하는 소리와 함께 그녀의 머리 위 시꺼먼 암야 속에 눈부신 섬광이 터졌다. 율비는 예기치 않게 나타난 빛과 소음에 섬광이 솟구친 쪽을 올려다봤다.

"마마!"

화린을 시위하던 병사가 급히 그녀의 앞을 막아서려 했지만 때가 늦었다. 단숨에 화린 앞으로 날듯이 뛰어들어 온 무결이 한발 먼저 화린의 목줄을 움켜쥐며 그녀의 등 뒤로 돌아가 섰다. 무결이 검을 화린의 목덜미에 들이대며 외쳤다.

"모두 물러서라!"

화린의 목을 베어버리는 것은 아주 손쉬운 일이었다. 하지만 무결을 비롯해 그의 수하들 모두 이 사지를 벗어나기 위해서는 그녀를 살려둬야 했다. 무결은 서슬 퍼런 검날을 화린의 목덜미에 들이댔고, 그 바람에 그녀의 목줄기에선 가느다란 핏물이 주르륵 흘러나왔다.

위협만이 아니다. 간담이 서늘해진 적병들이 어쩔 줄을 몰라 허둥대자 화린이 손을 들어 일렀다.

"허둥대지 말거라. 나는 아직 죽지 않았다."

"훌륭한 태도야, 화린. 이 상황에도 전혀 당황하지 않다니 역시 여장부답군."

"호호, 당신이야말로 이 상황에도 전혀 당황하지 않았군요. 희망이라고는 전혀 없는 상황에서 나를 덮쳐 돌파구를 찾을 생각을 하다니. 정말 존경스러워요, 무결. 이건 농담이 아닙니다."

"그대의 존경을 받고 만족할 생각은 없어. 화린, 모두 무기를 버리게 해."

검을 든 오른손은 그대로 둔 채 무결이 화린의 허리를 그 쪽으로 바짝 당겼다. 일순 일어난 접촉에 문득 화린의 입가에 미소가 피어올랐다.

"당신과 이처럼 가깝게 선 것은 오늘이 처음이라는 것을 아나요, 무결? 우습군요. 부부가 처음 몸을 맞댄 것이 서로를 죽이기 위한 순간이라니."

"시끄럽군, 화린. 원래 이렇게 말이 많은 여자였나?"

"당신과 부부로 살 수 있었다면 얼마나 좋았을까요. 정말 아쉬워요, 무결."

"그것참 듣던 중에 무서운 소리군. 난 지금 농담 따먹기 할 시간이 없소, 화린. 지금 당장 병사들에게 무기를 버리게 하지 않으면 이 자리에서 그대의 목을 베겠소."

목덜미에 댄 검이 살갗 속으로 더욱 깊숙이 베어 들어갔다. 무결의 힘 조절이 극히 섬세했기에 망정이지 조금만 더 깊었다면 그대로 칼이 기도를 가르고, 화린은 절명했을 것이다.

"무공을 연마했군요. 이건 정말 천웅이나 나나 미처 생각지도 못한 오산인걸요. 오랫동안 풍 귀비 밑에서 몰래 연마한 건가요?"

무결이 어떻게 하원국에서 탈출할 수 있었는지 화린은 상세한 정보를 얻지 못했다. 하원국 국왕은 아수라장 속에서 죽었다 했고, 심지어 화린이 보낸 병사들 역시 살아 돌아온 자가 단 한 명도 없었다. 화린은 몰랐으나 살아남은 자들 모두 새로 보위에 오른 하원국 국왕이 남김없이 죽여 버렸고, 무결이 어떻게 탈출할 수 있었는지에 대한 정보 역시 일체 함구해 버렸다. 천웅과 창천 때문에 형님을 잃은 그였으니 무결보다는 창천 쪽이 더 미웠던 것이다.

무결이 대답 대신 검날에 힘을 싣자 화린이 결국 웃으면서 외쳤다.

"모두 무기를 버리거라. 내가 살기 위해선 그 방법밖에 없느니라."

화린이 그렇게 말하니 적병들도 더 이상 방법이 없었다. 서로의 눈치를 보던 병사들이 결국 활과 검들을 일제히 바닥에 집어 던졌고, 무결의 수하들이 곧 그 무기들을 모조리 모아들였다.

"모두 죽여라!"

결단을 내려야 할 때에 무결은 가차없었다. 적병들이 사색이 돼 살려달라 빌었지만 무결은 명을 거둬들이지 않았고, 곧 그들은 남김없이 처리됐다. 남은 것은 화린뿐, 잠시 그녀를 어찌 처리할지 고민하던 무결은 곧 결정을 내렸다. 황제가 죽은 지금, 그 황후인 화린의 가치는 없어졌다. 아마도 다른 황위 후보들이 보좌를 놓고 싸울 터, 하지만 그렇다 해도 일단 살려서 강왕부에 볼모 삼아 가 둬놓으면 향후에 그녀를 써먹을 데가 있을지도 모른다.

"모두 완양성으로 돌아간다!"

무결 일행이 타고 왔던 말들은 대부분 소동 와중에 이리저리 달아나 버렸기에 남아 있는 것이 몇 마리 없었다. 찾아낸 몇 마리 중 하나에 무결이 타고 그 나머지엔 화린을 태웠다. 나머지는 걸어서 영운령 고갯마루를 물러났다.

"이대로 나를 끌고 가 볼모로 삼을 심산인가요? 졸렬하군요, 무결. 여자를 인질로 삼아 이용할 궁리를 하다니."

"도발해도 소용없소, 화린. 내가 시비 거는 대로 일일이 반응하는 성격이었다면 화하에서 일찌감치 죽어 묻혔을 거요."

사실 화린이 볼모로써 가치가 있을지는 무결도 확신할 수 없다.

하지만 한 나라의 황후였던 화린을 이 자리에서 죽이는 것은 아무리 적이라도 부당한 일, 죽일 때 죽이더라도 일단 본진으로 데려가 절차를 밟아 사약을 내리는 게 마땅하다. 무결은 일부러 그의 흉중을 건드리는 화린의 시비를 유들유들 받아치며 영운령 험준한 고갯길을 내려가기 시작했다. 영운령을 도로 내려와 10리 거리에 있는 안현 마을에만 도착해도 거기에 무결의 군사가 주둔하고 있으니 한결 안심할 수 있다.

그나저나 영운령에 이 정도의 적군 부대가 모이고 있었다는 것을 몰랐다는 것은 보고 체계 어딘가에서 누락이 있었다는 뜻이다. 무결이 전선으로 귀환하는 즈음에 맞춰 정확히 적병들이 매복하고 있었다는 것 역시 누군가 정보를 제공하지 않았다면 불가능한 일이었을 터. 그를 떠올리자 무결의 심중에 참담한 파도가 일었다.

의를 잃지 않기 위해 노력했던 것이 결국 헛되었던가. 이렇게 무참한 배신으로 돌아오고 마는가.

찰나간의 상념이 무결의 눈과 귀를 잠깐 흐트러뜨렸다. 바로 그때를 틈타 길 앞으로 드리워진 어둠 속에서 돌연 불길이 일어났다. 불길에 눈이 먼 나머지 무결을 포함한 수하 병사들이 잠깐 허둥거릴 때 불길 속에서 여러 개의 창이 날아왔다.

"흐랴앗!"

무결이 기합성과 함께 날아오는 창들을 검으로 베어냈다. 거의 동물적인 본능으로 행한 동작이었다. 적병인가? 무결이 불길 너머의 적들의 그림자에 집중하는 찰나, 말 울음소리와 함께 화린이 탄 말이 그를 스쳐 지나 불길 너머를 향해 달려갔다.

아뿔싸! 편의를 봐준답시고 화린을 말에 태운 것이 불찰이었다. 무결의 승마술이라면 화린이 달아나려 해도 얼마든지 잡을 수 있을 거라고만 생각했지, 설마 매복이 또 있을 거라는 생각은 못했던 것이다.

"호호호호! 이번에도 또 당했어요, 무결. 저란 여자는 늘 여분을 준비해 둔다는 걸 기억해 뒀어야지요."

이가 갈릴 정도로 얄밉게 외친 화린이 불길 너머에서 나타난 적병들 뒤로 몸을 숨겼다. 혹시나 천웅이나 무결을 둘 다 죽이지 못하는 사태를 막기 위해, 화린은 천웅이 끌고 온 수하들 외에도 따로이 추가 병력을 준비해 둔 것이었다. 영웅령 고개를 둘러싼 채 그녀의 명을 기다리고 있던 화린의 수하병들이 결정적인 때에 주인을 구하기 위해 숨기고 있던 대가리를 내밀었다. 그것은 무결도 미처 방비하기 어려운 것이었다.

이렇게 되면 이제 정면 대결밖에 없다. 더 이상의 기습도, 계략도 통하지 않는다. 무결은 전신의 혈관 속을 개미 떼처럼 가늘게 흘러 다니고 있는 내공을 한군데로 모았다. 생과 사. 그것이 지금 이 자리에 달려 있었다. 그 어느 때보다 맹렬하게 싸워야 한다는 것을 무결은 직감하였고, 하여 그는 늘 온유하게 유지하고 있던 기의 흐름을 마음껏 날뛰게 풀어놓았다.

검끝에 푸른 기가 서렸다. 말 배를 걷어찬 무결이 그대로 자리를 박차고 적병들 한가운데를 향해 달려나갔고 그 서슬에 놀란 적병들이 동요했지만, 천웅이 데리고 온 자들과 수준이 다른지 끝내

물러서지 않고 오히려 기성을 지르며 맞서 달려왔다. 그들의 등 뒤에 있는 화린을 보호하려는 것이다. 그러나 그들이 말발굽에 짓밟히며 창칼을 휘둘러 말과 그 위에 탄 무결을 찌르려 할 때에 무결은 이미 말 위에 없었다. 커다란 말 울음과 함께 준마가 적병들 서넛을 깔아뭉개고 쓰러진 그 뒤에서 무결이 나타났다. 어느새 말 위에서 뛰어내렸던 것이다.

무결이 포효와 함께 눈부신 검식을 펼쳤다. 은빛 검광을 흩뿌리며 무결의 검이 날았고 현란한 검무 속에서 그 검끝에 부딪친 자들의 손과 발, 머리가 하늘을 날았다. 명멸하는 불빛 속에서 날카로운 검의 빛과 솟구치는 혈향의 조화가 너무나 극명하여 적병들 뒤에서 이 사태를 지켜보던 화린조차 놀라 눈을 크게 떴다.

강하다. 지독하게 강하다. 무결이 무공을 연마했다는 사실을 알았을 때 이미 놀라긴 했지만, 설마 전력을 다한 그가 이 정도일 줄은 몰랐다. 그의 검이 한 번 번쩍일 때마다 서너 명의 병사가 나가떨어졌다. 무결의 수하들 역시 결사항전하고 있었지만 그의 무공에 비할 바가 아니었다. 무결의 무예는 가히 일당십이었고, 검공에는 문외한인 화린이 보기에도 입이 떡 벌어질 정도로 신묘한 것이었다. 덕분에 그 수하들조차 사기충천하여 달아나지 않고 싸우고 있었고, 오히려 수로는 두 배에 달하는 창천의 병사들이 당황하여 밀리고 있었다.

하지만 화린이 무엇보다 놀란 것은 무결의 무예가 아니었다. 그는 화린처럼 수하들 뒤에 숨어 있는 것이 아니라, 모두의 앞에서 싸우고 있었다. 그 혼자 살기 위해서가 아니라, 모두를 살리기 위해 분전하고 있었다. 그것은 늘상 누군가를 조종하고 이용하는 데 익숙했던 화린에게는 충격에 가까운 모습이었다.

"이것이…… 이 남자의 강함이로구나."

수하들이 밀리고 있는 상황을 보면서도 화린은 중얼거리지 않을 수 없었다. 왜 그런 그를 알아보지 못하였던가. 아니다. 사실은 그녀 자신도 저도 모르는 사이에 알아채고 있었다. 하지만 그 강함을 두려워하고 시기하며 없애려고만 하였지 한 번도 그를 동료로, 반려로 생각하지 않았다. 오로지 쓰러뜨려야 할 적으로만 생각하였다.

이제 와 그녀가 무결에게 손을 내민다 해도 그는 잡아주지 않을 것이다. 그의 사랑은 이미 그 사랑을 받기에 합당한 여인에게로 옮겨갔고, 여기 남아 있는 화린은 껍질만 화려한 사해(死骸)일 뿐 누군가에게 사랑을 간구할 자격이 없다.

간악한 여자. 쓰레기 같은 여자.

화린은 갑자기 격렬한 분노에 사로잡혔다. 눈물과 회한이 함께 솟구치자, 그에 반발하는 것처럼 그녀는 소리를 질렀다.

"어째서……! 어째서 내가 후회를 해야 하는 거냐! 난 후회하지 않는다! 나는 약하지 않아! 나는 내 방식대로, 나 자신의 강함으로 살아남을 것이다!"

아니다. 이미 늦었다. 몰랐으면 모르되 이미 그녀가 세운 꿈이 얼마나 약한 것인지 알아버렸다. 기둥 하나하나 모두 썩었고, 그 박힌 땅은 모조리 모래투성이다. 당연하다. 그 기둥을 세운 주인이 이미 썩어버린 여자였으니. 욕하고 경멸하던 천웅과 조금도 다르지 않았으니.

"죽여라! 무슨 일이 있어도 이 자리에서 그를 죽여야만 한다!"

모멸감과 후회에 사로잡힌 화린이 저도 모르게 악을 썼다. 어차피 돌아갈 길이 없다는 것을 알기에, 필요에 의해서가 아니라 그녀 자신이 존재하기 위해서도 무결은 없어져야 했다. 그가 없어져야 비로소 그녀를 뒤흔드는 불확실함이 없어지고 다시 스스로 튼튼한 기둥이 될 수 있을 것만 같았다.

그런데 그런 그녀의 기대를 배반하는 것처럼, 그 순간 아수라장의 소음을 가로지르며 하늘 높이 눈부신 빛이 솟구쳤다.

그리 멀지 않은 거리에서 연화탄이 터졌다. 소리는 거리가 멀어 잘 들을 수 없었지만 그 빛만은 확실히 느낄 수 있었기에, 격전을 벌이던 모두가 일순 움직임을 멈추고 하늘을 올려다보았다.

눈부신 진황의 불꽃이 암천에서 터졌다. 그 크기가 비록 작긴 하지만 이런 어둠 속에서는 30리 밖에서도 연화탄의 모습을 확인할 수 있다. 아마도 무결 진영의 군사들 모두 그것을 확인했을 것이다.

"마마, 피하셔야 합니다!"

"안 된다! 어찌 여기서 싸움을 중단한단 말이냐!"

화린이 발악하듯 외쳤으나 그녀를 따라온 참모병은 듣지 않았다.

"연화탄이 터졌으니 적병들이 이리로 쫓아오는 것은 시간문제입니다. 그런데다가 건왕의 저항이 만만치 않으니 시간을 지체했다간 양쪽에서 협공을 받아 오히려 저희가 당할 수 있습니다!"

참모병의 지적이 틀리지 않았다. 위금에게 딸려 보낸 병사들은 어찌 된 건지 소식이 없었고, 천웅과 함께 온 병사들은 이미 무결과 그 수하들의 손에 모조리 죽었다. 여분이라고 화린이 따로 준비한 병사들의 수는 무결의 호위병들에 비해 그 수가 많기는 했지만 그들을 압도할 정도로 많은 것은 아니었다. 이미 무결의 무공에 반분 질리고 당황하여 기세가 밀린 마당에 연화탄까지 터졌으니, 앞으로 밀려들 무결 측의 지원군을 예상한 화린의 병사들이 당장 꽁무니를 빼기 시작했다. 참모병의 말마따나 지금으로서는 달아나는 것이 최선이었다.

"지금이 아니면 다시는 기회가 오지 않는단 말이다! 여기서 건왕을 죽이지 않으면 안 돼!"

어떻게 만들어낸 일생일대의 기회인가. 무결을 역습할 수 있는 것은 지금뿐이라는 것을 화린은 본능적으로 알아채고 있었다. 전투에 있어 실기(失期)란 곧 파멸로 직결된다. 이번이 단 한 번 잡아챌 수 있는 무결과의 유일한 접점이라는 것을 화린은 알았고, 그래서 발악하듯 기회를 놓치지 않으려 애썼다. 그러나 그것은 화린만 아는 사실일 뿐, 눈앞의 위기에 눈이 먼 자들에게는 알 수 없는 미래였다.

"용서하옵소서! 이대로 마마를 모시겠습니다!"

저항할 틈도 없이 참모병이 화린의 말고삐를 끌더니, 그대로 그 역시 말에 올라타 화린이 탄 말을 강제로 끌고 달리기 시작했다. 그와 함께 창천의 병사들 역시 일제히 영운령의 측면으로 빠져나가기 시작했다. 마치 만조에 밀려온 밀물이 달의 힘에 끌려 먼바

다로 되돌아가는 것처럼 적병들이 일시에 사라지자, 고개 언저리엔 무결과 호위병들만이 남았다.

무결과 싸우던 호위병들 중 반수가 가깝게 죽었고 그 역시 치명상은 아니지만 몸 여기저기 검상을 입었다. 하지만 죽지는 않았다. 불가항력의 기습에서 목숨을 부지하다니, 감히 실감이 나지 않아 호위병들이 달아나는 적병들의 뒤꽁무니만 망연히 바라보다 이윽고 검을 치켜올리며 환호성을 질렀다.

오직 무결만이 이성을 잃지 않았다. 누가 연화탄을 터뜨린 걸까. 누군가 근방에 무결의 위기를 알아보고 그를 터뜨린 자가 있는 걸까? 다행이라면 다행인 상황인데 이상하게도 불길한 예감이 들었다. 무결은 호위병들과 기쁨을 나누는 것도 미룬 채 당장 말에 올라 연화탄이 터진 방향을 향해 달려갔다.

"쿨럭……!"

기도를 타고 피가 아니라 심장이 굴러 나오는 것 같다. 고통이 너무 심한 나머지 그 고통에서 달아나기 위해 자하의 의식은 빠르게 사라져 갔다. 그런데 사라져 가던 그의 의식이 불현듯 돌덩이로 내려치는 것처럼 그의 귀를 관통한 병사들의 대화에 번쩍 깨어났다.

"……그 여자는 죽었을까?"

"아직 죽이지 않았을걸. 보아하니 위 태감이 죽기 전에 재미 좀 보려는 것 같던데."

"재미를 본다고? 양물도 없는 고자가?"

"그 작자가 잘린 양물을 살리기 위해 비밀리에 얼마나 지독한 비술을 행했는지 모르냐? 소문이긴 하다만 비술이 효험을 봤는지 그 와중에 양물이 되살아났다는 말이 있더라. 어쩌면 위 태감이 그 양물을 시험하려 여자를 끌고 간 건지도 몰라. 에잇, 칵, 퉤! 재수없어서, 원."

"이러고 구경만 할 것이 아니라 우리도 가서 한번 재미를 볼까? 어차피 죽일 여자, 우리라고 즐기지 말란 법 있어?"

불현듯 좌중에 불온한 동질감이 흘렀고, 같은 심정이라는 것을 대변하듯 키득거리는 웃음이 굴러 나왔다. 안 될 게 뭐 있으랴. 위금이 적당히 재미를 보고 물러났을 때 그들도 함께 하겠다 청하면 위금은 '쩨쩨하다'는 뒷말을 듣고 싶지 않아서라도 허락할 것이다. 환관이란 본디 남의 시선과 평가를 그 누구보다 의식하는 치들이니 말이다.

흐물흐물, 촛농처럼 녹아내리던 자하의 의식이 그 말에 돌처럼 굳어졌다.

'……안 된다.'

그로 인해 그녀가 죽게 할 수 없었다. 하물며 그런 죽음보다 더한 고통까지 겪게 되는 건 더욱 견딜 수 없었다. 열화와 같은 일념에 목구멍으로 넘어가던 가는 숨이 기적적으로 돌아왔다. 굳었던 팔다리가 바르르 떨리며 늘어진 사지에 힘이 실렸다. 아직은…… 아직은 움직일 수 있다. 움직여야만 한다!

"멈…… 춰라……!"

돌연 들려온 신음 같은 속삭임에 막 위금과 율비가 사라진 억새밭으로 향하던 병사들이 뒤를 돌아보았다. 그리고 그들 뒤에서 천천히 일어나는 피칠갑을 한 형체를 보고 경악하여 동그랗게 눈을 떴다.

"저, 저 괴물 같은 놈……! 아직도 안 죽었냐!"

죽을 수 없었다. 아니, 이미 죽은 것과 마찬가지이지만 다시 되살아날 수밖에 없었다. 자하가, 뒤집어쓴 피보다 더 많은 핏덩어리를 토해내며 비틀비틀 걸음을 옮겼다. 그 가슴에 아직도 칼이 꽂혀 있음에도 여전히 움직이고 있는 그를 본 병사들이 두려움에 한 걸음 물러났다.

"제기랄! 어차피 다 죽어가는 누더기다! 겁먹을 필요 없어!"

아직도 그들의 수가 압도적이었다. 게다가 자하는 아직 살아 있는 게 이상할 정도로 치명상을 입은 몸. 용기가 빠르게 다시 자리를 잡았고 병사들은 일제히 소리를 지르며 자하를 향해 덤벼들었다. 그런데 손가락 하나 움직이지 못할 줄 알았던 자하가 뜻밖에 힘차게 검을 휘둘렀다. 앞서 달려들어 가던 병사가 검끝에 복부를 뚫렸고, 자하는 그와 동시에 그의 옆구리를 찌르려던 병사의 다리를 걸어차 넘어뜨렸다.

죽음 전의 마지막 불꽃이었다. 마지막 한 방울까지 혼신의 힘을 짜내 다 몰아 태운 화려한 불꽃. 일시에 두 명을 쓰러뜨린 자하가 들려지지 않는 칼을 억지로 높이 쳐올렸다. 심장에 칼을 꽂은 채로, 크게 원을 돌며 닥쳐드는 두 명을 한꺼번에 베었고, 그 두 명이 나자빠지면서 그 뒤로 달려드는 인원들의 공격을 막았다.

어떻게 저렇게 움직일 수 있단 말인가. 이제 적들은 아연했다. 놀라움을 지나쳐 공포가 되었다. 불현듯 힘이 달린 자하의 한쪽 무릎이 꺾이자 그 틈을 탄 적병 하나가 그의 등 뒤로 쇄도했지만, 마치 뒤에도 눈이 달린 것처럼 자하가 검을 머리 위로 쳐올리자 검끝에 목줄기를 꿰뚫리고 말았다. 쏟아지는 피보라를 온몸으로 받아낸 자하가 비틀비틀 다시 일어났고, 이제 적병들은 그를 귀신을 보는 듯한 눈으로 두려움에 질려 쳐다보았다.

검신이 파도처럼 휘돌았다. 죽음의 경계에 아슬아슬하게 걸쳐진 생명이 깜부기불처럼 깜박였다. 의식과 무의식이 번갈아 명멸하는 가운데 검은 영혼조차 없이 저 혼자 놀았다. 적들의 칼이 몇 번을 스쳐 지나갔고 그중 일부는 자하의 몸 어딘가에 꽂히거나 그 살을 베었지만 이제 어떤 감각도 그의 몸에는 느껴지지 않았다.

밀도 높은 액체 속을 움직이는 것처럼, 모든 것은 느리면서도 정확하게 일어났고, 이윽고 자하가 일말이나마 정신을 차렸을 때는 적의 칼이 그의 오금을 베고 지나가는 바람에 두 다리에 힘줄이 완전히 끊어져 쓰러졌을 때였다.

"죽어라……!"

이제 자신도 악에 받친 적병이 고함을 지르며 달려든다. 거의 본능적으로 주변을 본다. 어느새 10여 명에 달하던 적들 중 일곱이 쓰러지고 세 명만 남아 있다. 그중 한 명은 어깨를 찍혀 주저앉아 있으니 남은 건 두 명, 그 둘이 동시에 창과 검을 휘두르며 달려든다.

일어나려 힘을 쓰지만 너덜거리는 두 다리는 말을 듣지 않는다. 들고 있는 칼은 피와 살점이 엉켜 너무 무뎌졌다. 파리 한 마리도 베지 못할 것이다.

느리고 둔중한 생각이 진흙 강물처럼 천천히 머릿속을 흐르고 지나갔다. 그리고 그와 함께 자하는 검을 버렸다.

마지막. 이번이 마지막.

그의 생명과 바꿔낼 마지막 방어. 그리고 공격.

자하가 검을 버리자 적병들의 얼굴에 잠깐이나마 희색이 비친다. 악마처럼 사악하게 웃으며 검과 창을 있는 힘껏 뒤로 치켜든다.

허점. 일시에 그들의 하복부가 비어버린 그 순간, 자하는 자신의 심장에 꽂힌 칼자루를 재빨리 잡아챘다. 길이가 짧은 칼이었던 까닭에 자루를 당기자 검이 쑤욱 뽑혀 나왔다. 심장이 뽑혀 나가는 듯한 통증이 뒤따랐지만 이미 그런 것은 중요하지 않았다. 자하가 짐승 같은 신음성을 내지르며 검을 옆으로 그었다. 커다란 반원을 그리며 휘어진 검끝에 그들의 옆구리가 걸렸다. 어기찬 힘에 달려들던 적병 한 놈의 배가 깊숙이 베였다. 놈이 놀라 눈을 크게 뜨며 뒤로 자빠지는 것과 동시에 자하가 다른 한 놈의 하초를 향해 마지막 일검을 질러 넣었다.

푸우욱, 살을 뚫고 들어가는 기분 나쁜 감촉. 놈이 비명을 지른다. 사내의 신체 중에 가장 고통이 심한 부위이기에 놈은 그대로 피를 쏟아내며 혼절해 버린다. 아마도 당장은 죽지 않아도 이대로 대량의 출혈을 일으키다 구해주는 이도 없이 죽게 될 것이다. 그리고 자하도 역시.

"크르륵……!"

피 속에 거품이 섞여 흘러나온다. 폐에도 구멍이 뚫렸나 보다. 그의 생명이 이제 한 줌도 남지 않았다는 뜻이다.

주위를 둘러보니 그 많던 적병들이 한 놈도 남지 않았다. 대부분 죽거나 부상을 입고 쓰러져 신음하고 있어 성한 자는 단 한 명도 없다. 누군가 보았다면 가히 기적이라 찬탄할 일이었다. 자하 혼자서 스물의 적병을 모두 쓰러뜨린, 실로 엄청난 싸움. 그러나 자하는 아무런 승리감도, 성취감도 느낄 수 없었다. 그저 머릿속에 남아 있는 것은 율비에게 가야 한다는 마지막 일념뿐.

두 다리는 이제 걸레가 되다시피 조각나 걸을 수 없게 됐고, 팔에도 빠르게 힘이 사라지고 있다. 숨 쉬는 것조차 기도가 파열되는 것처럼 고통스러워 그냥 이대로 죽어버리는 쪽이 편할 것 같다.

하지만 그럴 수 없었다. 그는 그렇게 편하게 죽어선 안 된다. 할 수 있는 한 가장 지독한 고통을 질기게 누려야 하리라. 지옥에서도 가장 뜨거운 불구덩이에 빠져 이 대가를 처절하게 치러야 하리라. 그래야 비로소 그 영혼이 안식할 수 있을 것이다.

자하가 피에 전 손을 품 안으로 집어넣었다. 만일의 사태에 대비해 품고 왔던 연화탄이 손가락 끝에 끌려 나왔다. 적들이 들고 온 관솔불이 길가에 떨어져 바닥을 구르고 있기에 자하가 필사적으로 그를 향해 기어가 거기에 불을 붙였다. 따악! 폭음을 울리며 마침내 연화탄이 하늘 높이 솟구쳐 올라가자, 점점 가물가물해지는 의식 속에서 암천에서 터지는 눈부신 불꽃을 확인한 자하가 마침내 뒤로 쓰러지고 말았다.

머리 위로 산산이 흩어지는 불꽃들이 마치 흩어지는 그의 목숨처럼 보인다. 밤공기 속에 섞여 사라져 가는 불의 잔해들을 바라보며 자하는 마지막 힘을 짜내 중얼거렸다.

"율…… 비님……."

간절한 기원을 담아. 살아 있어주길. 부디 구원의 손길이, 그녀를 구할 진짜 정의로운 손길이 도착할 때까지 무결과 율비 모두 살아 있어주기를. 이런 기원을 올릴 자격조차 없었지만, 그의 목숨과 맞바꿔 이 기도가 하늘에 닿기를 자하는 간절히 기원했다. 그때였다.

"자하님!"

점점 흐릿해져 가는 그의 시야 속에 불현듯 작고 하얀 율비의 얼굴이 들어왔다. 생각지도 않았던 그녀의 등장에 가물가물 사라져 가던 자하의 의식이 마지막으로 힘을 얻었다. 자하가 감기던 눈을 번쩍 떴고, 믿어지지 않는 눈으로 그의 시야 속에 들어온 율비를 바라보았다.

"율……."

힘이 다했는지 목소리가 튀어나오지를 않는다. 그녀의 이름을 부르고 싶은데 목소리 대신 피 섞인 기침만 튀어나올 뿐이다.

아아, 하지만 얼마나 기쁜지 모른다. 그녀가 살아 있다. 믿을 수 없게도 약간의 상처만 보일 뿐, 멀쩡히 살아서 그를 향해 눈물을 흘리며 일어나라 흔들고 있다.

"자하님, 자하님! 일어나세요. 여기서 죽으면 안 됩니다······! 자하님!"

아직도 그를 걱정해 주고 있는 건가. 그렇게 지독한 배신에도 불구하고 그를 위해 어서 일어나라 울어주고 있는 건가.

'다정한 분, 바보스러울 정도로 착한 분······.'

그래서 그녀를 사랑했다. 사랑스러운 웃음, 상냥한 마음, 걸음걸이······. 그녀가 내뱉은 공기 한 모금까지. 애타게 사모했다. 애욕에 눈이 멀어 모든 것을 버렸고, 그 자신의 목숨마저도 버렸다. 진정 어리석은 선택을 했다는 것을 알건만 이제는 그 선택에 희열마저 느껴진다.

율비가 그를 위해 울어주고 있었다. 침을 뱉고 돌아서 가는 대신 일어나라 애원하고 있었다. 그것이 죽어가는 자하에게 말할 수 없이 커다란 위안을 주었다. 이제는 아무런 후회도, 미련도 없이 기쁘게 지옥으로 떨어질 수 있을 것 같았다.

굳어져 가는 그의 온몸에 잠깐이나마 온기가 돌아왔고, 자하는 희미한 웃음을 머금으며 밤하늘을 쳐다보았다.

'······하느님, 감사합니다. 마지막으로 그녀의 얼굴을 보게 해주셔서 감사합니다. 미움만 받으며 죽지 않게 해줘서 감사합니다. 감사합니다······. 충분합니다. 저는 이것으로 충분합니다.'

"자하님!"

마침내 치뜬 그의 눈에서 온기가 완전히 빠져나갔다. 남아 있는 것은 입가에 걸린 희미한 미소뿐. 그림처럼 아름다운 미소가 걸린 그의 얼굴은 마치 죽음마저 기쁘게 받아들인 것 같다.

"아아아, 안 돼요, 자하님! 자하님!"

율비가 울음을 터뜨리며 그의 몸을 흔들었지만 마지막 소임을 다한 자하의 영혼은 그대로 꺼져 다시는 돌아오지 않았다. 손자하, 스물다섯의 젊디젊은 나이. 영운령 언저리 외로운 들판에서 마침내 그렇게 숨을 거두었다.

"흐…… 으흐흑. 자하님! 자하님……!"

무결을 배신한 자요, 그녀를 억지로 취하려 한 미운 사람이었다. 하지만 율비는 목숨을 바쳐 적병들을 모두 베어버린 그를 미워할 수가 없었고, 그 안타까운 죽음 앞에 오열할 수밖에 없었다.

그런 그녀의 등 뒤로 버석, 풀 밟는 소리가 들려온 것을 율비는 듣지 못했다. 더 이상 움직이지 않는 자하의 몸을 흔들며 어서 일어나라 애원할 때, 돌연 누군가 그녀의 어깨를 홱 잡아챘다.

"꺄아아악!"

눈앞에 나타난 무시무시한 형상에 율비가 입을 막으며 비명을 질렀다. 위금이었다. 분명히 죽은 줄 알았는데, 그게 아니었다. 앞이마가 깨져 피칠갑이 돼 있고 한쪽 눈은 묘하게 튀어나온 처참한 몰골로 그녀 앞에 서 있는데, 그 한쪽 손에는 그의 머리를 강타했던 게 틀림없는 뾰족한 돌덩이를 쥐고 있었다.

"죽여주마! 이 빌어먹을 년! 그 예쁜 얼굴을 갈가리 찢고 부숴주마!"

이미 지독한 고통에 합리적인 이성은 다 날아가고 선연한 야만성만 남았다. 그가 당한 지독한 고통을 모두 돌려줘야 이 분이 가라앉을 것이다. 율비가 그의 손을 잡아떼려 몸부림을 쳤지만 완강한 사내의 힘을 당해낼 수는 없었다. 어느새 손에 쥔 돌을 높이 치켜든 위금이 율비의 얼굴을 향해 그를 내려쳤다.

바로 그 순간! 화살이 날아오는 듯한, 쉿 소리가 들려왔다. 소리가 들려온 것도 모르고 율비가 손을 들어 내려치는 돌을 막으려는 것과 동시에 그녀의 손바닥 위로 뜨뜻한 점액질의 액체가 튀었다.

"어……?"

무슨 일이 일어났는지 모르겠다는 듯한 얼빠진 중얼거림. 율비가 얼결에 가린 손을 치우자 그 뒤에서 목소리 못지않게 얼빠진 위금의 얼굴이 나타났다. 머리 한복판에 손 하나가 들어갈 정도로 커다란 구멍이 뚫린 모습으로.

꿀렁꿀렁 흘러나오는 피를 손으로 만져 확인한 위금이 멍청한 얼굴로 하늘을 쳐다보았다. 그런 상처를 입고서는 황건역사라 해도 살아남지 못한다는 것을 깨달은 것과 동시에 위금의 몸이 힘없이 옆으로 기울었고, 그는 그대로 쓰러져 절명하였다. 기절에 그쳤던 아까와 달리 이번에야말로 확실히 그 숨이 끊어졌거니와 그 끝이 살아온 삶과 같이 정녕 추하였다.

도대체 어찌 된 건가? 어떻게 갑자기 그렇게 쉽게 위금이 죽어버린 건가? 혼란에 빠져 어쩔 줄을 몰라 하는 율비의 귀에 홀연 그녀를 부르는 목소리가 들렸다. 굵고 낮은, 그러나 한없이 부드럽고 그리운 목소리. 눈을 들어 소리가 들려온 쪽을 쳐다보니 열 걸음 쯤 떨어진 지척에서 누군가 달려오고 있는 게 보였다. 무결이다. 오늘 밤 그 누구보다 그리웠던 사람!

"전하……!"

아아, 그제야 비로소 율비는 누가 위금을 해치웠는지 알았다. 달빛을 반사하는 번쩍이는 갑주를 걸친 사내, 누구보다 든든한 어깨와 강한 팔을 가진 무결이 그녀를 향해 달려오고 있었다. 바로 그가 막 율비를 돌로 내려치려 하는 위금을 발견하고, 격공장을 날려 단숨에 위금의 머리를 뚫어버린 것이다.

"전하, 전하!"

자리에서 벌떡 일어난 율비가 무결에게 달려가 그 품에 안겼다. 지옥의 한복판에서 다시 만난 연인처럼, 두 사람은 그렇게 애틋하게 얼싸안고 서로의 몸을 더듬으며 상대가 무사함을 확인하였다.

"어째서 네가 여기 있는 거냐?"

그러는 무결이야말로 어찌 여기 나타난 걸까. 나타난 무결과 그 수하들의 몰골은 뭔가 심상치 않은 일이 일어났음을 알리고 있었지만 율비는 연유를 묻는 대신 말없이 눈물을 흘리며 위금이 죽어 널브러진 쪽을 돌아보았다. 쓰레기처럼 구겨진 위금의 시신 너머로, 창검이 꽂히고 수태 상하였으나 이상하게도 정결한 빛을 뿜어내고 있는 자하가 누워 있었다. 무결의 품에서 벗어난 율비가 자하에게로 다가가 아직도 밤하늘을 향해 오연히 뜨여져 있는 눈을 조용히 감겨주며 속삭였다.

"자하님이…… 저를 지켜주셨습니다. 전하와 헤어지고 싶지 않은 욕심에 제가 밤늦게라도 전하를 따라가겠다고 출발했어요. 자하님께서 우연히 제가 수하도 없이 출발했다는 것을 알고 뒤쫓아왔고, 적들의 매복에 잡힌 저를 구하기 위해…… 홀로 분투하다 돌아가셨습니다."

앞뒤가 전혀 맞지 않는 설명이라는 것을 둘러대는 율비도, 그를 듣는 무결도 알고 있었다. 하지만 그것 말고는 충실한 신하였던 자하를 그에게 돌려줄 방법이 없었다.

게다가 자하가 끝까지 무결을 배신했다고 어찌 말할 수 있겠는가. 자하는 자신의 목숨과 바꿔 적병들을 살육했고, 그 역시 죽었다. 애욕으로 인한 행동이었을지언정 그것이 영웅적인 것이 아니라 할 수 없었다. 죽기 직전의 그는 진정 숭고했고 적어도 그 죽음을 위금의 것과 같이 치욕으로 뒤덮어선 안 됐다.

율비가 눈물을 흘리며 말없이 고개를 떨어뜨리자 잠시 그녀를 내려다보던 무결이 조용히 수하들을 돌아보며 일렀다.

"손자하의 시신을 수습하거라."

이어서 덧붙인 말에 율비가 번쩍 고개를 들었다.

"시신을 수습하여 일단 완양성에 안치하라. 성으로 돌아가 손자하를 건국공으로 봉하는 교지를 내릴 터이니, 그를 공신의 지위에 걸맞도록 예를 갖춰 장사 지내도록 하라."

지시에 맞춰 수하들이 조용히 움직였다. 위금을 비롯한 적병들의 시신은 대충 판 구덩이에 몰아넣어 보이지 않게 묻어버렸으나, 자하는 따로 수레에 실려 완양성으로 돌아갔다. 그리고 자하의 시신은 일주야 뒤 성대한 장례식 후에 그의 고향인 건국으로 실려가 그곳에 묻혔다.

화린이 황도로 돌아간 뒤로 전세가 급박하게 흐르기 시작했다. 도망치는 와중에도 용케 천웅의 시신을 수습해 간 화린이 천웅이 무결을 기습하려다 사망했다고 선포했지만 소문이라는 것이 무서워서 알게 모르게 화린이 천웅과 무결을 모두 죽이려다 천웅만 죽었다는 사실이 황도 전체에 퍼져 나갔다.

무결 진영 쪽에서 일부러 그를 더 퍼뜨린바, 그것이 급격한 민심의 소요를 불러왔고, 급기야 모두가 화린에게서 돌아서기 시작했다. 아무리 화린의 능력이 뛰어나다 해도 남편을 모두 죽이고 스스로 황제가 되려 한 여인을 용납하기에는 시대의 윤리가 그리 너그럽지 않았다. 민심이란 고여 있을 때는 그것이 있는지 없는지조차 모르지만, 일단 움직이기 시작하면 무서운 법이다. 그 성난 파도가 마침내 제방을 무너뜨리고 터져 나오기 시작했다. 창천 각지에서 폭동이 일어나기 시작한 것이다.

현에서 일어난 작은 소동이 걷잡을 수 없이 커지더니 급기야 성 단위로 커졌으며, 진압하는 군인들이 오히려 창칼을 성주에게 들이대는 사태가 벌어졌다. 소요가 커지면서 무결군과 대적하고 있는 경계에 걸쳐진 몇몇 성의 백성들이 스스로 성문을 열고 무결군을 맞아들이기 시작했고, 무결군의 진격 속도는 더욱 빨라졌다.

민심의 이반도 이반이었지만 화린에게는 싸워야 할 더욱 무서운 적이 있었다. 화린과 천웅 사이에 아이가 없다는 이유로 선황인 창천제가 남긴 열 살짜리 어린 아들인 한서왕을 황제로 추대해야 한다는 여론이 일어나기 시작한 것이다. 천웅이 화린 말고 이름 모를 여인들에게 뿌린 아이도 있었으나 그 아이들이 고작 한두 살에 불과했으니 아무래도 그들보다는 한서왕이 더 황위에 가까운 터였다.

"한서왕이라니, 내가 제대로 운신도 못하는 코찔찔이에게 나라를 넘기려고 그 고생을 한 줄 아느냐!"

화린이 분통을 터뜨렸으나 이미 만사가 계획에서 어긋나 제멋대로 돌아가기 시작한 뒤였다. 영운령에서 천웅과 무결이 모두 죽었더라면, 하여 온 나라가 소용돌이에 빠져 있는 사이 조정과 창천의 귀족 세력들을 모두 손아귀에 넣었더라면 한서왕이든 천웅의 씨앗이든 화린에게 적수가 될 바 아니었다. 그러나 화린은 천재일우의 기회를 놓쳤고 그것은 곧 그녀의 뒤통수를 강타하는 무서운 칼날이 돼서 되돌아왔다.

조정은 사분오열하였다. 아이와 남편에게 기대지 않고 홀로 서고자 한 화린의 의지는 오히려 그녀에게 함정이 됐다. 후계자가 없는 화린은 황위에 근접할 명분이 없었고, 그녀가 믿었던 조신들은 명분이 없는 싸움에서 발을 빼버렸다. 화린이 그토록 좇았던 실리가 힘을 잃었으며, 그녀가 경멸하였던 허울뿐인 명분이 무서울 정도로 빠르게 모든 것을 장악하였다. 애초에 강왕의 아들인 후겸과 마찬가지로 선천적인 장애를 갖고 있어 적수가 되지 못한다 생각했던 한서왕은 귀족들에게는 조종하기 쉽다는 면에서 오히려 화린보다 환대받았고, 그 존재만으로 무서운 적이 돼버렸다.

화린이 천웅과 후궁 사이에서 낳은 어린아이를 뒤늦게 양자로 들이는 한편 한서왕을 없애고 황족들을 포섭하는 데 전력투구하는 동안, 무결은 기세를 가다듬은 뒤 마침내 전면적인 공세를 단행하였다. 분열된 창천의 본진은 대공세에 나선 무결을 막아낼 힘이 없었거니와 오히려 창천제의 적자로서 온전한 황권이 무결에게 있다는 대의명분에 그 도정에 놓인 성과 백성들이 그에게로 돌아서 버렸다.

파죽지세(破竹之勢). 더 이상 그 파도를 막을 힘이 없었다. 창천의 벽은 무너졌고 그 문은 온전히 무결에게로 열렸다. 화린의 편에서 싸워야 할 대장군이 무결에게 항복하여 그 군사를 무결에게 바치니, 천웅이 죽은 지 단 석 달 만에 무결의 군대가 마침내 황도 화하를 포위하였다.

자미궁은 이른 새벽부터 난리였다. 무결의 군대가 황도 입성을 목전에 둔 지금, 환시와 시녀들은 동요하고 있었다. 그중에는 주인을 배신하고 보물들을 들고 달아나는 자들도 있었고, 그 반대로 주인을 지키기 위해 주인을 업고 요양이니 도관에서 기도를 드린다느니 하는 핑계를 대고 황궁을 빠져나가 필사의 도주를 하는 자들도 있었으나, 그들 대부분은 황궁에 속한 자들이 늘 그러하듯 주인이 누구로 바뀌든 충실히 섬길 준비를 하며, 숨을 죽인 채 상황을 주시하고 있었다.

화린 밑에서 수족 노릇을 하였던 금창 소속의 환관들의 반응은 조금 달랐다. 황궁 안팎을 비롯하여 그들의 전횡이 심하였기에 무결이 황궁에 입성하면 그들의 목숨은 이미 죽은 것이나 다름없었다. 어차피 그리될 거라면 결사적으로 항전하겠노라고 그들은 다짐하였고, 하여 금창에 속한 1백여 명의 환관과 또 그들에 속한 5백 명의 환관들이 황궁 내성 문을 모조리 안으로 닫아걸고 최후의 전투를 준비하고 있었다.

"조흥이 놈이 아주 죽을 작정으로 나섰구나. 그 밑으로 거들먹거리던 들때밑 놈들도 모두 달려들었어. 하기야 건왕 전하가 입성하면 그야말로 죽을 목숨이니 오죽하겠냐."

황궁 안의 분위기가 하도 흉흉하야, 직전감 식구들 역시 며칠 전부터 소임도 다 집어치우고 주변 돌아가는 눈치만 보고 있었다. 그들의 본거지라 할 수 있는 자미궁 북쪽 경희각 근처의 숙소에 숨어 있던 보윤과 하사가, 오강이 몰래 나가 염탐해 온 정보들을 듣고서는 혀를 찼다.

"칼이라고는 잡아본 적도 없는 환관들이 나선다고 뭘 할 수 있다는 겁니까. 그저 죽을 시간을 조금 늦출 뿐이지요."

"환관들을 무시하면 안 된다. 황궁 곳곳의 도주로며 숨은 밀실을 속속들이 알고 있는 게 놈들이다. 놈들이 죽기로 항전하기로 했다면 건왕 전하도 조금은 골치가 아플 것이다. 게다가 더 골치 아픈 건 금창 놈들이 여차하면 황궁에 불을 질러 버릴지도 모른다는 거야. 만약 항전 끝에 놈들이 몽땅 옥쇄하자는 심산으로 불이라도 지른다면 우리까지 죽는 수가 있다."

보윤의 설명이 끝나자 약간의 시간 뒤에 하사가 몹시도 싸늘하고 음산한 목소리로 입을 열었다.

"그러면 우리가 문을 열까요?"

"뭐라?"

항 밑에서 군밤 껍질을 까고 있던 오강이 놈까지 놀라 항 위로 빼꼼 고개를 내밀었다. 오강이 쪽을 못 믿을 눈으로 힐끗 쳐다본 하사가 계속해서 말을 이었다.

"늦어도 오늘 낮이면 건왕의 군대가 화하에 입성할 겁니다. 입성을 미루는 건 항복을 종용하는 요식행위일 뿐, 실제로는 화하를 함락하는 거야 그야말로 껍질 다 깐 군밤을 날름 집어먹기만 하면 되는 거나 마찬가지 아닙니까. 우리가 그때에 맞춰 황성 문을 열어버립시다."

"겨우 우리 셋이서? 무슨 수로? 금창에 속한 환관 놈들의 수만 6백이다. 또 꼭 금창 소속이 아니더라도 문을 지키는 혼시(闇寺)들의 수도 있으니, 아마 문마다 적어도 30명 이상은 지키고 있을 거다. 그놈들을 무슨 수로 떨궈내고 문을 연단 말이냐?"

"왜 저희 셋뿐이라 하십니까? 저희 말고도 직전감의 동료가 있지 않습니까? 직전감이 비록 짐승 취급당하고, 무시는 당해도 황궁 전체를 청소하는 아문이라 그에 속한 소환들의 수는 어느 곳보다 많습니다. 감히 말하건대 금창의 환관 놈들보다 두 배는 많을 것입니다."

너무 놀란 나머지 오강이가 입에 물고 있던 군밤을 떨어뜨렸고 보윤 역시 아연하였다. 놀란 기색을 감춘 채 보윤이 되물었다.

"너, 지금 그 말이 무슨 뜻인지 알고 하는 거냐?"

"물론 압니다. 황후 마마를 배신하고 건왕 전하의 군대를 끌어들이자는 겁니다. 즉, 반역을 하자는 뜻이지요."

"네놈이 네 처지에 불만이 많다는 것은 알지만 그런다고 반역을 꾀해? 게다가 거기에 직전감을 모조리 끌어들이겠다고? 네놈이 정말로 간덩어리가 부었구나!"

"말은 그리하셔도 사실은 마음이 동하시지 않았습니까? 거짓말하지 마십시오, 사형. 지금 사형의 입꼬리가 자꾸 위로 올라가고 있습니다."

"이놈이!"

맵차게 하사의 머리통을 쥐어박았지만 사실 정말로 그랬다. 금창 놈들의 뒤통수를 한 방 갈길 수 있다? 덧붙여 하늘 높은 줄 모르고 날뛰던 조흥이 놈까지? 성공한다 장담할 수 없는 일이지만, 그 반대로 성공을 한다면……? 상상만 해도 입이 찢어질 일이다. 안 그래도 기분이 한껏 고조됐는데 거기에 못을 박는 양으로 하사가 덧붙였다.

"어차피 건왕 전하의 입성은 시간문제입니다. 건왕 전하가 황위를 차지한다고 해서 우리네 환관들의 처지가 바뀌는 것은 아닙니다만, 그 와중에 지금까지 정군이라 하여 우리를 짐승 취급하던 어용감이며 금창 놈들에게 한 방 먹일 수 있다면 그야말로 속 시원한 일 아니겠습니까. 지금이 아니면 언제 그놈들의 뒤통수를 갈길 수 있겠습니까?"

"실패하면 우리들 모두 죽는 일인데도? 네가 말은 참 쉽게 하는구나."

"제게 생각이 있습니다. 문을 탈환하고, 건왕 전하의 군대가 들어올 때까지 딱 한 시진 정도만 그 문을 지켜낼 수 있다면 반드시 성공할 겁니다. 믿어주십시오."

하더니 하사가 생각한 바를 설명하기 시작했다. 들으면 들을수록 하 그럴듯하니 설명을 듣고 난 보윤은 물론이고 심지어 오강이까지 비죽비죽 피어나는 웃음을 참을 수가 없게 됐다.

"찬성입니다, 보윤 사형. 설령 계획이 실패한다고 해도 말이지요, 그놈들의 머리에 그것을 때려 부을 수 있다는 생각만 해도 속이 다 시원합니다요. 아이고! 생각만 해도 없는 양물이 벌떡벌떡 서는 것 같네. 으하하하!"

"이번만큼은 나도 동감한다, 이 썩을 놈아."

크히히힛. 오강이와 비밀스런 웃음을 나눈 보윤이 벌떡 일어났다.

"좋다. 내가 직전감 수장이신 중 태감을 설득해 보겠다. 우리가 짐승이 아니라는 것을 증명하자고 내 태감께 역설할 터야. 태감의 승낙이 떨어지면 직전감 8백 인원이 죄다 우리 편이 될 게다."

흥분과 두려움이 반반인 오강이도 결국 자리를 털고 일어나 보윤을 따라갔고, 그들은 두 시진이나 지나 조반 시간도 넘긴 다음에야 나타났다.

"태감께서 허락하셨다."

주사위가 던져졌다. 그들의 운명을 건 한판 노름이 시작된 것이다.

"정문은 백여 명의 금창 환관들이 삼엄하게 지키고 있으니 무리입니다. 북쪽 후문인 현무문을 엽시다."

"그쪽도 후정의 정문이라 경비병이 많다."

"직전감 사형들을 집중하면 안 될 것도 없습니다. 뺏는 것보다 어려운 것은 지켜내는 것이지요. 그 부분은 보윤 사형께서 맡아주셔야 할 것 같습니다."

"알았다. 일단 해보자꾸나."

일사불란, 한 번 구르기 시작한 운명의 수레바퀴는 빠른 속도로 굴러가기 시작했다. 각자의 일을 나눠 맡은 세 사람이 뛰어다니기 시작했고, 그렇게 운명은 조금씩 길을 바꾸기 시작했다. 그러나 성문을 지키고 있는 금창의 환관들은 은연중 그들을 둘러싼 공기가 달라졌다는 것을 아직까지 알아채지 못하고 있었다.

"황후 마마께서는 어찌하고 계신다느냐? 어제 항복을 종용하는 사절이 입궁했다 하던데 그 뒤로 교지를 발표하거나 하지는 않으셨다더냐?"

"별다른 움직임은 없습니다요. 교태전에 틀어박힌 뒤로 영 출입을 안 하시는지라, 혹시 이미 자진하신 게 아닌가 하는 소문까지……."

"이놈이 어디서 그딴 망발을 내뱉느냐!"

화가 난 소태감의 주먹질이 작렬하였고, 새파랗게 어린 환관 놈은 입 잘못 놀린 죄로 그대로 후원에 끌려가 매질을 당하였다. 북문인 현무문의 경비를 맡고 있는 것은 공교롭게도 언젠가 보윤과 율비를 괴롭힌 바 있는 조흥이었다. 위금에게 뒷줄을 대어 금창에 들어갔는데 그 뒤로 권세가 점점 높아져 하늘 높은 줄 모르고 날뛰었더랬다.

그를 이용해 직전감에도 무수히 압박을 가했는데, 위기가 눈앞에 다다른 지금은 어떻게든 건왕군이 들어오는 것만은 막기 위해 동분서주하느라 직전감에는 미처 주의를 기울이지 못하고 있었다. 솔직히 말해서 권력의 단맛에 너무 익숙해져 있는 나머지, 그가 짐승이라 깔보았던 직전감의 환관들이 감히 그에게 반항할 수 있을 거라고는 생각해 보지 못했던 것이다.

그래서 조흥은 직전감 환관들 서넛이 어슬렁어슬렁 나타나 청소를 한답시고 북문 안마당을 쓸고 닦기 시작했을 때도 정신 사나우니 얼른 꺼지라 호통만 쳤을 뿐, 별로 주의를 기울이지 않았다. 그럼에도 직전감 소환들이 사라지지를 않자 조흥이가 분김에 칼까지 빼들었다. 당장 물러나지 않으면 베어버리겠다 난리를 치려하는데 그때 성문 위에서 망을 보던 소환이 소리를 질렀다.

"군대가 나타났습니다!"

"뭐라!"

현무문은 올라가기가 절벽 오르는 것 못지않게 어려워서 소환 하나만 올려 보내 내성 밖의 동정을 살피게 하고 있었다. 그런데 드디어 외성 주변에 무결의 군대가 나타났다는 것이다.

"방어를 더욱 공고히 해라! 외성이 뚫리는 한이 있어도 이 내성은 호락호락 내줘선 안 된다!"

조흥이가 우왕좌왕하는 금창 소환들을 향해 호령하는데 문득 이상한 소리가 들렸다. 우릉우릉, 포석을 밟고 달려오는 수레바퀴 소리. 이것이 무엇인가? 소리가 난 쪽으로 고개를 돌리자 현무문 안마당으로 들어오는 중문을 뚫고 짐칸에 뭔가를 산더미처럼 실은 마차가 빠른 속도로 달려오는 게 보였다. 실은 것이 뭔지는 보지 않아도 알 수 있었다. 마차가 나타나자마자 엄청난 오물 냄새가 파도처럼 밀려왔던 것이다.

환관들은 더러운 것을 싫어한다. 사람이라면 누구나 오물을 싫어하겠지만 남성성이 거세된 환관은 그 정도가 특히 심하다. 황궁문을 걸어 잠그고 시위하느라 황궁 안에는 미처 실려 나가지 못한 대소변이 가득했다. 그것들을 마차 뒤에 산더미처럼 실은 마차가 그들을 향해 정면으로 달려오는 것을 발견하자, 현무문을 지키던 금창 환관들이 완전히 혼비백산했다. 더러운 걸 떠나서 그 자리에 있다간 똥마차에 밟혀 죽을 게 뻔하니 도망을 치지 않을 수 없었다.

"우아악! 사람 살려!"

마차가 그들을 덮치기 직전 문을 지키던 금창 환관들이 그를 피해 마차 양옆으로 몸을 날렸다. 주인 없는 마차는 미처 멈추지 못한 채 현무문의 두터운 문짝에 부딪쳤고, 그 바람에 마차가 뒤집어졌다. 오물을 담은 마통이 사방으로 날았고, 금창 환관들은 몸을 날려 피한 보람도 없이 머리 위로부터 냄새나는 똥물을 뒤집어 썼다.

"이때다! 쳐라!"

어디서 몰려나온 건지 그 틈을 타 중문 너머에서 수십 명의 소환들이 나타났다. 그 선두에 선 것은 보윤. 그 뒤로 빗자루를 무기처럼 휘두르며 달려드는 것은 분명 직전감의 소환들이다. 빗자루는 공격력으로 보자면 창검에 비해 형편없는 것이었으나, 그들 중 선봉에 선 자들이 바구니에 담아 들고 온 돌멩이들은 분명 위협적이었다.

이미 똥물을 뒤집어쓰고 혼비백산한 금창 환관들은 곧바로 이어진 직전감 소환들의 돌팔매질에 손도 쓰지 못하고 무너졌다. 칼과 창을 무기라고 들고 있긴 했지만 수적으로도 직전감 쪽이 두 배에 달하는데다가, 직전감 소환들은 오랜 막노동으로 체력적으로도 우월하니 상대될 바가 아니었다. 조흥이가 악을 쓰고 반격하라 소리를 질러댔지만 대항하기엔 이미 역부족이었고, 결국 대부분의 금창 환관들이 검을 뺏기고 항복을 하거나 그 자리를 벗어나 도망을 쳤다. 맞서 싸우라 소리를 질러대던 조흥이 역시 그 속에 섞여 있었으니, 금창 환관들이 도망가는 사이 마침내 하사가 현무문에 걸린 빗장을 들어 올렸고, 그로 문이 열렸다.

"이번엔 내 차례다. 금창의 개들아, 목 늘이고 기다렸거라!"

현무문이라면 수태 올랐던 보윤이었다. 무서운 기세로 절벽처럼 험한 현무문 계단을 기어올라 간 보윤이 감히 대항할 생각도 못하는 금창 소환에게서 징 채를 뺏어 들고는 운판을 후려쳤다. 한때는 이 운판을 치는 것이 악몽처럼 싫었다. 오경삼점이면 어김없이 울려 그들의 단잠을 깨우던 지긋지긋한 운판, 때로는 그들의 노역이기까지 했던 그것을 보윤이 부서져라 두들겨 대며 소리를 질렀다.

"여기요! 여기 북문이 열렸소! 건왕 전하의 군사들은 이리로 오오!"

목이 찢어져라 외치는 고함에 울분이 대부분이었다. 짐승 취급 당하고 살아왔던 나날들을 모조리 찢어발기고 부숴 날리려는 것처럼 보윤이 신들린 듯 연달아 운판을 후려쳤고, 그 소리는 조용한 아침 공기를 가르며 멀리멀리 퍼져 나갔다.

"이 죽일 놈들! 이 개만도 못한 것들이 그동안 살려둔 것도 고마워할 일이건만 감히 우리에게 대항을 해?"

쫓겨간 조흥을 비롯해 현무문을 지키고 있던 환관들에게 상황을 보고받은 웃전들이 분통을 터뜨렸다.

"당장 현무문으로 지원군을 보내라! 놈들에게 본때를 보여주란 말이다!"

웃전들이 명령했으나 지원을 한답시고 다른 문을 지키는 금창 환관들을 현무문으로 보냈다가는 전력이 약화될 우려가 있어 보낼 인력도 마땅치 않았다. 애가 단 금창 환관들이 다른 아문의 환관들을 끌어내려 했지만 그 많던 환관들이 죄다 어디로 갔는지 보이지를 않았다. 결국 이곳저곳 문을 지키는 금창 환관들을 조금씩 떼어다 일단의 부대를 만들어 현무문으로 보낼 수밖에 없었다.

그러나 살기충천하여 현무문으로 몰려간 금창 환관과 조흥은 곧 끔찍한 꼴을 당하고 말았다. 환관 무리들을 모아 현무문으로 몰려가니 이상하게도 문을 지키는 직전감 소환들은 보이지를 않고 현무문 문만 뻥하니 열려 있었다. 일단은 문을 닫는 게 급선무라, 조흥이 소환들을 몰아 현무문 향해 달려갔는데 문에 도착한 바로 그때 돌연 머리 위로부터 날벼락이 떨어졌다.

"이놈들아, 잘 왔다. 직전감 특제 장맛 좀 보거라!"

문루 위에서 보윤의 목소리가 들리는가 싶더니, 그와 동시에 걸쭉한 오물이 금창 환관들의 머리 위로 폭포처럼 떨어졌다. 도대체 언제 그 많은 오물을 문 위로 옮긴 건가. 직전감 환관들이 마치 성벽 위에서 기름을 쏟아붓는 수비병인 양 신이 나 오물을 투척하는데, 두 번째로 당하는 오물벼락에 금창 환관들이 완전히 혼비백산했다.

쏟아지는 것에 오물뿐만이 아니라 오물 담긴 마통이며 돌덩이며, 심지어 의자를 비롯한 집기까지 포함돼 있었다. 때문에 검과 도끼로도 막을 길이 없었고 금창 환관들 중에 부상자만 속출하였다. 악에 받친 조홍이가 현무문 위로 환관들을 올려 보내려 했지만, 그마저도 여의치 않은 것이 그냥도 오르기 힘든 현무문 계단에 오물을 투척해 놓아 편하게만 살아온 금창 환관들은 도저히 올라갈 수가 없었다.

"이 빌어먹을 것들아! 내려와라! 내려와서 싸우자!"

"미쳤냐, 이 멍청한 놈아! 억울하면 네놈들이 올라와라! 우리는 짐승들이라 네 발로 잘 기어올라 왔지만 네놈들은 두 발로 오르기가 쉽지 않을 것이다!"

도발도 통하지 않고 오히려 약을 올리니 분통만 터졌다.

"오냐! 문만 닫으면 그만이다! 인원들을 더 몰고 와 네놈들을 끌어내리고 육젓으로 다져 줄 것이다!"

현무문 올라가기를 포기한 조홍이가 다시 소환들을 몰아댔고, 결국 쏟아지는 오물을 맞아가며 소환들이 문에 접근했다. 돌덩이들이 여전히 쏟아져 내리고 있었지만, 아무래도 한계가 있는지라 그 수가 현저히 줄었다. 투척물들을 맞아가며 문을 밀어대니 결국

쿵 소리와 함께 현무문이 닫히고 빗장이 단단히 질러졌다.

"이젠 네놈들 차례다! 활과 화살을 가져와 네놈들의 멱을 모조리 따줄 거다! 그리고 네놈들이 그리 좋아하는 똥통에 빠뜨려 죽여 버릴 거야!"

조흥이가 신이 나 소리를 질러댔지만, 불현듯 그때 그보다 더 큰 함성이 그들의 뒤쪽에서 들려왔다. 가까운 곳이 아니다. 황궁 저 멀리. 현무문과 반대편에 있는…….

"건청문……?"

건청문은 자미궁 내성의 정문으로 현무문과 반대편인 남쪽에 있다. 그리고 드높은 함성은 분명 그쪽에서 들려오고 있었다. 단 수십 명이 지르는 것이 아니다. 수백 명…… 수천 명, 아니…… 수만 명?

조흥이의 낯색이 허예졌다. 그와 동시에 절망한 금창 환관들이 일제히 검과 창을 놓으며 그 자리에 주저앉았다. 보윤이 그들의 머리 위로 몸을 내밀고 신이 나 외쳤다.

"꼴좋다, 이 하나만 알고 둘은 모르는 것들아! 네놈들에게 짐승처럼 천대받던 자들이 우리 직전감뿐인 줄 아느냐?"

반란에 동조한 것은 비단 직전감의 소환들뿐만이 아니었다. 직전감 환관들이 북문에 금창 환관들을 붙잡아놓는 동안 그들과 뜻을 같이한 도지감(都知監)*이며 석신사(惜薪司)** 등, 평소 괄시당하던 환관들이 정문인 건청문을 공격했고, 마침내 활짝 열린 정문으

---

*도지감(都知監):황제가 외정으로 출정할 때 길을 청소하고 경호를 맡는 아문. 내관 중에서 직위가 가장 낮다

**석신사(惜薪司):궁중에서 사용하는 땔감을 조달하는 아문

로 외성을 점령한 무결의 군사들이 쏟아져 들어온 것이다.

"와아아아!"

노도처럼 밀려들어 오는 군사들의 말발굽이 황궁 안을 뒤흔들었다. 직전감 소환들이 문루 위에서 욕지거리를 뱉어대며 그들을 비웃어댔지만 조흥을 비롯한 금창의 조무래기들은 그 자리에 주저앉을 뿐 아무런 대거리도 하지 못했다.

끝난 것이다. 화린의 세상도, 금창의 세상도.

"문이 안쪽에서 열리는 바람에 공성(空城)이 생각보다 쉬웠습니다. 시간을 오래 끌었다면 귀찮은 일이 더 늘었겠지요."

성안으로 들어간 선봉군이 곧 자미궁 안의 적들을 모두 소탕하였다는 보고를 가지고 돌아왔고, 곧 무결이 후위대를 이끌고 입성하였다.

바로 3년 전만 해도 이곳을 떠나기 위해 목숨을 걸었는데 이제는 들어오기 위해 안간힘을 써야 했다. 피식, 웃음을 머금으며 자미궁 대전으로 들어가는 무결의 감회가 실로 새로웠다. 황궁을 떠날 때도 가을이었고, 돌아온 지금도 가을. 3년의 시간이 흐른 것을 빼고는 떠날 때와 별로 달라진 점이 없었지만 무결은 만감이 교차했다. 도망자로 떠난 그가 이제 주인으로 들어온 것이다. 감개무량하지 않다면 거짓말일 것이다.

"황제 폐하, 만세, 만세, 만만세!"

어도(御道)에 도열해 있던 환관과 궁녀들이 일제히 무릎을 꿇으며 새 군주의 입성을 환영했다. 시대의 흐름을 읽는 데는 누구보다 기민한 그들이었기에, 눈치만 보며 중립을 지키던 자들, 심지어 끝까지 화린이나 천웅을 황제로 섬기던 자들까지 재빨리 주인을 바꿔 그 앞에 엎드렸다. 그 모습에 피시식 조소를 흘리던 무결이었지만 문득 어도에서도 가장 눈에 띄는 앞자리에 다치고 상한 모습으로 꿇어앉은 자들을 보고서는 웃음을 멈췄다.

"직전감 환관들입니다. 다른 정군들과 연합하여 건청문을 여는 데 공을 세웠습니다. 굳이 그들의 도움이 없었다 해도 황성을 함락하는 데 문제는 없었을 거라 사료됩니다만, 충심만은 갸륵히 헤아려야 할 것입니다."

선봉군의 대장이 굳이 이르지 않아도 정군들 사이에 끼어 앉아 있는 하사를 보자마자 단번에 그들이 누구 편인지를 알았다.

살아 있었구나. 그것도 이렇게 씩씩한 모습으로.

'하사가 살아 있다는 걸 알면 율비가 얼마나 기뻐할까?'

하사 역시 율비가 살아 있으며, 심지어 여자라는 것을 알면 경악이 하늘을 찌를 것이다. 상상만 해도 웃음이 흘러나오지 않을 수가 없다. 부러 아는 척은 하지 않았으나 하사 옆을 스쳐 지나가는 무결의 눈가에 흔연한 미소가 어렸고, 그와 눈길이 마주친 하사의 눈에도 특별한 감회가 서렸다. 보윤이 일부러 눈에 띄려는 것처럼 누구보다 힘차게 황제 폐하 만세를 부르고, 오강이 역시 그 못지않게 안달하여 '저는 폐하가 잘될 걸 진작부터 알고 있었습니다!' 라고 외치다 쳐 맞는 비명을 뒤로하고 무결은 황궁 안쪽으로 걸음을 옮겼다.

"황후는 어디에 있는가?"

황궁 안팎을 모조리 점검하고 온 척후대의 대장에게 무결이 묻자 그가 무릎을 꿇고 대답했다.

"황후는 대전에 있습니다. 대전을 호위한 환시들의 저항이 격렬했지만 모두 소탕하였고, 현재는 황후만 혼자 대전 안에 있습니다."

"아무것도 하지 않고 그냥 앉아만 있다고?"

"그렇습니다. 척후들이 들어가 항복을 종용하였으나 아무런 반응도 하지 않았다고 합니다. 어찌할까요? 일단 압송하여 후궁전의 전각 중 하나를 골라 가둬놓도록 할까요?"

"내가 가보겠다. 나 혼자 독대할 테니 따라 들어오지 말도록 하거라."

뜻밖의 대답에 병사들이 얼굴을 마주 보았다. 그중에 선봉장이 감히 무릎을 꿇고 간언하였다.

"폐하, 송구하오나 독부(毒婦)가 무슨 짓을 할지 모르니 면대(面對)는 훗날로 미뤄주시옵소서. 궁 안의 상황을 안돈시키고 나서 만나도 늦지 않사옵니다."

"그대의 입으로 황후 혼자만 있을 뿐 다른 위험은 없다 하지 않았던가. 만남을 미룰 만한 상대가 아니다. 만난다면 바로 지금이어야 한다."

무슨 심산인지 무결은 뜻을 굽히지 않았고, 충간도 소용없이 대전으로 향하였다.

대전은 이미 밀려들어 온 무결 부대원들이 겹겹이 둘러싸고 있었다. 저항하던 환시들은 이미 끌려 나가 모조리 죽임당했고, 그야말로 화린 혼자만 남았다. 무결의 눈앞에 모습을 드러낸 대전은 마치 의지할 곳 없는 처지가 돼버린 화린처럼 어쩐지 위압적이라기보다는 한없이 고독해 보였다. 마치 자신의 최후를 알아채고, 그를 맞아들일 준비를 하고 있는 것 같다.

대전 안에 아무도 없으며 화린은 아무런 무기도 갖고 있지 않다는 보고가 재차 이어진 뒤, 무결은 대전 문을 밀고 안으로 들어갔다. 대전 안은 긴 회랑 끝에 옥좌가 있고 그 옆에 유등이 켜져 있는 것 말고는 어둡고 휑뎅그렁했다. 그 삭막한 공간 안에 화린만 홀로 화려한 모습으로 옥좌에 피어 있었다. 북국의 장미. 마치 피어나선 안 될 곳에 피어난 가시 장미 같다. 화린을 향해 천천히 걸어가며 무결은 그런 생각을 떠올렸다.

"축하해요, 무결. 당신이 이겼어요. 정말로 무서울 정도로 빠르게 창천을 점령했군요."

옥좌에서 열 걸음쯤 떨어진 위치에서 무결이 걸음을 멈추자 화린이 화사하게 웃으며 입을 열었다. 이렇게 아름다운 미소를 짓는 화린을 그 누가 패자라고 여길 수 있을까. 마치 화린은 승전보를 받은 여왕이고, 자신은 그녀에게 승리를 가져다준 장군 같다. 어디까지나 주인은 화린처럼 보인다.

"고맙군. 독설을 내뱉지 않을까 했는데, 역시나 그대는 끝까지 당당하군."

"호호호. 저는 뒤가 좋지 않은 사람을 제일 경멸합니다. 말이 나왔으니 하는 말인데, 천웅처럼 끝이 지저분한 자는 딱 질색이에요."

413

"안됐군, 화린. 하지만 그대가 나 대신 선택한 것이 바로 형님이 아니던가. 그대 손으로 직접 고른 패이니 원망은 하지 말아야지."

"고맙기도 해라, 그런 충고를 좀 더 일찍 해주셨으면 좋았을 텐데. 번연히 다른 남자에게 눈을 팔 때는 못 본 척하더니 이제야 비수로 찌르시는군요."

낮게 웃는 화린의 낯빛이 불빛 아래서도 유난히 창백하다는 것을 무결은 알아봤지만 굳이 입 밖으로 꺼내지 않았다. 그녀의 말마따나 화린은 끝까지 당당해야 한다. 그것이 그녀를 위한 마지막 배려가 될 것이다.

"모르겠어요, 무결. 내가 뭘 잘못한 걸까요."

"……."

"남들이 이루지 못한 나만의 제국을 이루고 싶었어요. 모두가 잘사는 나라를 만들고, 그들의 어미가 되고 싶었어요. 그러기 위해서 최선을 다했어. 내가 백성들에게 잔인하게 굴었던가요? 내 탐욕을 이루기 위해 그들을 괴롭혔던가요? 어째서 그들은 그렇게 날 싫어했던 걸까요?"

"그대는 훌륭했소, 화린. 아마 이후로도 그대처럼 공정하고 유능한 황제는 없을 거요. 그대가 계속 집정하였다면 그대는 그토록 바라던 제국을 반드시 완성했겠지. 하지만 아름다운 화린, 무서울 정도로 영특한 화린. 그대가 결정적으로 틀린 것이 하나 있소."

"……?"

"결과가 좋으면 과정은 어찌 되든 상관없을 거라 생각했겠지. 의도만 좋다면 방법이야 어떻든 괜찮을 거라 여겼겠지. 하지만 화린, 과정이 잘못되면 결과도 점차 어그러지는 거요. 뜻을 이룰 수 있다면 그사이에 희생이 조금 있어도 상관없다고 생각했나? 그게 아니오, 화린. 그대가 걸어가는 그 발아래 짓밟히는 자들이 바로 백성들이오. 나라를 받드는 근본을 부수면서 어떻게 그 위에 쌓은 성이 튼튼하기를 바랐단 말인가."

어쩌면 이미 답을 알고 있었을지도 모른다. 하지만 이 남자에게서 그가 운이 좋아 이겼을 뿐, 그대는 잘못되지 않았다고 위안을 받고 싶었는지도 모른다. 그녀가 아는 무결은 그 정도의 여유는 있는 남자가 아니었던가.

"시작은 선의에서 출발했다 할지라도, 과정이 무자비하다면 그 길을 걷는 동안 점차 방향이 어긋나고 달라지. 조금씩 원래 가려던 길에서 멀어지고 마침내 도착한 곳은 처음 생각한 것과는 완전히 다른 곳이 되는 거요. 안타깝지만 화린, 그 결과가 바로 이곳이오."

차가운 무덤. 그녀의 최후가 될 이 장소.

갑자기 화린은 지독한 피곤을 느꼈다.

"모두가 착각이었군요. 아아…… 맞아요, 무결. 사실은 시작부터 조금씩 잘못된 거였어요. 당신에 대한 나의 판단도, 내가 이루고 싶던 제국도…… 모두 오산이었어……. 우는 자가 없는 나라를 만들고 싶었는데, 모두가 잘사는…… 강한 나라를 만들고 싶었는데……."

"모두가 강한 나라라. 그런 세상은 없소, 화린. 이 세상에는 완전한 강함도 없고, 오점 없는 행복도 없소. 그것이 자연스러운 세상이야, 화린. 빛이 있는 곳에 그림자가 생기기 마련. 태양만 있고 밤이 없는 세상에선 모든 것이 말라 죽어버리지."

"……하아."

"모두가 강할 필요는 없소, 화린. 강함과 약함은 필연적으로 생겨나고 구분될 수밖에 없지만, 그렇다고 해서 강자가 언제까지고 강한 것은 아니오. 생자필멸, 강자는 약해지기 마련이고 약자가 언제까지 약자인 법은 없어. 그게 자연스러운 순환이오. 나는…… 그 속에서 강함이 그 힘으로 약을 지켜야 한다고 생각하오. 강함을 무기로 약자들을 괴롭히지 않는 제국. 약자라는 이유로 희생당하지 않는 나라. 그것이 내가 바라는 제국의 모습이오."

"재미없는 군자론이군요. ……따분해요, 무결."

화린이 피로한 기색으로 툭 내뱉자 무결이 입을 다물었다. 하나 타박과 달리 화린은 옥좌에 머리를 기대며 덧붙였다.

"하지만 그런 제국도 나쁘지 않겠지요. 당신이 그런 제국을 만들 수만 있다면."

말을 마치고 쓸쓸하게 미소 짓는 화린을 향해 무결이 마주 웃었다.

한때는 부부였다. 단 한 번도 서로를 인정한 적 없었고, 서로를 죽이기 위해서만 마주했던, 차라리 원수만도 못했던 관계였다. 그러나 최후의 최후에서 맨몸뚱이로 만난 지금은 미움도 없고 원한도 없다. 그저 자신의 손으로 비틀어 버린 인연에서 벗어나고 싶다는 극도의 피로감만이 화린의 온몸을 짓눌렀다.

"이곳에서 나가세요, 무결."

무결이 표정없이 바라보는 동안 화린의 낯빛이 급속도로 나빠졌다. 마지막이 다가오고 있는 것이다.

"……당신을 죽일 수도 있었어요."

피로한 시선의 끝에 옥좌 옆에 세워져 있는 유등이 놓여 있었다. 무결이 화린을 따라 그를 바라보니 문득 유등 아래 그늘진 그림자 아래 시커먼 가루가 줄을 이어서 뿌려져 있는 게 보였다.

'화약인가.'

뱀처럼 구불거리며 선을 이룬 화약은 그 끝이 대전 천장을 받치고 있는, 두께가 사람의 허리 두 배만 한 기둥에 닿아 있었다. 들어올 때는 몰랐는데 자세히 보니 기둥 뒤쪽으로 사람의 크기만 한 항아리가 놓여 있고, 그 뚜껑 틈으로 기름인 듯한 액체에 푹 젖어 있는 천이 비어져 나와 바닥까지 늘어져 있는 게 보였다. 아마도 항아리 안에 담긴 건 대량의 화약일 것이다. 그리고 화린이 유등을 밀어 넘어뜨리기만 하면 순식간에 줄을 이룬 화약을 타고 항아리까지 불길이 옮아 붙어 대폭발을 일으킬 것이다.

등잔 밑이 어둡다고, 일부러 불을 꺼 빛을 죽인 대전의 어둠 탓에 척후대들이 미처 알아채지 못한 것이다.

"어차피 죽을 마당, 당신과 함께 죽어버릴까도 생각했어요. ……그러면 이 나라는 다시 혼란에 휩싸이겠지. 모두가 불타고 함께 멸망하는 거야. 어차피 내가 갖지 못할 나라, 그렇게 없애 버리는 것도 좋겠지……. 쿨럭!"

기침과 함께 한줄기 선혈이 화린의 아름다운 입가에서 흘러내렸다. 아마도 무결을 만날 때까지 살아 있기 위해 화린은 필사적으로 노력했을 것이다. 최후까지 무결과 대등하게 맞서기 위해, 당당하게 군주로서 죽기 위해.

무결은 그 노력이 안쓰러웠다. 생각해 보면 그녀는 항상 갖지 못한 것을 얻기 위해 애타게 노력했다. 그 과정에서 자신을 노리고 남편인 천웅을 죽였지만 그 노력과 열정마저 부정할 수는 없었다. 그러나 공은 공, 사는 사. 열정이 가상하다 하여 그 수단을 합리화할 수는 없다.

무결이 묵묵히 화린을 바라보다 가만히 고개를 좌우로 흔들었다.

"내가 그 정도 생각도 안 하고 여기를 들어왔을까, 화린. 대전이 무너져 내린다고 해서 내가 그 틈에서 탈출하지 못할 것 같소?"

화린의 호흡이 잠시 멎었다. 희미한 놀람으로 인한 것인지, 경각에 달한 목숨 때문에 그런 것인지는 알 수 없다. 서늘한 눈으로 무결을 내려다보던 화린이 이윽고 힘겹게 미소 지었다.

"……내가 또 당신을 얕봤군요. 호호호. 끝까지 정신을 못 차리는 여자랍니다, 저는. 용서하세요, 무결."

"하지만 당신은 화약에 불을 붙이지 않았지. 나는 당신이 상냥하고 착한 여인은 아니지만 어리석은 여인도 아니라고 생각하오. 당신은 훌륭한 군주였소, 화린."

"홋……."

고맙다는 말을 하고 싶었는데 더 이상 말이 나오지 않았다. 그녀를 데리러 온 사자가 눈앞에 보이는 것 같다. 희미한 죽음의 너울이 그녀의 머리 위로 천천히 씌워지고 있다. 이승과 저승의 경계가 희미해지고, 시야에 담은 세상이 점점 희미해지고 있었다. 이러다 빛이 꺼지고 그녀의 세상은 완전한 어둠에 잠기리라. 그 어둠 속에 무엇이 숨어 있을까. 지옥불이 타고 있는 나락일까, 그 지옥불에 달군 쇠꼬챙이를 들고 있는 귀졸들일까.

힘겹게 옥좌 등받이에 몸을 기댄 화린이 눈을 감았다. 그리고 마지막 힘을 그러모아 속삭였다.

"잘 가세요."

그 말을 끝으로 화린의 몸이 뻣뻣해졌다. 순간적인 충격과 함께 뭔가가 그녀의 몸에서 빠져나갔다. 그 직후 축 늘어진 화린의 몸이 옆으로 기울었다. 툭, 소리를 내며 그녀의 아름다운 머리가 어깨 쪽으로 떨어졌다.

한때는 화왕이라 불렸던 여인, 그 어떤 여자보다 화려하고 격정적으로 살았던 여인. 그러나 그 끝은 어둡고 적막하였다.

잠시 그 모습을 바라보던 무결이 이윽고 몸을 돌려 천천히 대전을 걸어나왔다. 문밖에서 동정을 살피고 있던 병사들이 일제히 읍하자, 무결이 그들을 향해 명했다.

"대전에 기름을 뿌리고 불을 놓아라."

이해할 수 없는 명령에 병사들이 고개를 갸웃거렸지만 곧바로 명은 이행됐다. 대전 벽에 기름이 뿌려졌고, 잘 마른 기둥들은 뒤이어 붙여진 불길을 온몸으로 받아들였다. 삽시간에 타오른 거대한 불꽃이 대전을 삼켰다.

폭발은 없었다. 무결이 들여보낸 병사들이 대전 기둥 뒤에 숨겨진 화약을 찾아내 모조리 치워 버렸으니 대전 안에 남은 것은 쓸쓸히 옥좌에 앉아 있는 화린의 시신뿐이었다. 그 시신마저 대전 전체를 감싼 불꽃에 이윽고 완전히 삼키어져 버렸다. 언제 그런 여인이 이 땅에 태어나고 살았던가 싶을 정도로, 그 흔적은 너무나 빠르게 완전히 사라져 버렸다.

"폐하, 피하시옵소서. 불똥이 튀어 옥체를 상하실까 염려되옵니다."

이제 서슴없이 그를 폐하라 부르는 부하를 향해 무결은 조용히 고개를 가로저었다.

"내버려 두거라."

불꽃의 기세는 장대했다. 대전 지붕까지 치솟아오른 화마의 위용이 마치 넘실거리는 파도 같기도 했고, 스스로 살아 움직이는 짐승처럼 보이기도 했다.

"한때나마 창천을 다스렸던 여제의 다비식(茶毘式)이다. 모두 예를 갖추거라."

그 말이 끝나는 것과 동시에 갑자기 대전 지붕에서 펑, 하는 폭발음이 들렸다. 고개를 들어 쳐다보니 지붕이 무너지는 틈 사이에서 커다란 불기둥이 하늘로 치솟는데 그 모습이 매우 기이하였다.

"……마치 하늘로 비상하는 불새와 같구나."

가만히 중얼거리는 무결의 속삭임 위로 불길은 살아 움직이는 것처럼 너울거리더니 이윽고 상공으로 사라져 버렸다.

✳

"황후께서 오문을 통과하셨습니다!"

태감이 목청 높여 알리는 소리에 무결이 대기하고 있던 옥좌에서 일어났다. 황궁 외성의 정문인 오문은 세 개의 문이 있고, 그중 가운데 있는 문은 오직 황제만이 드나들 수 있다. 하지만 그러한 철칙에도 딱 한 번 예외가 있으니, 황후만은 대혼례식날 오문의 가운데 정문을 봉여(鳳輿)*에 탄 채 통과할 수 있었다. 오늘이 바로 그 고대하던 대혼례식의 날, 율비가 황후로서 오문의 중앙을 통과해 그의 궁으로 들어오는 날이었다.

특별한 날을 맞이하여 무결은 검은 비단으로 만든 면복에 면류관을 갖춘 위엄있는 차림이었고, 주렴처럼 흔들리는 열두 줄의 술 사이로 안 그래도 잘생긴 얼굴이 그 어느 때보다 환하게 빛나고 있었다.

화린이 죽은 뒤로도 정국을 안정시키는 데는 꽤 많은 시간이 걸렸다. 황도를 점령하긴 했지만, 한서왕을 추종하는 세력들과의 전투가 남아 있었고, 무엇보다 화린을 따르는 무리 역시 무시할 수 없을 정도로 많았기에 황도를 점령했다고 해서 창천을 다 차지했다 안심할 수 없었다.

달아난 한서왕을 쫓는 한편으로 지방을 장악한 환관들과 그 군대와의 전투가 계속됐고, 또한 그사이 조정을 차지한 구 관료들의 교체가 이뤄졌다. 마침내 운하 이남으로 달아난 한서왕을 그가 숨어 있던 도관(道館)에서 찾아냈고, 역모 혐의로 극형을 내리라 주장하는 조신들의 주청을 거부하고 오지로 유배 보내는 것으로 마무

---

*봉여(鳳輿):황후가 타는 가마

리하였다.

그를 기점으로 혼란한 정국이 서서히 안정돼 가니 무결이 화하에 입성한 이듬해 가을에 마침내 새 연호를 선포하고 황위에 올랐다. 그의 보령 서른한 살, 비천한 여종의 아들로 태어나 오랜 자복의 세월을 보낸 끝에 마침내 창룡의 옥좌에 앉은 것이다. 그를 길러낸 풍 귀비를 제외하고는 그 누가 괄시받던 선황의 서자가 감히 이 자리에 오를 거라고 예상했을까.

옷을 갈아입기 위해 마련한 작은 전각을 빠져나가자 오문 쪽에서 우렁찬 취타 소리가 들렸다. 황후의 행렬을 맞이하여 그를 환영하는 종과 북소리가 요란했다. 이제 율비는 봉여에서 내려 만조백관이 도열하고 온갖 오색 깃발들이 하늘을 가득 메우며 휘날리는 가운데로 조심조심 걸어 들어올 것이다.

그 작은 심장이 얼마나 떨리고 있을까? 무결이 가만히 웃음 지으며 율비를 맞이할 교태전으로 향하는 걸음을 빨리했는데, 사실은 걸음 옮기는 그 역시 드디어 율비를 황후로 맞는다는 기대로 적잖이 긴장하고 있었다.

율비가 막 도착한 황궁 정전은 본디는 황궁 대전의 부속 건물이었으나, 대전이 불에 탄 뒤로 그를 철거시키고 대신 정전으로 쓰고 있는 전각이었다. 규모는 원래의 대전에 못 미치지만, 어차피 혼례는 정전이 아니라 교태전 앞마당에서 치러지는 것이니 그리 중요한 게 아니다. 대전이 사라지면서 외조 광장을 향해 한층 더 넓게 트인 시야를 자랑스럽게 바라보는 보윤의 심장은 어느 솜씨 좋은 숙수가 잘근잘근 썰어대는 양 시시각각 떨려왔다.

무결이 황위에 오르면서 많은 것이 바뀌었다. 아직 논공행상이 다 끝난 것은 아니었지만, 무결을 편들어 건청문을 여는 데 공헌한 환관들은 모두 소속이 바뀌고 그 지위가 비할 데 없이 높아졌다. 보윤 역시 그 공로를 인정받아 그 소속이 직전감에서 그토록 그를 천대했던 어용감으로 바뀌었고, 더하여 무결 앞에 불려가 그 공을 칭찬받은 후로는 역시나 어용감 태감으로 그 직위가 높아진 전 직전감 태감의 위용에 덜하지 않을 정도로 그 대접이 완전히 달라졌다. 오강이 역시 그를 따라 어용감으로 배속됐고 하사는 황제전에 직속한 소태감으로 임명됐는데 그 신임이 드높았다.

직전감에서 일하던 거의 모든 소환들이 그 소속이 바뀌고 출세한 데 비하여 금창 소속이거나 암암리에 환관들 사이에서 전횡을 일삼던 자들의 처지는 전락하였다. 그들 대부분은 쫓겨나거나 유배됐으며, 부패가 심하였던 자들은 아예 참수를 당했다. 하루아침에 상하가 뒤바뀌었으니 보윤을 비롯하여 정군이었던 자들은 대부분 출세한 반면에, 그들을 짐승 취급하던 자들은 형세가 역전돼 그토록 경멸하던 정군으로 쫓겨나거나 예전에 괄시하던 자들에게 몰매를 맞아 불구가 된 자가 태반이었다.

"바로 이런 것이 하늘의 벌이라는 것 아니겠느냐."

이 세상에 하느님은 없다고 버릇처럼 곧잘 중얼거리던 보윤은 요즘 들어 그런 말을 가끔 주워 올렸다. 천지개벽이라는 말마따나 그 자신은 물론이요, 원수지간이던 조흥의 처지가 하늘과 땅 차이로 뒤바뀌었으니 이 세상에 대해 긍정적으로 생각할 만한 여지가 생긴 게 당연하다. 더군다나 오늘은 무결의 명령으로 자미궁 소환들의 대표로 황후의 가마를 맞으러 가는 중책까지 맡았으니, 심장이 두 근 반 세 근 반 뛰는 것과는 별개로 안 그래도 잔뜩 올라간 어깨가 오늘따라 하늘 높은 줄 모르고 치솟아올라 갔다.

"보윤 사형, 넘어지겠습니다. 앞 좀 보십시오."

그를 배행하기 위해 함께 따라 나온 오강이가 눈치없이 딴죽을 걸었다. 저놈의 자식을 그냥! 중요한 자리라 참는다만, 반드시 혼례식 후에 저놈의 엉덩이를 축국 경기의 공 삼아 걷어차 주리라. 보윤은 이를 앙다물며 그리 마음먹었다.

마침내 오문을 통과한 봉여가 정전 앞마당에 내려졌다. 봉여 안에 탄 황후는 강왕의 수양딸이라는 것을 제외하고는 그 신분이 알려진 바가 거의 없었다. 원래는 평범한 사족의 딸이라는데, 무결이 강왕부에 의탁하고 있을 때 연분을 맺었다던가. 신분이 한미함을 이유로 조신들과 황실의 반대가 있었지만, 무결이 그 뜻을 굽히지 않았다.

무결은 여느 황제와 달리 황실서 나고 자란 유약한 황제가 아니라 그 자신의 힘으로 황위를 차지한 군주인지라, 조신들에 대한 장악력이 선대의 황제들과 달랐다. 더군다나 강왕이 그녀를 수양딸로 삼으며 신분적으로도 뒷받침을 해주자 결국 반대는 쑥 들어가고 혼사는 곧장 일사천리로 진행됐다.

황도 화하에 있는 강왕부에 기거하고 있던 예비 황후에게 납정례(納征禮)*로 일찍이 듣도 보도 못한 규모의 예물이 보내진 연후에

─────────────

*납정례(納征禮):황후에게 예물을 보내는 의식

길일이 택해졌는데, 궁에서 점을 보는 관리가 황후의 생년월일을 토대 삼아 정한 날이 바로 오늘이다.

봉여를 메고 온 답응(答應)*들이 오색구슬과 금으로 꾸민 가마 문을 열자 그 안에서 오늘의 주인공인 황후가 봉황과 용으로 장식된 화려한 봉관을 쓰고, 짙푸른 청색 의의(褘衣)를 입은 채 문밖으로 손을 내밀었다. 그녀를 부축해 봉여 밖으로 인도한 뒤 황후 책봉문과 옥새를 들고 있는 사례감관(司禮監官)에게 모시고 가는 것이 보윤의 임무였다. 책봉문과 옥새가 황후를 따라온 혼례의 책임관에게 건네지면 황후는 걸어서 건청문을 통과해 내정(內庭)으로 들어가 황제를 만나게 되고, 그 후 합근례를 마친 후 나란히 신방에 들면서 혼례식은 막을 내리게 된다.

그런데 막 내민 손을 잡아 황후를 부축하려던 보윤은 문득 이상한 기분이 들었다. 봉관에 알알이 꿰인 구슬장식에 가려 그 얼굴이 잘 보이지 않았지만 그의 눈길 아래 놓인 황후의 생김새가 어쩐지 낯이 익었던 것이다. 유난히 작고 하얀 얼굴, 오밀조밀한 입술, 마늘쪽처럼 매끄럽게 솟아오른 콧잔등…….

'이상하다……?'

눈만은 봉관에 튀어나온 봉황에 가려 보이지 않았지만 드러난 부위는 어쩐지 그가 아는 누군가를 연상시켰다. 하지만……

'그럴 리가 없잖아.'

하지만 분명 머리는 그렇게 생각하는데 몸은 다르게 반응한다. 있을 수 없는 일이라 생각하면서도 묘하게도 붉은 양탄자가 깔린

---

*답응(答應):가마를 메는 환관

어로(御路)를 걸어가는 걸음걸이조차 그가 아는 어떤 소환과 닮은 황후에게서 눈을 떼지 못하고 자꾸만 힐끔힐끔 쳐다보게 된다. 그게 엄청난 무례라는 사실조차 깨닫지 못한 채 말이다.

'그럴 리 없지. 아니다, 아닐 거야. 내가 상상이 지나쳐 말도 안 되는 망상을 하는구나.'

보윤이 애써 마음을 다독이며 시선을 앞으로 돌리려 하는데 돌연 그에게 손 잡힌 황후가 쿡, 하며 웃음을 흘렸다. 손끝으로 전해지는 진동에 보윤이 흠칫 놀랐다. 그 웃음소리마저 몹시 낯이 익었던 것이다. 거기에 못을 박으려는 듯 가만히 고개 숙이고 있던 황후가 보윤 쪽을 살짝 올려다보았고, 그녀와 눈길이 마주친 보윤은 그만 무례도 잊고 황후의 얼굴에 시선을 못 박고 말았다.

'송율목……?'

말도 안 된다. 그 아이는 이미 죽었다. 아니, 뭣보다, 그 아이는 여인이 아니라 남자가 아닌가.

하지만…… 세상에 이토록 닮은 얼굴이 있을 수도 있는가? 세상에는 닮은 사람이 셋 있다는 말이 있긴 하지만, 같은 성별도 아니고 남자와 여자가 이리도 닮을 수가 있단 말인가?

보윤은 갈피를 잡지 못하고 당황했고, 자신이 어떤 자리에 서 있는지도 잊은 채 혼란에 빠져 버렸다. 그런데 얼떨떨해 정신을 못 차리는 그를 향해 황후가 남들은 들리지 않도록 목소리를 낮춰 속삭였다.

"몸이 많이 나셨네요, 사형."

허억.

보윤의 몸이 산송장처럼 딱 굳어버렸다. 더 이상 걸음도 옮기지 못한 채 그 자리에 멈춰 서버린 보윤을 내버려 두고 율비는 저만치서 그녀를 기다리고 있는 사례감관을 향해 천천히 걸어갔다.

어로를 나아가는 그녀의 옆길로 하나둘 그리운 얼굴들이 보였다. 보윤만큼이나 놀란 나머지 어로 옆길에 주저앉아 입을 딱 벌린 채 그녀를 올려다보고 있는 오강이도, 우유부단하긴 했지만 인자했던 옛 직전감의 태감도, 그리고 처음으로 우정을 나눴던 하사도.

도저히 믿지 못하겠다는 듯 경악한 눈으로 그의 앞을 스쳐 지나가는 율비를 바라보던 하사가 그녀가 반갑다는 듯 환한 미소를 던지자 그제야 망아 상태에서 깨어났다.

세상에 이런 기적이 어디 있으랴.

운명을 믿지 않았던 차디찬 한 소년의 가슴이 그 순간 쩍 벌어졌다. 갈라진 균열에서 흘러나온 것처럼, 하사의 눈에서 기어코 뜨거운 눈물이 주르르 쏟아지는 것을 율비는 보았고, 그로 그녀의 눈시울도 시큰해졌다.

눈물을 흘린 것은 비단 하사만이 아니었다. 한동안 굳어서 멀어져 가는 율비의 뒷모습을 멍하니 쳐다만 보던 보윤의 눈가에서도 기어코 굵다란 눈물방울이 뚝뚝 떨어졌다. 믿을 수 없는 기적에 가슴이 천 갈래, 만 갈래로 갈라졌으나 그것은 슬픔이 아니라 가눌 수 없는 기쁨으로 인한 것이다.

있다. 분명히 있다.

보윤은 그동안 하늘을 욕하고 운명을 탓하던 자신에게 욕설을 내뱉었다. 인과응보가 왜 없다 하는가, 바로 이 자리에 나타나지 않았는가. 하늘은 기어코 악한 자를 벌하시고, 착한 이에게는 보답을 내리신다. 그 증거가 바로 여기 있지 않은가.

말을 잇지 못한 채 울먹거리던 보윤이 갑자기 두 손을 번쩍 치켜올리더니 있는 힘껏 소리를 질렀다. 더할 나위 없이 커다란 목소리로, 이 자리에 이 모든 자들을 모이게 한 하늘을 향해 외쳤다.

"이 세상에 하느님은 있다!!!"

함성이 석조 광장 위에 커다란 메아리를 울리며 퍼져 나갔다. 그에 답하기라도 하는 것처럼 오강이가 울면서 황후 마마, 천세라 소리 질렀고, 만조백관들이 일제히 그를 따라 무릎을 꿇으며 황후 마마 천세, 천천세. 황제 폐하 만만세를 외치니, 그 울림과 환희가 마치 파도처럼 번져 나갔다.

그 가운데로 천천히 걸어간 율비가 교태전 너머 내정 입구까지 마중 나온 무결을 만나니, 두 사람이 서로에게 허리 숙여 인사한 뒤 나란히 손을 맞잡는 모습이 실로 정답기 짝이 없더라.

그날 밤, 신방이 꾸며진 곤녕전 동난각. 막 운우지락을 나눈 두 사람은 그러고 난 후에도 엉킨 몸을 풀지 않은 채 서로의 온기를 나눴다. 후사를 보기 위한 형식적인 교합에 그쳤던 여타의 황제며 황후와 달리, 두 사람의 결합은 한없이 다정했다. 오랜만에 율비를 안은 무결은 아직도 욕심이 채워지지 않은 나머지, 피곤에 겨위하는 율비를 좀처럼 놓아주지 않았다.

그나마 율비를 강왕부에 머물게 하면서 조석으로 보약을 먹인 보람이 있는 게 다행이었다. 연달아 두 번이나 사랑을 나눴는데도 율비가 곧잘 따라왔으니, 처음 그녀를 안을 적에 무결이 곁에 다가가기만 해도 무서워하던 것을 생각하면 장족의 발전이다.

세 번째도 따라올 수 있을 정도로 보약의 효험이 영험하려가? 무결이 은근히 그랬으면 좋겠다는 바람을 가지며 돌아누운 율비의 몸을 자신 쪽으로 돌렸다. 무결이 진한 입맞춤을 퍼붓자 율비 역시 그에 응하여 입맞춤을 되돌렸다. 그러나 무결이 그녀의 허리를 끌어안으며 또다시 방사를 시작할 기미를 보이자 귀뚜라미 먹이를 줘야 한다며 재빨리 일어나 버리는 것이, 아직은 보약을 몇 재는 더 먹여야 무결이 족히 여한을 풀 수 있을 것 같다.

"귀뚜라미가 그리 좋으냐. 신방에까지 가지고 들어올 정도라니, 나보다 벌레가 더 좋은 것 같구나."

"폐하께서 행운의 상징이라며 선물해 주셔놓고는 어찌 그리 말씀하세요. 먼저 간 소앙이며 소소가 섭섭해하겠어요."

말은 그리해도 사실은 귀뚜라미를 신방에 가져다 놓으라 먼저 말한 것은 무결이었다. 율비가 귀뚜라미를 워낙 좋아하는 것을 알기도 했지만, 사건이 있을 때마다 묘하게 율비가 기르는 귀뚜라미가 전조처럼 그를 알린 적이 많아 길조를 바라는 의미에서 그를 가져다 놓게 한 것이었다. 물론 암수 한 쌍으로 선물을 한 탓에 수 컷 귀뚜라미가 더 이상 짝을 찾는 시끄러운 울음소리를 내지 않는다는 것이 가장 크게 작용하긴 했지만 말이다.

"어머나, 세상에……!"

침의를 걸치고 막 귀뚜라미 우리 문을 연 율비가 탄성을 질렀다. 보통의 귀뚜라미 우리와 달리 은으로 된 살 우리 안에 흙을 깔아놨고 그 위에 귀뚜라미를 놓아기르고 있었는데, 언제 낳은 건지 촉촉한 갈색 흙 위에 하얀 귀뚜라미 알이 거품처럼 점점이 뿌려져 있었던 것이다.

"틀림없는 길조로구나. 혹시 네게도 수태의 기미가 있는 게 아니냐? 그를 미리 가르쳐 주려 알을 낳아놓은 게 아니야?"

어느새 뒤로 다가온 무결이 부드럽게 웃으며 그녀의 허리를 끌어안았다. 농담처럼 던진 말이었으나 문득 느껴지는 바가 있었다. 생각해 보니 지난달 달거리가 없었던 것이다.

강왕부에 기거하느라 무결을 만날 시간이 거의 없었지만, 그 와중에 딱 한 번 무결이 연회를 핑계 삼아 강왕부에 왔다가 기어코 그녀를 안은 적이 있었다.

'그렇다면 혹시 그때……?'

"무슨 생각을 하는 게냐? 뭐가 그리 기분이 좋아 배시시 웃고 있는 게야?"

궁금해진 무결이 채근했지만 율비는 웃으며 고개를 흔들 뿐 대답하지 않았다. 아직은 오목한 아랫배를 누르며 율비는 행복에 젖어 속삭였다.

"아직은…… 아직은 일러요. 하지만 좋은 예감이 들어요. 분명히 좋은 예감이……."

종장

태자라는 것은 세인들의 기대나 상상과 달리 그다지 편한 자리가 못 된다. 해강의 나이 겨우 여덟, 그리고 연년생으로 태어난 동생 해명은 일곱. 그중 첫째인 해강은 여섯 살 되던 해에 일찌감치 태자로 책봉되었고 그 뒤부터는 지루하고도 벅찬 태자 수업에 본격적으로 참여해야 했는데, 그의 동생인 해명 역시 단지 나이가 비슷하다는 이유로 태자도 아니면서 해강과 함께해야 했다.

　한림원 학사라는 고명한 대학사와 하루 종일 대학이며 상서 같은 고전 주해를 들어야 했고, 틈틈이 무술 사부로부터 무공도 배워야 했다. 태자랍시고 환관들 품에 안겨 오냐오냐 유약하게 키워선 안 된다는 것이 아버지인 부황의 지론이어서, 해강과 해명은 아직 어린 나이인데도 불구하고 일주일 중 이틀은 체력을 단련하고 활과 검을 배워야 했다.

그나마 다행인 것은 해강이나 해명이 어머니인 율비보다는 아버지인 무결 쪽을 닮은 탓에 잠깐 바람이라도 쐴 수 있는 무공 수련은 꽤 좋아한다는 것이었다. 좋은 쪽으로 보자면 그렇지만, 반대로 나쁜 점을 들어보자면 그렇기 때문에 오늘처럼 강독 수업이 하루 종일 이어지는 날이면 해강과 해명 둘 다 좀이 쑤셔서 견디지를 못한다는 것이었다.

요 며칠 날이 궂은 바람에 예정됐던 무술 수련을 취소하고 연사흘 수업만 하였더니 태자와 왕자 모두 답답증이 최고조에 달했다. 황후와 황제에게 문후를 드린 뒤 오전 시간 내내 강학에만 시달린 두 사람이 휴식차 난각(暖閣)으로 가던 중 딴생각을 떠올린 것도 무리가 아니었다. 아무리 제국의 태자라 해도 기껏해야 여덟 살, 공부보다는 노는 것이 더 좋은 나이니 말이다. 마침 그들을 난각으로 인도하던 환관이 들어온 지 얼마 안 된 신입이라 만만했던 것도 한몫하였으니, 신입의 안내에 따라 보랑을 걸어가던 형 해강이 먼저 수련장으로 빠지는 샛길 입구를 발견하고는 잔꾀가 동해 입을 열었다.

"아우야, 갑자기 당과가 몹시 당기지 않느냐?"

당과라니. 형 해강이 단것을 몹시 싫어한다는 것을 아는 동생 해명이 연유를 몰라 눈을 굴렸다. 그러나 곧 눈치 빠르게 형의 뜻을 알아챈 해명이 곧장 맞장구를 쳤다.

"저도 그러합니다, 형님. 그냥 당과도 좋지만 당과를 불에 구우면 더욱 맛있지요. 아이, 난각에 미리 준비가 돼 있으면 얼마나 좋을까?"

하며 신입 소환을 넌지시 쳐다보니 눈치가 제법 빠르다 자부하
는 소환이 당장 황자들의 소원을 들어줘야 함을 알았다.

"제가 먼저 달려가서 당과를 준비시키도록 하겠습니다요. 조금
만 기다려 주십시오!"

말을 마치자마자 부리나케 달려갔는데, 신입은 눈치는 빨랐으
나 정보는 태부족하였다. 해강과 해명이 소환들 골탕 먹이기의 달
인이며, 이런 식으로 소환들을 따돌려 놓고 도망친 적이 한두 번
이 아니라는 것을 그는 전혀 몰랐다.

당연하게도 소환이 난각을 향해 달려가자마자 해강과 해명이
두 손을 잡고 신나게 샛길로 빠졌다. 그리고 황궁 안 소로를 굽이
굽이 달려 북문인 현무문으로 향했다. 그리로 가야 황궁 북쪽에
있는 원림으로 나갈 수 있고, 또한 원림에서 돌팔매로 메추라기를
쫓고 신나게 다람쥐를 쫓아다닐 수 있기 때문이다.

강학을 빼먹은 것을 부황이나 모후가 알게 되면 맵찬 야단을 맞
게 될 게 뻔했지만 눈앞의 도락에 눈이 어두워진 어린아이들은 이
미 뒷일을 다 잊어버렸다. 나중 일은 나중 일, 일단은 원없이 놀고
나면 호된 꾸중을 들어도 상관없다는 생각에 두 황자는 신이 나서
북문을 향해 짧은 다리를 부지런히 놀렸다.

드디어 그들 앞에 현무문 앞 광장이 나타났다. 그러나 현무문을
그냥 빠져나가는 것은 당연히 나 잡으러 오란 자살 행위. 어린 나
이에도 이미 잔머리에 도가 튼 두 황자는 현무문으로 가던 방향을
바꾸어 그 옆에 위치한 별궁 쪽으로 몸을 돌렸다.

오직 황후만을 아껴 후궁을 두지 않은 까닭에 후궁들이 있어야할 육궁은 환관과 시녀들만 가득할 뿐 그 주인은 없었다. 그중 비어 있는 북쪽 별궁 출입문을 통해 원림으로 도망을 치려는 것이다. 그런데 두 황자가 신이 나서 막 별궁의 쪽문으로 나가려는 찰나, 황자의 허리춤을 번쩍 잡아채는 억센 손길이 있었다.

"잡았다, 이 녀석들!"

"히익!"

키 큰 그림자의 주인을 알아챈 둘째 해명이 비명을 질렀고, 태자 해강은 두 눈을 딱 감아버렸다. 죽었다!

"감히 황자들을 수행하는 자가 어찌 두 분만 두고 자리를 비울수가 있단 말이냐! 도대체 어느 왕부에서 교육을 받았기에 이따위짓을 저지를 수 있냔 말이야!"

왕부의 교육까지 거론되자 두 황자를 모시던 신입 소환의 목이그야말로 어깨 안으로 쏙 들어갔다. 바닥에 몸을 던지고 머리를쿵쿵 찧어가며 그저 용서해 달라, 손이 발이 되도록 빌 뿐이다. 그러나 보고가 태자전을 떠나 그 웃전까지 올라간데다가 하필 그 보고를 들은 것이 황제전에서도 실세 중의 실세인 하사였던지라, 일이 그냥 끝나지는 않게 됐다.

하사는 아직 젊은 나이였지만 황제인 무결의 신임이 대단하여그 권력은 이미 황제전 수석 태감인 왕진을 넘어섰다. 세인들은어용감 태감으로 출세한 보윤이나 그 밑의 오강이까지 합쳐 그들을 삼환(三宦)이라 불렀는데, 환관의 정치 참여를 엄금하는 황제의 방침에 따라 그들이 정치에까지 영향력을 미치는 일은 없었지만, 적어도 환관들 내에서는 그들의 권력이 막강했다. 그 삼환 중에서도 까다롭고 엄하기로 소문난 하사 앞에 끌려와 족침을 당하고 있으니 신입 소환이 벌벌 떠는 것도 무리가 아니었다.

"시끄럽다! 아무리 신입이라 해도 가장 기본적인 소임을 잊은 죄는 가볍게 넘길 수 없다! 일주일간 현무문에 올라가 경고방 당직을 서거라!"

악명 높은 경고방 징계를 받긴 했지만 예전 같았으면 단 한 번의 실수로도 죽을 정도로 매를 맞고 정군으로 강등되는 게 당연했으니, 그걸로 끝낸 게 사실 감지덕지한 상황이었다. 신입 소환이 끌려 나가고 하사에게 속한 시중 소환이 들어왔다. 두 황자가 현무문 쪽으로 갔다는 보고가 들어왔는데 어찌할 거냐 묻는 것이었다. 그와 같은 물음에 하사가 마음에 들어 하는 당초문 새겨진 찻종을 들어 입으로 가져가더니 한 모금 마시면서 고개를 좌우로 저었다.

"오늘은 그냥 내버려 두거라."

"하지만 그러다 황제 폐하께서 아시면 큰 야단을 맞게 될 것입니다. 그전에 저희 선에서 해결을 해야……."

"이미 늦었다. 보고가 나쁜만 아니라 그분께도 갔다. 내버려 두라는 것이 무슨 뜻인지 모르겠느냐? 이미 우리 손을 떠난 일이니 나머지는 폐하께 맡겨두라는 뜻이야."

아이코, 결국 일이 그렇게 됐구나. 그제야 하사의 속뜻을 안 시중 소환이 고개를 절래절래 저었다. 하사라면 황자들을 엄하게 야단을 쳤을지언정 그 이상의 일은 하지 않았을 것이다. 하지만 황제가 알았다면…….

"태자께서 요즘 일탈이 너무 빈번하셨지. 한 번쯤 호된 맛을 보실 때도 됐다."

그리 중얼거린 하사가 씨익 웃더니 찻종에 담긴 차를 단숨에 마셔 버렸다.

'혹시…… 황자님들의 도망을 황제 폐하께 알린 게?'

하사는 매사에 공명정대하고 엄격해서 분수를 넘는 월권행위 같은 것은 하지 않기로 유명했다. 하지만 그런 그가 사실은 황자들의 머리꼭대기에 올라앉아 있다는 것을 황궁의 사람들이라면 누구나 잘 알고 있었다. 황제도 그렇지만 황후 역시 삼환들 중에서도 특히나 하사를 제일 믿고 있으니, 그저 그가 그럴 생각이 없어 욕심없이 담백하게 살고 있을 뿐, 사실상 그 권력은 이미 내재(内宰)*라 불려도 이상하지 않을 정도였다.

'그나저나 황자들께서 오늘 곤욕을 치루시겠구나. 어쩔꼬. 폐하께서 한번 버릇을 잡겠다 나섰으면 곱게 넘어가지 않으실 텐데…….'

예상이 거의 틀리지 않아서 그 시각 두 황자는 고초를 겪고 있었다. 별궁 출입문 밖에 딱 서서 그들을 잡아챈 것은 다름 아닌 부황이었다. 더 이상은 안 되겠다 싶었는지, 두 사람이 달아났다는 말을 듣고는 새로운 책력 출간을 앞두고 역관(曆官)들과 회의하던 것을 내팽개치고 잡으러 왔다는 것이다.

---

*내재(内宰):내정의 재상이라는 뜻으로, 환관을 조정 관료들과 같은 격으로 높이는 말

해강과 해명의 뒷덜미를 끌고 연무장으로 간 무결이 곧장 황자들을 훈련복으로 갈아입히고는 그 뒤로 직접 수련을 시켜주겠다며 봐주지 않고 몰아대는데, 말이 단련이지 이건 거의 몰매에 가까웠다.

"머리가 비었다. 제대로 방어하지 못하겠느냐!"

무결의 지적에 반사적으로 목도를 들어 머리를 방어했지만 무결은 그 틈을 타 해강의 허리춤을 꺾어져라 목도로 밀어 쳤고, 그 옆에서 덤벼드는 해명의 다리를 걷어차 넘어뜨려 버렸다. 해강과 해명이 외마디 소리를 지르고, 연무장 가장자리에서 그를 지켜보던 두 사람의 시중 소환들은 그보다 더 큰 소리로 안타까워 비명을 질렀지만 무결은 어리다고 해서, 황자라고 해서 사정을 봐주는 법이 없었다.

"겨우 그 정도로 우는소리를 해서야 되겠느냐. 내가 그 나이 적에는 검초식 일, 이결쯤은 우습게 시전했느니라!"

사실 해강의 나이 때에 무결은 도망 다니느라 바빴지만, 그는 그 정도 협박쯤은 눈도 깜박이지 않고 해댈 수 있는 사람이었다. 더불어 황제가 된 지금에도 여전히 매일 운기조식을 하며 스스로를 단련하는 것도 모자라, 황제를 호위하는 금군대장과 대결을 해서 그를 쓰러뜨려 버릴 정도로 말도 안 되는 실력을 가진 자이기도 했다.

'우씨, 정말 피도 눈물도 없어. 어마마마가 계신다면 아바마마를 말려주실 텐데! 어마마마, 그립습니다!'

황족답지 않은 자유로운 사고를 가진 무결이었기에, 그 아비에 그 아들이라고 황자들 역시 예의에 얽매인 여타의 황족들하고는 상당히 달랐다. 부황을 향해 속으로나마 욕지거리를 할 수 있는 것도, 황자들을 격의없고 호탕하게 길러온 무결의 교육 방식 때문. 하지만 오늘만큼은 황자들을 직접 두들겨 패는 것도 마다하지 않는, 상궤에 어긋난 부황의 성정이 원망스럽고, 한편으로 그를 말릴 수 있는 유일한 사람인 어마마마가 사무치게 그리웠다. 저 눈치없이 비명만 질러대는 소환들 놈! 차라리 그럴 시간에 어마마마께 달려가 우리를 구해달라고 빌지!

바로 그때, 그 유일한 생명줄이 나타났다. 사실은 그들이 바란 것보다 더욱 막강한 구원의 손길이 이르렀다. 모후인 율비가 그녀의 딸이자 두 황자의 동생인 연우를 안고 나타난 것이다.

"아밤…… 마!"

아직 세 살인 연우는 혀가 짧아 아바마마라는 어려운 발음을 제대로 하지 못한다. 하지만 그 서툰 발음이 또 못 견디게 귀여워서 연우가 팔을 뻗으며 그리 외치자 그를 들은 무결이 당장 몸을 돌려 연우를 답삭 안아 들었다.

"요, 귀여운 녀석. 쉰내 나는 이곳은 왜 왔느냐."

부황을 유난히 좋아하는 연우이니, 아바마마가 있는 곳이라면 쉰내가 나든 단내가 나든 어디든 쫓아왔으리라. 아들들에겐 엄한 무결이었으나 율비를 닮은 딸에게는 여지없이 녹아버리니, 두 오빠들도 나이 차이 나는 동생을 예뻐하긴 했지만 아비에게는 당하지 못할 정도였다. 그 증거로 무결은 연우를 안아 들고 어미를 닮아 유난히 통통하고 발그레한 뺨에 입을 맞추느라 두 아들을 벌주려던 것은 이미 애저녁에 잊어버렸다.

"오람니, 아야아야 하지 마. 호오, 호오!"

연우가 쥐어 박힌 오빠들에게도 아장아장 걸어가더니 손가락을 잡고 호호 불어주는 시늉을 한다. 그 모습이 또 귀여워 일부러 우는 척하며 아비의 마음을 돌려보려던 두 황자가 결국 웃음을 터뜨리며 연우를 안고 뽀뽀를 하느라 바빴다. 오라비들은 물론이고, 그를 노리고 일부러 연우를 안고 찾아온 율비가 약간의 질투를 느낄 정도로 무결의 딸 사랑은 유난하니, 결국 다음에 또 강학을 빠지면 이 정도로 끝나지 않는다는 호통과 함께 두 아들을 돌려보낸 뒤에도 무결은 연우를 침전으로 데리고 들어와 어르고 노느라 정신이 없었다.

"연우가 그리도 예쁘세요? 매일 그리 볼을 물고 빨아대시니 그러다 연우의 뺨이 다 닳아 없어질까 두렵습니다."

"이런, 질투하는 거요? 아무렴 귀여운 걸로 치자면 황후가 세 살배기 연우를 이길 수 있겠소? 바랄 걸 바라야지."

금방 샐쭉해서 토라지는 율비는, 무결이 아들들보다 연우를 유난히 사랑하는 까닭이 사실은 연우가 그녀를 쏙 빼닮았기 때문이라는 것을 모른다. 율비가 딱 요 나이 때쯤 이렇게 생겼을 거라 생각하면 무결은 연우가 너무나 신기하고 귀여워서 어쩔 줄을 모르겠다. 그가 몰랐던 시절의 율비를 그대로 그 앞에 데려다 놓은 것만 같아서, 무결은 그런 연우가 한없이 사랑스럽고 그지없이 어여쁘기만 했다.

"폐하께서 연우를 너무 예뻐하시니 황실 서열 1위는 폐하가 아니라 연우라는 소문이 돈다 합니다. 지금도 주변에서 연우를 너무 위하는데, 그러다 공주의 성격이 걷잡을 수 없이 나빠지면 어쩌려고 그러세요?"

"그건 또 무슨 소리요? 아무리 연우라고 해도 황실 서열 1위라니. 굳이 서열을 매기자면 황후가 1위고 그다음이 연우지."

"아휴, 말은 참 번지르르……. 그래도 연우가 폐하보다 위라는 건 부인하지 않으시는군요?"

이럴 때는 그저 말을 돌리는 게 상책. 안 그래도 연우가 저녁잠 잘 시간이 돼 졸음에 겨워하자 무결이 율비가 데리고 온 시녀를 불러 연우를 침전으로 데려가라 이르고는 다른 화제를 꺼냈다.

"말이 나왔으니 하는 말이지, 그대가 연우처럼 애교스럽다면 얼마나 좋겠소. 솔직히 아직도 좋아 죽는 것은 내 쪽이지 그대는 요즘 들어 너무 덤덤하지 않소. 예전에 그랬던 것처럼 한번 애교를 부려보시오. 내가 하늘의 별도 달도 다 따다 줄 거요."

"아이참, 그게 그리 섭섭하십니까? 어떻게 저와 어린 연우를 비교하세요. 폐하야말로 점점 더 어린애가 돼가시네요."

말은 그리해도 율비는 내심 미안했다. 그녀에 대한 무결의 몸 욕심은 여전했다. 하지만 좋아서 응하는 것도 한두 번이지, 그냥 재우지 않는 날이 하루도 빠지지 않고 계속되다 보면 율비도 견디지를 못한다. 지레 겁이 난 나머지 무결이 손이라도 잡으면 당장 질겁하고 손을 빼고 도망부터 치니, 그 문제로 얼마 전 무결이 진심으로 화를 내기까지 했다.

율비가 대충 얼버무리며 말머리를 돌려 버리자 무결이 이때다 싶어 당장 그녀의 허리를 은근히 안아왔다. 어쩌리, 오늘은 곤하다는 핑계도 통하지 않을 참이니 결국 율비가 득달같이 침상으로 끌려 들어가고 말았다.

　황제의 일상은 게으름을 피우고자 마음먹는다면 한없이 태평하지만, 제대로 따르려 하면 몸이 두 개라도 모자랄 정도로 바쁘다. 게으른 황제는 심지어 10년이 넘게 조정에 나가지 않기도 하지만, 부지런한 황제는 매일 이어지는 고전 주해 강학에 하루도 빠지지 않고 참석해야 하며, 지방에서 올라오는 주접(奏摺)을 읽고, 또한 정승들이 올리는 수많은 상소와 탄원서를 읽어야 한다. 종묘에 대한 제사며, 외국 사신을 영접하는 일이며, 수도에 주둔하는 군대를 사열하는 일까지, 하려고 들면 몸이 축나지 않는 게 이상할 정도로 살인적인 일과인 것이다.

　선황인 천웅이 전자의 전형적인 예라면 무결은 후자의 훌륭한 범례였다. 어제 중단했던 책력의 출간을 감독하기 위해 무결은 아침 일찍부터 역관들과 회의를 주관했고, 간단한 중반을 든 후에는 지방 관리로부터 올라온 황족들의 동정에 대한 보고서를 읽었다.

　강왕의 아들인 후겸이 아무래도 얼마 못살 것 같다는데, 모양새가 원래 갖고 있던 병증이 아니라 화류병에 걸린 듯하다는 보고가 있었고, 대월로 시집간 소아가 드디어 아들을 출산했다는 소식도 있었다.

　강왕이 2년 전 유명을 달리한 이후로 번왕 위는 일단 후겸에게 넘어갔지만, 후겸이 얼마 못 산다 하면 또다시 일이 복잡해진다. 이런 저런 소식들을 읽으며 무결이 고민에 휩싸여 있는데 문득 문 열리는 소리가 나고 자박자박 걸음소리와 긴 옷자락 끌리는 소리가 났다.

'시비가 들어온 건가?'

직무를 보고 있을 때는 긴요한 사안이 아니면 아무도 그의 전각인 강희당에 들어오지 않는다. 하물며 환관도 아니고 시녀라면 더욱 그렇다. 무결이 들어온 자의 얼굴을 확인하려 고개를 드는데 익숙한 향이 코밑을 스쳤다. 그리고 그와 동시에, 무결이 좋아하는 우유를 섞은 용정차와 그를 담은 은쟁반을 상탁에 내려놓는 고운 손이 시야에 들어왔다.

'허어……?'

예감이 맞았다. 들어온 것은 시녀가 아니라 율비였다. 무결이 그녀를 쳐다보자 눈길을 마주한 율비가 방긋 웃었다. 그러더니 무결에게 다가와서는 평소라면 엄두도 못 낼 대담한 짓을 저질렀다. 그의 목덜미를 감싸 안고는 볼에다 쪽 소리가 나게 입을 맞춘 것이다.

"허어!"

이번에는 마음만이 아니고 정말로 입 밖으로 탄성이 튀어나왔다. 하지만 율비는 제가 해놓고도 창피했는지 단박에 몸을 떼더니 새빨개진 얼굴로 쪼르르 도망을 친다. 순진하다고 해야 할지, 그 반대로 얄밉기 짝이 없다고 해야 할지. 연우처럼 애교를 한번 피워보라고 했더니, 나름 애를 쓴답시고 이리 심장을 팍팍 헤집어놓고 나 몰라라 도망을 간다. 이런, 토끼 탈을 쓴 여우 같으니!

무결이 들여다보던 서류를 집어 던지고 벌떡 일어났다. 그리고 용포 자락을 휘날리며 집무실 밖으로 달려나갔다.

"게 섰거라!"

막 낭하를 돌아나가려던 율비가 무결이 달려오는 기척에 뒤를 돌아봤다. 서슬 퍼런 무결의 기세에 깜짝 놀란 나머지 율비가 비명부터 지르며 도망을 쳤다.

"엄마야!"

집무실 밖을 지키는 환관들이 놀라 그 광경을 쳐다보고 있었지만, 무결은 그러든 말든 율비의 허리를 잡아채더니 답삭 그녀를 안아 들고 집무실로 들어가 버렸다.

애교를 피워보라는 말은 취소다. 만약 율비가 연우의 10분지 1만이라도 애교스럽다면 무결은 국사도 모조리 내팽개치고 그녀만 안고 살아야 할 것이다.

율비를 끌고 들어간 강희당 집무실 안에서 그 뒤로 무슨 일이 일어났는지 모른다. 눈치 빠른 환관들이 재빨리 자리를 비워 버렸고, 그 대신 강희당으로 들어가는 출입구를 몽땅 막고 아무도 들고 나지 못하게 철통같이 막아버렸기 때문이다.

훗날에 황제의 잠자리를 관리하는 경사방(敬事房) 태감이 셋째 황자인 세윤이 이날 만들어졌다고 기록하였는데, 황제와 황후의 동침이 시간과 장소를 가리지 않고 빈번한 까닭에 꼭 자신할 수는 없다고 특별히 덧붙였다.

[完]

·후기·

아시는 분이 계실지 모르겠지만 제 첫 소설은 〈도깨비신부〉입니다. 솔직히 말씀드리지만 처녀작이었기에 당시엔 로맨스가 뭔지도 몰랐고, 그래서 그야말로 겁없이 덤볐던 글이었지요. 로맨스라기보다는 그저 제가 좋아하는 글을 쓰고 싶었고, 그 덕분에 제 처녀작은 많은 분들이 기대하는 로맨스 소설과는 좀 벗어난 글이 되지 않았나 싶습니다. ^^;

〈도깨비신부〉 이후로 제가 쓴 글들은 거의가 '로맨스란 무엇인가?'를 알아내기 위한 좌충우돌의 결과라고 할 수 있습니다. 코믹물도 써보고, 사건보다는 로맨스를 위주로 한 시대물도 써보고, 본격 19금 글도 써보면서 로맨스가 무엇인지를 알아내기 위해 애써봤지만, 얻어낸 답은 사실 여전히 '모르겠다' 입니다. 어쩌면 제가 로맨스 소설을 쓰는 동안 이 답은 영원히 알아낼 수 없을지도 모르겠습니다.

어차피 모르는 것, 이번엔 그냥 내가 좋아하는 글을 써보자 싶어 시작하게 된 글이 이번 책 〈청홍〉입니다. 그 말은 즉, 이번 글은 사건이 펑펑 터지며 남주와 여주를 사정없이 굴리고 음모와 배신이 난무하는, 그런 글이란 뜻이지요.

　오랜만에 초심으로 돌아간다는 각오로 시작한 글입니다만, 글쎄요, 과연 초심으로 제대로 돌아갔는지는 잘 모르겠습니다. 로맨스 소설을 쓰기 시작한 지도 벌써 5년째가 됐으니 사실 제가 초심이라 생각하고 돌아간 지점도 어쩌면 출발점에서 살짝 어긋난 곳이거나, 아니면 처음 시작한 곳에서 얼토당토않게 모자란, 엉뚱한 곳일지도 모르지요.

　이 글이 과연 작가의 의도대로 잘 나온 글인지는 그저 여러분의 판단에 맡겨야 할 것 같습니다.

　당연한 이야기겠지만 모든 소설은 허구입니다.

　이 책 〈청홍〉에 나오는 역사적 사실들은 대개 실재에 근거하고 있지만, 이야기의 재미를 위해 과감하게 시대를 앞당기거나 생략한 부분이 많습니다. 한 예로 역사 속에 실존했던 황제들의 경우 늘 환관과 상궁들이 따라다니고 있어서 황후는 물론이고 후궁들과 밤 생활을 할 때도 늘 상궁이 방문 밖에서 지키고 있었다지요. 심지어는 체위에도 간섭을 하고 너무 심하게 느끼지(?) 못하도록 정사 내내 훈수까지 됐다고 합니다.

　그러나 이런 장면을 실존한 역사 그대로 썼다가는 재미와 낭만은 하늘 저 멀리로 사라져 버리겠지요. 그런 연유로 알면서도 일부러 바

꾸거나 과감히 삭제한 부분이 있으니, 부디 독자님들께서는 아셔도 모른 척 눈감아주시기를 부탁드립니다. ^^

마지막으로 몰라도 되는 사족을 하나 덧붙이자면, 사실 제가 이 글을 쓰게 된 계기는 극중 인물 중 하나인 보윤 때문이었습니다.

앞서 말씀드렸지만 모든 소설은 허구입니다. 바꿔 말하면 거짓말이고, 작가는 그 거짓말을 얼마나 잘하느냐에 따라 그 성패가 달려 있습니다. 좋게 말하면 소설가고 나쁘게 말하면 공인된 사기꾼이라는 뜻이지요.

소설과 현실이 너무나 다르다는 것을 잘 알지만, 구제불능의 이상가인 저는 희망을 버리는 순간 절망에 한 걸음 다가간다고 믿습니다. 그렇기에 소설로나마 여러분께 희망을 전달하기 위해 애를 쓰지요. 정말로 이 세상의 악인들이 결국에는 응분의 대가를 받고, 정의가 결국은 승리한다는 소설 같은 일들이 실제로 일어나기를, 우리가 이 세상을 그렇게 만들어갈 수 있기를 바랍니다.

여러분의 삶 속에서도 소설 속 인물인 보윤처럼 "이 세상에 하느님은 있다!"고 외칠 수 있는 순간을 만날 수 있기를 간절히 기원하며 이 글을 맺습니다.